绝代双骄 3

古 龙 著

河南文艺出版社
·郑州·

古 龙

1938—1985

作为华语小说界一代宗师，“古龙”二字本身已成为一个文化符号。

古龙以惊人的才华，创作出《小李飞刀》《陆小凤》《楚留香》等七十多部精彩绝伦的经典。这些作品中涌动着永恒的热血、自由和生命力，不仅征服了一代代读者，更引发了巨大的文化浪潮，被无数次改编为影视、游戏、动漫，风靡整个中文世界，半个世纪风行不衰。

古龙为人，像他笔下的英雄们一样，豪气干云、放浪形骸、嗜酒如命、风流倜傥。其传奇一生的尽头，在医生下达严禁饮酒的告诫之后，豪饮三天三夜，大醉归西。

古龙是孤独的，一颗滚烫狂放的自由灵魂，与冷漠的现实世界显得那么格格不入；古龙又是幸运的，无数读者通过他的作品与他成为了知己。

中文世界如果没有古龙，将多么寂寞！没有读过古龙的人生，将多么寂寞！

目 录

第五十八章

天降怪客

小鱼儿道："你这主意打得虽妙，谁知慕容九竟被我带走了，你要这面具也无用，所以乐得做个顺水人情，用它来救了我。"

屠娇娇笑道："我一瞧是你，就知道你必定又在弄鬼，所以时时刻刻都要留意着你。今天早上，你和那黑蜘蛛来叫慕容九写信，我就听到了。"

她娇笑着接道："若不是我在外面为你们把风，只怕今天早上你们就被那欧阳兄弟撞破了。"

小鱼儿心里吃了一惊，面上却笑道："就算被他们撞破，也没什么关系。"

屠娇娇笑道："你倒真是死不领情。"

小鱼儿道："你就是听到了那封信，所以才知道我们晚上会到那祠堂里去……"

屠娇娇道："除此之外，我还遇见了一个人。"

小鱼儿失声道："白开心？"

屠娇娇笑道："你在手上搓泥丸子时，我已瞧见了。"

小鱼儿喃喃道："奇怪，你就在附近，我怎会听不见？"

屠娇娇笑道："以你现在的能耐，本来是应该听得见的，只不过那时白开心正面对着我，我早已和他悄悄打了个手势，叫他故意大叫大喊，分散你的注意力，何况你那时心里正在得意，又怎会留意别的？"

小鱼儿苦笑道："看来一个人无论在什么时候，都不该太得意的。"

话声微顿，突又失笑道："难怪白开心方才竟不问我要解药了，原来你早已告诉他那不过是个泥丸子，他吃了我手上的泥，自然要害我一害来出气了。”

屠娇娇笑道：“这件事若不是样样凑巧，又怎会便宜了你？”

小鱼儿正色道：“这件事看来虽然凑巧，其实也不完全是凑巧的，每件事都有前因后果，这样的结果正是再合理也没有。”

屠娇娇笑道：“算来算去，只苦了那江别鹤。”

小鱼儿大笑道：“要害人，自然就要害他这样的人才有意思，若是去害个老老实实的规矩人，那倒不如坐在家里数手指头算了。”

屠娇娇沉思着点了点头，微微道：“这话倒也有道理，害坏人确实比害好人有趣得多，而且坏人自己心里有鬼，你能害得了他，他只有自认霉气，绝不敢宣扬出去。何况，就算别人知道你害了他，也只有佩服你，没有人会找你算账的。”

小鱼儿笑道：“所以，你若学我，只害坏人，不害好人，这样既可过足害人的瘾，又不必躲躲藏藏怕人找上门来算账，岂非又风光，又体面，又上算？”

屠娇娇吃吃笑道：“上算的事，当真都被你这小鬼一个人做尽了。”

小鱼儿道：“但我还是想不到你怎会离开恶人谷的。”

屠娇娇又叹了口气，道：“天下有许多事，都是人想不到的。”

这同样的一句话，她竟说了两次，而且每说这句话时，竟都忍不住要长叹口气出来。

小鱼儿心念一动，道：“莫非恶人谷里，竟发生了什么令人想不到的变故不成？”

屠娇娇长叹道：“的确严重得很。”

小鱼儿着急道：“究竟是什么，你快说呀！”

屠娇娇缓缓道：“你可知道……”

突听“嗞”的一声轻响，一条人影，自树梢飞来，大声道：“你们原来在这里，却找得我好苦。”

来的这人，正是黑蜘蛛。

黑蜘蛛长叹道：“我险些连你们的人都瞧不见了。”

小鱼儿这才发现他那一身比缎子还亮的黑衣，此刻竟满是泥污，头发也凌乱不堪，不禁失声道："你怎会变得如此模样？"

黑蜘蛛道："我去送那信时，只见南宫柳屋里一个人也没有，于是我就悄悄进去，将信放在桌上……"

他话未说完，小鱼儿已顿足道："你为何要走进屋，将那封信抛下去不就成了么？他们的贴身丫头都被人宰来吃了，对自己的居处又怎会不分外警戒？"

黑蜘蛛苦笑道："我正是太大意了些，刚将信放在桌上，就突然有条长鞭卷来，将信卷了过去，我知道不妙，想夺路而走时，门窗已全被人堵住了！"

小鱼儿叹道："他们故意将那屋子空着，正是要诱你进去上当的。否则你想南宫柳和慕容双住的屋子，会容人大摇大摆地来去自如么？"

黑蜘蛛又接着道："我当时一惊之下，便要冲出去，哪知那些人竟无一弱者，暗器尤其佳妙，我非但冲不出去，反而眼看就要受伤被制。"

"慕容家的暗器，果然是名下无虚……但你既能自他们包围中冲出来，岂非比他们还要强得多？"

黑蜘蛛长叹道："若凭我一人之力，哪里能冲得出来！"

小鱼儿讶然道："难道还有人帮你的忙不成？"

黑蜘蛛道："我正眼见不敌，突然有个人飘了进来，顾人玉家传神拳，武功可算不弱，但被这人袍袖轻轻一拂，就直跌了出去！"

小鱼儿失声道："这人武功竟如此厉害？"

黑蜘蛛叹道："此人武功之高，当真是我平生未见，我简直连做梦都未想到世上竟有武功如此厉害的人。"

小鱼儿动容道："连你都服了他，这倒难得得很。"

黑蜘蛛道："这人袍袖拂了拂，就将暗器全都反射出去，力道竟比他们用手发出来时还强，他们大惊闪避时，这人已带着我掠了出来。"

他苦笑着接道："我竟被他挟在肋下，动都动不得，只见他身子轻轻一纵，便凌空飞出去七八丈，就好像腾云驾雾似的。"

小鱼儿笑道："你简直愈说愈神了，世上哪有轻功如此高明的人？"

黑蜘蛛沉声道："非但你此刻不信，就连我虽亲眼瞧见，都几乎有些不相信自己的眼睛。但你不妨想想，这人武功若非高得吓人，能将我挟在胁下么？”

小鱼儿叹道：“不错，能将你挟在胁下的，世上简直不可能有这样的人。”

屠娇娇听到这里，竟也忍不住道：“他长得是何模样？”

黑蜘蛛道：“这人身材并不高大，但却有无穷的力量，我被他挟了盏茶时刻，竟是全身麻木，连动都动不得了。”

屠娇娇听得这人“身材并不高大”，已松了口气。

小鱼儿却追问道：“他的脸呢？”

黑蜘蛛道：“他脸上戴着个狰狞丑陋的青铜面具，一双眼睛更是说不出的鬼气森森，我素来自命胆大包天，但瞧了他一眼，手心竟不觉直冒冷汗。”

小鱼儿也不禁被他说得寒毛悚栗，全身都凉飕飕的，像是要打冷战。

黑蜘蛛道：“他挟着我奔上座小山，又掠上株大树，才放在一根树桠上。我全身麻木，动也动不得，也根本不敢动，生怕一动就要掉下去。”

小鱼儿道：“他呢？”

黑蜘蛛道：“他自己也坐在一枝树枝上，冷冷地瞧着我，也不说话，那树枝柔弱不堪，连婴儿都能折断，他坐在上面，却似舒服得很。”

小鱼儿叹道：“这倒的确是个怪人……莫非武功特别好的人，都有些怪毛病？”

屠娇娇笑道：“那么你想必就要倒霉了。”

黑蜘蛛道：“的确如此，他等了半天，又点了我两处穴道，竟将我留在那棵大树上，袍袖一展，已走得瞧不见影子。”

说到这里，突然像是想起了什么，瞪着屠娇娇道：“慕容姑娘神志已恢复了么？”

屠娇娇咯咯笑道：“我神志恢复了么……我也不知道呀！”突然转身，飞也似的走了。

黑蜘蛛还想追，小鱼儿拉住他笑道：“你让她走吧，你且莫管她，先说说你在那树上的事吧。”

黑蜘蛛目中满是迷惘，呆了半晌，终于接着道：“那时风愈来愈大，将我的身子吹得直摇，树枝也像是快断了，我连根手指都动不了，当真是提心吊胆。”

小鱼儿道：“后来你是怎么从树上下来的呢？”

黑蜘蛛苦笑道：“我心里正在想着报仇，那人竟已来了，而且竟像是看透了我的心意，突然问我：‘你可是想报仇么？’”

小鱼儿笑道：“你心里在想什么，我也能瞧得出来的，你嘴里就算不说话，但那双眼睛却已将什么都说出来了。”

黑蜘蛛道：“我被他说破了心意，就更是狠狠地瞪着他，心想就算被他踢下去，也比在树上活受罪的好。谁知他竟反而笑了，又道，‘我救了你的性命，你不先想该如何报恩，就想如何报仇了么？’”

小鱼儿笑道：“这句话倒也问得妙极。”

黑蜘蛛道：“当时我也被他问住了，仇固然要报，恩也是要报的，我老黑怎能做忘恩负义之徒？只是他武功既然那么高，我非但无法报仇，简直连报恩也不知该从何报起，这报恩有时实比报仇还困难得多。”

小鱼儿道：“你这番心意，只怕又被他瞧破了。”

黑蜘蛛叹道：“果然是被他瞧破了，我还未说话，他已说道：‘你不知该如何报恩，是么？’我哼了一声，他又道：‘你能替别人送信，难道就不能替我送信？’我忍不住问他：‘我替你送了信，就算报了恩么？’他居然点了点头，取出封信，叫我送给……你猜送给谁？”

小鱼儿道：“这我倒猜不透了。”

黑蜘蛛道：“他竟要我将信去送给花无缺。”

小鱼儿眼睛发亮，笑道：“这倒真的愈来愈有趣了，他和花无缺又有何关系？为何要你为他送信，他自己明明可以直接和花无缺说话的呀！”

黑蜘蛛道：“也许他不愿和花无缺见面。”

小鱼儿道：“他就算不愿和花无缺见面，以他那样的轻功，就算将信送到花无缺的床头，花无缺也是不会发觉的。”

黑蜘蛛突然又道：“也许他只是知道我无法报恩，所以想出这件事来叫我做。”

小鱼儿沉吟道：“这倒有可能，像他那样的怪人，的确可能会有这种怪念头，你固然不愿欠他的情，他可能也不愿让别人欠他的情……”

黑蜘蛛道：“正是如此，我不欠人，自也不愿别人欠我，彼此各不相欠，日子过得才舒服，我若知道有人一心想报我的恩，我也会难受得很。”

小鱼儿笑道：“如此说来，你两人脾气倒是同样古怪的了，这就难怪他会救你……但那封信上写的是什么，你可瞧见了么？”

黑蜘蛛怒道：“我老黑难道还会偷看别人的信么？他解开我的穴道后，我立刻就将信送给花无缺，连信封上写着什么，我都未去瞧一眼。”

小鱼儿笑道：“你果然是个君子，但花无缺瞧过那封信后，总该说了些话吧？”

黑蜘蛛道：“就是因为他瞧过信后，说的话十分奇怪，所以我才急着找你。”

小鱼儿立刻追问道：“他说了什么？”

黑蜘蛛道：“他说，我与江别鹤相识虽不久，但却已相知极深，又怎会被别人谣言中伤，就认为他是恶人，这位前辈也未免太过虑了。”

小鱼儿皱眉道：“那怪人却又是江别鹤的什么人？为何要这样帮江别鹤的忙？”

黑蜘蛛道：“花无缺说了这番话后，我正想问他：‘这位前辈是谁？’谁知他已先问我：‘你已瞧见了这位前辈，真是福气。却不知他老人家长得是何模样，脸上是不是真的戴着青铜面具？’”

小鱼儿道：“花无缺既然没有见过他，又怎会听他的话？”

黑蜘蛛道：“我本来也觉奇怪，但花无缺却说，移花宫主已嘱咐他，要他日后若遇见了一位‘铜先生’，就万万不能违抗这人的话，无论这‘铜先生’说什么，他都必须听从。”

小鱼儿道：“原来那怪人叫‘铜先生’，这名字倒真和他一样古怪！”

黑蜘蛛道：“移花宫主还告诉花无缺，这‘铜先生’乃是古往今来江湖中第一位奇人，武功更是高绝天下，移花宫主竟说她自己比起这‘铜先生’来，都要差得多。”

小鱼儿动容道："移花宫主那么高傲的人，也会说这样的话么？若连移花宫主都对他如此服气，这'铜先生'的武功倒的确是可怕得很了。"

黑蜘蛛道："但花无缺既然对那'铜先生'言听计从，日后对江别鹤必定更要帮忙到底，有他那样的人帮江别鹤的忙，也够你头疼的了。"

小鱼儿淡淡一笑，道："那倒没什么关系。"

黑蜘蛛瞪着眼瞧了他半晌，突然道："再见。我的恩虽已报过，仇却还未报哩！"

小鱼儿失声道："你要去找那'铜先生'报仇？"

黑蜘蛛冷冷道："不行么？"

小鱼儿道："但……但他的武功……"

黑蜘蛛怒道："他武功强过我，我就怕去报仇了么？我老黑难道是欺善怕恶的人？"他一面大喊大叫，人已飞掠而去。

现在，小鱼儿心里又多了三样解不开的心事。

第一，那真的慕容九到哪里去了？

第二，恶人谷中究竟发生了什么惊人的事？

第三，那"铜先生"究竟是何许人也？和江别鹤又有什么关系？为什么定要说江别鹤是个好人？

这时天已大亮，小鱼儿已将脸上面具弄了下来，大白天里，他可不愿以李大嘴面目见人。

大路上行人已渐渐多了起来，但十个中倒有九个多是自西往东去的，而且看来大多是江湖朋友，有的袖子上还系着黑布，一个个面上都带着兴奋之色，嘴里嘀嘀咕咕也不知在说些什么。

小鱼儿心中正觉奇怪，就在这时，突然有一辆形式奇特、装饰华丽的马车自道旁驰来，骤然停在小鱼儿面前。

车门打开，一个人探出头来，道："快上车。"

日光照着她的脸，她容貌虽清秀，但皮肤看来却甚是粗糙，正是那改扮成慕容九的屠娇娇。小鱼儿跳上马车，只见车厢里装饰得更是华丽，坐垫又厚又柔软又宽大，坐上去舒服得很。

小鱼儿忍不住笑道：“你倒真是神通广大，又从哪里变出这么辆马车来了？”

屠娇娇也不回答，却反问道：“我等了你好半天，你怎地到此刻才出来？你和那黑蜘蛛究竟有些什么事好说的？”

小鱼儿笑道：“我们在谈论着一位‘铜先生’，你可听见过这名字？”

屠娇娇失声道：“救他的那怪人就是‘铜先生’？”

小鱼儿道：“你知道这人？”

屠娇娇像是怔了怔，但立刻就大声道：“我不知道这人，我从未听说过这名字。”

第五十九章

惊人之变

小鱼儿见屠娇娇提到铜先生时，说话吞吞吐吐，闷在心里，也不再追问。

只见这辆大车也是由西往东而行，正和那些江湖朋友所走的方向一样。他忍不住道："这些人匆匆忙忙，是要去干什么的？"

屠娇娇道："瞧热闹。天下武功最高的门派弟子和江湖中地位最高、势力最大的一个集团斗法，你说这热闹有没有趣？"

小鱼儿眼珠子一转，道："莫非是花无缺和慕容家的姑爷们？"

屠娇娇道："南宫柳和秦剑去找江别鹤算账，花无缺却一力保证江别鹤是清白的，双方相持不下，只有在武功上争个高低了。"

小鱼儿眼睛发亮笑道："这场架打起来，倒当真是有趣得很。不过，这件事是今天凌晨才发生的，怎地已有这么多人知道了？"

屠娇娇笑道："这只怕就是江别鹤叫人去通知他们的，他算定自己这面有了花无缺撑腰，必胜无疑，自然要多找些人去看热闹。"

小鱼儿叹道："不错，慕容家虽强，但比起花无缺来，还要差一些……这世上难道就真的没有人能对付花无缺么？"

屠娇娇含笑瞧着他，道："只有你。"

这问题他实在不愿意再谈下去，幸好此刻正有个他最愿意谈的问题，他眼珠子一转，立刻改口道："你方才的话被黑蜘蛛打断了，恶人谷里，究竟发生了什么大事？"

屠娇娇叹了口气道："你可记得谷里有个万春流？"

小鱼儿笑道："我怎会不记得？小时候，他天天将我往药汁里泡，泡得我头昏脑涨，我现在揍人的本事虽未见得如何，但挨揍的本事却不错，正是他将我泡出来的。"

屠娇娇道："你可记得万春流屋里，有个人叫'药罐子'？"

小鱼儿心里吃了一惊，面上却不动声色，笑道："我自然也是记得的，他吃的药比我还多，万春流只要采着一种新的药草，总是先让他尝尝的。"

屠娇娇眼睛盯着他的脸，一字字道："十个月前，万春流和这药罐子，都失踪了！"

小鱼儿一颗心几乎要跳到腔子外来，但你就算鼻子已贴住他的脸，也休想瞧出他脸上肌肉有一丝颤动。

他只是淡淡一笑，道："这又算得了什么大事，你们穷紧张些什么？"

屠娇娇也笑了笑，道："你可知道那药罐子是谁？"

小鱼儿茫然睁大了眼睛，道："谁？"

屠娇娇道："你可听说过，昔日江湖中有个人，他一剑挥出，可以令你在十丈外都能感觉出他的剑风，也可以将你的胡子头发都削光，而你却一点也感觉不到。"

小鱼儿笑道："这人我听说过，他好像是叫燕南天，是么？"

屠娇娇叹道："除了燕南天，哪里还有第二个？"

小鱼儿道："但他岂非早已死了？"

屠娇娇道："他没有死！他就是那药罐子！"

小鱼儿故意失声道："药罐子竟然就是天下剑法最强的燕南天，这倒真是令人想不到的事，但燕南天剑法若是真的那么高，又怎会变成那种半死不活的模样？"

屠娇娇叹道："这还不是为了你的缘故。咱们为了要从他手上将你救下来，所以才不得已而伤了他。"

她说得居然活灵活现，小鱼儿若非早已听万春流说起过这件事的秘密，此刻只怕真要相信她的话了。

他暗中叹了口气，忖道："燕南天虽是我的恩人，虽是大侠，但却和我毫无情感。你们虽是恶人，但这么多年来，已和我多少有了些感情，我怎忍心为了他而找你们复仇？你们又何苦还要骗我！"

严格说来，小鱼儿虽不能算是个十分好的人，但却是热血澎湃、感情丰富，表面虽硬，心肠却软得很。

小鱼儿心里叹着气，面上却笑道："为了我？他又和我有什么关系？"

屠娇娇道："这件事说来话长，以后慢慢再说吧，只要你记住，咱们为你得罪了燕南天，燕南天此番一走，咱们就连恶人谷也不敢待下去了。"

小鱼儿道："为什么？"

屠娇娇道："恶人谷虽被江湖中人视为禁地，但燕南天若要闯进来时，天下又有谁拦得住他？他上次已上过了一次当，这次必定更加小心。"

她狡黠而善变的眼睛里，竟也露出了恐惧之色，长叹着接道："这次他再来时，咱们这些恶人，只怕就都要变成恶鬼了……"

小鱼儿目光闪动，道："你想……他武功难道已恢复了么？"

屠娇娇恨恨道："他武功现在纵未恢复，但那万春流想必已试出某种药草可以治愈他的伤，否则又怎会带他逃出恶人谷去？"

小鱼儿悠悠道："但也许此刻已治好了，是么？"

屠娇娇身子竟不由得一震，盯着小鱼儿道："你希望他现在已治好了？"

小鱼儿神色不动，缓缓道："虽不希望如此，但无论什么事，总得先作最坏的打算才是。"

屠娇娇默然半晌，终于叹道："不错，说不定他此刻武功早已恢复了，说不定他现在已经在找咱们……"眼睛转向车窗外，再也打不起精神说话。

车马愈走愈快，赶车的皮鞭打得噼啪直响，似乎也急着想去瞧瞧那一场必定精彩万分的龙争虎斗。

三面低坡下，有个小小的山谷。这时山坡上已高高低低站着几百个人，甚至连树丫上都坐着人。

车马停在山谷外，小鱼儿也瞧不见山谷里的动静。

只听人声纷纷议论着道："那看来斯斯文文的弱书生，难道就是移花宫的传人么？我真瞧不出他能有多么高的武功。"

"据说当今江湖上，武功没有人能比得上他，甚至连江大侠都对他佩服得很，这话不知是真是假。”

有人叹道：“他年纪轻轻，武功既是天下第一高手，人又生得那么漂亮，普天之下，只怕谁也比不上他了。”

议论纷纷间，尽是一片赞美羡慕之声，小鱼儿却听得一肚子闷气。屠娇娇瞧着他微微笑道：“你听了这话，心里可是有些不舒服？”

小鱼儿瞪眼道：“谁说我不舒服？我舒服极了。”

屠娇娇大笑道：“他虽是天之骄子，但咱们的小鱼儿却也不比他差，未来的江湖中，只怕就是你两人的天下了。”

小鱼儿突然推开了门，道：“我可要去瞧热闹了，你呢？”

屠娇娇道：“你去吧，我就在这里等着，不过……你却要为我做件事。”

小鱼儿道：“什么事？”

屠娇娇道：“设法去把那欧阳……罗九兄弟，弄到这车上来，你可能办得到？”

小鱼儿笑道：“只要你这车子够大，我就算要把这山谷里的人全都弄上车来，也简单得很。”跳下车子大步而去，突然转头盯了那赶车的一眼。那赶车的正摸着颔下的一撮络腮胡子，瞧着他嘻嘻地笑。

小鱼儿毫不费事地就挤进了人丛，爬上山坡。

山坡上，百棵大树，坐在上面，正可纵观全局，只可惜此刻上面已坐满了人。小鱼儿眼珠子一转，突然摇头，叹道：“真奇怪世上竟有这么多不怕死的人，竟敢坐在毒蛇穴上，若被毒蛇在屁股上咬一口……”

他话未说完，树上的人已吓得跳了下来，乱了一阵，却发现方才叹气说话的人，已舒舒服服地坐在树上了。

这些人忍不住道：“喂，朋友，你说这株树是个蛇穴，自己怎敢坐上去？”

小鱼儿笑嘻嘻道：“哦？我方才说过这话么？”

那些人又惊又怒，却听小鱼儿喃喃又道：“有江南大侠与慕容家的姑娘们在这里办正事，若想在这里乱吵，那才是活得不耐烦了哩。”

那些人面面相觑，只得忍下了一肚子火，有些人又爬上了树，挤不上去的也只好自认晦气。

只见山谷内的空地上，停着辆马车，那花无缺正悠闲地靠着车门，似乎正在和车厢里的人说话。

江别鹤却坐在他身旁一块石头上，也不住地和四面瞧热闹的人微笑着打招呼，看不出丝毫“大侠”的架子。

小鱼儿也瞧见了那“罗九”兄弟，这两人又高又胖，站在人丛里，比别人都高出一个头。

但慕容家的人却连一个也没有来，四面的江湖朋友已开始有些不满，都觉得他们架子实在太大。

花无缺看来却毫不着急，面上的笑容也非常愉快，每当他眼睛望进车厢中去时，那一双锐利的目光，也变得分外温柔。

小鱼儿不禁捏紧了拳头，心里说不出地别扭：“车厢里的人是谁？难道花无缺真的和铁心兰寸步不离，将她也带来了？”

突见人群一阵骚动，十二个身穿黑衣、腰束彩带的彪形大汉，抬着三顶绿呢大轿奔了进来。

每顶大轿后还跟着顶小轿，轿上坐的是三个明眸妩媚的俏丫头。轿子停下，三个俏丫头下了小轿，掀起大轿的门帘，大轿里便盈盈走下三个艳光照人的绝代佳人来。

这三人正是慕容双、慕容珊珊和“小仙女”张菁。三个人今天都是宫鬓华服，刻意修饰过，就像是高贵人家出来做客的大小姐、少奶奶似的，哪里像是要来与人争杀搏斗的女中豪杰、江湖高手？

在山坡上等着瞧热闹的江湖朋友，大多久闻慕容九姐妹的声名，但见过她们真面目的却少之又少。此刻但觉眼前一亮，十个人中，倒有九个瞧得呆住了，就连小鱼儿都几乎瞧不出那文文静静地走在最后面的大姑娘，便是昔日跃马草原、瞪眼杀人的小仙女。

花无缺的眼睛，果然已从车厢里移到她们脸上，他那眼神与其说是赞赏，倒不如说是惊奇还恰当些。

慕容珊珊莲步轻移，走在最前面，敛衽笑道：“贱妾等一步来迟，有劳公子久候，还请恕罪。”

她说的是这么温柔客气，花无缺又怎会在女子面前失礼？立刻也长长一揖，躬身微笑道：“不是夫人们来迟，而是在下来得太早了。”

慕容珊珊笑道："今日天气晴朗，风和日丽，风雅如公子，自当早些出来逛逛的，只恨贱妾等俗务羁身，不能早来奉陪。"

两人嫣然笑语，竟真的像是早已约好出来游春的名门闺秀和世家公子似的，哪里瞧得出有丝毫火气？

只听花无缺道："南宫公子与秦公子只怕也快要来了吧？"

慕容珊珊笑道："他们家里有事，已先赶回去了。"

慕容双接口道："慕容家的事，向来是不容外人插足的。"

花无缺又呆住了，道："但……但夫人们岂非……"

慕容双笑道："我姐妹虽是他们的妻子，但妻子的事，有些也是和丈夫无关的，我慕容姐妹，又怎会嫁给个爱管妻子闲事的丈夫？"

慕容珊珊笑道："公子只怕也不愿娶个爱管丈夫闲事的妻子吧！"

这姐妹两人你一句、我一句，竟将花无缺说得呆在那里，作声不得。小鱼儿却暗笑忖道："谁娶了慕容家的姑娘做妻子，果然是好福气，明明是南宫柳与秦剑自己不敢和花无缺动手，但被她们这一说，就非但丝毫不会损了他们的声名，人家反要称赞他们真是个善体人意的好丈夫哩。"

只是，他们既放心肯让自己的爱妻前来，想必是深信她们有制胜的把握，小鱼儿不禁又在暗中猜测。

江别鹤也真沉得住气，直到此刻，才微笑着道："南宫公子与秦大侠若不来，此事岂非无法解决了么？"

慕容双眼睛转到他身上，脸上的笑容立刻不见了，瞪眼道："谁说无法解决？"

花无缺轻咳一声，苦笑道："在下又怎能与夫人们交手？"

慕容珊珊笑道："公子若不愿和贱妾等交手，就请公子莫要再管贱妾等与江别鹤之间的事，江别鹤又不是孩子了，难道还不能料理自己的事么？"

她笑容虽温柔，但话却说得比刀还锋利。群豪听了都不禁悚然失笑，只道江别鹤无论如何，都是忍不下这句话的。

谁知江别鹤还是声色不动，微笑道："江湖朋友都知道，在下平生不愿出手伤人，何况是对夫人们？更何况只是为了些小误会。"

慕容双大声道："江别鹤，你听着，第一，这绝不是误会；第二，你也未必能伤得了我们，你只管出手吧！"

江别鹤淡淡笑道："这件误会暂时纵不能解开，但日久自明，在下此刻又怎能向夫人抡拳动脚？夫人就算宰了在下，在下也是不能还手的。"

这句话说得更是漂亮至极，群豪闻言有的已忍不住喝起彩来，就连小鱼儿也不禁在暗中赞叹："普天之下，对付人的本事，只怕谁也比不上江别鹤的，尤其在这种场合里，才显得出他的本事。"

慕容双大喝道："你明知花公子不会让咱们宰了你，所以才故意说这种漂亮话。"

突听一人大喊道："至少江大侠绝不会自己溜回家去，却让老婆出头来和人家吵架。"

小鱼儿瞧得清楚，这呼喊的正是那化名罗九的欧阳丁。慕容姐妹却瞧不见他，也不知说话的是谁。

她们索性装作没有听见，心里却知道不能再和江别鹤说下去了，双方手段既然差不多，索性彼此包涵几分还好些。

小仙女突然大声道："这样说来说去，是非黑白，还是分不清，不如还是动手吧，就让我来领教领教花公子的高招如何？"

花无缺上下瞧了她一眼，笑道："你想我能和你动手么？"

慕容珊珊笑道："花公子想来定然是不肯和妇女之辈动手的了。"

花无缺笑道："在下若是不慎，乱了夫人们的容妆，已是罪过，何况真的与夫人们动手？"

慕容双大声道："此事必须解决的，公子若没有法子，我倒有一个。"

花无缺道："请教。"

慕容双道："贱妾等说出三件事，公子若能做到，贱妾等便从此不再寻这江别鹤；但公子若无法做到，便请公子莫再管江别鹤的事！"

听到这里，小鱼儿才恍然大悟：秦剑与南宫柳故意不来，慕容姐妹故意如此打扮，正是要拘住花无缺不能真的出手，她们才好拿三件事来难住花无缺，只要花无缺上钩，这一仗便算他输了。

但花无缺也不是呆子，微一沉吟，笑道："夫人说出的三件事，若是根本无法做到的又如何？”

小仙女大声道：“这三件事说出后，你若无法做到，咱们就做出来让你瞧瞧，这样总该算是公平得很了吧！”

慕容珊珊道：“这三件事自然是不分男女，人人都能做到的，贱妾等只不过是想领教领教公子的武功与智慧而已。”

花无缺笑道：“若是如此，在下便从此退出江湖。”

小鱼儿早已算定慕容姐妹说出的那三件事必定是古灵精怪，极尽刁钻之能事，此刻不禁暗笑道：“花无缺呀花无缺，你一答应，只怕就要上当了。她们挖空心思想出来的事，连我都只怕未必能做到，何况你！”

须知花无缺那句话说得虽轻松，但“退出江湖”四字，分量却实在太重，他此刻声名正如日方升，此后数十年的江湖生涯必定是多彩多姿，绚丽无比，但他今日若输了，这一生便将默默以终。

是以他自己虽然充满自信，旁边瞧热闹的人却不禁为他紧张起来，只见慕容姐妹悄悄商议了一阵。

慕容双终于笑道：“贱妾等要公子做的第一件事，便是请公子以‘金鸡独立’姿势站着，然后再令人来推，若是推不倒公子，公子便算赢了。”

花无缺笑道：“但不知夫人要多少人来推呢？”

慕容双眼波一转道：“随便多少人！譬如说，两百个吧！”

花无缺略一沉吟，竟含笑道：“好，就是如此。”

这句话说出来，群豪又不禁悚然动容。两百个人加在一起，那力量是何等巨大，纵然两百条普通壮汉，加起来的力量也绝非花无缺一个人所能抵挡的，何况他还要以“金鸡独立”姿势站着。

“这件事有什么稀奇，只要花些脑筋，任何人都能做的，你只要把背贴着山壁而立，莫说两百人，就算两万个人也是‘推’不倒你的。”

小鱼儿只当花无缺也想通了这点，谁知他并不走向山壁，竟在空地上就曲起一腿，微微笑道：“在下数到‘三’时，夫人便可令人来推了。”

慕容姐妹交换了个眼色，目中都不禁露出欣喜之色，齐声道："遵命。"

这时山谷内外几百个人，包括小鱼儿在内，都以为花无缺是输定了，有的人甚至已在叹息。

以花无缺之武功而论，百十壮汉，的确不是他的敌手，但这种硬拼力气的事，却毫无技巧可言，既不能借力使力，也不能躲让闪避，别人有一百斤力气推来，你也必须要一百斤力气才能抵挡。

只听花无缺道："一、二、三……"数到"三"字时，他踏在地上的一只脚，竟突然下陷了半寸，那坚硬的石地在他脚下，竟变得像是烂泥似的。

慕容珊珊瞧得心里暗吃一惊，挥手道："花公子已准备好了，你们还等什么？"

抬轿的十八条彪形大汉，立刻快步奔来，他们显然是早经训练，奔行之中，第二人的手已搭上第一人的肩头，第三人搭上第二人的……十八个人脚步愈来愈快，冲向花无缺，推了出去。

这一推之力，非但聚集了这十八个人本身的力量，还加上他们的冲力，力量之大，可以想见。

第六十章

天之骄子

谁知那十八条大汉一推之后，花无缺非但未曾跌倒，连后退都没有后退，他身子竟又往下陷落了几寸。

十八条大汉用的力量愈大，他身子也就往下陷得愈快，十八条大汉满头汗珠滚滚而落，用尽了全身力气。

花无缺身子竟已下陷了两尺，半条腿都已没入石地里，但他面上却仍带着微笑，竟似没有花丝毫力气，就好像站在流沙上似的。

群豪如瞧魔法，瞧得目瞪口呆，几乎以为自己眼睛花了……他脚下站着的难道不是真的石地，而是流泥？

小鱼儿也瞧得呆了。

花无缺用的这法子虽然比他所想的要笨得多，也困难得多，但这样的法子却只有更令人吃惊，更令人佩服。

小鱼儿想了想，连自己也不知道究竟是花无缺所用的这法子聪明，还是自己所想的那法子聪明了。

只见花无缺身子下陷已愈来愈慢，显然是那十八条大汉推的力量也已愈来愈微弱。

到后来，花无缺不再下陷时，那十八条大汉突然跌倒在地，竟已全身脱力，再也站不起来了。

花无缺竟已以“移花接玉”的功夫，巧妙地转变了他们的方向，他们的力量本是往后推的，但经过花无缺的转变后，已变成向下压了，是以他们看来虽是在推花无缺，却无异在推那地面。

群豪自然不懂这其中的巧妙，但愈是不懂，对花无缺的武功就愈是惊讶佩服，终于忍不住暴雷般喝起彩来。

慕容姐妹面上也不禁变了颜色。只听花无缺微笑道：“夫人们还要另找他人来推么？”

慕容珊珊强笑道：“公子神通果然不可思议，贱妾佩服得很。”

小仙女撇了撇嘴，大声道：“这第一件事就算你能做到，还有第二件呢！”

花无缺微微一笑，身子自地下拔起，有风吹过，他那条腿上所穿的半截裤子，立刻化为蝴蝶般随风而去。

群豪喝彩声历久不绝，等到喝彩声过后，那车厢里还在响着清脆的掌声。小鱼儿听得一颗心立刻绞了起来。

他虽然不得不承认花无缺的武功，确实值得“她”拍掌的，只是他想到这一点，却不免更是难受。

花无缺已微笑道：“那第二件事是什么，还请夫人吩咐。”

慕容珊珊眼波一转，笑道：“安庆城里，有家专售点心的馆子叫‘小苏州’，不知公子可知道么？”

花无缺微笑道：“江兄曾带在下去尝过几次。”

慕容珊珊道：“这‘小苏州’所制的八宝饭、千层糕，甜而不腻，入口即化，当真可说得上是妙绝天下。”

花无缺笑道：“在下虽然对此类甜食毫无兴趣，但在下却有位朋友，对这两样东西，也是赞不绝口的。”

小鱼儿自然知道他说的这“朋友”是谁，想到铁心兰和他在一起吃八宝饭的样子，小鱼儿几乎气得跌下树来。

慕容珊珊已娇笑道：“贱妾等对这两样东西非但赞不绝口，简直已是魂牵梦萦，时刻难忘了，不知公子可否劳驾去一趟，解解贱妾的馋？”

这件事也未免太不合情理，也太容易。

花无缺心里也奇怪，但对于女子们的要求，他从来不愿拒绝，他怔了怔，终于笑道：“在下若能为夫人们做点事，正是荣幸之至。”

慕容珊珊道：“但这两样东西，却要趁热时才好吃。”

花无缺沉吟道：“在下买回来时，只怕还是热的。”

慕容珊珊笑得更甜道：“但公子此去，两只脚却不能沾着地面，不知公子能做得到么？”

这句话说出来，群豪才知道她们出的难题，原来在这里，但两只脚不沾地，却又怎能到安庆城来回一次？

小鱼儿却又忍不住要笑了，暗道："诸位慕容姑娘出的题目，简直愈是荒唐了，两只脚不沾地，难道不能坐车去、骑马去么？"

这件事又是个诡谲狡计，但花无缺若做不到，等到慕容珊珊做出来时，以花无缺的为人，也只好认输的。

只见花无缺突然脱下鞋子，露出一双洁白的罗袜，笑道："在下双足是否沾地，此袜可为证。"

话声未了，他身形已像轻烟般掠起。

他既没有坐上车子，也没有骑上马，却掠到一株大树前，折下了两段树枝，左手的树枝在地上一点，已掠出三丈，右手的树枝接着一点，人已到了六丈开外，只听他语声远远传来，道："夫人稍候片刻，在下立即回来。"

他竟将这一手"寒凫戏水"的轻功，运用至化境，别人纵然使用这手轻功，但要在片刻间来回数里，也是绝不可能的。

议论之间，时间像是过去得很快，只见远处人影一闪，花无缺已到了近前，嘴里果然衔着东西。

他两根树枝点地，身子倒立而起，脚底向天，一双洁白的罗袜，果然还是干干净净，点尘不染。

欢呼声中花无缺身子一翻，两只脚已套入方才脱下的那双鞋子里，抛去树枝，将那包东西送到慕容珊珊面前，笑道："在下幸不辱命，请夫人趁热吃吧。"

慕容珊珊勉强挤出一丝笑容，道："多谢公子。"

她接过纸包，拆了开来，里面果然是包着热气腾腾的八宝饭和千层糕，她只得拿起一块，慢慢吃下去。

这又甜又香的千层糕，吃在她嘴里，却像是有些发苦。

不错，花无缺用的又是个笨法子，但小鱼儿非但不能说他笨，甚至也不禁在暗中有些佩服。

他用第一个"笨法子"显示出他惊人的内力，再用这第二个"笨法子"显示出他超群拔俗的轻功。

他用的若不是这两个"笨法子"，群豪此刻非但不会拍掌，简直已要将臭鸡蛋、橘子皮抛在他身上了。

慕容珊珊好容易才将一块千层糕吞下去，她简直从未想到千层糕也会变得这么样难吃。

花无缺不动声色，等她吃完，才笑道："那第三件事呢？"

小仙女早已忍不住了，大声道："有间屋子，门是关着的，你全身上下都不许碰着这扇门，也不许用东西去撞，能走进这屋子么？"

小鱼儿暗笑道："这第三件事简直比第二件还要荒唐。他手脚不能去碰那扇门，难道就不能打开窗子进去么？"

但他此刻也知道花无缺必定是不会用这法子的。

只见花无缺沉吟了半晌，道："此地并无房屋，不知这马车……"

慕容双道："马车也行，你手不许碰马车的门，能走进马车里，就算你胜了。"

花无缺目光转向慕容珊珊，道："是这样么？"

慕容珊珊想了想，道："马车和屋子是一样的。"

花无缺微笑道："在下做到此事后，夫人还有无意见？"

慕容双瞧了慕容珊珊一眼，慕容珊珊道："公子若能做到此事，贱妾等立刻就走。"

她实在想不出还有什么事能难得倒花无缺，若是动武，更非花无缺的敌手，不走又能如何？

花无缺笑道："既是如此，夫人但请瞧着……"他一面说话，一面已走向那马车。

小鱼儿暗道："这小子难道能用'隔山打牛'一类的劈空掌力，将这马车的门震裂不成？"

只见花无缺走到马车前，突然道："铁姑娘，开门吧。"

车厢里人银铃般娇笑道："这就开了。"

群豪先是惊讶，后是奇怪，终于忍不住大笑起来，连小鱼儿都几乎忍不住要笑起来，但听见那银铃般的娇笑声，他实在笑不出。

慕容姐妹眼睁睁瞧着花无缺走进车门，也呆住了。

只听花无缺在车厢里笑道："在下并未违背夫人们的规矩，已走进马车来了，夫人是否同意在下已胜了？"

慕容姐妹张口结舌，竟说不出话来。

花无缺用的这法子，竟比慕容姐妹和小鱼儿所想的还要聪明，还要荒唐，在他等到最后才用出来，群豪已非但不会对他轻视，觉得失望，反而只有更佩服他的机智，一个个纷纷欢呼道："花公子自然该算是胜了，谁也没有话说。"

慕容珊珊再想勉强挤出一丝笑容，也没法子了。

她跺了跺脚，转身走上轿子，慕容双也跟着她。小仙女狠狠瞪了江别鹤一眼，狠狠道："你莫要得意，我不会有好日子给你过的。"

江别鹤微笑瞧着她，也不说话。

十八条大汉又抬起了三顶大轿、三顶小轿，逃也似的走出了这山谷。

江别鹤笑道："花兄的机智与武功，当世已不作第二人想，小弟当真叹为观止了。"

群豪欢声雷动，花无缺自车厢中抱拳答礼，于是这辆马车也在这欢呼喝彩声中，驶了出去。

小鱼儿瞧着这辆马车，想到车厢里的铁心兰，竟呆住了，一颗心像是手巾似的被绞住，过了半晌，突又呼道："我几时对她这么好的？我为何要为她痛苦？这不是活见鬼么？"

铁心兰在他身边时，他丝毫也不觉得什么，但等到铁心兰到了旁人身旁，他竟突然觉得铁心兰比什么都重要。

小鱼儿呆了半晌，突见人丛里走过两个又高又大的胖子，他这才想起已答应过屠娇娇的事。

他跃下树，挤了过去，轻轻拍了拍那罗九欧阳丁的肩头。欧阳丁霍然回过头，脸色已变了。

小鱼儿笑道："你总是如此紧张，为何还不瘦，倒也是件怪事。"

欧阳丁认出了他，面上这才露出笑容，道："最难消受美人恩，在下总无美人之恩可以消受，只有以吃来打发日子，自然要愈来愈胖了。"

小鱼儿眼珠子一转，笑道："两位原来早已知道是我将那位姑娘带走的？"

欧阳丁笑道："除了兄台之外，她还会跟着谁走？"

欧阳当笑道："只是小弟却想不到兄台竟对那傻丫头也有兴趣，居然将她也带走了。"

但两人这一次算盘都没有打对，更未想到那"傻丫头"竟是屠娇娇，以为那"傻丫头"也是被小鱼儿带走的。

小鱼儿自然也不说破，笑道："有总比没有好，两个总比一个好，是么？"

谈笑间三人已走出山谷，快走到屠娇娇的马车前。

小鱼儿突然停下脚步，道："两位请走吧，晚上再见。"

欧阳丁笑道："兄台莫非又要去会佳人了么？"

小鱼儿神秘地一笑，道："也许是……"他有意无意间，往那马车瞟了一眼。

欧阳丁眼珠子一转，大笑道："在下等反正无事，正想陪兄台聊聊。"

小鱼儿故意着急道："我还要到别处去，两位……"

欧阳当大声道："兄台只怕不是要到别处去吧？"

欧阳丁已冲到那马车前，一把拉开了车门，拍手笑道："我猜得果然不错，佳人果然就在这里。"

这兄弟两人一个拼命要占便宜，一个宁死也不吃亏，见到自己寻到的"美人儿"被别人弄走了，愈想愈觉得这亏实在吃得太大了，不占些便宜回来，以后简直连觉都睡不着，兄弟两人竟不约而同，坐上了马车。

欧阳丁笑道："兄台也请上来吧。我兄弟两人反正是打不走了的。"

小鱼儿肚子里暗暗好笑："你这'宁死不吃亏'，看样子今天已经是非吃亏不可的了。"

他愁眉苦脸地坐上马车，叹道："早知如此，方才我就该避着你们才是，怎地还跑去招呼……唉，这只怕是瞧热闹瞧得晕了头了。"

于是车马启行，向前直驰。

欧阳兄弟笑得更是得意，在那又厚又软的车座上舒服地坐了下来，却不知对面坐的就是要命的瘟神。

屠娇娇低垂着头，仿佛羞答答的模样，其实却是不愿这张脸被对面的人瞧得太清楚。

欧阳丁大笑道："一日不见，姑娘怎地变得更漂亮？"

欧阳当笑道："新承雨露，花朵自更娇艳，你难道连这道理都不懂？"

这两兄弟虽然时时刻刻都在提防着别人，但此刻在这马车里，背后就是车壁，他们还有什么好提防的？

小鱼儿虽然知道屠娇娇要骗这两人上车，必定是要向他们算账了，但也想不出她要如何下手。

只见屠娇娇始终羞答答地坐着，并不急着出手，也没有找小鱼儿帮忙的意思，竟像是早已胸有成竹。

小鱼儿只觉这热闹比方才还有意思，简直等不及地想瞧瞧屠娇娇如何出手，欧阳兄弟又是如何对付。

这时车马愈走愈快，已远离人群，转入荒郊。

欧阳丁忍不住问道："兄台的香巢，怎地这么远呀？"

小鱼儿笑道："你若想吃李子，就该沉住气。"

欧阳当大笑道："是极是极，只不过……"

屠娇娇突然抬起头来，娇笑道："只不过那李子酸得很，你们只怕吃不下去。"

欧阳兄弟齐地怔了怔，似已觉得有些不对劲了。

欧阳丁哈哈笑道："姑娘什么时候变得如此会说话了？"

屠娇娇笑道："很久了，大概已经有二十年了。"

欧阳兄弟脸色又变了变，两人已准备冲下车去。

小鱼儿瞧得暗暗皱眉："屠娇娇做事怎地也变得如此沉不住气了，她这两句话说出，也不怕打草惊蛇么？"

就在这时，只听"噗"的一声，那宽大的车座下，又厚又软的垫子里竟突然伸出四只手来。

两人只觉肘间一麻，双臂已被这四只手捏住，有如加上了道铁箍，痛彻心骨，再也动弹不得了。

欧阳丁惊极骇极，颤声道："兄……兄台，你……你为何如此？"

小鱼儿又是惊奇又是好笑，道："这不关我的事，你们莫要问我。"

欧阳丁转向屠娇娇，道：“难道这……这是姑娘的主意？”

屠娇娇笑道：“不是我是谁呢？”

欧阳兄弟听得这语气，脸上吓得更无一丝血色。

欧阳当道：“你……你究竟是什么人？”

屠娇娇笑道：“你方才认不出我，是真的，现在还认不出我，就是装样了。”

欧阳当道：“我……我兄弟怎会认得姑娘？”

屠娇娇道：“你不认得我，为何会如此害怕？”

欧阳丁强笑道：“害怕？谁害怕了……”

欧阳当“咯咯”干笑道：“我兄弟自然知道姑娘这是开玩笑的。”

屠娇娇叹了口气，道：“欧阳丁、欧阳当，你们再装样也没有用了……”

欧阳丁道：“屠大姐，你也觉得有趣么？瘦子竟会变得如此胖了。”

屠娇娇笑道：“你们只怕是吃了发猪菜。”

欧阳丁道：“不错不错，我兄弟真像是吃了发猪菜了，哈哈。”

屠娇娇眼睛一瞪，冷冷道：“现在已经到了你们该将发猪菜吐出来的时候，是么？”

两人嘴里不停地打着哈哈，却连什么话都不说，小鱼儿知道这两人不知又在打什么坏主意了。

突听车垫下一人笑道：“欧阳兄弟这二十年来除了养得又白又胖外，不想还学会了你这打哈哈的本事，我看不如收他们做徒弟算了。”

阴阳怪气的语声，竟是白开心的。

一人大笑道：“哈哈，我若是收了这两个徒弟，只怕连裤子都要被他们算计去，只能光着屁股上街了，哈哈！”

这两个“哈哈”声音又洪又亮，正是货真价实、童叟无欺的“笑里藏刀小弥陀”哈哈儿来了。

欧阳兄弟本来还在打着脱逃的主意，一听藏在车垫下的竟是这两个人，他们还有什么希望逃得掉？

欧阳丁干笑道：“小弟不想竟将两位兄长坐在屁股下了，真是罪过。”

白开心在车垫下笑道：“那倒无妨，屠大姐将这下面弄得比我家的床都舒服，还有酒有肉……”

哈哈儿接着笑道：“只是我想到你们两张肥屁股就在头上，却有些吃不下了。”

欧阳当道：“两位不放开手，小弟便无法站起来，小弟不站起来，两位便只能在下面蹲着……屠大姐，你说这怎么办呢？”

屠娇娇笑道：“这还不容易办么？只要你们把发猪菜吐出来，他们立刻就放手。”

白开心道：“再不然就将你两人宰了也行。”

哈哈儿道：“哈哈，这主意倒也不错。”

欧阳丁叹了口气，道：“屠大姐交给我兄弟的东西，我兄弟早就想送到恶人谷去的，只是……”

屠娇娇冷笑道：“只是东西却不见了，是么？”

欧阳丁哭丧着脸道：“屠大姐猜得一点也不错，你们入谷的第二年，那批东西就全都被人抢走了，我兄弟生怕屠大姐怪罪，所以只好……只好……”

屠娇娇完全不动声色，甚至连眼睛都没有眨一眨，悠然道：“这理由的确不错，但抢东西的是谁呢？”

欧阳丁叹了口气，道：“路仲远。”

屠娇娇突然咯咯娇笑起来，道：“哈兄，你说他们这谎话说得好么？”

哈哈儿道：“哈哈，果然不错，他明知咱们没法子去问路仲远的。”

白开心嘻嘻笑道：“这种事就叫作死无对证。”

欧阳当道：“若有半句虚言，就叫我天诛地灭不得好死，下辈子投胎变个母猪，红烧了来让哈兄下酒。”

小鱼儿暗笑道：“这人赌咒当真好像吃白菜似的，一天也不知说多少次，否则又怎能说得如此流利。”

只见屠娇娇仰起了头，全不理睬。哈哈儿和白开心在车垫下也不说话，却有阵咀嚼声传出，显见白开心已在吃起肉来。

欧阳兄弟你一句我一句，说得满头大汗，几乎连嘴都说破了，屠娇娇却像是一句也没听见。

小鱼儿愈瞧愈有趣，本来想走，也舍不得走了。这时车马突然停下，接着，车窗外就露出了一张脸。

这张脸冷漠苍白，白得已几乎变得像冰一样透明了。

欧阳兄弟瞧见了这张脸，就好像被别人抽了一鞭子似的，整个身子都缩成一团。欧阳丁道：“原……原来杜……杜老大也来了！”

第六十一章

阴狠毒辣

欧阳兄弟方才还是滔滔不绝，能说会道，此刻见了杜杀，竟连几个字都说不清楚。

小鱼儿瞧见“血手”杜杀这张冰一般的脸，心里不知怎地，却生出一种亲切之感，忍不住笑道：“杜大叔，你好么？”

杜杀道：“好！”

他只瞧了小鱼儿一眼，在这一瞬间，他目中的冰雪似乎有些融化，但等到这双眼睛盯在欧阳兄弟身上时，寒意却更重了。

他拉开了车门，话也不说，另一只手已掴在欧阳当脸上，正正反反，掴了二十几个耳光，这才冷冷道：“你还认得我么？”

欧阳当却连哼都不敢哼，还赔着笑道：“小……小弟怎敢不……不认得杜老大？”

杜杀冷笑着反手一掌，切在他右膝“犊鼻”穴上，照样给欧阳丁也来了一掌，转过身子，厉声道：“下来吧！”

欧阳丁道：“小……小弟腿已不能动了，怎么下去？”

杜杀道：“腿不能动，用手爬下来！”

欧阳兄弟互望了一眼，果然乖乖地爬了下去。

马车停在一栋荒宅外，赶车的却已不见了。

几人进了荒宅，只见残败破落的大厅里，竟生着堆火，火上煮着锅东西，也不知是什么。还有好几个瓦罐子，零乱地放在地上，像是做菜用的作料。

一个人箕踞在火堆旁，正是那赶车的。这么大热的天气，他坐在火旁头上竟没有一粒汗珠。

屠娇娇笑道："小鱼儿，你还不快过去见见你的李大叔，这些年来，他天天在想着你哩，只不过不知道他是不是想吃你的肉。"

小鱼儿笑嘻嘻道："看样子，李大叔莫非在生气么？"

小鱼儿走过去，笑道："李大叔，你可莫要真的生气，人一生气，肉就会变酸的。"

李大嘴忍不住哈哈一笑，拉起小鱼儿的手，笑道："不想你这小鬼倒还记得这句话。"

这时欧阳兄弟才呻吟着爬了进来。"血手"杜杀冷冷地跟在他们身后，只要他们爬得慢了些，就重重给他们一脚，简直把这两人看得比猪还不如。

哈哈儿大笑道："二十年来，咱们兄弟还是第一次聚了这么多，当真是盛会难逢，不可不好生庆祝庆祝。"

屠娇娇咯咯笑道："江湖中若有人知道咱们这班老伙伴又聚在一起了，不知该如何想法？"

哈哈儿笑道："他们只怕连苦胆都要吓破。"

李大嘴正色道："苦胆千万不可吓破，否则肉就苦得不能吃了。"

小鱼儿眼珠子四下转动，瞧着这些人，想到自己童年时的光景，心里也不知是什么滋味。

这些人虽然是恶人，但在他眼中，每个人多少都有些可爱之处，真要比江别鹤那种伪君子可爱得多。

小鱼儿觉得实在开心得很，但想到这些人每个都和瘟神一样，此番重出江湖，又不知有多少人要倒霉了，他心里不觉又有些发愁。

他实在不能眼睁睁地瞧着，他得想个法子。

只听屠娇娇道："现在，只差阴老九了，不知他遇见了什么事，怎地还未赶来？"

欧阳丁趴在地上，赔笑道："小弟瞧见诸兄又复重聚，实是不胜之喜。"

欧阳当也赶紧笑道："这实在该喝两杯庆祝庆祝才是。"

屠娇娇道："是呀，但咱们的钱已被你骗光了，哪里还有钱买酒？"

欧阳丁道："屠大姐只要放了小弟，小弟必定立刻去找那姓路的，拼了命也要将那批东西抢回来。"

话未说完，杜杀的钢钩已勾入了他肩头，将他整个人都勾了起来。欧阳丁再也忍不住杀猪似的惨呼道："杜老大，小弟并未说谎，你饶了小弟吧！"

杜杀冷冷道："东西在哪里？说！"

欧阳丁道："真……真被路仲远……"

杜杀一拳捣在他脸上，他"远"字出口，一嘴鲜血也随着喷了出来，里面还夹着三颗牙齿。

小鱼儿明知这欧阳兄弟比谁都坏，但瞧见他们这副模样，也觉大是不忍，正想设法帮他们个忙，欧阳丁已大呼道："我说了，我说了，那批东西还在，路仲远根本连手指也没有碰到，我方才全是说谎的，你们饶了我吧！"

小鱼儿叹了口气，喃喃道："你明知要说的，为何不早说，难道非要人家用这种法子对付你不可？这也就怪不得别人心狠手辣了。"

杜杀道："东西既在，在哪里？"

欧阳丁颤声道："我说出之后，你们还要杀我么？"

哈哈儿道："哈哈，咱们本是如弟兄一样，怎会杀你们？"

欧阳当道："这话要杜老大说，我兄弟才放心。"

"血手"杜杀虽然心狠手辣，但平生言出必行，从未说过半句谎话，这点江湖中人都是知道的。

只听杜杀冷冷道："你说出之后，我等绝不伤你性命！"

欧阳丁长长松了口气道："那批东西就藏在龟山之巅的一个洞穴里……"

欧阳当抢着道："小弟还可为诸兄画一幅详细的地图。"

地图画好，众人俱是喜动颜色，四双手一起伸了出去，只听一连串"噼啪"声响，你打我的手，我打你的手，四双手又一起缩了回去——只有四双手，只因"血手"杜杀的手除了杀人外，是从不轻易伸出来的。

李大嘴终于大声道："此图还是交给杜老大保管，否则我绝不放心。”

突听一人悠悠道：“不错，除了杜老大外，我也是谁都不放心的。”

缥缥缈缈的语声中，窗外已多条人影。

哈哈儿道：“哈哈，阴老九果然是聪明人，等咱们费了半天力后，他才来抢便宜。”

阴九幽冷冷道：“你们费了力，难道我没有？”

屠娇娇笑道：“你费了什么力？难道被鬼缠住脱不了身？”

阴九幽一字字道：“我正是遇见鬼了。”

阴九幽目光在小鱼儿身上打了个转，突然阴恻恻地笑道：“小鱼儿，你猜是什么鬼？”

小鱼儿眼珠子一转，笑道：“能缠住你的鬼，倒也少有，但能令你害怕的人，倒有一个……”

屠娇娇跳了起来，失声道：“你莫非遇见了燕南天？”

阴九幽诡笑道：“我若遇上他，还能来么？我只不过远远瞧见他了，瞧见他骑在马上，生龙活虎，比以前好像还要精神得多。”

小鱼儿听得又惊又喜，李大嘴、哈哈儿、白开心、屠娇娇，脸上全都变了颜色，尤其是屠娇娇，一步冲过去，道：“他……他是往哪里去的？”

阴九幽道：“我怎知他要到哪里去？说不定是往这里来的。”

这句话说出来，名震天下的十大恶人竟连坐都坐不住了。李大嘴首先站了起来，道：“这里的确不是久留之地，咱们走吧。”

哈哈儿道：“走自然要走，谁不走我佩服他。”

欧阳丁颤声道：“求求你们，将我也带走吧，我……我也不愿见着燕南天。”

这“燕南天”三个字，竟像是有着什么魔力，竟能使这些杀人不眨眼的人物坐立不安，失魂落魄。

小鱼儿瞧得又是惊喜，又是羡慕，暗叹道：“一个人若能做到像燕南天这样，这辈子也就不算白活了……我自以为蛮不错的，但比起他来，又能算什么？”

但燕南天也是个人呀，燕南天能做到的事，江小鱼为什么不能做到？江小鱼又有什么不如人的地方？

一时之间，小鱼儿但觉心中万念奔涌，忽而觉得心灰意冷，忽又觉得热血澎湃，豪气顿生……

忽听欧阳丁狂呼一声，鲜血飞激，他一条手臂、一条大腿，竟已被屠娇娇生生剁了下来。

欧阳当嘶声道："杜老大，你……你答应过的……你……"

屠娇娇笑道："杜老大只答应不要你性命，并未答应别的呀。"

她一面说话，一面又将欧阳当的一手一腿剁了下来，又将罐子里一满罐白糖，全都倒在他们身上。

欧阳当大呼道："你……你干脆给我个痛快，杀了我吧！"

屠娇娇笑道："杜老大说过不杀你，我怎能杀你！"

欧阳丁咬牙道："你……你好狠的心，好毒的手段！"

屠娇娇咯咯笑道："你现在虽然这么说，但我若落在你手上，你只怕比我还要狠上十倍。"她娇笑着走了出去，竟再也不瞧他们一眼。

欧阳兄弟的惨呼，竟像是没有一个人听见。

现在，夕阳满天，已是黄昏。

小鱼儿独立在夕阳下，屠娇娇、白开心、李大嘴、杜杀、阴九幽都已走了，临走之前，都和小鱼儿说过一些话，但说的是些什么，小鱼儿并没有认真去听。他只知道他们都已到龟山去了，并没有要小鱼儿随行，小鱼儿更没有跟他们去的意思，他只听见他们说："小心提防着燕南天，好生将江别鹤斗垮，你跟着我们走，也有些不便，我们日后定会来找你。"

小鱼儿并没有认真去听他们说的话，只因也不知从什么时候开始，他的心突然被"燕南天"三个字充满。

"燕南天，我为什么不能学燕南天？而要学屠娇娇、李大嘴？我恨一个人时……为什么不能学燕南天那样，堂堂正正地找他，与他决斗，反去学屠娇娇和李大嘴，只知在暗中和他捣鬼？"

欧阳兄弟的惨呼声，犹不住自风中传来。小鱼儿突然转身向那荒宅直掠而去。

欧阳兄弟倒卧在血泊中，成千成万虫蚁，已自荒宅中四面八方涌了过来。他们身受之惨，实非任何言语所能形容。

他们瞧见小鱼儿来了，俱都颤声呼道："求求你，赏我一刀吧，我死也感激你。"

小鱼儿叹了口气，竟将两人提了出去，寻了个水井，将他们两人身上的虫蚁冲了个干净。

欧阳兄弟怎么也想不到他竟会来相救，四只眼睛只望着小鱼儿，目光中既是惊讶，又是感激。

小鱼儿喃喃道："我突然变得慈悲起来了，你们奇怪么？我虽然知道你们都不是好东西，但要你们这样慢慢地死，却也未免太过分了些。"

欧阳丁凝注着他，道："你……你若肯救我，我……必定重重报答你。"

小鱼儿笑道："只要你能活下去，我一定救你，但我不要你什么报答。"

欧阳丁瞧着他，就像是从未见过他这个人似的，突然道："那批宝物并非藏在龟山。"

他忽然说出这句话来，小鱼儿怔了怔。

欧阳丁那张本令任何人见了都要生出恻隐之心的脸，竟又露出一丝狡恶的狞笑，咬牙道："我在那种情况下说出来的话，任何人都不会以为是假的了，是么？我正是要他们认为如此，否则那些恶鬼又怎会上我的当！"

小鱼儿道："他们最多也不过空跑一趟而已，也算不得是上当。"

欧阳当疼得嘴唇上的肉都在打战，此刻却仍大笑道："我兄弟要他们上当，岂止空跑一趟而已？"

欧阳丁狞笑道："这一趟他们纵能活着回来，至少却也得将半条命留在龟山上。"

小鱼儿皱眉道："为什么？"

欧阳当阴阴笑道："我兄弟告诉他们的那个地方，没有藏宝，却有个恶魔。这恶魔已有许多年未露面了，他们做梦也不会想到他会藏在龟山。"

欧阳丁道："咱们就算死了，但他们也没有好受的，遇见了这恶魔，他们身受之惨，只怕比咱们还惨十倍。”

小鱼儿摇头笑道：“你们既已要死了，何苦要害人？”

欧阳丁大笑道：“我明知他们反正是放不过我的，索性多吃些苦，多受些罪，把他们也拖下水，我欧阳丁正是拼命也要占便宜的。”

欧阳当大笑道：“我兄弟两条命，要换他们五条命，这买卖做得连本带利都有了，我欧阳当正是宁死也不吃亏。”

小鱼儿瞧见他们这副一面疼得打滚，一面还要大笑的模样，全身都起了鸡皮疙瘩，摇头苦笑道：“你们这简直不是明知必死才害人的，简直是为了害人，而宁可去死，像你们这样的人，倒也少见得很。”

只见这拼命害人的两兄弟，虽在大笑，但笑声已渐渐微弱。欧阳当滚到欧阳丁身旁，道：“老大，咱们真要将那藏宝之地告诉这小子么？”

欧阳丁道：“这小子天生不是好东西，得了咱们那宝藏后，害的人必定更多了。咱们死后，能瞧着这小子用咱们的宝藏害人，也是乐事一件。”

小鱼儿叹道：“别人说，人之将死，其言也善。你们死到临头，也不肯说两句好话么？”

欧阳当道：“咱……咱们活着是恶人，死了也要……做恶鬼……”

欧阳丁道：“告诉你，那真的藏宝之处，是在……汉口城，八宝里，巷子到头右面的三栋小屋子里，那门是黄色的。”

欧阳当咯咯笑道：“他们都以为咱们必定也将财宝藏在什么荒无人迹的秘密山洞里，却不想咱们偏偏要将财宝藏在人烟稠密之处，叫他们做梦也想不到。”

两人的语声也愈来愈微弱，简直不大容易听得清楚了，那伤口也渐渐不再有血流出来。

小鱼儿忽然一笑，道：“很好，现在你们若要去做恶鬼，只管去做吧，但你们却莫要忘了，做恶鬼是要上刀山、下油锅的，那滋味并不好受。”

欧阳当身子突然缩成一团，嘶声道：“我不是恶人……也不愿意做恶鬼，我……我不愿下地狱。”

小鱼儿道：“你现在才想起说这话，不嫌太迟了么？”

欧阳当大呼道："求求你，用我们的财宝，去为我们做些好事吧。"

欧阳丁道："不错不错，我们坏事做得太多了，求求你为我们赎赎罪吧！"

小鱼儿摇头叹道："奇怪，很多人都以为用两个臭钱就可以赎罪，这想法岂非太可笑了么？若是真的如此，天堂里岂非都是有钱人，穷人难道都要下地狱？"

欧阳兄弟齐地惨呼道："求求你，帮个忙吧！"欧阳兄弟全身颤抖，已说不出话来，只是拼命点头。

小鱼儿摇头道："若让天下的恶人，全都来瞧瞧你们现在的样子，以后做坏事的人，只怕就要少得多了。"

他叹了口气，接道："但无论如何，我总会为你们试试的，你们现在才知道忏悔，虽已迟了，但总比死也不肯忏悔好一点，你们只管放心死吧。"

每个人一生之中，都会有一个特别值得怀念的日子。

小鱼儿自然也有这样的一天。

小鱼儿在这一天里，突然发现了许多事……这些事他以前并非完全不知道，只是从未仔细去想而已。

这一天纵然对一生多姿多彩的小鱼儿来说，也是特别值得怀念的，就在这一天里，他经历到从来未有的伤心与失望，也经历到从来未有的兴奋与刺激。假如他以前始终还只是个孩子，这一天却使他完全成长起来。

现在，小鱼儿将脸上洗得干干净净，到成衣铺里，换上套天青色的衣服，临镜一照，自己对自己也觉得十分满意。

于是他又找了家地方最大、生意最好的饭馆，饱餐了一顿。来自四面八方的江湖朋友，仍留在安庆城没有走，这状元楼里几十张桌子，倒有一大半坐的是武林豪杰。

小鱼儿带着欣赏的心情，瞧着他们大块吃肉、大碗喝酒，他觉得这些粗豪的汉子，委实都有他们的可爱之处。

只听他旁边桌子一人笑道："欧阳兄弟今天晚上想必还是要到这状

元楼来的了。”

那“欧阳兄”哈哈笑道：“承蒙江大侠瞧得起，倒也发给俺一张帖子，今天晚上正是少不得还要到这里来喝上一顿。”

他语声故意说得很大，四下果然立刻有不少人向他瞧了过来，那眼光既是羡慕又有些妒忌。

小鱼儿瞧得又好笑，又好气。

江别鹤居然还有脸大请其客，被请的人居然还引以为荣，这实在要令小鱼儿气破肚子了。

靠窗的一桌上，突然又有人讶然道：“江大侠今天晚上请客，正是要为花公子庆功，花公子此刻却怎地要走了？难道他竟不给江大侠面子？”

另一人道：“今天风和日丽，天色晴朗，花公子想必正是带着他未来的妻子出城去踏青，绝不会是真要走的。”

只见一辆大车，自东而来，车窗上竹帘半卷，隐约可以瞧见一个乌发堆云的丽人倩影。

花无缺丰神俊朗，白衣如雪，骑着匹鞍辔鲜明的千里马，随行在车旁，不时与车中人低低谈笑。

小鱼儿一眼瞧过，几乎又变得痴了。

这时酒楼上的人大多拥到窗前凭窗下望，不觉又发出一片艳羡之声，有的竟含笑招呼道：“花公子你好！”

花无缺抬起头来，淡淡一笑。

酒楼上的人唯恐他瞧不见自己，一个个的头都拼命向外伸，小鱼儿却生怕被他瞧见，赶紧缩回了头。

直到花无缺的车马过去，酒楼上的人都回到座上，小鱼儿仍痴痴地坐在那里，忽然喃喃自语道：“我这样躲着他，究竟要躲到几时？我难道真的一辈子都躲着他么……”想到这里，忽然站起身子，冲下楼去。

第六十二章

情有独钟

小鱼儿根本不管别人用什么眼光瞧他，提着衣襟愈跑愈快，片刻间便已追上了花无缺的车马。

车马这时正要出城，突听一人大呼道：“花无缺慢走！”

花无缺微微皱了皱眉头，自然勒住马，铁心兰刚从车窗里探出半个头，小鱼儿已一个箭步蹿了过来。

小鱼儿会突然出现，就连花无缺都不免大吃一惊，几乎不相信自己的眼睛。铁心兰更已骇呆了。

小鱼儿拼命忍住，绝不去瞧铁心兰一眼，只是眼睛眨也不眨地瞪着花无缺，突然哈哈一笑，道：“你以为我是送死来的，是么？”

花无缺叹了口气，道：“不错。”

面对着这样的人，小鱼儿也有些笑不出来了，大声道：“你既然这么想杀我，为何不来找我却等我来找你？”

花无缺缓缓道：“我自己本不愿杀你，所以也并未急着找你，但此刻我既然见着你，却还是非杀你不可！”

铁心兰这时才回过神，突然拉开车门，自车厢里冲了下来，挡在小鱼儿面前，大声道：“这次是他自己来找你的，至少这次你不能杀他。”

小鱼儿突然用力一推，将她推得撞在车上。花无缺脸色变了变，终于忍住没有开口。

铁心兰瞧着小鱼儿，颤声道：“你……你为什么这样对我？”

小鱼儿连瞧也不瞧她一眼，瞪着花无缺冷笑道：“这铁姑娘听说是你未过门的妻子，为何来管我闲事，我根本连认都不认得她。”

铁心兰用力咬住了嘴唇，虽然嘴唇已被咬得出血，虽然眼睛里已有泪珠在打转，却还是不离开。

花无缺心里只觉阵阵刺痛，故意不再去瞧铁心兰，淡淡道：“这次你不要别人帮忙了么？”

小鱼儿仰天大笑道：“我若要人帮忙，为何来找你？”

他突又顿住笑声，大声道：“你心里自然也知道，我这种人，是绝不会为了送死而来找你的，那么，我是为何而来的，你心里必定又在奇怪。”

花无缺道：“正是有些奇怪。”

小鱼儿道：“你以为我杀不死你，我也以为你杀不死我，若是这样拖下去，拖到两百年后也不知究竟是你对，还是我对，我心里着急，你只怕比我更急。所以，我今天来，正是为了要和你作个了断！”

花无缺目光闪动，微笑道：“你想如何来作了断？”

小鱼儿道：“你只要说个地方，三个月后，我必定去找你一决生死！没有分出生死强弱前，谁也不许逃走！”

小鱼儿长长吐了口气，又道：“但在这三个月的约期未到之前，你纵然瞧见了我，也得装作没有瞧见，更不能来寻我动手！”

花无缺沉吟不语。

小鱼儿大声道：“我若不来找你，这三个月，你反正是找不着我的，这条件你并没有吃亏，你为何不肯答应？”

花无缺缓缓道：“你说出这条件，其中想必又有诡计。”

小鱼儿瞪眼道：“你……你不答应？”

花无缺忽然勒过马头，道：“三个月后，我在武汉一带，你必定可以找到我的。”

小鱼儿大声道：“很好，你如此信任我，我必定不会使你失望！”话未说完，也掉转头，大步而去。

铁心兰只望他会回头来瞧一眼，但他始终也没有回过头来，直到他身影完全消失，铁心兰还痴痴地站在那里。

花无缺静静地坐在马上，也没有催她。

也不知过了多久，铁心兰才缓缓上了马车，拉起车门，瞧见花无缺仍坐在马上等她，她心里也不知是什么滋味。

花无缺本是为了要让铁心兰散散心，才劝她出城走走的，但此刻出得城来，两人心里反而都打了个结，眼见再难化解得开。

铁心兰不停地将车窗上的竹帘卷起来，又放下去，城郊外虽然风物如画，但她再也没有心情去瞧上一眼。

前面一丛花树，千千万万朵不知名的山花，开得正盛。一道小溪流过花林，溪水在初秋的太阳下闪闪发光。

远处，有个穷汉，正仰面卧在小溪旁晒太阳，近处虫鸣阵阵，鸟语花香，地上的泥土，软得像毯子。

花无缺下了马，站在一株花树下，又出起神来，微风吹动着他雪白的长衫。

铁心兰轻轻推开了车门，走在柔软的泥土上，瞧着花无缺的背影，也痴痴地出了会儿神，突然道："你明知那其中必有诡计，为何还要答应他？"

花无缺似乎叹了口气，但没有回头，也没有说话。

铁心兰自他身旁走过，自低枝上摘下了一朵小花，揉碎了这朵不知名的山花，突然回过头，面对着他，道："你为何不说话？"

花无缺淡淡一笑，终于缓缓道："沉默，有时岂非比什么话都好？"

铁心兰霍然扭转了身子，道："这两年来，你处处照顾着我，若不是你，我早已死了。我这一辈子，从来也没有人像你对我这么好。"

花无缺瞧着她脖子后随风飘动的发丝，又没有开口。

铁心兰轻叹着接道："我这一生中，也从没有人像他对我那么坏，但是我……我也不知为了什么，一瞧见他，就没了主意。"

花无缺闭起了眼睛，道："这些话，你本来不必对我说的。"

铁心兰肩头不住颤抖，道："我也知道这话不该说的，但若不对你说个明白，我心里更难受，更觉得对不起你。"

花无缺柔声道："这怎能怪你？你又有什么对我不起？"

远处那穷汉，长长伸了个懒腰，喃喃道："年纪轻轻，为了这种小事就痛苦不堪，等你们长大了，就会知道世上比这种更痛苦千万倍的事，还多着哩！"

花无缺本未留意他，更未想到自己在这边的轻言细语，竟会被远在数丈外的人听在耳里。

就连铁心兰也不觉止住了低泣声，抬起头来。

那穷汉打了个呵欠，突然翻身掠起。

只见他面上瘦骨嶙峋，浓眉如墨，满脸青黪黪的胡茬子，在阳光下亮得刺眼，骤眼瞧去，也瞧不出他有多大年纪。

花无缺出道以来，天下的英雄，谁也没有被他瞧在眼里，但也不知怎地，这懒洋洋的穷汉，竟似有一种说不出的慑人之力。他身形虽非十分魁伟，但无论谁在他面前，都不禁要自觉渺小。

那穷汉瞧见花无缺，也似吃了一惊，喃喃道："莫非就是他？否则怎会如此相像，别人的事我可不管，但是他……我岂能不成全他的心意？"花无缺与铁心兰也未听清他说的是什么，这穷汉已走了过来，他懒洋洋地走着，像是走得很慢。

但只走了两步他竟已到了花无缺面前。这时花无缺才将他瞧得更清楚了些。

只见他身上穿的是件已洗得发白的黑布衣服，脚下穿着双破烂的草鞋，一双筋骨凸出的大手长长垂了下来，几乎垂过膝盖，腰畔系着条草绳，草绳上却斜斜插着柄生了锈的铁剑。

这穷汉已上上下下仔细地打量了花无缺几眼，突然咧嘴一笑，道："你心里可是很喜欢这位姑娘？"

花无缺实未想到他竟会问出这句话来，怔了怔，讷讷道："这……"

那穷汉喝道："什么沉默比说话好，全是狗屁！你不说出来，人家怎知你喜欢她。"

花无缺的脸竟红了红，更说不出话来。他从来以含蓄为美，但也不知怎地，这种粗俗不堪的话，自这穷汉嘴里说出来，竟另有一种豪迈之气，令人不觉心动神驰。

铁心兰的脸虽也红了，却忽然道："有些话，他不必说，我也知道。"

那穷汉闪电般的眼睛，立刻瞪在她脸上，哈哈大笑道："很好，不想你竟比他痛快得多，这样的女孩子，莫说是他，就连我见了，都有些喜欢。"

那穷汉道："你喜不喜欢他？"

铁心兰道："我不……"

她抬头瞧了花无缺一眼，又垂下了头，接着道：“我也不是不喜欢，只是……”

那穷汉不等她再说，已大笑道：“既然不是不喜欢，自然是喜欢了。你两人既然彼此喜欢，就由我来做媒，今日就在这里成了亲吧！”

他这句话说出来，花无缺与铁心兰不觉大吃一惊。

花无缺失声道：“阁下莫非在开玩笑么？”

那穷汉眼睛一瞪，大声道：“这怎会是开玩笑？你瞧此地，鸟语花香，风和日丽，你两人在这里成亲，岂非比什么地方都好得多？”

他愈说愈是得意，又不禁大笑道：“红烛之光，又怎及阳光之美？世上所有的红毡，更都不比这泥土的芬芳柔软。你两人就在这阳光下、泥土上，快快拜了天地，岂非人生一大乐事？就连我都觉得痛快已极！”

花无缺听他自说自话，也不知是该恼怒，还是该欢喜。铁心兰呆呆地怔在那里，更是哭笑不得。

她此刻虽有心一口拒绝，却又不忍去伤花无缺的心。

花无缺瞧了瞧她的神色，却忽然道：“阁下虽是一番好意，怎奈我等却歉难从命。”

那穷汉笑声顿住，瞪眼道：“你不答应？”

花无缺长长吸了口气道：“是。”

那穷汉突又大笑道：“我知道了，这不是你不愿意，只是你怕她不愿意。但她既未说话，你又何苦多心？”

花无缺想了想，缓缓道：“有许多话，是不必说出来的。”

那穷汉叹道：“你明明喜欢她喜欢得要命，但为了她，却宁可硬着心肠不答应，这样的多情种子，倒真不愧是你爹爹的儿子。”

花无缺也听不懂他这话是什么意思，那穷汉已瞪着铁心兰道：“像这样的男人，你不嫁给他嫁给谁？”

花无缺虽然明知他是为了自己，此刻也不觉怒气发作，冷笑道：“在下什么人都见过，倒真还没有见过如此逼人成亲的。”

那穷汉道：“你如此说话，想必是以为我宰不了你，是么？”

“是么”两字出口，突然拔出腰畔的剑，向身旁一株花树上砍了过去。这柄剑已锈得不成模样，看来简直连根树枝都砍不动，谁知他一剑挥去，那合抱不拢的巨木，竟“咔嚓”一声折为两段。

铁心兰生怕花无缺开口得罪了他，只因此人武功实是深不可测，就连花无缺，都未必是他的敌手。

要知铁心兰心肠最是善良，虽不愿花无缺伤了小鱼儿，也不愿别人伤了花无缺，不等花无缺开口，抢先道：“我答应了。”

花无缺突然道：“我绝不答应。”

那穷汉奇道：“她都答应了，你为何不答应？”

花无缺明知铁心兰不是真心情愿的，他愈是对铁心兰爱之入骨，便愈是不肯令铁心兰有半分勉强。

花无缺冷冷道：“我不答应，就是不答应，你若要杀我，只管动手就是！”

铁心兰失声道：“你……你难道不喜欢我？”

花无缺再也不瞧她一眼——他看来虽和小鱼儿全无丝毫相同之处，但使起性子来，却和小鱼儿完全一模一样。

那穷汉瞪着眼瞧着他，道：“你宁可终生痛苦，也不答应？”

花无缺道：“绝不答应。”

那穷汉喝道：“好！我与其让你终生受苦，倒不如现在就宰了你！”

剑光一展，向花无缺直刺过去。他这一剑自然未尽全力，但出手之快，剑势之强，环顾天下武林，已无一人能望其项背。

只听“啪”的一声，花无缺虽然避开了这一剑，束发的玉冠，却已被剑气震断，满头头发，都被激得根根立起。这一剑之威，竟至如此，实是不可思议。

铁心兰失色惊呼道：“前辈快请住手，他不肯答应只是为了我，我心里才真是不肯答应的，前辈你要杀，就杀了我吧！”

她惊骇之下，不禁吐了真言，花无缺只觉心里一阵刺痛，出手三掌，竟不顾一切，抢入剑光反扑过去。

谁知那穷汉反而收住剑势，哈哈大笑道：“姓江的果然都是牛一般的脾气，只是你却比你爹爹还呆。试想她若真的不肯答应你，真的不喜欢你，又怎肯为你死？”

花无缺怔了一怔。铁心兰也跟着怔住了，道：“他不姓江，他叫花无缺。”

那穷汉摸了摸头，满面惊讶之色，喃喃道："你不姓江？这倒真的是件怪事，你简直彻头彻尾像个姓江的，你简直和他长得一模一样。"

花无缺也忘了出手，只觉这人简直有些毛病。

那穷汉叹了口气，苦笑道："你既然不姓江，成不成亲，就全都不关我的事了，你要走就走吧。"他竟然真的什么都不管了，喃喃苦笑着转身而去。

花无缺、铁心兰两人面面相觑，谁也弄不懂这究竟是怎么回事。只见那穷汉一面走，一面还在自言自语，道："这少年居然不是江小鱼，奇怪奇怪……"

铁心兰又惊又喜，失声道："前辈莫非以为他是江小鱼，才逼着我们成亲的么？"

那穷汉淡然道："我虽然是不忍见着你们为情受苦，但若非认定他是江小鱼，我实在也不会多管闲事。"

那穷汉忽然回过头来，瞧了瞧铁心兰，又瞧了瞧花无缺，突然大笑道："我明白了，我明白了！原来你说的那对你最坏的人，就是江小鱼，你两人本来是会成亲的，就为了江小鱼，才弄成这般模样。"

铁心兰幽幽叹息一声，垂下了头。

那穷汉用手敲头，失笑道："我本来想成人好事，谁知却将这件事愈弄愈糟了……"

他一生精研剑法，再加上终年闯荡江湖，奔波劳苦，从来也未能领略到儿女柔情的滋味。

花无缺听得这笑声，心里又是愤怒，又是酸苦，突然道："你就想走了么？"

那穷汉笑道："我知道你心里不舒服，就让你打两拳出出气吧。"

花无缺冷笑道："你武功纵然强绝天下，却也万万受不了我一掌，你若不招架，可是自寻死路！"语声中一掌拍了出去。

这一掌看来虽轻柔，但所取的部位，却是毒辣无比，而且掌心深陷，蓄力不吐，显然一发便不可收拾。

那穷汉是何等眼力，悚然道："果然好掌力！"

他天性好武，此刻骤然遇见此等少年高手，也不禁想试试对方功力究竟如何，手掌竟迎了上去。

谁知花无缺掌势突变，直劈如矢的一掌，竟突然向右一引，转变之巧妙亦是令人不可思议。

这一招正是移花宫独步天下的移花接玉，花无缺一招使出，只道对方这一掌必定要反打在自己身上。

谁知那穷汉身形滴溜溜一转，竟将这普天之下无人能破解的移花接玉轻轻化解。

花无缺这才真的大惊失色，动容道："你究竟是谁？"

那穷汉突然仰天笑道："我一生总以未能一试移花宫武功为恨，不想今日竟在此地遇见了移花宫门下……"

洪亮的笑声，震得四面枝头山花，雨一般落下。

铁心兰悚然道："前辈莫非与移花宫有什么过不去么？"

那穷汉戛然顿住笑声，喝道："我正是与移花宫仇深如海，我十年磨剑，为的正是要将移花宫门下，杀尽杀绝！"

花无缺突然失声道："燕南天！你是燕南天！"

移花宫最大的对头，就是燕南天。普天之下，除了燕南天之外，也没有别人敢和移花宫为仇作对。

第六十三章

剑气冲霄

花无缺和铁心兰正发愣间，只见那穷汉目中光芒一闪，道："我正是燕南天！"

花无缺默然半晌，忽然缓缓脱下自己的长衫，仔仔细细叠好，缓缓走到铁心兰面前，双手交给铁心兰。

铁心兰自然也知道他交给自己的，虽然只不过是件衣服，但其中却不知有多么沉重、多么复杂的含义。

花无缺道："能与燕南天一战，正是学武的人毕生之愿，就是移花宫门下，也以能与燕南天一战为荣。"

铁心兰压低声音，道："你……你难道不能走么？我替你挡住他，他绝不会杀我的。"

花无缺微微一笑，道："我这一战并非为了自己，而是为了移花宫……"语声戛然而止，但言下未竟之意，却又不知有多么沉重。

他缓缓转过身子，忽又回首道："我还要你知道，我要杀江小鱼，也非为了自己，也是为了移花宫。三个月后，你见着他时，不妨告诉他，我虽然一心杀他，对他却始终没有怀恨之意，希望他……他也莫要恨我。"

铁心兰泪流满面，嘶声道："你为什么做事都要为着别人？你这一生难道是为别人活着的，你……你难道不该为自己做些事么？"

花无缺已转过身子，仰首望天，突然一笑，道："为着我自己？我又是谁呢？"

这是他第一次在别人面前表露了自己的悲痛，这虽然是很简单的两句话，但其中的悲痛却比山更重。

铁心兰瞧着他，流泪低语道："别人都说你是世上最完美、最幸福、最令人羡慕的人，又有谁知道你的痛苦？别人都说你最镇定、最冷静，又有谁知道你连自己都已迷失？别人都想过你的日子，又有谁知道你竟是为别人活着？”

燕南天始终在一旁瞧着，此刻突然大笑道：“花无缺，你果然不愧为移花宫门下！无论这一战你是胜是负，移花宫之声名，都因你而不坠！”

花无缺道：“多谢。”

燕南天大声道：“但我也要你知道，除了你外，世上还有许多人，他们所做的事，也并非为了自己的。永远只知为自己活着的人，他们心里也未必便能快乐，甚至说不定比你还要悲哀得多！”

花无缺凝目瞧着他，缓缓道：“你要杀我，莫非也是为了别人么？”

燕南天默然半晌，突然仰天长啸，似也含蕴着满腔抑郁的悲愤，难以向人叙说。

花无缺叹了口气，突然自怀中抽出一柄银剑。

铁心兰也曾见他交手多次，却从未见他用过兵刃，她几乎以为移花宫门下都是不用兵刃的。

只见他掌中这柄银剑，剑身狭窄，看来竟似比筷子还细，却长达五尺开外，由头至尾，银光流动，似乎时刻都将脱手飞去。

燕南天目光闪动，对这怪异的兵刃，只淡淡瞧了一眼，厉声道：“你兵刃既已取出，为何还不出手？”

花无缺左手中指轻弹，银剑“铮”的一声龙吟。龙吟未绝，剑已出手。

这柄剑不动时，已是银光流动，炫人眼目，此刻剑光一展，宛如平天里泼下一盆水银来。

燕南天持剑而立，如渊渟岳峙，花无缺一剑刺来，他竟是动也不动，但见银光一旋，剑势突然变了方向。原来花无缺那一剑本是虚招。

花无缺以虚招诱敌，不料对方竟如此沉得住气。

花无缺竟一连使出七剑虚招。

这一连七剑正是移花宫剑法中的妙招，虽然皆是虚招，但在如此炫目的剑光下，谁也不敢拿稳这是虚招的，谁都会忍不住去招架闪避。无论他如何招架闪避，却早已全都在这七剑的计算之中。

怎奈燕南天竟丝毫不为这炫目的剑光所动，这七剑虚招中的妙用，在燕南天面前，竟完全发挥不出。

花无缺第七剑方自击出，燕南天掌中铁剑便已直刺而出，穿透满天光影，直刺花无缺胸膛。

这一剑平平实实，毫无花样，但出剑奇快，剑势奇猛，正是自平淡中见神奇，自扎实中见威力。

花无缺剑法纵有无数变化，却也不得不先避开这一招，但闻剑风呼啸，燕南天已刺出三剑。

花无缺避开三招，才还了一剑。

只见满天银光流动，燕南天似已陷于流光之中，其实这满天闪动的剑光根本无法攻入一招。

花无缺围着燕南天飞驰不歇，燕南天脚下却未移动方寸。花无缺剑如流水，燕南天却如中流之砥柱。

这两人剑法一个极柔，一个极刚；一个飞云变幻，一个刚猛平实；一个如水银泻地，无孔不入，一个却如铁桶江山，滴水不漏。

花无缺看来虽然处处主动，其实处处都落在下风，铁心兰瞧得目眩神迷，几不知身在何处。花林中繁花如雨，落了满地。

小鱼儿寻了个客栈，想好生睡一觉，但翻来覆去，再也睡不着，索性穿起衣服，逛了出去。

偌大的院子，除了小鱼儿外，只有一间屋子住着有人，像是刚搬进来的，屋子里不住有语声传出，门窗却是关得紧紧的。

突见一个青衣大汉闯进了院子，手里还拿着根马鞭，像是赶车的，一走进院子，就大声呼唤着道："江别鹤江大爷可是在这里么？"

小鱼儿吓了一跳，江别鹤怎地也到了这里？他是为什么来的？小鱼儿来不及多想，闪身藏到根柱子后。

只见那屋子的门开了一半，里面有人道："谁？"

那赶车的道："小人段贵，就是方才送花公子出城的……"

话未说完，江别鹤已走了出来，那门却又立刻掩起。

江别鹤皱眉道："你怎地回来了？又怎会寻到这里？"

段贵道："花公子在城外像是遇着麻烦了，小人赶着回来禀报，恰巧碰到送江大爷到这里来的段富，才知道江大爷到这里来访客了。"

江别鹤微微一笑，道："花公子纵然遇着麻烦，他自己也能对付的，还用得着你着急？"

段贵道："但……但那人看来却很扎眼，铁姑娘看来像是很着急，小人想，铁姑娘是知道花公子本事的，连铁姑娘都着急了，这麻烦想必不小。"

江别鹤沉吟道："既是如此，我就去瞧瞧吧。"

江别鹤回首向着屋内道："至迟今夜，弟子必定再来……"

一面说话，一面已随着段贵匆匆走了出去。

小鱼儿本想瞧瞧那屋子里究竟是谁，形迹为何如此神秘，但想了想，这人反正要在此等江别鹤的，也不急在一时。

他实在想先瞧瞧是谁能给花无缺这么大的麻烦。

小鱼儿和花无缺非但没有交情，而且简直可以说是对头，但也不知怎地，花无缺的事，总是能令小鱼儿心动。

门外有辆马车刚走，江别鹤想必就坐在车子里。

小鱼儿尾随了去，但大街上不能施展轻功，两条腿的究竟没有四条腿的走得快，出城时，马车已瞧不见了。

马车出城，江别鹤在车厢中大声问道："花公子可曾与那人动过手么？"

段贵道："好像接了一掌。"

江别鹤皱眉道："这人能接得住花公子一掌，倒也有些功夫，却不知他长得是何模样？"

段贵道："这人又高又大，穿得比小人还破烂，但样子却神气得很。"

江别鹤眉头皱得更紧，道："这人有多大年纪？"

段贵道："看来好像四十上下，又好像有五十多了，但……但又好像只有三十出头，你瞧他有多大年纪，他就像有多大，小人实在没见过这么奇怪的人。"

江别鹤皱眉沉吟，面色已渐渐沉重。

段贵忽然又道："对了，那人腰上，还有柄铁剑，但却已生锈了……"

他话未说完，江别鹤已悚然变色，呆了半晌，沉声道："你将车远远停下，切莫走得太近，知道么？"

段贵心里虽然奇怪，不知道他为什么远远就要将车停下，但江大爷的话，他可不敢不听，距离花林还有十余丈，车马便已停住。

只见漫天剑气中，一条人影兔起鹘落，飞旋盘舞；另一条人影却稳如泰山磐石，动也不动。

此刻花无缺身法仍极轻灵，剑气仍盛，似乎并无败象，但江别鹤又是何等眼力，一眼便瞧出花无缺剑式虽极尽曼妙，其实根本攻不进一招。那击剑破风声，更是一强一弱，相隔悬殊。

江别鹤面色更是惨变，喃喃道："燕南天！这必定是燕南天！"

江别鹤知道燕南天此刻只不过是想多瞧瞧移花宫独创一格之剑法的变化而已，否则花无缺早已毙命剑下。

那段贵自然瞧不出此等高深剑法的奥妙，也正是因为他根本什么都瞧不出，所以才更着急。

段贵见到那纵横的剑气，早已为花无缺急出一身大汗，道："江大爷难道不去助花公子一臂之力么？"

江别鹤道："自然要去的。这车门怎地打不开了，莫非有什么毛病？"

段贵跳下车座，去开车门。车门一下子就打开了，一点毛病也没有。

段贵笑道："江大爷只怕是太过着急，所以连车门都打不开……"

话未说完，突然瞧见江别鹤的一张脸，似已变成青色，眼睛瞪着段贵，目光也似已变为惨青色。

江别鹤阴森森一笑，缓缓道："一个人最好莫要多管闲事，否则活不长的。"

段贵骇得腿都软了，转身就想逃，突觉领子已被一把抓住，整个人都被拖入了车厢。

段贵牙齿咯咯打战，道："江……江大爷，小人可……没……没有得罪你老人家，你……”

话未说完，一柄短剑已插入他胁下，直没至柄。

江别鹤一分分缓缓拔出了短剑，生怕鲜血会溅上他的衣服，短剑拔出，仍如一泓秋水，杀人也不见血。这正是足以削断“情锁”的那柄宝剑。

江别鹤长长吐出了口气，喃喃道：“现在，没有人会知道我曾到过这里，也没有人会知道我眼见花无缺必死而不救了。我侠义的名声，可不能为了这蠢小子而受损……你用一条命来保全我江南大侠的名声，死也不算冤枉的。”

他一面说话，一面已悄悄溜下马车，转身回去。花林里恶战方急，自然没有人会发现他。

郊外无人，小鱼儿兜了个圈子，终于瞧见了那花林里纵横的剑气，接着才瞧见那辆马车。

他没有瞧见江别鹤。江别鹤莫非还留在马车里？马车为何停得这么远？

小鱼儿本无心去追究这些，只想站得远远的瞧瞧花林里的恶斗，瞧瞧花无缺剑法与众不同的变化，留作以后对付他的准备。

自然，他也想瞧瞧能和花无缺一战的人是谁。

但他突又瞧见那紧闭着的马车门，门缝里在向外流着鲜血——江别鹤莫非已死了？否则这又会是谁的血？

小鱼儿又是兴奋，又是好奇，忍不住想去瞧瞧。

他一拉开车门，就发现段贵那张狰狞扭曲的脸。接着，就瞧见那双满含恐惧、满含惊惶的眼睛。而江别鹤却已不见了。

小鱼儿本也不禁一惊，怔住，但随即恍然而悟——江别鹤用心之狠毒，没有人比小鱼儿更清楚。

他也立刻就发现花无缺此刻情况之危急，铁心兰为花无缺焦急担心的神态，又不禁令他心里一阵刺痛。

突然一声长啸，直冲云霄。一道剑光，冲天飞起，花无缺踉跄后退，终于跌倒。

燕南天竟以至钝至刚之剑，将花无缺掌中至利至柔之剑震得脱手飞去。花无缺但觉气血反逆，终于不支跌倒。

但在这刹那之间，也不知为了什么，小鱼儿但觉热血冲上头顶，竟忘了他与花无缺之间的恩恩怨怨，情仇纠缠……

他竟突然忘了一切，不顾一切，竟突然飞扑过去。

燕南天长啸不已，铁剑再展。铁心兰失声惊呼——

就在这时，突见一条人影如飞掠来，挡在花无缺面前，大声道："谁也不能伤他！"

铁心兰瞧见这人竟是小鱼儿，张大了嘴，惊得呆住。

燕南天目光如电，在小鱼儿身上一转，厉声道："你是谁？竟敢来撄燕某之剑锋！"

铁心兰终于回过神来，大声道："他就是江小鱼呀！"

燕南天失声道："江小鱼？江小鱼就是你？"他一双眼睛，盯在小鱼儿脸上更是不肯放松。

小鱼儿也盯着他，迟疑着道："你……你难道就是燕南天燕伯伯？"

铁心兰道："他正是燕老前辈。"

小鱼儿像是又惊又喜，突然扑过去，抱起燕南天，道："燕伯伯，我可真是想死你了……"

燕南天目中似有热泪盈眶，喃喃道："江小鱼……江小鱼，燕伯伯又何尝不想你？"

铁心兰瞧见孤苦飘零的小鱼儿突然有了亲人，而且竟是名震天下的燕南天，心里当真是又惊又喜，热泪又不觉要夺眶而出。

只见燕南天突然又推开小鱼儿，沉声道："你可知道这花无缺乃是移花宫门下？"

小鱼儿道："知道。"

燕南天厉声道："你可知道杀你父母的人，就是移花宫主？"

小鱼儿身子一震，失声道："这难道竟是真的？"

他很小的时候，虽然曾经有个神秘的人，将他带出恶人谷，告诉他这件事，他却总觉得这个人行踪太诡秘，说的话未必可信，所以他一直都没有认为移花宫真的是自己不共戴天的仇人。

但此刻，这话从燕南天嘴里说出来，他却不能不信了。

燕南天瞪着小鱼儿，道："你为何要救他？"

小鱼儿道："我……我……"

他自己也实在不知道自己为何要救花无缺，就算移花宫和他并无仇恨，他本来也是万万不该救花无缺的。

燕南天突将铁剑抛在地上，喝道："你亲手杀了他吧！"

小鱼儿身子又是一震，回头去瞧花无缺。

只见花无缺竟已被燕南天剑气震得晕了过去。一朵残花，落在他脸上，鲜红的花，衬得他面色更是苍白。

小鱼儿瞧着这张苍白的脸，心里竟泛起一种难言的滋味，他也不知为了什么，竟突然大声道："我不能杀他！"

燕南天怒道："你为何不能杀他？你已知道他是你仇人门下，何况他又一心要杀你！"

小鱼儿道："我……我……"

他叹了口气，突又大声道："我已和他约定，在三个月后决一生死！所以不能让燕伯伯杀死他，更不能在他受了伤时，将他杀死。"

燕南天怔了怔，突然仰天大笑道："好！你果然不愧为江小鱼，果然不愧为我那江二弟的儿子……二弟呀二弟，你有子如是，九泉之下，也该瞑目了！"

他欢乐的笑声，突又变得无限悲怆。

小鱼儿但觉胸中热血奔腾，突地跪下，嘶声道："燕伯伯，我发誓今后再也不会丢我爹爹的人了！"

燕南天抚着他的肩头，黯然道："你可是自觉以前所作所为，有些对不起他？"

小鱼儿低垂着头，哽咽道："我……"

燕南天道："你用不着难受，更用不着自责，无论谁生长在你那种环境中，都要比你坏得多。何况，据我所知，你用的手段或有不对，却根本未做什么坏事。"

燕南天又大笑道："燕南天能见到江枫有你这样的儿子，正也是毕生之快事！"

他笑声中带着泪痕，显见得心里又是快乐，又是酸楚。铁心兰瞧着他们真情流露，不觉低下了头，眼泪一连串落在地上。

她心里又何尝不是悲欢交集，难以自处？小鱼儿的痛苦还有燕南天了解安慰，她的痛苦又有谁知道？

她死也不能让花无缺杀死小鱼儿，但小鱼儿若是杀死花无缺，她也会难受得很，她只望两人能好好相处。

谁知道他们竟偏偏又是不共戴天的仇人，这仇恨显然谁也化解不开，眼见着他们必有一人，要死在另一人手下，否则这仇恨永远也不能终止。

更令她伤心的是，为了小鱼儿，她不惜牺牲一切，而小鱼儿却似连瞧都不屑再瞧她一眼。

这时燕南天已将小鱼儿拉到花树下坐下，忽然道："你可知道屠娇娇和李大嘴等人，已离开了恶人谷？"

小鱼儿道："知道。"

燕南天目光闪动，道："你莫非已见过他们？"

小鱼儿点了点头，忽又笑道："燕伯伯，你饶了他们好么？"

燕南天怒道："我怎能饶了他们！"

小鱼儿道："他们虽然想害你老人家，但终究没有害着。何况，他们到底将我养大了，更何况他们早已改过。"

燕南天想了想，叹道："为了你，只要他们此后真的不再为恶，我就饶了他们！"

小鱼儿大喜道："他们听见这消息，简直要高兴死了，以后哪里还会害人？"

燕南天瞧了铁心兰一眼，微微笑道："你现在也该过去和那位姑娘说话了吧？我也不能老是霸占住你。"

小鱼儿脸沉下来，道："我不认得那位姑娘，简直连见都未见过。"

铁心兰再也忍不住，失声痛哭起来，她痛哭着奔向小鱼儿，但还未到小鱼儿面前，突又转过身子，拂面狂奔而去。

小鱼儿咬紧牙关，也不去拉她。

燕南天瞧着铁心兰奔远，又回头瞧着小鱼儿道："这究竟是怎么回事？你们这些年轻人的事，我可真弄不清。”

小鱼儿也似呆住了，久久不说话。

燕南天仔细瞧了他两眼，突然长身而起，笑道：“你是要自己闯闯，还是要跟着我？”

小鱼儿这才回过神来，展颜笑道：“跟着燕伯伯虽然再好也没有，但别人瞧见燕伯伯就逃，我老是没事做，也没什么意思。”

燕南天大笑道：“你果然有志气！”

小鱼儿道：“但我却又想和燕伯伯多聊聊……”

燕南天道：“明日此刻，我还在这里等你，现在我忽然想起有件事要做，已该走了！”他微笑着拍了拍小鱼儿的肩头，拾起铁剑，一掠而去，转眼已无踪影。

小鱼儿倒未想到他说走就走，他竟未留意燕南天所去的方向，是和铁心兰一路的。

他轻轻拾起了花无缺面上的落花，握起花无缺的手掌，暗暗将一股真气自他掌心传过去。

过了半晌，花无缺一跃而起，目光茫然四转，瞧见小鱼儿，吃惊道：“你怎会在这里？”

小鱼儿微笑瞧着他，也不说话，听他说话的语声，小鱼儿已知道他方才真气骤然被激反逆，因而晕迷，但究竟功力深厚，并未受着内伤。

花无缺想了想，道：“你救了我？”

小鱼儿还是不说话。

第六十四章

神掌挫敌

花无缺默然瞧了他许久，缓缓转过身子，似乎不愿被小鱼儿瞧见自己面上的变化。

他霍然转回身，大声道："你为何要救我？"

小鱼儿缓缓道："别人要杀我时，你也曾救过我的。"

花无缺道："但那只因为我要亲手杀你！"

小鱼儿眼睛里闪着光，道："你又怎知我不是要亲手杀死你呢？你莫忘了，我和你在三个月后，还有场不见不散的生死约会！"

花无缺默然半晌，又长长叹了口气，喃喃道："不见不散，不死不休……"

小鱼儿忽然大笑起来，道："所以在这三个月里，你我非但不是仇人，而且简直可以算作朋友了。"他笑的声音虽大，但笑声中却似有许多感慨。

花无缺目光凝注着他，久久都未移动，嘴角忽然泛起了一丝笑容，所有的言语，俱在不言之中。

两人同时走出花林，只见繁花大多已被剑气震落，满地俱是落花，有的被风吹动，犹在婀娜起舞。

花无缺忍不住长叹了一声，谁知小鱼儿的叹息声，也恰在此时发出，两人忍不住对望一眼，相视一笑。

花无缺心中暗道："能和此人做三个月朋友，想必也是人生一快事。"他素来深沉寡言，心里这么想，嘴里并未说出。

谁知小鱼儿已笑道："能和你做三个月朋友，倒也是人生一大乐事……"

花无缺怔了怔，终于忍不住大笑起来。他这一生，几乎从未这样笑过。

只见一辆马车远远停在林外，那匹马显然也是久经训练，是以虽然无人驾驭，此刻仍未走远。

小鱼儿拉开车门，指着门里的尸身，道："你可知道这车夫是被谁杀死的？"

花无缺瞪大眼睛，道："谁？"

小鱼儿想了想，笑道："我现在说了，你也不会相信，但以后你自然会知道的。"

江别鹤一袭青衫，周旋在宾客间，面上虽然满带笑容，但眉目间却隐有忧色，似乎有些心事。

来自合肥的名武师"金刀无敌"彭天寿，年纪最长，被让在首席，此刻手捋着颔下白髯，笑道："江大侠此刻莫非在惦念着花公子么？"

江别鹤苦笑道："我也知道他绝不会出什么事，但也不知怎地，心中却总似有些警兆……"

他长叹一声，接道："但愿他莫要出事才好，若是他真的遇了危险，我却在此开怀畅饮，却叫我日后还有何面目去见朋友？"

群豪间立刻响起一阵赞叹之声。

突听一人大笑接道："不错，谁若能交着江别鹤这朋友，那真是上辈子积了德了。"

爽朗的笑声中，一个身材挺拔，神情洒脱，面上虽有一道又长又深的疤，但看来却带着种说不出的魅力的少年，大步走了上来。

他年纪虽不大，气派却似不小，笑容看来虽然十分亲切可爱，目光顾盼间，竟似全未将任何人瞧在眼里。

群豪竟无一人识得这少年是谁，心里却在暗暗猜测，这想必又是什么名门大派的传人，武林世家的子弟。

江别鹤瞧见这少年，面色突然大变，失声道："你……你怎会也来了？"

小鱼儿笑嘻嘻道："我来不得么？"

江别鹤还未说话，已瞧见了跟小鱼儿同来的——花无缺也已走上楼，竟微笑着站在小鱼儿身旁。

小鱼儿居然会到这里来，江别鹤已是一惊。花无缺居然还活着，江别鹤又是一惊。

小鱼儿居然和花无缺同行而来，而且还似乎已化敌为友，江别鹤这一惊更当真是非同小可。

群豪瞧见花无缺，俱都长身而起，含笑招呼，谁也没有发现江别鹤已惊得怔在那里，久久都动弹不得。

他憋了一肚子话想问，却苦于有的话不便问，有的话不能问，怔了许久，才想起该向花无缺表示自己的关心和焦急。

只可惜这时他无论想表示什么，都已迟了。

首席的上位，还有几个位子是空着的，大家让来让去，谁也没有坐下去，小鱼儿却大剌剌走过去，坐了下来。

他好像天生就该坐这位子的，别人瞪着他，他脸也不红，眼也不眨，举起酒杯瞧了瞧，忽然笑道："江大侠请客，难道连酒都没有么？"

江别鹤干咳了两声，道："酒来。"

小鱼儿道："瞧江大侠的模样，好像对我这客人不大欢迎？但我可也不是自己要来的，而是花无缺请我来的。"

江别鹤面色又变了变，却大笑道："花兄的客人，便是我的客人。"

小鱼儿笑嘻嘻道："如此说来，花无缺的朋友，也就是你的朋友了？"

江别鹤道："正是如此。"

小鱼儿脸色突然一沉，冷冷道："但花无缺的朋友，却不是我的朋友！"

此刻群豪听了小鱼儿和江别鹤的一番话，已全都知道小鱼儿简直和江别鹤连一点关系也没有。

"金刀无敌"彭天寿第一个忍不住了，哼了一声，冷冷道："这位小朋友说话倒难懂得很。"

"我的意思是说，我若也拿花无缺的朋友当我的朋友，那我可就倒了穷霉了！花无缺自己人虽不错，他交的朋友……嘿嘿，嘿嘿。”小鱼儿冷笑道，“他交的朋友非但见死不救而且……”

彭天寿怒道：“你这是在说谁？”

小鱼儿道：“谁是花无缺的朋友，我说的就是谁！”

彭天寿怒道：“江大侠也是花公子的至交好友，难道你……”

小鱼儿冷冷道：“我说的至少不是你！只因你想和花无缺交朋友还不配哩，你最多也不过只能拍拍江别鹤的马屁罢了！”

彭天寿“啪”地一拍桌子，厉喝道：“你可知道老夫是谁？”

小鱼儿道：“这倒的确不知道。”

彭天寿还未说完，旁边已有人帮腔道：“你连‘金刀无敌’彭老英雄都不知道，还想在江湖混么？”

小鱼儿道：“彭老英雄的名字，若是换成‘马屁无敌’，岂非更是名副其实？”

在江别鹤的酒宴上，彭天寿本来还有些顾忌，但直到此刻，江别鹤非但全未劝阻，简直好像没有听见这等吵闹似的。

彭天寿自然不知道这是江别鹤希望小鱼儿结的仇家愈多愈好，还道江别鹤有心替他撑腰。

听了“马屁无敌”这四字，他哪里还按捺得住？虎吼一声，隔着桌子便向小鱼儿扑了过去。

小鱼儿根本就是存心闹事来的，笑嘻嘻地瞧着彭天寿扑过来，突然举起筷子，轻轻一点。

彭天寿只觉身子突然发麻，再也使不出力，“砰”的一声，整个人竟都跌在桌子上，碗筷杯盏，溅了一地。

小鱼儿笑嘻嘻道：“江别鹤，你难道舍不得上菜，要拿马屁精来当冷盘么？”

群豪中和彭天寿有交情的也不少，坐得远的，已在纷纷呼喝；坐得近的，已想动手了。

花无缺静静地瞧着江别鹤，江别鹤还是全无丝毫劝阻之意，这些客人竟像是全非他请来的。

只因他此刻正也在希望情况愈乱愈好，只听哗啦啦一声，彭天寿从桌上滚了下来，桌子也翻了，几个人冲上来，全都被小鱼儿拎住脖子，甩了出去。店小二一旁惊呼，忙着收碟子收碗，酒楼上顿时乱作一团，但群豪瞧见小鱼儿的武功后，反而没有一个人真的敢过来动手了。

江别鹤这才皱眉道："花兄，你瞧这事，该当如何处理？"

花无缺淡淡一笑，道："我不知道。"

江别鹤想不到他会说出这句话来，不禁又是一怔，只听拳风震耳，小鱼儿已一拳直击过来，大喝道："江别鹤，你瞧见花无缺有难，赶紧溜走，还怕那赶车的泄露你的不义，竟将他也杀死灭口。今天我别的不想，只想痛痛快快揍你一顿，你就接招吧。"一面说，一面打，说完了这番话，已击出数十拳之多。

江别鹤居然只是闪避，也不还手，等他说完了，才冷冷道："阁下血口喷人，只怕谁也难以相信。"

小鱼儿喝道："告诉你，那赶车的虽然挨了你一剑，但却没有死……"

江别鹤面色不禁一变。

小鱼儿忽然后退几步，大喝道："你瞧，他已从那边走过来了！"

群豪不由自主，全都沿着他手指之处瞧了过去。

江别鹤却冷笑道："你骗不过我的，他……"说到这里骤然住口，面色突然变得苍白。

小鱼儿大笑道："我的确是骗不过你的，别人都回头，只有你不回头，因为只有你知道他是活不了的，是么？"

他方才乱七八糟地闹了一场，一来是要镇住别人，再来也是要让情况大乱，要江别鹤定不下心来，否则他又怎会上这个当？

江别鹤目光一扫，只见群豪面上果然都已露出惊讶怀疑之色，他一步蹿到花无缺面前，道："花兄，你是相信他，还是相信我？"

花无缺叹了一口气，道："此事不提也罢……"

小鱼儿大声道："无论提不提此事，我要和他打架。你是帮他，还是帮我？"

花无缺苦笑道："你两人若是定要比画比画，谁也不能多事插手。"

小鱼儿就在等他这句话，立刻大声道："好，假如有别人插手，我就找你！"

话未说完，又是一拳击出。

江别鹤瞧他方才打了数十拳，也未沾着自己一片衣服，看来武功也不过如此，冷笑道：“既然阁下定要出手，也怪不得江某了！”

两句话说完，小鱼儿又已攻出四拳之多。

只见江别鹤一拳击出，掌风凌厉，掌式都是飘忽无方，小鱼儿像是用尽了身法才堪堪避开。群豪又忍不住为江别鹤喝起彩来。

江别鹤知道江湖中人，胜者为强，只要自己伤了小鱼儿，也就不会有人再来追究方才杀人的事了。

他精神一振，冷笑着又道：“江湖朋友全都在此见着，这是你自取其辱，并非江某以大压小。”

小鱼儿像是只顾得打架闪避，连斗嘴的余力都没有了，拆了还不到二十招，他已屡遇险招。

江别鹤本来一直怀疑他就是在暗中和自己捣鬼的那人，是以怀有戒心，此刻见他武功竟是如此稀松平常，疑心顿减，攻势也顿时松了下来，微笑道：“你虽然不知好歹，无理取闹，但我念在你年幼无知，也不愿太难为你，只要你肯赔罪认错，瞧在花兄面前，我就放你走如何？”

他这话说得非但又是大仁大义，而且也又卖给花无缺个交情，不折不扣正是“江南大侠”的身份。

小鱼儿不住喘气，像是连话都说不出了。

其实他早已算定，在这许多人面前，江别鹤只要能摆摆“大侠”的身份，就绝不会放弃这种机会的。

他算准了在这许多人面前，自己装得愈弱，江别鹤愈不会使出杀手，否则岂非是失了“大侠”的风度？

江别鹤出手果然更平和了。群豪却有人呼喝着道：“对这种人，江大侠你又何必太客气？”

方才挨过小鱼儿揍的，更是随声附和。

江别鹤像是被逼无奈，叹口气道：“你年纪轻轻，我实在不愿伤你，但若不给你个教训，连别的朋友也瞧不过眼的……”说话间，小鱼儿又被逼退几步。

江别鹤微笑道：“我这一招分花拂柳后，便要取你胸膛，你可得小心了！最好莫要闪避招架，否则我出手一重，难免要伤了你。”

小鱼儿道：“多承指教！”

只见江别鹤一招分花拂柳后，右掌突然斜击而出，掌式如斧开山，直取小鱼儿胸膛。这一掌说来虽然没什么奥妙，但掌式变化之快，却是无与伦比，纵然他已先将自己招式喝破，但群豪还是想不到他掌式竟能变到这部位来，眼见小鱼儿是再也避不开这一掌的了。

群豪又不禁喝起彩来。

小鱼儿突然出手硬接了这一掌。

江别鹤突觉一股大力涌来，再想使出全力，已来不及了。“砰”的一声，他身子竟被震得飞了起来。

小鱼儿忍了多年的怒气，终于在这一掌里发泄。

只见江别鹤身子撞入人丛，站在前面的几个人，也被他撞得一起跌倒，踉跄后退几步，才坐到地上。

群豪喝彩声戛然顿住，一个个张口结舌，怔在那里。只见小鱼儿拍掌大笑，竟穿过窗户，扬长而去了。

小鱼儿虽未能真个痛揍江别鹤一顿，但江别鹤大大出了个洋相，也算出了口气，心里觉得再愉快不过。

“见好就收”这句话，小鱼儿当然清楚得很。

群豪就算还不十分相信江别鹤真的是“见死不救，杀人灭口”，至少心里已有些怀疑。

他在街上逛了一圈，又溜进了那客栈，在白天订好的那间屋子里歇了一会儿，等到院子里没有人声，才溜出来。

只见住着那神秘人物的屋子，门窗仍是紧紧关着的，屋子里已燃起了灯火，却瞧不见人影。

小鱼儿四下瞧了一眼，纵身掠上了屋脊，悄悄溜到这间屋子的屋檐上，伏在屋檐的暗影里，动也不动。

屋子里也没有丝毫声音。这神秘的人物是已睡着了，还是已走了？江别鹤和他已订有后约，他怎么会走呢？何况屋子里的灯，还是亮着的。

小鱼儿沉住了气，等在那里，他算定江别鹤绝不会不来。满天星光，夜凉如水，等着等着，他几乎睡着了。

突听“嗖”的一声，一条人影，轻烟般掠来，那轻功之高，小鱼儿简直连见都没有见过。

他简直瞧不见这人的身形，心里刚吃了一惊，只听房门轻轻一响，这人竟已走进了屋子。

屋子里还是没有声音。

这人的轻功竟如此高明，莫说自己比不上，就连花无缺比他也似差了一筹，武林中又怎会有这样的人物？

这样的人物再和江别鹤勾结，岂非可怕得很？小鱼儿想着想着，突然又瞧见一个人溜进了院子。

只见他一路东张西望，悄悄走了过来，也走到这间屋子前面，轻轻咳嗽了一声，敲了敲门。

屋子里立刻有人沉声道：“谁？”

这黑衣人低声道：“是晚辈。”

听这声音，小鱼儿才知道是江别鹤来了，精神不由一振，这时门开了一线，江别鹤已闪身走了进去。两人说了几句话，小鱼儿也未听清。

忽听江别鹤道：“晚辈今日倒瞧见了惊人之事。”

那人道：“什么事？”

江别鹤道：“燕南天并未死，而且又出世了！”

江湖中无论是谁，听到这消息都难免要大吃一惊，那人却似无所谓，语声似是淡淡的，道：“哼，燕南天不死最好，他若死了，反倒无趣了。”

小鱼儿愈听愈惊讶，这人非但对燕南天毫不畏惧，反倒有和燕南天较量较量的意思。

江湖中敢和燕南天一较高低的人，有谁呢？小鱼儿简直连一个也想不出来。

只听江别鹤又道：“除了燕南天外，那江小鱼居然也现身了！”

那人对江小鱼的兴趣，竟似比对燕南天浓厚得多，道：“他武功怎样？比起花无缺如何？”

江别鹤笑道：“他武功纵然比不上花无缺，但动起手来诡计多端，只要稍微疏忽，便要上他的当。”

那人居然好像微微笑了笑，道：“我正担心他武功太差，如今才放心了！”

小鱼儿听得更是奇怪，他再也想不通这人为何对他如此有兴趣，难道这么样的人会认得他？

只听那人又道：“江小鱼武功无论多强，都有花无缺去对付，用不着你担心。”

江别鹤叹了口气，道：“但现在花无缺却似和江小鱼交起朋友来了……”

那人冷笑道：“这两人是天生的冤家对头，不死不休，就算交朋友，也绝对交不长的，这点你只管放心。”

小鱼儿吃了一惊，这人怎会对花无缺和自己的事如此清楚？知道这件事的人实在并不多呀。

江别鹤似乎笑了笑，道：“既是如此，前辈对弟子不知究竟有何吩咐？”

那人道：“我只要你……”

语声突然低了下去，小鱼儿连一句话都听不清了，只听得这人说一句，江别鹤就答一声：“是。”

等到这人说完了，江别鹤笑道：“这几件事，晚辈无不从命。”

那人冷冷道：“这几件事对你也有好处，你自然要从命的！”

江别鹤沉吟着，又笑道：“前辈只吩咐了一声，晚辈立刻就遵命而来，但直到此刻为止，却连前辈的高姓大名都不知道。”

那人叱道：“我的名字，你用不着知道，你只要知道普天之下，除了我之外，已没有别人能帮你的忙。若没有我，你非但做不成‘大侠’，简直连活都活不成了！”

江别鹤默然半晌，道：“是。”

那人道：“你现在可以走了，到时候我自然会去找你。”

江别鹤道：“是！”

那人又道：“我交给你办的几件事，你若出了差错，那时不用燕南天和江小鱼动手，我自己就要宰了你！知道么？”

江别鹤道：“是！”

第六十五章

神出鬼没

只见江别鹤垂首走出了门，身法立即变快，四顾无人，一闪就出了院子。小鱼儿眼珠子一转，也悄悄自屋檐上溜开。

小鱼儿直跃出几重屋脊，才敢一掠而下，从角门穿出院子，找着厨房，炉火还有余烬，上面还烧着一壶水。

他拎起这壶水，才大摇大摆地走回去。那间屋子里的灯火，果然还是亮着的，小鱼儿过去，拍门道："客官可要加些茶水么？"

他一心想瞧瞧这神秘人物的真面目，竟不惜涉险，扮成茶房，也不管这人会不会认得出他，屋子里竟又没有应声。

他壮起胆子，轻轻推门。门竟没有闩上，他一推就开了。

只见桌子上燃着灯，灯旁有个盘子，盘子里有个茶壶，四个茶杯，茶壶和茶杯全没动过。

再瞧那张床，床上的被褥，也是叠得整整齐齐的。

这神秘的人虽然住在这屋子里，但却连动都没有动这屋子里的东西，他显然只不过是借这间屋子来和江别鹤说话而已。

小鱼儿却喃喃道："壶里不知还有茶没有，我不如先给斟上吧，也免得客人回来没水喝。"

他一面说，一面已走进房子。

一走进门，他才发觉屋子里竟弥漫着一种如兰如馨的奇异香气，他竟像是一步踏上了百花怒放的花丛中。

但除了这奇异的香气外，屋子里却再也没有丝毫可疑的痕迹，这屋子简直好像从来就没有人住过。

但这屋子却打扫得一尘不染，连床底下的灰尘，都被打扫得干干净净，桌子、椅子、衣橱，都像是被水洗过。

就连那石板铺成的地，都被水洗得闪闪发光。

那神秘的人物，既然只不过用这屋子作谈话之地，并不想在这里住，也没有沾这里的东西，却又为何要将这屋子洗得如此干净，而且还在屋子里散布出如此神秘又如此珍贵的香气?

这神秘的人物，莫非有种特别的洁癖？小鱼儿不禁又皱起了眉头，喃喃道："这么爱干净的人，倒也少见得很……"

突听一人冷冷道："你是谁？来干什么？"

这声音竟赫然就是从小鱼儿身后发出来的。小鱼儿心里这一惊当真不小，嘴里却含笑道："小的是来瞧瞧，客官是不是要添些茶水。"

那人道："你是这店里的伙计？"

小鱼儿赶紧道："是。"

那人道："白天来的，好像不是你。"

小鱼儿道："钱老大当日班，小的王三是值夜的。"

那人突然冷冷一笑，道："江小鱼果然是随机应变，对答如流。只可惜你出娘胎，我就认得你，你在我面前装什么都没有用的。"

小鱼儿大骇道："你是谁？"那人又不说话。

小鱼儿霍然转身，身后空空的，那扇门还在随风而动，门外夜色深沉，哪里有人的影子？那人莫非又走了？

小鱼儿又惊又奇，刚松了口气，谁知身后又有人冷冷道："你瞧不见我的！"

那人竟又已到了他身后。小鱼儿连转五六个身，他身法已不能说不快了，但那人竟始终在他身后，就好像贴在他身上的影子似的。

小鱼儿就算胆子再大，此刻也不禁被骇出了身冷汗。

此人轻功如此，武功可想而知，小鱼儿知道自己非但万万不能抵敌，连逃都逃不了的。

他眼珠子一转，索性站住不动了，笑嘻嘻道："你若不愿被我瞧见，为何要来呢？"

那人道："你想不出？"

小鱼儿眨着眼睛，道："我想，你总不会要杀死我吧？"

那人道："你怎知我不杀你？"

小鱼儿道："一个马上要死的人，就算瞧见你的真面目，也没什么关系，所以你若要杀我，就不妨让我瞧瞧了，是么？”

他已隐约觉出这人的确没有杀他之意，胆子不觉大了起来，嘴里说着话，突然一步蹿到衣橱前。

那衣橱的漆本就很新，又被仔细擦洗了一遍，更是光亮如镜，小鱼儿身子往下一蹲，一个白衣人影，便清清楚楚地映在衣橱上。

只见这人长发披肩，白衣如雪，神情飘飘然有出尘之概，但面上却戴着个狰狞可怖的青铜面罩。

小鱼儿又不禁骇了一跳，失声道：“你原来就是铜先生！”

小鱼儿只觉他一双眼睛正狠狠瞪着自己——这双眼睛的光射到衣橱上，再反射出来，仍是冷森森地令人悚栗。

小鱼儿强笑道：“那日黑蜘蛛说你武功如何如何之高，我还有些不信，今日一见，才知道他不是吹牛的。”

铜先生冷笑道：“你用不着奉承我，我既不想杀你，就永远不会杀你。”

小鱼儿道：“永远不会？”

铜先生道：“嗯！”

小鱼儿松了口气，笑道：“我见了你这样爱干净，又弄出这香气，本来以为你是个女人的……幸好你不是女人，否则你就算说不杀我，我也不相信。”

铜先生道：“你不相信女人？”

小鱼儿笑道：“妇人之言，绝不可听。谁若相信女人，谁就倒霉了！”

铜先生突然怒道：“你母亲难道不是女人？”

小鱼儿道：“天下的女人，有谁能和我母亲相比？她又温柔又美丽……”

他虽从未见过母亲之面，但在每个孩子的心目中，自己的母亲，自然永远是天下最温柔、最美丽的女人。

他说着说着，不觉闭起了眼睛，依着他的幻想，描述起来。他口才本好，此番一描述，更是将自己的母亲说得天下少有，世间无双。

铜先生冷漠的目光中，却似突然燃起了火焰。

小鱼儿也未瞧见，犹在梦呓般道：“世上别的女人，若和我母亲相比，简直连粪土也不如，我……”

话未说完，突觉脖子上一阵剧痛，身子一麻，整个人竟都已被这铜先生提了起来。

以小鱼儿此时的武功，竟无还手抗拒之力。

只见铜先生目中满是怒火，冰凉的手掌愈来愈紧，竟似乎要将小鱼儿的脖子生生拗断。

小鱼儿大骇道：“你……你说过永远不杀我的，说出来的话怎能不算？”

铜先生道：“只因你满嘴胡说八道，令人可恨。”

小鱼儿道：“我几时胡说八道了？”

铜先生道：“你母亲是好是坏，是美是丑，你根本未见过，如此为她吹嘘，不是胡说八道是什么！”

小鱼儿道：“你……你怎知我未见过我母亲的面？”

铜先生冷笑道：“我不知道谁知道？”

小鱼儿忍不住道：“我母亲长得是何模样？”

铜先生道：“你母亲跛脚驼背，又麻又秃，乃是世上最丑最恶的女人，世上无论哪一个女人都比她好看得多。”

小鱼儿大怒道：“放屁放屁，你才是胡说八道！”

话未说完，脸上竟挨了两个耳刮子。

铜先生这两掌虽未使出真力，但已将小鱼儿脸颊两边都打得肿了起来，鲜血不住自嘴角沁出。但小鱼儿仍是骂不绝口。

他虽未见过母亲，但只要一想起母亲，心里就会有种说不出的滋味，是痛苦，也是温馨。

他平日虽然最喜见风转舵，所以这铜先生若是辱骂了他，他自知不敌，也绝不会反抗还嘴，但辱骂了他的母亲，他却不能忍受。

铜先生耳刮子打个不停，小鱼儿还是骂个不停，他牛脾气一发，什么死活都全然不管不顾。

铜先生咬牙道：“你再敢骂，我就杀了你！”

小鱼儿满嘴流血，嘶声道：“只要你承认我母亲是最温柔、最美丽的，我就不骂你。”

铜先生道：“你……你死也不肯承认你母亲是最丑最恶的女人？”

小鱼儿立刻点头。

铜先生道："你……你情愿为她死？"他眼睛里充满怨毒，语声却渐渐颤抖。

只见这铜先生站在那里，全身抖个不住。

小鱼儿偷偷瞧着他，却也不敢妄动，过了半晌，才终于忍不住道："我母亲究竟与你有什么仇恨，你要如此骂她？"

铜先生竟似完全没有听见他的话。

小鱼儿再不迟疑，纵身一跃，跳出窗户，转首瞧了瞧，那铜先生似乎并没有追出来，小鱼儿心里虽然有许多怀疑不解，此刻却也顾不得了，展开身法，没命飞掠，眨眼间便已掠出了客栈。

突听身后一人冷冷道："你还不承认？"

小鱼儿身子刚掠起，又跌下，他知道只要被这人追着，便如附骨之疽，再也休想甩得脱了，突然大喝道："你有本事，就宰了我吧！"

喝声中，他猝然转身，双拳雨点般击出，但他连对方的人影都未瞧见，背后一麻，身子又跌到地上。

花无缺本不喜欢喝酒，今夜也不知怎地，竟然自酌自饮起来，而且酒到杯干，喝得迷迷糊糊的，往床上一倒，便睡着了。

这时窗外正有人在呼唤。

"花无缺，醒来。"

声音虽轻细，但每个字却似能送入花无缺耳朵里。

花无缺定了定神，便推开了窗子，窗外夜色朦胧，一条白衣人影，鬼魅般站在五六丈外。

淡淡的星光映照下，这人的脸上似乎发着青光。仔细一瞧，才发觉他脸上竟戴着个狰狞的青铜面具。

花无缺一惊，失声道："莫非是铜……铜先生？"

那人点了点头，道："出来！"

铜先生已飘上了屋脊。

花无缺跟了过去，掠过屋脊，越过静寂的街道。

铜先生头也不回，忽然冷冷道："移花宫门下，怎地也贪酒贪睡起来！"

花无缺怔了怔，垂下头不敢说话。

只见这铜先生从头到脚，从未动弹，飞掠却迅急无比，整个人都仿佛在御风而行一般。

花无缺瞧见这样的轻功，也不禁暗暗吃惊。

只听铜先生又道："你自然已知道我是谁了。"

花无缺道："晚辈出宫时，家师已吩咐过，只要见到先生，便如见家师，先生所有指示，晚辈无不遵命。"

铜先生道："你出宫时，宫主还曾吩咐了你什么？"

花无缺终于沉声道："家师要我亲手杀死一个叫江小鱼的人！"

铜先生像是笑了笑，道："很好！"

他不再说话，也始终未曾回过头来，只见去路渐僻，渐渐到了个山坡，山坡上有株枝叶浓密的大树，铜先生身形突然飞掠而起，口中却道："你在树下站着！"

短短六个字说完，他身子已站在树梢。满天星光，衬着他一身雪白的衣裳，看来更觉潇洒出尘，高不可攀。

突见铜先生自浓密的枝叶中提起一个人，叱道："接稳了！"

叱声方自入耳，已有一个人自树梢急坠而下。

这大树高达十余丈，一个人重量虽不满百斤，自树梢被抛下来，那力量何止五百斤。

花无缺更猜不出他抛下的这人是谁，也没有把握能否接得住这人的身子，刹那间不及细想，也飞身迎了上去。

花无缺突然出手，捞住了这人的衣带，但闻"哧"的一声，这人衣裳已被撕破，花无缺也被这下坠之力，带了下来。

但等到落地时，下坠之力已减，花无缺口中吆喝一声，临空一个翻身，复将这人身子直抛上去。

等到这人第二次落下时，花无缺伸出双臂，便轻轻托住。满天星光，映着这人苍白的脸、紧闭着的眼睛。

这人赫然竟是小鱼儿。花无缺虽然深沉镇定，此刻也不禁惊呼出声。

铜先生犹自站在树梢，冷冷道："他是否为江小鱼？"

花无缺道："不错。"

铜先生道："好，你杀了他吧！"

花无缺心头一震，垂首瞧着昏迷不醒的小鱼儿，嘴里只觉有些发苦，一时之间，竟呆住了。

铜先生缓缓道："你若不愿杀一个没有反抗之力的人，不妨先解开他的穴道！"

花无缺茫然伸手，拍开了小鱼儿的穴道。小鱼儿张开眼睛，瞧见了花无缺，展颜笑道："是你救了我？"

花无缺呆在那里，一个字也说不出。

小鱼儿笑道："我早就知道你会来救我的，我们是朋友。"

花无缺也不知为了什么，心里只觉一酸，竟扭转了头去。

突听一人冷冷道："花无缺，你为什么还不动手？"

小鱼儿这才瞧见站在树梢的铜先生，倒抽了口凉气，转首面对着花无缺，眼睛瞪得大大的。

花无缺长长叹了口气。小鱼儿默然半晌，苦笑道："我知道你不敢违抗他的话……好，你动手吧！"

花无缺也默然半晌，一字字缓缓道："我现在不能杀你！"

小鱼儿一喜。铜先生怒道："你忘了你师父的话么？"

花无缺长长吐了口气，道："我已和他订了三个月之约，未到约期，绝不能杀他！"

铜先生喝道："你的师父若是知道这事，又当如何？"

花无缺霍然抬头，大声道："师命虽不可违，但诺言也不可毁，纵然家师此刻便在这里，也不可能令晚辈做食言背信的人！"

铜先生怒道："花无缺你莫忘记，见我如见师，你敢不听我的话！"

花无缺叹道："先生无论吩咐什么，弟子无不照办，只有此事，却万万不能从命。"

铜先生忽然大喝道："你不杀他，只怕并非为了要守诺言，只怕还另有原因，是么？"

花无缺心里又是一震，他自己也不知道自己坚持不杀小鱼儿，到底是完全为了要守诺言，还是另有原因。

方才小鱼儿无助地躺在他怀里，他心里竟忽然泛起一阵难言的滋味。他瞧着小鱼儿的脸，忽然觉得这不是他的仇人，而是已相交多年的亲密朋友。

他手臂上感觉到小鱼儿微弱的呼吸，又觉得这不是他要杀的人，而是他本应全力保护的人。

直到小鱼儿跌到地上，这份奇异的感觉，还留在他心里，再瞧见小鱼儿那充满信心的笑容，他现在又怎能动手？

花无缺长长叹了口气，他自己心里，却丝毫不觉和小鱼儿有何仇恨，他自己也说不出这种奇异的感觉，是在什么时候产生的。

这份感觉，像是久久以前便已隐藏在他心底，只不过等到小鱼儿的肌肤触及他的肌肤时，才被引发。

他瞧着小鱼儿，心里喃喃自语："江小鱼，江小鱼，你心里在想什么？你想的可是和我一样？"

小鱼儿也在凝注着他，心里的确也在沉思。

铜先生自树梢瞧下来，瞧见这并肩站在一起的两个人，冷漠的目光，又变得比火还炽热，厉声道："花无缺，莫要再等三个月了！现在就动手吧！"

小鱼儿突然仰首狂笑道："为什么不能再等三个月？你怕三个月后，他更不会动手了吗？"

铜先生嘶声道："我怕什么！你两人是天生的冤家对头，你们的命中已注定，必有一个人要死在另一人的手上！"

小鱼儿大吼道："既然如此，你现在为何还要逼他？你若想我现在就死，就自己动手吧……你自己为何不敢动手？"

铜先生像是被人一刀刺在心上，长啸着一掠而下。

第六十六章

高深莫测

花无缺面上变了颜色，只道他将向小鱼儿下手，谁知他竟长啸着扑入树林，举手一掌，将一棵树生生震断。

只见他身形盘旋飞舞，双掌连环拍出，片刻之间，山坡上一片树木，已被他击断了七八株之多，连着枝叶倒下，发出一片震耳的声响。

小鱼儿瞧见这等惊人的掌力，也不禁为之咂舌。

他知道这铜先生的武功，若要杀他，实是易如反掌。他也知道这铜先生对他实已恨到极点，恨不得将他碎尸万段，千刀万剐，但铜先生竟偏偏不肯自己动手，宁可拿这些木头来出气。

这究竟是为的什么？岂非令人难解！

心念闪动间，铜先生已掠到花无缺面前，厉声道：“你定要等到三个月后才肯杀他，是么？”

花无缺深深吸了口气，道：“是！”

铜先生忽然狂笑起来，道：“你既重信义，我身为前辈，怎能令你为难？你要等三个月，我就让你等三个月又有何妨？”

这变化倒又出人意料。花无缺又惊又喜。

铜先生顿住笑声，道：“现在，你走吧。”

花无缺又瞧了小鱼儿一眼，道：“那么他……”

铜先生道：“他留在这里！”

花无缺又一惊，道：“先生难道要……”

铜先生冷冷道：“无论他会不会失信，这三个月里，我都要好好地保护他，不使他受到丝毫损伤。三个月后，再将他完完整整地交给你……”

小鱼儿笑嘻嘻道：“要你如此费心保护我，怎么好意思呢？”

铜先生道：“保护你这么样一个人，还用得着我费心么？”

小鱼儿笑道：“你以为我很容易保护，你可错了，我这人别的毛病没有，就喜欢找人麻烦，江湖中要杀我的人，可不止一个。”

铜先生道：“除了花无缺外，谁也杀不了你。”

小鱼儿叹了口气，道：“你话已说得这么满，在这三个月里，我若受了损伤，可真不知道你有什么面目来见人了。”

铜先生喝道：“在这三个月里，你若有丝毫损伤，唯我是问。”

小鱼儿大笑道：“那我就放心了。在这三个月里，我无论做什么，都没关系了，反正任何人都伤不了我。”

铜先生冷冷道：“你只管放心，在这三个月里，你无论做什么事，都做不出的。”

小鱼儿眨了眨眼睛，笑嘻嘻道：“那倒未必……”

花无缺想到小鱼儿的刁钻古怪、精灵跳脱，铜先生武功纵高，若不想上他的当，怕真不容易。想到这里，花无缺竟不知不觉笑了起来。

铜先生怒道：“你还不走？等在这里做什么？”

小鱼儿接口道：“你放心走吧，三个月后，我会在那地方等你的！”

他转向铜先生，笑着又道：“但现在，我想和他悄悄说句话，你放不放心？”

铜先生冷冷道：“天下根本没有一件可令我不放心的事。”

小鱼儿皱了皱鼻子，笑道：“你本事虽不算小，但牛也未必吹得太大了。”

铜先生怒道：“你敢无礼？”

小鱼儿大笑道：“我为何不敢？在这三个月里，反正没有人能伤到我的，是么？”

铜先生气得呆在那里，竟动弹不得。

小鱼儿走到花无缺面前，悄声笑道：“只可惜他戴个鬼脸，否则他现在的脸色一定好看得很。”

他虽然故意压低声音说话，但却又让这语声刚好能令铜先生听到，花无缺几乎忍不住又要笑出来，赶紧咳嗽一声，道：“你要说什么？”

小鱼儿道："明天下午，燕南天燕大侠在今天那花林等我，你能不能代我去告诉他，我不能赴约了。"他这次才真的压低了语声。

花无缺皱了皱眉，道："燕南天？"

小鱼儿叹道："我知道你跟他有些过不去，所以你纵不答应我，我也不会怪你。"

花无缺忽然一笑，道："这三个月，你我是朋友，是么？"

小鱼儿目视了他半晌，笑道："你很好，我交你这朋友，总算不冤枉。"

花无缺默然许久，淡淡道："可惜只有三个月。"他故意装出淡漠之色，但却装得不太高明。

小鱼儿笑道："天下有很多出人意料的事，这些事每天都有几件发生，说不定我过两天就能看见你也未可知。"

花无缺叹道："我总不相信奇迹。"

小鱼儿笑道："我若不相信奇迹，你想我现在还能笑得出么？"

忽听铜先生冷冷道："奇迹是不会出现的！花无缺，你还不走么？"

小鱼儿瞧着花无缺走得远了，才叹息着道："一个人若是非死不可，能死在他手上，总比死在别人手上好得多了。"

铜先生喝道："你不恨他？"

小鱼儿道："我为何要恨他？"

铜先生道："他的尊长，杀死了你的父母！"

小鱼儿道："我父母死的时候，他只怕还未出生哩！他师父做的事，与他又有何关系？他师父吃了饭，难道还能要他代替拉屎么？"

小鱼儿说出这番话，铜先生竟不禁怔住了。

小鱼儿凝目瞧着他，忽然笑道："我问你，你为何要我恨他？"

铜先生怒道："你恨不恨他，与我又有何关系？"

小鱼儿道："是呀，我恨不恨他，和你没关系，你又何苦如此关心？"

铜先生竟没有说话。小鱼儿微笑道："他竟要亲手杀死我，而又说不出原因来，我本已觉得有些奇怪，现在更是愈来愈奇怪了。"

铜先生道："你虽不恨他，他却恨你，所以要杀你，这有什么好奇怪的？”

小鱼儿笑道：“你以为他真的恨我么？”

铜先生身子竟似震了震，厉声道：“他非恨你不可！”

小鱼儿叹道：“这就是我所奇怪的。你和他师父，要杀我都很容易，但你们却都不动手，所以我觉得你们其实也并不是真的要我死，只不过是要他动手杀我而已，你们好像一定要看他亲手杀我，才觉得开心。”

铜先生道：“要他杀你，就是要你死，这又有何分别？”

小鱼儿道：“这是有分别的，而且这分别还微妙得很，我知道这其中必定有个很奇怪的原因，只可惜我现在还猜不出而已。”

铜先生道：“这秘密普天之下，只有两个人知道，而他们绝不会告诉你！”

小鱼儿眼睛里像是有光芒一闪，却故意沉吟着道：“移花宫主自然是知道的……”

铜先生道：“自然。”

小鱼儿大喝道：“移花宫主便是姐妹两人，你既然说这秘密天下只有两个人知道，那么你又怎会知道的？”

铜先生身子又似一震，大怒道：“你说的话太多了，现在闭起嘴吧！”

他忽然出手，点住了小鱼儿的穴道。小鱼儿只觉白影一闪，连他的手长得是何模样，都未瞧出。

这神秘的铜先生，非但不愿任何人瞧见他的真面目，甚至连他的手都不愿被人见到。

花无缺心里又何尝没有许多怀疑难解之处？只不过他心里的事，既没有人可以倾诉，他自己也不愿对别人说。

天亮时，宿酒又使他蒙眬睡着，也不知睡了多久，院子里忽然响起了一阵骚动声，才将他惊醒了。

他披衣而起，刚走出门，便瞧见江别鹤负手站在树下，瞧见他就含笑走过来，含笑道：“愚兄昨夜与人有约，不得已只好出去走了走，回来时才知道贤弟你独自喝了不少闷酒，竟喝醉了。”

他非但再也不提昨夜在酒楼上发生的事，而且称呼也改了，口口声声“愚兄”“贤弟”起来，好像因为那些事根本是别人在挑拨离间，根本不值一提——这实在比任何解释都好得多。

花无缺目光移动，道：“现在不知是什么时辰了？”

江别鹤笑道：“已过了午时。”

花无缺失声道：“呀，我这一觉睡得竟这么迟……”他一面说话，一面匆匆回屋梳洗。

江别鹤也跟了进去，试探着道：“愚兄陪贤弟出去逛逛如何？”

花无缺笑道：“小弟已在城里住了如此久，江兄还担心小弟会迷路么？”

江别鹤在门口又站了半天，才强笑道：“既是如此，愚兄就到前面去瞧瞧段姑娘了。”

他似乎已发觉花无缺对他有所隐瞒，嘴里不说，心里已打了个结，走到院子里，就向两个人低低嘱咐了几句。

那两条大汉齐声道：“遵命。”

江别鹤瞧着他们奔出院外，嘴角露出一丝狞笑，喃喃道：“花无缺呀花无缺，我虽然一心想结纳于你，但你若想对不起我，就莫怪我也要对不起你了！”

花无缺像是在闲逛。只见他在一家卖鸟的铺子前，听了半天鸟语，又走到一家茶食店，喝了两杯茶，吃了半碟椒盐片，路上立刻就有个人，回去禀报江别鹤。

江别鹤沉吟道：“喝茶……他一个人会到茶馆里去喝么？难道他约了什么人在那茶馆里见面不成？”

那大汉道：“花公子在那茶馆里坐了很久，并没有人过去和他说话。”

又过了半晌，一人回禀道：“花公子此刻在街头瞧王铁臂练把式。”

江别鹤皱眉道：“那种骗人的把式，他也能看得下去？你们可瞧见那边人丛里，有什么人和他说话么？”

那大汉道：“没有。”

江别鹤道：“现在谁在盯着他？”

那大汉道：“那条街是宋三和李阿牛在管的……”

话未说完，宋三已慌慌张张地奔了回来，伏地道：“花公子忽然不见了！”

江别鹤赫然震怒，拍案道：“你难道是瞎子么？光天化日之下，行人往来不断的街道上，他绝不能施展轻功，又怎会突然不见？”

宋三颤声道：“那王铁臂和徒弟练完单刀破花枪，就轮到他女儿要流星锤，谁知她正使到一招‘云里捉月’，流星锤的链子忽然断了，小西瓜般大小的流星锤，冲天飞了出去，瞧把式的人都怕它掉下来打着脑袋，惊呼着四下飞逃，那把式场立刻就乱了。”

江别鹤道：“流星锤的链子，是怎么断的？”

宋三道：“小的不知道。”

江别鹤冷冷道：“你只怕是瞧王铁臂的女儿瞧晕了头吧！”

宋三以首顿地道：“小……小的不敢。”

江别鹤厉声道：“你这双眼睛既然如此不中用，还留着它干什么？”

话未说完，已有两条大汉将宋三拖了出去。宋三脸如死灰，却连求饶的话都不敢说出来。

过了半晌，后面便传来一声凄厉的惨呼。

江别鹤却似根本没听见，只是喃喃自语道：“花无缺哪里去了？他为何要躲着我？莫非他真的和江小鱼有约，要来对付我？这两人若是联成一路，我该如何是好？”

他话声说得很轻，目光已露出杀机，冷笑道：“宁可我负天下人，莫令一人负我……江别鹤呀江别鹤，这句话你千万忘记不得！”

花无缺出了城，嘴角带着微笑。现在若有人问他：“那流星锤是怎会断的？”他一定会笑得很大声——能用一粒小石头打断那精铁铸成的链子，他对自己的手力也不禁觉得很满意。

花无缺到达花林时，锦绣般的繁花，已被昨日的剑气摧残得甚是萧索，阴霾掩去了日色，风中已有凉意。

花无缺想到自己又要和燕南天相对，嘴角的笑容竟瞧不见了，但他纵然明知此行必有凶险，也是非来不可。

花无缺踏着落花，走入花林。燕南天并未在林中，却有个白衣如雪的女子，垂头斜倚在花树旁，似乎在细数着地上的残花。

她背对着花无缺，花无缺只能瞧见她苗条的身子和那乌黑的、长长披落在肩头的柔发。

花无缺虽然瞧不见她的脸，但一眼瞧过去，便已瞧出她是谁了——铁心兰，铁心兰怎么还在这里?

他想不到在这里见到铁心兰，他也不知道自己是不是应该招呼她，他的心里似乎有些发苦。

她心头似有许多心事，根本不知道有人来了。凉风轻抚着她的发丝，她的头发像缎子般光滑。

良久良久，才听得幽幽长叹了一声，喃喃道："花开花落，顷刻化泥，人生又何尝不是如此？"

花无缺本不想惊动她，也不忍惊动她，又想悄悄转身走出去，但此刻却也不禁发出一声轻轻的叹息。

铁心兰似惊似喜，猝然回首，道："你……"她只说了一个字。她瞧见来的竟是花无缺，便立刻愣住了。

花无缺心中纵有许多心事，面上却只是淡淡笑道："你好么？"

在这一瞬间，他实在想不出别的话来说。又有谁知道他在这一句淡淡的问候里，含蕴着多少情意。

铁心兰也似不知该说什么，只有轻轻点了点头。

过了半晌，花无缺又微笑答道："你想不到来的是我，是么？"

铁心兰垂下了头，悠悠道："瞧见你没有受伤，我实在很高兴。"

她说话的声音几乎连自己都听不见，但花无缺每个字都听得清清楚楚，他心里一阵刺痛。

他努力想使自己的笑容变自然些，但无疑是失败了，幸好铁心兰并没有瞧见他的笑容。

她仿佛根本不敢看他。又过了半晌，铁心兰才又叹息着道："我本来有许多话想对你说，却不知该怎么说才好。"

花无缺的微笑更苦涩，柔声道："有些人是很难被忘记的，有时你纵然以为自己忘却了他，但只要一见他，他的一言一笑，就都又重回到你心头……”

铁心兰道：“你……你能原谅我？”她霍然抬起头，目中已满是泪珠。

花无缺也不敢瞧她，垂首笑道：“你根本没有什么事要求人原谅的。我若是你，说不定也会如此。”

铁心兰道：“但我实在对不起你，你……你为什么不骂我？不怪我？那样我心里反而会好受些，你的同情和了解，只有令我更痛苦。”她语声渐渐激动，终于哭出声来。

第六十七章

义薄云天

花无缺默然半晌，仰天叹道："我永远也不会恨你，我虽然不能和你……和你在一起，但我终生都会将你当妹妹一样看待的。"

他笑了笑，接着又道："还有，我要告诉你，我也从来没有恨过江小鱼，他虽然和我命中注定要做仇敌，但也是我平生唯一真正的朋友，你……你能和他在一起，我也觉得很高兴……"

铁心兰忽然大呼道："大……大哥，我这一辈子，永远感激你，真正地感激你。"她泪中带笑，实不知是悲是喜。

花无缺也不知是悲是喜。他知道铁心兰这一声"大哥"唤出，便是终生无法更改的了，纵然已多多少少建立起一些情感，但这份情感，也被这一声"大哥"完全改变，这一声"大哥"唤得虽亲近，却又是多么疏远。

花无缺仰面向天，终于忍不住长长叹息，道："但愿他莫要对不起你……莫要对不起你！"

这是一种愿望、一种祈求，也是一种铭誓，一种自我的舒放和宽解——这两句话中情感的复杂，只怕也是别人难以了解的。

但无论如何，现在他们的心里总已比较坦然。"大哥"这两个字就是一堵堤防，令他们觉得自己的情感已不致泛滥。

铁心兰终于嫣然而笑，道："大哥，你怎么会又到这里来的？"

花无缺沉吟着道："我受人之托，来找一个人。"

铁心兰已追问道："你莫非是要来找燕大侠的？"

花无缺只好点头。铁心兰眼睛一亮，道："莫非是他托你来的？"

花无缺道："是。"

铁心兰道："他……他自己为何不来？"

花无缺不答反问，道：“燕大侠为何不在，你反在这里？”

铁心兰垂下了头，道：“昨天晚上，燕大侠找到了我，对我说了许多话，又叫我今天在这里等他。你知道，燕大侠说的话，是没有人能拒绝的。”

花无缺道：“他对你说了些什么？”

铁心兰的脸红了红，咬着嘴唇道：“燕大侠说，要我……我和他先聊聊，然后……”

突听林外一人大笑道：“你们小两口子已谈了么，我此刻来得是否太早？”

花无缺霍然转身，只见燕南天长笑大步入林，瞧见了他，笑声骤顿，脸色一沉，厉声道：“你怎会在这里？你怎会来的？”

他目光闪电般在铁心兰面上一扫，又道：“小鱼儿呢？”

铁心兰不觉又垂下了头，道：“我不知道，他说……”

花无缺接口道：“江小鱼托我来禀报燕大侠，他今日只怕不能前来赴约了。”

燕南天怒道：“他为何不能来？”

花无缺长长吸了口气，道：“他已被人拘禁，只怕已是寸步难行……”

他知道自己这番话如果说出来，后果必然不堪设想，他话未说完，铁心兰果然已惨然变色。

燕南天暴怒道：“是谁拘禁了他？”

花无缺迟疑着，终于道：“一位武林前辈，人称‘铜先生’的！”

燕南天怒喝道：“‘铜先生’？燕某闯荡江湖数十年，还未听说过江湖中有‘铜先生’此人，这名字莫非是你造出来的！”

他一步蹿到花无缺面前，又喝道：“莫非是你暗算了他，你居然还敢到这里来冒充好人！”

花无缺昂然道：“在下受人之托，忠人之事，是以燕大侠你只要问我，我知无不言，但燕大侠您老对在下人格有所怀疑，在下……”花无缺一字字道：“在下纵不是燕大侠敌手，好歹也要和燕大侠再较一较高低！”

燕南天仰天狂笑道：“你还敢如此说话？你好大的胆子！”

花无缺缓缓道："在下胆子纵不大，却也不是贪生畏死的懦夫！"

燕南天喝道："你既不怕死，燕某今日就成全了你吧！"

喝声未了，铁心兰也已冲过来，嘶声道："燕大侠，我知道他，无论如何，他绝不会是说谎的人！"

燕南天厉声道："小鱼儿已落入别人手中，你还在为他说话！难怪小鱼儿不愿理睬你，原来你也是个善变的女人！"

铁心兰眼泪又已夺眶而出，颤声道："江小鱼若有危险，晚辈就算拼了性命，也要救他的，但燕大侠说花……花公子说谎……晚辈死也不能相信。"

燕南天冷笑道："你要为小鱼儿拼命，又要为花无缺死，你究竟有几条命！"

铁心兰流泪道："燕大侠无论如何责骂，就算认为晚辈是个……是个水性杨花的女人，晚辈也没法子……"

她扑倒在地，嘶声道："晚辈只求燕大侠放过花公子，日后燕大侠若是发现他是在说谎，就算将晚辈碎尸万段，晚辈也是甘心的。"

燕南天厉声笑道："好！你居然要以性命为他作保，只不过像你这样朝三暮四的女人，你的性命又能值得几文？"

这一代名侠，本就性如烈火，此刻为小鱼儿担心，情急之下，更是怒气勃生，不可遏止。

花无缺变色道："燕南天！我敬你是一代英雄，总是对你容忍，想不到你竟对一个女孩子说出这样的话来，这样的英雄，嘿嘿，又值得几文？"

燕南天已怒喝着一拳击出，花无缺也展动身形，迎了上去。

铁心兰知道这两人一动起手，天下只怕再难有人能化解得开，想到自己为小鱼儿和花无缺所受的屈辱与委屈，竟没有一个人能了解，想到自己的一番苦心，末了落得个"朝三暮四"的骂名外，竟毫无作用……她终于忍不住放声大哭起来。

悲恸的哭声，更惨于杜鹃啼血。

拳风、掌风，震得残花似雨一般飘落。

这几乎是江湖中新旧两代最强的高手决斗。这几乎已是百年来江湖中最惊心动魄的决斗。

上一次，他们用的是剑，这一次用的虽是空手，但战况的紧张与激烈，却绝不在上次之下。

燕南天的拳势，就和他的剑法一样，纵横开阔，刚强威猛，招式之强霸，可说是天下无双。移花宫的武功，本是"以柔克刚""后发制人"，花无缺这温柔深沉的性格，本也和他从小练的就是这种武功有关。

但现在，他招式竟已完全变了。

他竟使出刚猛的招式，招招抢攻。只因若非这样的招式，已不足以将他心里的悲愤宣泄。这一战，已非完全为了他的性命而战，而是为了保护他这一生中最关心的人而战。

他虽然本是个温柔沉静的人，但铁心兰悲恸的哭声，却已激发了他血液中的勇悍之气。

他这勇悍的血液，是得自母亲的——他那可敬的母亲，为了爱，曾毫无畏惧地含笑面对死亡。

移花宫冷峻的教养，虽已使花无缺的血渐渐变冷了，但爱的火焰，却又沸腾了它。他忽然觉得生死之事，并不十分重要。

重要的是，他要和燕南天决一死战，他要以自己的血，洗清他最关心的人的冤枉，也洗清自己的冤枉。

激烈的掌风，似已震撼了天地。

花无缺双掌抢攻、直插、横截、斜击，招式刚猛中不失灵活，但燕南天拳风就像是一道铁墙。

花无缺竟连一招都攻不进去。

他头发已凌乱，凌乱的发丝飘落在苍白的额角上，但他的面颊却因激动而充血发红。

任何人若也想以刚猛的招式和燕南天对敌，那实在是活得不耐烦了。

他的掌式虽锐利得像钉子，但燕南天的拳势就像是铁锤，无情的铁锤，无情地敲打着他。

他只觉已渐渐窒息，渐渐透不过气来，燕南天飞舞的铁拳，在他眼中已像是愈来愈大，愈来愈大……

他知道这次燕南天不会放过他。

但他并不放弃，并未绝望，只要他还有最后一口气，至死，也绝不退缩。

谁知燕南天竟忽然一个翻身，退出七尺，厉叱道："住手！"

他眼见已可将花无缺逼死掌下，却忽然住手。

花无缺不觉怔了怔，忍不住喘息着道："你为何要我住手？"

燕南天目光灼灼，逼视着他，一字字道："我虽然从未听见过'铜先生'这名字，也并不相信世上真有'铜先生'这人存在，但我却已相信你并未说谎。"

花无缺道："哦？"

燕南天道："你若说谎，必定心虚，一个心虚的人，绝对使不出如此刚烈的招式！"

花无缺默然半晌，仰天一笑，道："你现在相信，不觉太迟了么？"

燕南天沉声道："你若觉得燕某方才对你有所侮辱，燕某在此谨致歉意。"

花无缺长叹道："是错就错，绝不推诿，果然是天下之英雄，在下纵想与你一决生死，此刻也无法出手了！"

燕南天厉声道："但我却还是要出手的！"

花无缺又一怔，道："为什么？"

燕南天道："你纵未说谎，我还是不能放你走，无论那'铜先生'是谁，他定与你有些关系，是么？"

花无缺想了想，道："是。"

燕南天道："他拘禁了江小鱼，可是为了你？"

花无缺苦笑道："我并未要他如此，但他却实有此意。"

燕南天喝道："这就是了，他既然留下了江小鱼，我就要留下你！他什么时候放了江小鱼，我就什么时候放你！"

他踏前一步，须发皆张，厉声接道："他若杀了江小鱼，我就杀了你！"

花无缺面色一变，却又长长叹了口气，道："这说来倒也公平得很。"

燕南天道："燕某行事，素来公正。"

花无缺冷笑道："但你对铁姑娘说的话，却太不公正，她……"

说到这里，他才忽然发现，花树下已瞧不见铁心兰的人影，这已心碎了的少女，不知何时走了。

燕南天喝道："你是自愿留下，还是要燕某再与你一战？"

花无缺脸色铁青，一字字道："你此刻要我走，我也不会走了。铁心兰若因此有三长两短，你纵放得过我，我也放不过你！"

燕南天大笑道："好，很好！在我找着铁心兰和江小鱼之前，看来你我两人，是谁也分不开谁了，是么？"

花无缺道："正是如此！"

铜先生抱起小鱼儿，又掠上树梢。

这株树枝叶繁密，树的尖梢，方圆竟也有一丈多，树枝坚韧而有弹力，足可承受起百十斤的重量。

铜先生将小鱼儿放在上面，只不过将枝叶压得下陷了一些而已——浓密的枝叶就好像棉褥般将小鱼儿包了起来，除非是翱翔在天空的飞鸟，否则绝不会发觉有人藏在这里。

小鱼儿身子虽不能动，脸上却仍是笑嘻嘻的，道："这倒真是再好也没有的藏身之处，如此看来，倒可以舒舒服服地睡上一觉了。"

铜先生冷冷道："你最好老老实实睡一觉。"

小鱼儿道："你要走了么？你这人又孤僻，又特别喜欢干净，我就知道你不会永远守着我的。"

铜先生冷笑道："你也休想跑得了，等到我此间的事做完，就将你带到一个更安全之处。"

小鱼儿道："我连手指都不能动，你就是将我放在路上，我也跑不了的。"

铜先生道："你明白这点最好。"

小鱼儿眼珠子转了转，道："若是下起雨来，我这人身体不太好，一淋雨就要生病，我生病倒没有什么，但若病坏了身子，岂非于你的名声有损？你答应过，绝不让我受到丝毫损伤的，是么？"

铜先生冷冷道："你无论生多大的病，我都能治得了你。"

小鱼儿想了想，又道："我身子比牛还重，这树枝若是承受不起，突然断了两根，我若摔了胳膊跌断了腿，你难道也能接起来么？"

铜先生道："这树枝纵然断了两根，你还是跌不下去的。"

小鱼儿睁大了眼睛，笑道："若有什么老鹰之类的大鸟，从我头上飞过，把我的眼珠子当作鸽蛋，一口啄了去，你难道能补上么？"

铜先生怒道："你这人怎地这么烦！"

小鱼儿笑道："我生来没别的本事，就会惹人烦，你若嫌烦，为何不宰了我，死人就不会惹麻烦了。"

铜先生一生中，当真从来没有遇见这么讨厌的人，若是别人如此，他早已将之剁成八块了。

他身子已气得发抖，却只好取出块丝帕，盖在小鱼儿脸上，厉声道："这样好了么？"

小鱼儿深深吸了口气，笑道："你这手帕好香呀，莫非是什么大姑娘送给你的定情物？"

铜先生大怒道："你为何不能闭起嘴来？"

小鱼儿道："你若点上我的哑穴，我岂非就不能说话了么？但你自然也知道，哑穴不能点过三个时辰，否则就会气绝而死。"

他笑着接道："所以你若点了我的哑穴，每隔三个时辰，就得回来为我换一次气，那样岂非更麻烦了？"

铜先生咬牙道："你知道的倒不少。"

小鱼儿道："除此之外，倒有个比较不麻烦的法子。"

他语声故意顿了顿，才接着道："那就是三十六计，走为上策。你一走了，无论我说什么，你都听不见了，岂非落个耳根清净？"

铜先生不等他话说完，已掠下树梢。

小鱼儿故意叹了口气，喃喃道："他总算走了，但愿那位仁兄莫要来得太早，先让我好好睡一觉……"

他话未说完，铜先生又掠了上去，一把掀开了蒙着他脸的丝帕，厉声道："你说的那位仁兄是谁？"

小鱼儿又故意道："呀，我说的话，被你听见了么？"

铜先生冷冷道："百丈之内，飞花落叶瞒不过我的。"

小鱼儿又叹了口气，道："我被你藏在这树上，任何人都瞧不见我，又怎会有人来救我呢？我方才不过自己说着玩玩而已。”

铜先生道：“你以为谁会来救你？”

铜先生沉思了半晌，失声道：“不错，花无缺说不定会回来瞧瞧的。”

他不再说话，又抱起小鱼儿，掠下树梢，他自以为心思灵敏，却未瞧见小鱼儿正在偷偷地笑。

小鱼儿根本就未指望有人会来救他，他知道若是待在树上，就什么逃走的机会都没有了，只有拼命缠着铜先生，缠得他发昏，只要他稍微一大意，自己就有逃走的机会。

若论武功，小鱼儿自然不及铜先生，但若是斗起心眼儿来，两个铜先生也不是小鱼儿的敌手。

他抱着小鱼儿掠到树下，却又迟疑起来。

小鱼儿道：“你要把我送到哪里去呀？你总不能一直抱着我站在这里吧？”

“哼！”

小鱼儿笑道：“我已经有好几天没洗澡了，你抱着我不嫌脏么？”

他话未说完，铜先生的手已一松。

小鱼儿“砰”地跌在地上，大叫道：“哎哟，不好了，骨头跌断了！”

铜先生一脚踢在他胯骨上，踢开了他下半身的穴道，喝道：“站起来，跟我走！”

小鱼儿只觉两条腿已能动了，却呻吟着道：“我骨头都断了，哪里还能站得起来？这下子你非抱我不可了！”

铜先生怒道：“你骨头是什么做的，怎地一跌就断？”

小鱼儿道：“就算没有跌断，被你一脚也踢断了……哎哟，好痛！”

他索性大呼大喊，叫起疼来。

铜先生目光闪动，忍不住道：“真的断了么？”

小鱼儿呻吟着道：“你不信就自己摸摸看。”

铜先生迟疑着，终于俯下身子，视探小鱼儿的腿骨。

小鱼儿道："不对，不是这里。"

铜先生道："是哪里？"

小鱼儿道："不是大腿，还要再上面一些。"

铜先生的手，突然缩了回去，就好像被毒蛇咬了一口似的，只见他笔直站在那里，胸膛却不住喘息。

小鱼儿笑嘻嘻道："你为什么连摸都不敢摸，难道你是女人么？"

铜先生大喝道："住嘴！"

小鱼儿吐了吐舌头笑道："你要我住嘴，就算不愿点我的哑穴，也可用布塞住我的嘴呀！"

他的确可以塞住小鱼儿嘴的，但小鱼儿自己既然先说出来了，他再这样做，岂非丢人么？

铜先生冷冷道："我为何要塞住你的嘴，我正要听你说话。"

小鱼儿"扑哧"一笑，道："想不到我的话竟有这么好听，你既然这么喜欢听，何不也坐下来，咱们也可以聊个舒服。"

铜先生怒目瞪着小鱼儿，简直无计可施，他本觉世上绝没有自己不能对付的人，谁知就偏偏有个江小鱼。他这一生中，第一次觉得头疼起来。

第六十八章

大侠风范

燕南天与花无缺并肩走出了花林。

花无缺忽然道："铁心兰是往哪里走的？你也未曾瞧见么？"

燕南天道："没有。"

花无缺仰首望天，轻叹道："江小鱼此刻也不知是在哪里。"

燕南天道："他是何时落入那'铜先生'掌中的？"

花无缺道："昨天晚上。"

燕南天默然半晌，忽然又道："江湖中又怎会有个'铜先生'？他既有那么高的武功，我怎会未曾闻及？你可知道他的来历？"

花无缺道："在下只知他武功之高，不可思议，却也不知他的来历。"

燕南天冷笑道："若是我猜得不错，他必定是别人化名改扮的。"

花无缺道："但普天之下谁会有那么高的武功？"

燕南天道："移花宫主……"

花无缺淡淡笑了笑，道："家师为何要改扮成别人？家师又为何要瞒住我？这对她老人家又有何好处？燕大侠你可想得出任何原因来么？"

"我想不出……"他语声微顿，又道，"你想，那'铜先生'会将江小鱼带到何处去？"

花无缺也长长叹了口气，道："在下也想不出。"

这时小鱼儿已睡着了。铜先生乘着夜色，将小鱼儿又带到那客栈的屋子里，他实在想不出能将这作怪的少年带到何处。

小鱼儿躺在床上，呼呼大睡。铜先生却只有坐在椅子上瞧着，他就像个木头人似的坐在椅子上，动也不动。只见小鱼儿鼻息沉沉，似睡得安稳至极，就像是个睡在母亲旁边的孩子似的，嘴角还带着一丝微笑。

他醒着时，这张脸上，不但充满了一种逼人的魅力，也充满了飞扬洒脱、精灵古怪的神气。但此刻他睡着了，这张脸却变得有如婴儿般纯真。

铜先生瞧着他这张纯真而英俊的脸，瞧着他脸上那条永远不能消除的刀疤，整个人突然都颤抖了起来。

他手掌紧握着椅背，握得那么紧，冷漠的目光，也变得比火还热，像是充满了痛苦，又像充满了仇恨。

只听“啪”的一声，柚木的椅靠，竟被他生生捏碎。

小鱼儿缓缓张开眼来，揉着眼睛向他一笑，道：“我睡了很久了么？”

“很……很久了。”他拼命要使自己语声平静，却还是不免有些颤抖。

小鱼儿笑道：“你一直坐在这里守着我？”小鱼儿身子虽不能动，腿一挺，就跳下床来，笑道：“我占了你的床，让你不能睡觉，真抱歉得很。”

铜先生盯着他的腿，厉声道：“你……你的腿没有伤？”

小鱼儿朝他扮了个鬼脸，就要往外走。

铜先生喝道：“你要到哪里去？”

小鱼儿笑嘻嘻道：“我有个毛病，一睡醒就要……就要上茅房。”

铜先生怒道：“不许去！”

小鱼儿苦着脸道：“不许去，我就要拉在裤子上了，那可臭得很。”

铜先生几乎要跳了起来，大喝道：“你……你敢？”

小鱼儿悠悠道：“一个人无论有多凶、多厉害，他就算能杀人、放火，但可也没法子叫别人不拉屎的。”

铜先生瞪着他，目中简直要冒出火来。

小鱼儿却还满不在乎，笑道：“你要我不拉屎，只有一个法子，那就是立刻杀了我，否则……否则我现在就已忍不住了。”他一面说话，一面就要蹲下去。

铜先生赶紧大呼道："不行……这里不行……"

小鱼儿道："你让我出去了么？"

铜先生狠狠一跺脚，道："你滚出去吧！"

小鱼儿不等他说完，已弯着腰走出去，笑道："你若不放心，就在茅房外看着我吧。"

铜先生的确不放心，的确只得在茅房外等着。

他简直连做梦都未想到过，自己这一辈子，居然也会站在茅房外，等着别人在里面拉屎。

过了几乎快有半个时辰，小鱼儿才摸着肚子，施施然走了出来。铜先生简直快气疯了，怒道："你死在里面了么？"

小鱼儿笑道："好几天的存货，一次出清，自然要费些工夫。"

铜先生气得也不知该说什么，只好扭过头去。

小鱼儿却笑道："现在咱们该去吃饭了。"

铜先生大怒道："你……你说什么？"

小鱼儿笑道："吃饭拉屎，本是最普通的事，这又有什么好奇怪的？你难道从未听见过一个人要吃饭么？"

铜先生怔了半晌，突然冷笑道："我虽不能禁止你……你上茅房，但却能禁止你吃饭的。"

小鱼儿道："你不许我吃饭？"

铜先生厉声道："我给你吃的时候，你才能吃，否则你就闭起嘴！"

小鱼儿眨了眨眼睛，笑道："但嘴却是长在我脸上的，是么？所以，我要吃饭的时候，你就得给我吃，否则我就永远也不吃了。我若活活饿死了，你的计划也完了……你明白了么？"

铜先生一步蹿过去，揪住小鱼儿的衣襟，嘶声道："你……你敢对我如此说话？"

小鱼儿嘻嘻笑道："我虽打不过你，但要饿死自己，你可也没法子，是么？"

铜先生气得全身发抖，却只好装作没有听见。

燕南天和花无缺自然没有找到铁心兰，更找不着小鱼儿。他们茫无目的地兜了两个圈子，燕南天突然道："你喝酒么？"

花无缺微笑道："还可喝两杯。"

燕南天道："好，咱们就去喝两杯！"

两人便又入城，燕南天道："江浙菜甜，北方菜淡，还是四川菜，又咸又辣又麻，那才合男子汉大丈夫的口味，你意下如何？"

花无缺道："这城里有家扬子江酒楼，据说倒是名厨。"

这时夜市仍未收，街上人群熙来攘往，倒也热闹得很，扬子江酒楼上，更是高朋满座，座无虚席。

江别鹤正一个人喝着闷酒。

这两天令他烦心的事实在太多，小鱼儿、花无缺……还有他儿子江玉郎，竟直到此刻还未回来。

突见一个大汉匆匆奔上楼，撞倒两张椅子，才走到他面前，悄声道："花公子来了。就在下面，好像也要上楼来喝酒。"

江别鹤道："他一个人么？"

那大汉道："他还带着个穿得又破又烂的瘦长汉子，好像是……"

他话未说完，江别鹤面色已惨变，霍然长身而起，颤声道："快……快想法子去挡他们一挡。"

但这时花无缺与燕南天已走上楼头，花无缺已面带微笑，向他走了过来。

江别鹤手扶着桌子，似已骇得站不住了。

只听花无缺笑道："不想江兄也在这里。"

江别鹤道："是……是……"

他眼睛直勾勾地瞪着燕南天，只觉喉咙发干，双腿发软，一个字也说不出，竟似已骇破了胆。

燕南天上下瞧了他两眼，笑道："这位就是近来江湖盛传的江南大侠江别鹤么？"

江别鹤道："不……不敢。"

燕南天道："好，咱们就坐在一起，喝两杯吧。"

他拉过张椅子，就坐了下来，只觉桌上杯子、盘子一直不停地动，原来江别鹤全身都在发抖。

燕南天皱眉道："江兄为何不坐下？"

江别鹤立刻直挺挺地坐到椅上。

燕南天笑道："燕某足迹虽未踏入江湖，却也久闻江兄侠名，今日少不得要痛痛快快和你喝上两杯。"

江别鹤赶紧倒了三杯，强笑道："晚辈先敬燕大侠一杯。"

他用酒杯挡住脸，心里却不禁更是惊奇："原来江小鱼还未将我的事告诉他，但他……他又怎会不认得我了？这二十年来，我容貌未改变许多呀！"

他眼角偷偷自酒杯边缘瞧出去，又自暗忖道："但他的容貌却改变了许多，莫非……莫非是……"

突听燕南天道："江兄这杯酒，为何还不喝下去？"

江别鹤赶紧一饮而尽，哈哈笑道："晚辈也早已久仰燕大侠侠名，不想今日得见，当真荣幸之至。"

燕南天大笑道："不错，你我初次相见，倒真该痛饮一场才是。"

听到"初次相见"四个字，江别鹤心里虽然更奇怪，却不禁长长松了口气，大笑道："正是该痛饮一场，不醉无归。"

燕南天拍案笑道："好个不醉无归……来，快拿三十斤酒来！"

铜先生和小鱼儿走出客栈，夜已很深，长街上已无人迹，两旁店铺也都上起了门板。

小鱼儿背负双手，逛来逛去，好像开心得很，笑道："你别着急，饭铺就算打烊，只要你肯花银子，连鬼都会推磨，何愁饭铺不为你开门。"

铜先生忍住怒火，道："这里就有家饭铺，你叫门吧。"

小鱼儿道："这家饭铺叫三和楼，是江浙菜，不行……嗯，这里还有家真北平，一定是北方菜，也不行。"

铜先生怒道："为何不行？你难道不能将就些？"

小鱼儿正色道："不行，一个人可以对不起朋友，但却万万不能对不起自己的肠胃。因为朋友到你倒霉时都会跑的，但肠胃却跟你一辈子。"

铜先生狠狠盯着他，过了半晌，才缓缓道："世上人人都怕我，你……你为何不怕？"

小鱼儿笑道："我明知你绝不会自己动手杀我的，我为何要怕你？"

铜先生霍然扭转身，大步而行。

小鱼儿大笑道："其实你也不必生气，你明知你愈生气，我就愈开心，又何必定要和自己过不去呢？"

只见前面一处楼上，还有灯光，招牌上几个斗大的金字，也在闪闪发着光。

"扬子江酒楼，正宗川菜"。

但这时扬子江酒楼上却已没有人了，几个伙计，正在打扫收拾。

几个人一抬头，全都骇得呆住——一个戴着铜鬼脸的人，不知何时已走上楼来，正冷冷地瞧着他们。

小鱼儿却笑嘻嘻道："你们发什么呆，这位大爷脸上戴的虽然是青铜，腰里却多的是金子，财神爷上门，你们还不赶紧招呼。"

那店伙吃吃道："抱……抱歉得很，小店已经打烊了。"

铜先生冷冷瞧着他，忽然一把揪住他的头发。

那店伙身子就好像腾云驾雾似的，直飞了出去。等他定过神来，才发觉自己竟已坐到横梁上。身子虽未受伤，胆子却几乎骇破，头一晕，直栽了下来，若不是小鱼儿接着，脑袋不变成烂西瓜才怪。

铜先生冷冷道："不管你们打烊没有，他要吃什么，你们就送什么上来，只要少了一样，你们这四个人休想有一个活着！"

四个店伙哪里还敢说个"不"字？

小鱼儿大笑道："愉快愉快，和你这样的人出来吃饭，当真再愉快不过。"

他舒舒服服地坐了下来，道："先来四个凉菜，棒棒鸡、凉拌四件、麻辣蹄筋、蒜泥白肉，再来个肥肥的樟茶鸭子、红烧牛尾、豆瓣鱼……"

他说一样菜，店伙们就点一下头，四个店伙的头都点酸了，小鱼儿才总算叹了口气，笑道："深更半夜的，也不必弄太多菜了，马马虎虎就这几样吧，但酒却要上好的，竹叶青还是花雕都行，先来个二三十斤。"

几个店伙听得张口结舌，这些菜二十个人都够吃了，这小子居然才"马马虎虎"，几个人怔了半晌，才吃吃道："抱歉……小……小店的酒，已经被方才三位客官喝光了。”

铜先生冷冷道：“喝光了就到别处去买，三十斤，少了一斤，要你的脑袋！”

四个店伙只有自叹倒霉，刚送走了三个瘟神，又来了两个恶煞。

不到半个时辰，酒菜都送了上来，果然一样也不少。小鱼儿立刻开始大吃大喝，铜先生却连坐都不肯坐下来。

小鱼儿笑嘻嘻道：“你为何不坐下来，你这样站着，我怎么吃得下？”

他举起酒杯，又笑道：“这酒菜倒都不错，你为何不来吃一些，你若气得吃不下，饿坏了身子，我心里也不舒服的。”

铜先生根本不理他。

小鱼儿夹起块樟茶鸭，一面大嚼，一面叹着气，道：“嘴是长在你身上的，你不吃，我也没法子，但你这样，既不吃，又不睡，怎么受得了呢？”

铜先生忽然出手一掌，将旁边一张桌子拍得片片碎裂，他心中怒气实是无可宣泄，只有拿桌子出气。

小鱼儿笑道：“桌子又没有得罪你，你何苦跟它过不去……依我看，你不如还是放了我吧，也免得自己受这活罪。”

铜先生怒喝道：“放了你？休想！”

小鱼儿仰起了脖子，喝了杯酒，哈哈笑道：“老实告诉你，其实你现在就算放了我，我也不走的，睡觉有人保镖，喝酒有人付账，这么开心的日子，到哪里找去？”

铜先生瞪眼瞧了他半晌，一字字道：“我正是要你现在活得开心些，这样你死时才会更痛苦。”

小鱼儿放下筷子，瞪眼瞧着他，忽又叹道：“我问你，我和你素不相识，你为何如此恨我？你既如此恨我，又为什么不肯自己动手杀了我？”

铜先生仰首望天，冷笑道：“这其中秘密，你永远也不会知道的！”

小鱼儿叹道：“一个人若是永远无法知道自己最切身的秘密，这岂非是世上最残忍、最悲惨的事？”

铜先生厉声笑道："不错，这正是世上最残忍、最悲惨的事，我敢负责担保，这悲惨的命运，你逃也逃不了的，只因世上绝对没有人能揭穿这秘密。所以你现在只管开心吧，只要你真能开心，你不妨尽量多开心些时候。"

燕南天、花无缺、江别鹤，三个人都像是有些醉了，三个人摇摇晃晃，在灿烂的星光下兜着圈子。

江别鹤一生中从未喝过这么多的酒，但燕南天要喝，他却只有陪着，虽然到后来燕南天每干一杯时，他杯子里的酒最多也不过只有半杯。

只听燕南天引吭高歌道："五花马，千金裘，呼儿将出换美酒，与尔同销万古愁……万古愁……"

歌声豪迈而悲怆，似是心中满怀积郁。

燕南天仰天长叹道："怎地这世上最好的人和最坏的人，都姓江呢？"

江别鹤吃吃道："此……此话怎讲？"

燕南天叹道："我那江二弟，温厚善良，可算世上第一个大好人，但还有江琴……"

说到"江琴"两字，江别鹤忽然激灵灵打了个寒战，燕南天更是须发皆张，目眦尽裂，厉声接道："我那江二弟虽将江琴视如兄弟手足一般，但这狼心狗肺的奴才，竟在暗中串通别人，将他出卖了！"

江别鹤满头冷汗涔涔而落，口中却强笑道："那江……江琴竟如此可恶？"

燕南天双拳紧握，嘶声道："只可惜这奴才竟不知躲到哪里去了，我竟找不着他……我若找着他，不将他骨头一根根捏碎才怪。"

江别鹤又打了个寒噤，酒似也被骇醒了一半，只觉燕南天捏着他双手愈来愈紧，竟似要将他骨头捏碎。

江别鹤忍不住强笑道："晚……晚辈并非江……江琴，燕大侠莫要将晚辈的手也捏碎。"

燕南天一笑松了手，只见前面夜色沉沉，几个夜行人狸猫般掠入一栋屋子里，也不知要干什么勾当。

花无缺酒意上涌，似也变得逸兴遄飞，笑道："三更半夜，这几人必定不干好事，我瞧瞧去。"

燕南天怒道："有我在此，还用得着你去瞧么？"

他纵身一掠，跃上墙头，厉声道："冀人燕南天在此，上线开扒的朋友，全出来吧！"

喝声方了，黑暗中已狼窜鼠奔，掠出几个人来。

燕南天喝道："站住，一个也不许跑！"

几个夜行人竟似全被"燕南天"这名字骇得呆了，一个个站在那里，果然连动都不敢动。

燕南天厉声道："有燕某在这城里，你们居然还想为非作歹，难道不要命了！"他独立墙头，衣袂飞舞，望之当真如天神下降一般。

那几个人瞧见他如此神威，才确信果然是天下无敌的燕南天来了。几个人骇得一起拜倒在地，颤声道："小人们不知燕大侠又重出江湖，望燕大侠恕罪。"

燕南天喝道："但江大侠在这城里，你们难道也不知道？"

几个人瞧了江别鹤一眼，嘴里虽不说话，但那意思却明显得很，无论江别鹤多么努力，但江别鹤这"大侠"，比起燕南天来，还是差得多。

燕南天喝道："念在你们坏事还未做出，每个人打自己二十个耳刮子，快滚吧！"

那几个人竟真的扬起手来，"噼噼啪啪"打了自己二十个耳光，又磕了个头，才飞也似的狼狈而逃。

江别鹤瞧得又是吃惊，又是羡慕，又是妒忌，忍不住长叹道："一个人能有这样的声名，才算不虚此生了。"

花无缺却微笑道："普天之下，有这样声名的人，只怕也不止燕大侠一个。"

燕南天轩眉道："花无缺，你还不服我？"

花无缺微笑道："他们若知道移花宫有人在此，只怕跑得更快的。"

燕南天瞪了他半晌，忽然大笑道："要你这样的人佩服，当真不是容易事。"他跃下墙头，又复高歌而行。

江别鹤悄悄拉了拉花无缺衣袖，悄声道：“贤弟，燕大侠似已有些醉了，你我不如和燕南天别过，赶紧走吧。”

花无缺微笑道：“我只怕要和江兄别过了。”

江别鹤怔了怔，道：“贤弟你……你难道要和燕大侠同行么？”

花无缺道：“正是。”

江别鹤掌心沁出冷汗，道：“令师若是知道，只怕有些不便吧？”

花无缺微笑道：“家师纵然知道，我也是要和他一起走的。”

江别鹤怔了半晌，道：“你……你们要去哪里？”

花无缺道：“去找江小鱼。”

江别鹤身子又是一震，暗忖道：“燕南天现在就算还未认出我，就算还将我看成朋友，但再见到江小鱼，我还是要完了。”

三个人兜了两个圈子，也到了铜先生歇脚的客栈，江别鹤眼珠子一转，忽然笑道：“这客栈燕大侠可要再进去喝两杯么？”

燕南天大笑道：“你果然善体人意……走，咱们进去！”

到了屋里，燕南天吩咐“拿酒来”，江别鹤却找了个借口出去，偷偷溜到铜先生那屋子。

他自然是想找铜先生对付燕南天，只可惜铜先生偏偏不在。屋子里虽还留着那淡淡的香气，但他却说不定早已离开此地。

江别鹤满心失望，回房时，燕南天又已几斤酒下肚了。他酒量虽好，此刻却也不免有些醉意。

花无缺也是醉态可掬。江别鹤心念一转，溜出去将肚子里的酒全都用手指挖得吐出来，再回去频频劝饮。

到后来，燕南天终于倒在床上，呼呼大睡。

花无缺喃喃道：“酒逢知己，不醉无归。来，再喝一杯……”话未说完，也伏在桌上睡着了。

第六十九章

千钧一发

江别鹤静静坐了半晌，瞪大了眼睛，瞧着燕南天、花无缺伏在桌上，也是动也不动。

江别鹤只听得自己的心跳声愈来愈响——他若想从此称霸江湖，现在的确是机会到了。

但这机会，却又未免来得太容易。他紧握着双手，掌心也满是冷汗。“江别鹤呀江别鹤，你若错过了这机会，就再也不会有这样的机会了，你今天若不杀他们，迟早总要死在他们手中，你怕什么？犹疑什么？他两人都已醉了，你为何还不动手？”想到这里，江别鹤霍然站起，却又“噗”地坐了下去。

“不行！不能心存侥幸，世上绝不会有如此容易的事！”

他手掌抖得太厉害，不得不紧紧抓住椅子。

“但这种事连自己都不相信，他们自然更不会相信了，他们就因为不相信，所以才没有丝毫提防之心。”

江别鹤眼睛里发出了光。

“不错，花无缺和燕南天万万想不到我会杀死他们的，这实在是千载难逢的机会，江别鹤呀江别鹤，此刻怎会拿不定主意？你现在只要一出手，天下就是你的……”

江别鹤不再迟疑，一步蹿到桌前，铁掌直击下去。

就在这时，花无缺突然跳了起来，大喝道：“江别鹤，我总算瞧清了你的真面目，江小鱼果然没有冤枉你！”

喝声中，他纵身扑了过去。

谁知燕南天竟比他还快了一步。

江别鹤手掌击下，燕南天铁掌已迎了上去。

只听“啪”的一声，江别鹤身子已被震飞，重重撞到墙上，只觉满身骨节欲裂，一时间竟站不起来。

花无缺怔了一怔，失笑道：“原来你也是假醉！”

燕南天大笑道：“这区区几杯酒，怎能醉得倒我？我也正是要瞧瞧这厮，喝了又吐，吐了再喝，究竟是何用意？”

他倏然顿住笑声，大喝道：“江别鹤，你现在还有何话说？”

江别鹤惨笑道：“罢了……我苦练二十年的武功，竟接不了燕南天的一掌，我还有何话说？”

燕南天厉声道：“我与你无冤无仇，你为何暗算我？”

江别鹤故意长长叹了口气，道：“双雄难以并立，你我不能并存，你这‘大侠’若活在世上，哪里还有我这‘大侠’立足之地！”

他咬了咬牙，大声接道：“方才我见到那些人瞧见你后，便不将我放在眼里，我已下定决心，要除去你！如今我武功既然不敌，夫复何言？”

燕南天怒道：“你武功就算能无敌于天下，就凭你这心胸，也难当‘大侠’二字。”

江别鹤道：“你……你要怎样？”

燕南天厉声道：“你虚有大侠之名，心肠竟如此恶毒，手段竟如此卑鄙，燕某今日若不为江湖除害，日后还不知有多少人要死在你手上！”

江别鹤道：“你要杀了我？”

燕南天喝道：“正是！”

喝声中，他一掌闪电般击出。

江别鹤就地一滚，避开了他这一掌，突然大笑道：“你若杀了我，普天之下再无一人知道江琴的下落……这一辈子你休想再能找得到他了！”

燕南天一震，失声道：“你……你知道江琴的下落？”

江别鹤缓缓站了起来，悠然道：“正是。”

燕南天冲了过去，一把揪着他的衣襟，嘶声道：“他在哪里？”

江别鹤站在那里，全不闪避，悠悠道：“你可以杀死我，却不能令我说出他的下落。”

燕南天手掌一架，怒喝道：“你可要试试？”江别鹤微笑道：“你身为一代大侠，若也想以酷刑逼供，岂非有失你大侠的身份？”

燕南天怔了怔，手掌不由自主缓了下来。

江别鹤微笑又道：“你若真的想要我说出来，除非答应我两件事。”

燕南天怒道：“你还要怎样？”

江别鹤缓缓道：“我要你答应我，非但今日好生送我出去，日后也永不伤我毫发！”

燕南天默然半晌，狂吼道：“好，我答应你……我不信除了燕某之外，世上就再无别人能伤你！”

江别鹤微微一笑，道：“还有，我说出江琴的下落后，你必定要严守秘密，绝不能让第四人知道江琴在哪里。”

燕南天大声道：“这本是我自己的事，我正要亲手杀死他，为何要让别人知道？”

江别鹤嘴角泛起一丝诡秘的笑容，道：“很好，但你若不能杀死他呢？”

燕南天怒道：“我若不能亲手杀死他，别人更不能杀他！”

江别鹤转过头道：“花公子你呢？”

花无缺长长吐了口气，道：“这本是燕大侠的事，他既已答应，我自无异议。”

江别鹤仰天大笑道：“很好，好极了。”

燕南天道：“江琴究竟在哪里？”

江别鹤缓缓顿住笑容，瞧着燕南天，一字字道：“就在这里！”

燕南天身子一震，道：“你……你……”

江别鹤大笑道：“我就是江琴，但你却已答应，永不伤我毫发！”

燕南天就像是被人抽了一鞭子，踉跄后退，双拳紧握，全身都颤抖了起来。花无缺也不禁为之怔住。

江别鹤狂笑道：“你一心想知道江琴的下落，所以才答应放了我，如今虽已知道江琴的下落，却永远不能杀他了。”

他笑得声嘶力竭，仿佛觉得世上再也没有比这更好笑的事。燕南天目光尽赤，突然狂吼扑上去，道：“你……你这恶贼，我岂能容你！”

江别鹤瞪起眼睛，厉声道：“堂堂的大侠燕南天，难道是食言背信的人！”

燕南天身子一震，整个人都呆在那里。

只见他须发怒张，眼角似已迸裂，全身骨节都不住响动，终于踉跄后退几步，跌坐在床上，惨然道：“好……好……我答应了你，你走吧。”

燕南天突又跳了起来，嘶声道：“你若再不走，小心我改变了主意！”

江别鹤抱拳一揖，笑道：“既是如此，在下就告辞了，多谢多谢，再见再见。”

他大笑着扬长而去，屋子里立刻变得一片死寂，只有燕南天沉重的呼吸声，屋顶也沉重得像是要压了下来。

也不知过了多久，花无缺忽然长叹一声，道：“燕大侠，我此刻终于服了你了。”燕南天惨然一笑，道：“我以拳剑胜你两次，你不服我；我一声叱咤，便令群贼丧胆，你也不服我；如今我眼睁睁瞧着仇人扬长而去，竟无可奈何，你反而服了我么？”

花无缺正色道：“我正是见你让江别鹤走了，才知道燕南天果然不愧为一代之大侠。你要杀他，本是易事，世上能杀江别鹤的人并不少，但能这样放了他的，却只怕唯有燕南天一人而已！”

他长叹接道：“所以，世上纵有人名声比你更令人畏惧，纵有人武功比你更高，但却也唯有你，才能当得起这‘大侠’二字！”

燕南天惨笑道：“但你可知道，一个人若要保全这‘大侠’两字，他便要忍受多少痛苦、多少寂寞……”

花无缺长笑道：“我如今终于也知道，一个人要做到‘大侠’两字，的确是不容易的，他不但要做到别人所不能做的事，还要忍别人所不能忍……”

他游目瞧着燕南天，展颜一笑，道：“但无论如何，那也是值得的，是么？”

江别鹤走过了院子，立刻就笑不出了。他知道今天虽然骗过了燕南天，但以后的麻烦，还多着哩。

风吹着竹叶，沙沙地响，江别鹤闪身躲入了竹丛，他是想瞧瞧燕南天和花无缺的动静。

他想，这两人现在必定不知有多么懊恼愤怒，他恨不得能瞧见燕南天活活气死，他才开心。

但过了半晌，屋子里却传出燕南天豪迈的笑声，这一次挫败虽大，但燕南天却似并未放在心上。

笑声中，只见燕南天与花无缺把臂而出，腾身而起，身形一闪，便消失在浓重的夜色里。

他们要到哪里去？是去找江小鱼么？这三个人本该是冤家对头，现在怎地已像是站到同一战线上来了。

江别鹤虽然猜不透其中的真相，但“怀疑”却使得他的心更不定，更痛苦。他咬着嘴唇，沉思了半晌，还拿不定主意。

突见人影飘动，一个狰狞的青铜面具，在闪着光。

铜先生居然又回来了。

江别鹤大喜，正想赶过去，但就在这时，也看清了铜先生身旁的人，赫然竟是小鱼儿。

江小鱼脸喝得红红的，满脸笑容，像是开心得很——铜先生竟然和江小鱼走到一起了，而且两人还像是刚喝完了酒回来。

他现在一心想倚靠这神秘的铜先生来对付燕南天和花无缺，这几乎已是他唯一可以制胜的希望。

他再也想不到，铜先生会和江小鱼在一起。这一老一少两个怪物，是在什么时候交上了朋友？

铜先生本来明明要杀江小鱼的，现在为何改变了主意？

莫非他已被江小鱼的花言巧语打动了？

江别鹤又惊又怒，又是担心恐惧，直到铜先生和小鱼儿走进屋子，他还是呆呆地怔在那里。

他忽然发觉自己竟已变得完全孤立，到处都是他的敌人，竟没有一个可以信赖的朋友。

他疑心病本来就大，现在既已亲眼目睹，更认为燕南天、江小鱼、花无缺、铜先生，四人已结成一党，要来对付他。

这时夜已更深，竹叶上的露水，一滴滴落下来，滴在他身上、脸上，甚至滴入了他的脖子里。

他却浑然不觉，只是不住暗中自语：“我要击败这四人，该怎么办呢？我一个人的力量，自然不够，还得去找帮手，但我却又能找得到谁？”

竹叶上忽然有条小虫，掉了下来，却恰巧掉在他头上，江别鹤反手捉了下去，只见那小虫在掌心蠕蠕而动，就像是条小蛇。

他面上忽然露出喜色，失声道：“对了！我怎地未想起他来！他一个人力量纵然还不够，但再加上那老虎夫妻和我，四个对四个，岂非正是旗鼓相当！”

他大喜着掠出树林，突然想起铜先生和江小鱼还在对面的屋子里，他大惊止步，掌心已沁出冷汗。

但对面屋子里却丝毫没有反应，屋里虽燃着灯，窗上却瞧不见人影，铜先生和小鱼儿，竟已走了。

小鱼儿走进屋子时，也未想到江别鹤就在外面瞧着他。

屋子里灯已熄了，小鱼儿虽然什么都瞧不见，却发觉屋子里的香气，比他们出去时更浓了。

这屋子里难道已有人走进来过？

小鱼儿正觉奇怪，突听铜先生冷冷道：“你怎地现在才来？”

黑暗中竟响起了个女子的声响，道：“要找个能令你满意的地方，并不容易，所以我才来迟了。”

这声响自然比铜先生粗嗄生硬的语声娇柔多了，但语气也是冰冰冷冷，竟似和铜先生一副腔调。

小鱼儿又惊又奇，暗道：“想不到铜先生这怪物也会有女朋友，而且说话竟也是和他一样阴阳怪样，两人倒真是天生的一对。”

他摸着了火折子，赶紧燃起灯。

灯光亮起，小鱼儿才瞧见一个长发披肩的黑袍女子，她面上也戴着个死眉死脸的面具，却是以沉香木雕成的，此刻灯光虽已甚是明亮，小鱼儿骤然见着这么样一个人，仍不禁骇了一跳。

这黑袍女子也在瞧着小鱼儿，忽然道：“你就是江小鱼？”

小鱼儿瞪大眼睛，道：“你……但我怎么不认得你？”

黑袍女子道：“你既知世上有铜先生，为何不知木夫人？”

小鱼儿道：“木夫人？不错，我好像听到过这名字。”

他记得黑蜘蛛向他说起铜先生时，也曾提起过木夫人这名字，还说这两人是齐名的怪物。

木夫人瞧瞧小鱼儿，又瞧瞧铜先生，道：“我早已来到此地，但你两人……”

“我和铜先生喝酒去了，有劳夫人久候，抱歉得很。”小鱼儿笑嘻嘻道，“铜先生对我最好，怕我饿坏了肚子，就带我去喝酒，知道我喜欢吃咸吃辣，就带我去吃川菜——这么好的人，我当真还未见过。”

木夫人眼睛里既是惊奇，又似乎觉得有些好笑。

小鱼儿这才发现，她语声虽和铜先生同样冷漠，但这双眼睛，却比铜先生灵活得多，也温暖得多。

他眼珠子一转，立刻叹了口气，又接着道：“只不过铜先生实在对我太关心了，一心只想看我，自己连饭也不吃，觉也睡不着，我真怕累坏了他，所以，夫人若是铜先生的好朋友，不如代铜先生照顾我吧，也好让他休息休息。”

木夫人道：“大……大哥若是烦了，就将他交给我也好。”

她目中笑意虽更明显，但语声仍是冰冰冷冷。只见铜先生身子突然飘起，“啪”的一掌，掴在小鱼儿脸上，这一掌打得并不重，但打的地方却妙极。

小鱼儿一点也不觉疼，只觉头脑一阵眩晕，身子再也站不住，踉跄后退几步终于倒了下去。

晕迷中，只听铜先生冷冷道：“这一次，谁也休想从我身旁带走他了。他活着时，我固然要看着他，就算他死了，我也要看着他，直到他尸身腐烂为止。”

木夫人道：“但我……”

铜先生冷笑道：“你也是一样，你对我也不见得比别人忠心多少。”

木夫人道：“你……你连我都不相信？”

铜先生一字字道：“自从月奴将江枫带走的那天开始，我就已不再信任任何人了！”

木夫人默然半晌，缓缓垂下了头，道："我知道你还在记着那一次，你总以为我要和你争夺江枫……"

铜先生厉声道："你也爱他，这话是你自己说的，是么？"

木夫人抬起了头，大声道："不错，我也爱他！但我并没有要得到他，更没有要和你抢他，我这一生从来没有和你争夺过任何东西，是么？"

她冷漠的语声竟突然颤抖起来，嘶声道："从小的时候开始，只要有好的东西，我永远都是让给你的，从你为了和我争着去采那树上唯一熟了的桃子，而把我从树上推下来，让我跌断了腿的那天开始，我就不敢再和你抢任何东西，你还记得吗？"

铜先生目光刀一般瞪着她，良久良久，终于长长叹息了一声，也缓缓垂下了头，黯然道："忘了这些事吧，无论如何，我们都没有得到他，是么？"

木夫人默然良久，也长叹了一声，黯然道："大姐，对不起，我本不该说这些话的，其实我早已忘记那些事了。"

只可惜小鱼儿早已晕过去了，根本没有听见她们在说什么。

小鱼儿还未醒来，就已感觉出那醉人的香气。

他以为自己还是在那客栈的屋子里，但他张开眼后，立刻就发觉自己错了，世上绝没有任何一家客栈，有如此华丽的屋子，也绝没有任何一家客栈，有如此芬芳的被褥、如此柔软的床。

接着，他又瞧见站在床头的两个少女。

她们都穿着柔软的纱衣，戴着鲜艳的花冠。

她们的脸，却比鲜花更美，只是这美丽的脸上，也没有丝毫表情，也没有丝毫血色，看来就像是以冰雪雕成的。

小鱼儿揉了揉眼睛，喃喃道："我莫非已死了，这莫非是在天上？"

轻纱少女动也不动地站在那里，目光茫然瞧着前方，非但好像没有听见他的话，简直就好像根本没有瞧见他。

小鱼儿眼珠子一转，嘻嘻笑道："我自然没有死，只因我若死了，就绝不会在天上，而地狱里也绝不会有你们这么美丽的仙子。"

他以为她们会笑，谁知道她们竟还是没有望他一眼。

小鱼儿揉了揉鼻子，道：“你们难道瞧不见我么？我难道忽然学会了隐身法？”

轻纱少女简直连眼珠子都没有动一动。

小鱼儿叹了口气，道：“我本想瞧瞧你们的笑，我想你们笑的时候一定更美，但现在，我却只有承认失败了，你们去把那见鬼的铜先生找来吧。”

轻纱少女居然还是不理他。

小鱼儿跳了起来，大声道：“说话呀！为什么不说话？你们难道是聋子、瞎子、哑巴？”

他跳下地来，赤着脚站在她们面前瞧了半晌，又围着她们打了两个转，皱起了眉头，喃喃道：“这两个难道不是人？难道真是用冰雪雕成的？”

他竟伸出手，要去拧那轻纱少女的鼻子。

这少女忽然轻轻一挥手。她纤长的手指柔若春葱，但五根涂着凤仙花汁的红指甲，却像是五柄小刀，直刺小鱼儿的咽喉。

小鱼儿一个筋斗倒在床上，大笑道：“原来你们虽不会说话，至少还是会动的。”

那少女却又像石像般动也不动了。

小鱼儿道：“你们就算不愿跟我说话，也总该笑一笑吧？老是这么样紧绷着脸，人特别容易变老的。”

他又跳下床，找着双柔软的丝履，套在脚下，忽然缓缓道：“从前有个人，做事素来马虎，有一天出去时，穿了两只鞋子，都是左脚的，他只觉走路不方便，一点也不知道是鞋子穿错了。等他到了朋友家里，那朋友告诉他，他才发觉，就赶紧叫仆人回家去换，那仆人去了好半天，回来时却还是空着一双手。你猜为什么？”

说到这里，小鱼儿已忍不住要笑，忍笑接着道：“那人也奇怪，就问他的仆人为什么不将鞋子换来，那仆人却道，‘不用换了，家里那双鞋子，两只都是右脚的’。”

他还未说完，已笑得弯下腰去。

但那两个少女却连眼皮都未抬一抬。

小鱼儿自己也觉笑得没意思了，才叹了口气，道："好，我承认没法子逗你们笑，但我有个朋友叫张三的，却最会逗人笑了。有一天，他和另外两个人去逛大街，瞧见一位姑娘站在树下，就和你们一样，冷冰冰的，张三说他能逗这姑娘笑，那两个朋友自然不信，张三就说，'我用一个字就能把她逗笑，再说一个字又能令她生气，你们要不要和我打赌，赌一桌酒？'那两个朋友自然立刻就和他赌了。"

小鱼儿口才本好，此刻更是说得眉飞色舞，有声有色，那两个少女眼睛虽还是不去瞧他，但已忍不住想听听这"张三"怎能用一个字就将人逗得发笑，再用一个字逗得别人生气。

只听小鱼儿接着道："于是张三就走到那姑娘面前，忽然向那姑娘旁边的一条狗跪了下去，道，'爹'。那少女见他竟将一条狗认作爹爹，再也忍不住笑了起来，谁知张三又向她跪了下去，叫了声'妈'，那少女立刻气得满脸飞红，咬着牙，跺着脚走了，张三果然就赢了这东道。"

他还未说完，左面一个脸圆圆的少女，已忍不住"扑哧"一声，笑出声来，小鱼儿拍掌大笑道："笑了！笑了！你还是笑了……"

只见这少女笑容初露，面色又已惨变。

铜先生不知何时又走了进来，冷冷地瞧着她，冷冷道："你觉得他很好笑？"

那少女全身发抖，"噗"地跪了下去，颤声道："婢……婢子并没有找他说话……"

第七十章

死里求生

铜先生厉声道："但你却为他笑了，是么？"

那少女竟骇得话也说不出，忽然掩面痛哭起来。

铜先生缓缓道："你出去吧。"

那少女嘶声道："求求你……求求你饶婢子一命，婢子下次再也不敢了。"

小鱼儿吃惊道："饶她一命？你……你难道要杀了她？"

铜先生冷冷道："杀，倒也不必，只不过割下她的舌头，要她以后永远也笑不出。"

小鱼儿大骇道："她只不过笑了笑，你就要割下她的舌头！"

铜先生冷冷道："这只能怪你，你本不该逗她笑的。"

小鱼儿大叫道："我只不过说了个笑话给她听，你……你何必吃醋！"

铜先生忽然又是一掌掴了出去，小鱼儿竟躲闪不开，被他一掌打得仰面跌倒，口中却还是怒喝道："你打我没关系，但千万不能因为这件事罚她。"

铜先生目中又射出了怒火，道："你……你竟然为她说话？"

他竟似已怒极，连身子都气得发抖。

小鱼儿大声道："这件事本不能怪她，要怪也只能怪我。"

铜先生颤声道："好……好！你宁可要我打你，也不愿我罚她，你……你倒也和你那爹爹一样，是个多情种子！"

说到"种子"二字，他忽然狂吼一声，反手一掌击出，那圆脸少女被打得直飞出门外，一摊泥似的跌在地上，再也动弹不得。

小鱼儿跳了起来，大喝道："你……你竟杀了她！"

铜先生全身发抖，忽然仰首狂笑道："不错，我杀了她，她再也不能偷偷和你逃走。"

小鱼儿又惊又怒，道："你疯了么？她几时要和我偷偷逃走？"

铜先生道："等你们逃走时，我再杀她，便已迟了！"

小鱼儿瞪大眼睛，嘶声道："你疯了，你简直疯了……我本以为你脾气虽然冷酷，却并不是个狠毒残忍的人，谁知你竟能对一个女子下此毒手。"

他愈说愈怒，忽然扑过去，双掌飞击而出。

这时小鱼儿武功之高，已足可与当世任何一个武林名家并列而无愧，盛怒之下击出的这两掌更融合了武当、昆仑两大门派掌法之精粹，小鱼儿此刻不但已可运用自如，而且已可将其中所有威力发挥出来。

谁知这足以威震武林的两掌，到了铜先生面前，竟如儿戏一般，铜先生身子轻轻一折，整个人像是突然断成两截。

他手掌便也在此时反击而出，若非亲眼瞧见，谁也不会相信一个人竟能在这种部位下出手的。

小鱼儿只觉身子一震，整个人又被打得跌在地上，他虽未受伤，但却被这种奇妙的武功骇呆了。

铜先生俯首望着他，冷笑道："像你这样的武功，最多也不过能接得住花无缺五十招而已，我本以为你还可与他一拼，谁知你竟如此令我失望。"

小鱼儿咬牙道："我能接得住他多少招，关你屁事！"

铜先生竟不再动怒，反而自怀中取出一卷黄绢，缓缓道："这里有三招可以破解移花宫武功的招式，你若能在这三个月里将它练成，纵不能胜了花无缺，至少也可多挡他几招。"

他居然要传授小鱼儿武功，这真比天上掉元宝下来还要令人难以置信，小鱼儿张口结舌，道："你……你是什么意思？"

铜先生将绢卷抛到他面前，冷笑着走了出去。

小鱼儿大喝道："你究竟是要花无缺杀我，还是要我杀花无缺？你究竟有什么毛病？"

铜先生霍然转身，冷冷道："你这一生，已注定了要有悲惨的结局，无论你杀了花无缺，还是花无缺杀了你，都是一样的。"

铜先生已头也不回地走了出去，“砰”地关上了门，小鱼儿怔了半晌，抬起头，却发现犹自呆立在房中的少女，眼里已流下泪来。

但这一次小鱼儿却再也不敢找她说话了，他实在再也不忍瞧见一个活生生的美丽少女为他而死。

那少女呆呆地站着，任凭眼泪流下面颊，也不伸手去擦。小鱼儿叹了口气，将那绢卷展开。

那上面果然是三招妙绝天下的招式，每一招俱锋利、简单而有效，正是花无缺那种繁复招式的克星。

绢卷上不但画着清晰的图解，还有详细的文字说明，若不是对移花宫武功了如指掌的人，绝对无法创出这样的招式。

移花宫的武功，本是江湖中最大的秘密，铜先生又怎会对它如此了解，这岂非是件奇怪的事？

但小鱼儿却没有想到这点，他此刻简直什么都不愿意想，只是瞧着那卷画，呆呆地出神。

少时有人送来饭菜，居然是樟茶鸭、豆瓣鱼、棒棒鸡……每一样都是道地的川味，还有一大壶上好的陈年花雕。

小鱼儿一笑，尽管饱餐了一顿，却留下一碟红烧牛尾、半只樟茶鸭子不动，像是自言自语，喃喃道：“这两样菜不辣的，你吃不吃都随便你。”

那少女始终站在那里，连指尖都未动过，此刻忽然转过身，用手撕着那半只鸭子就薄饼，吃了个干净。

她若不吃，本在小鱼儿意中，她此刻居然大吃起来，小鱼儿倒不免大感奇怪，竟瞧得呆了。

只见那少女吃完一只鸭腿时，便已似吃不下了，但还是拼命勉强自己将半只鸭子吃光。

她嘴里咀嚼，眼睛却瞬也不瞬地盯着那桌上的一具计时沙漏，一粒粒黄金色的细沙落下来，时间便也随着流了过去。

小鱼儿不禁苦笑，时间，现在对他实在太宝贵了，但他却只有眼见时间在他面前流过，全没有一点法子。

突见那少女走了过来，走到他面前，悄声道：“你还吃得下么？”

她竟忽然开口说话了，小鱼儿不觉骇了一跳。

那少女又道："现在说话没关系，没有人会来的。"

小鱼儿这才笑了笑道："我肚子都快撑破，连一只蚂蚁都吞不下了。"

那少女道："你最好还是多吃些，这两天，我们只怕都没有东西吃了。"

小鱼儿又吃了一惊，道："为什么？"

那少女眼睛里射出了逼人的光芒，一字字道："只因我们现在就要开始逃，在逃亡的途中，绝不会有东西吃的，甚至连水都喝不到。"

小鱼儿简直骇呆了，吃吃道："逃？……你是说逃走？"

那少女道："不错，我方才拼命地吃，就为的是要有力气逃走！"

小鱼儿道："但铜先生……"

那少女道："现在正是他入定的时候，至少在两个时辰之内，不会到这里来。"

小鱼儿道："你能确定？"

那少女道："他这习惯数十年来从未改过。据说十多年前，也有个身份和我一样的女子，就是在这时候，带了一个人逃走的。"

小鱼儿恍然道："难怪他方才那般愤怒，原来他就是怕历史重演……"

那少女目中又泛起了泪光，道："你可知道方才被他杀死的那女孩子是谁？"

小鱼儿动容道："那莫非是你的……你的……"

那少女目中终于又流下泪来，颤声道："她就是我嫡亲的妹妹。"

小鱼儿怔了半晌，惨然道："对不起，我方才本不该逗她笑的。"

那少女恨恨道："我妹子跟了他七年，他为了那么小的事，也能下得了毒手，而你与我妹子素不相识，反而为她争辩，甚至不惜为她拼命……"

小鱼儿道："你就是为了这个原因，所以才冒险救我的？"

他忽然拉起她冰冷的手，沉声道："但经过十多年前的那次事后，他防守得必定十分严密，我们能逃得出去么？"

那少女道："若是在他的禁宫中，我们实在连一分逃走的机会都没有，但这里，却只不过是他临时歇脚的地方。"

这时她脸上初次露出一丝苦涩的微笑，接着道："何况，这地方不但是我找到的，而且是我布置的，我们虽不是一定能逃得出去，但好歹也得试一试，那总比在这里等死的好。"

小鱼儿四下瞧了一眼，忍不住道："这里究竟是什么地方？"

那少女道："这是个庙。"

"这里竟是个庙？"他眼睛里瞧着四下华贵而绮丽的陈设，鼻子里嗅着那醉人的香气，实在难以相信，这里竟会是个庙宇。

那少女道："这里本是个冷清清的古刹，经过我们一整天的布置后，才变成这样子的。"

小鱼儿叹道："你们本事可真不小。"

他忽然一笑，又道："但时间宝贵得很，我们为何还不走？你若是想聊天，等我们逃出去之后，时间还多着哩。"

那少女道："我们要等人来收去这些碗筷后才能走，否则立刻就会被人发觉，我们已不在这屋子里。"

小鱼儿笑道："不错，我小地方总是疏忽，好像每个女孩子都比我细心得多。"

那少女凝注着他，缓缓道："你认得的女孩子很多么？"

小鱼儿苦笑道："我真希望能少认得几个……你呢？你认得的男孩子……"

那少女冷冷道："我一个都不认得。"

小鱼儿笑道："你现在总算已认得我了，我姓江，叫江小鱼，你呢？"

那少女默然半晌，缓缓道："你不妨叫我铁萍姑。"

小鱼儿像是怔了怔，苦笑道："你也姓铁？为什么姓铁的女孩子这么多……"

话未说完，铁萍姑忽然挥手打断了他的话。

只听门外轻轻一响，小鱼儿赶紧倒在床上，已有个面色冷峻的紫衣少女，带着个青衣妇人走了进来。

铁萍姑站在那里，根本不去瞧她。

这紫衣少女却走到她面前，冷冷道："你妹妹已死了。"

铁萍姑也冷冷道："我知道。"

紫衣少女道："你伤心么？"

铁萍姑道："我若伤心，你开心么？"

紫衣少女霍然扭转身，一双冷酷而充满怒火的眼睛，恰好对着小鱼儿。小鱼儿却向她扮了个鬼脸。

这时那青衣妇人已将碗筷全都收了出去。

紫衣少女忽然道："你也可以出去了。"

小鱼儿怔了怔，强笑道："你说我可以出去了？"

紫衣少女又转身盯着铁萍姑，冷笑道："你自然知道我说的是你，你为何还不走？"

小鱼儿一惊，心跳都几乎停止。

铁萍姑却冷冷道："谁叫我走的？"

紫衣少女冷笑道："你现在已可以换班了，我叫你去休息休息还不好？"

铁萍姑再不说话，转身走了出去。

小鱼儿眼睁睁瞧着她往外走，心里虽着急，却一点法子也没有。只见紫衣少女眼睛已盯在他身上，一字字道："你不愿意她走？"

小鱼儿打了个哈欠，笑道："她走了最好，她那副晚娘面孔，我已瞧腻了，你虽然也未必比她好看多少，但换个新的总比旧的好，我天生是喜新厌旧的脾气。"

紫衣少女冷笑道："你眼睛若敢盯着我，我就挖出你眼珠子。"

小鱼儿见到铁萍姑已悄悄退了回去，故意大笑道："你嘴里虽说不愿我瞧你，心里却是愿意的，说不定你还希望我能抱一抱你、亲一亲你，否则你为何定要将她调走，自己留在这里？"

紫衣少女气得脸上颜色都变了，颤声道："你……你敢对我如此说话？"

小鱼儿吐了吐舌头，笑道："你可不是雌老虎，我为何不敢？我还想咬你一口哩！"他瞧见铁萍姑已到了这紫衣少女身后，更故意要将她气得发疯。

紫衣少女大喝道："你莫以为我不能杀你，我至少可打断你——"

话未说完，她的头忽然垂了下来，接着，整个人就仆地倒了下去，连"哼"都没有哼出一声。

铁萍姑一掌已切在她脖子上。

小鱼儿跳了起来，道："你不怕别人发现……"

铁萍姑冷冷接口道："时机难再，我只好冒一冒险了。何况，在这里的人，都不会关心别人的事，她就算三天不露面，也不会有人找她的。"

她一面说话，一面已将那张床移开了半尺，伸手在墙上摸索了半晌，墙壁立刻现出了一道窄门。

铁萍姑一推而入，沉声道："快跟着我来。"

复壁后，居然还有一条地道，曲折深邃，也不知通向哪里，一阵阵阴森潮湿之气令人作呕。

小鱼儿又惊又喜，捏着鼻子走了段路，才忍不住叹道："想不到庙里居然也会有复壁地道，你是什么时候发现的？"

铁萍姑道："我收拾这间屋子时，已发现了。"

她接着又道："据我猜想，这古刹乃是五胡作乱时所建，那时流寇盗贼横行，人命更贱于猪狗，很多人都削发出家，借以避祸，但庙宇中也非安全之地，所以寺僧才建了这些复壁地道，以躲避散兵流寇的杀掠。"

小鱼儿叹道："你的确和我所认识的其他女孩子有些不同，你有头脑……这世上有头脑的女孩子，已愈来愈少了，而且有些人就算有头脑，却偏偏懒得去用它，她们总认为只要有张漂亮的脸就够了。"

铁萍姑像是又笑了笑，道："但这却只能怪男人。"

小鱼儿道："哦？"

铁萍姑道："只因男人都不喜欢有头脑的女孩子，他们都生怕女孩子比自己强，所以愈是聪明的女孩子，就愈是要装得愚笨软弱。男人既然天生就觉得自己比女人强，喜欢保护女人，女人为何不让他们多伤些脑筋，多吃些苦。"

小鱼儿大笑道："如此说来，愚笨的倒是男人了……但你连一个男人也不认得，又怎会对男人了解得这么清楚？"

铁萍姑道："女人天生就能了解男人的，但男人却永远不会了解女人。"

小鱼儿叹了口气，道：“这话倒的确不错，一个男人若自以为能了解女人，他受苦的日子就还长着了。”

这时两人心中其实都充满了恐惧和不安，所以就拼命找话说，只因说话通常都能令人紧张的神经松弛、镇定下来。

在这黑暗阴森的地道中，自己都不知道自己生命能否保全的时候，两人若再保持沉默，那岂非更令人难以忍受？

地道中已愈来愈潮湿，愈来愈黑暗。

小鱼儿伸手去摸了摸，两旁已不再是光滑的墙，而是坚硬、粗糙、长满了厚绒青苔的石壁。

他也感觉到，地上亦是坎坷不平，忍不住问道：“这庙宇的复壁难道是连着山腹的么？”

铁萍姑并未回答，却亮起了个精巧的火折子。

这里果然已在山腹中，纵横交错的洞隙密如蛛网，风也不知从哪里吹进来的，吹得人寒毛直竖。

小鱼儿笑道：“在这种地方，铜先生就算有通天的本事，想找到咱们也不容易。”

铁萍姑道：“但我们一心要走出去，只怕也不容易。”

小鱼儿骇了一跳，失声道：“你……你难道也不知道出去的路？”

铁萍姑道：“我当然不知道。”

小鱼儿骇然道：“那么你……你为什么说咱们可以逃得出去？”

铁萍姑道：“只要有路，我们自然就有逃出去的希望。”

小鱼儿苦着脸道：“姑娘你未免将事情瞧得太简单了。你可知道，山腹中的这些洞隙，有的根本是没有路通出去的。”

铁萍姑道：“也还有的是可以通得出去的，是么？”

小鱼儿道：“纵然有路，但这些洞穴简直比诸葛亮的八阵图还要复杂诡秘，有时你在里面兜上三个月的圈子，到最后才发现自己又回到原来的地方。”

他长叹接道：“据我所知，古往今来，被困死在这山腹里的冤死鬼，若是聚在一起，阎王老子的森罗殿只怕也要被挤破了。”

铁萍姑在前面走着，却连头也不回，冷冷道：“既是如此，再加两个也不多。”

小鱼儿道：“你——你难道不着急？”

铁萍姑冷冷道：“你若着急，现在回去，还来得及。”

小鱼儿怔了怔，苦笑道：“你别生气，我并没有怪你，只不过……”

铁萍姑霍然回过头，大声道：“你以为我不知道这里的危险？但无论如何，我们总有一半的机会能逃出去，这总比坐在那里等死好得多，是么？”

小鱼儿吐了吐舌头，笑道：“早知道你这么生气，那些话我就不说了。”

铁萍姑狠狠盯了他半晌，忽然叹道：“我真想不到你竟是个如此奇怪的人。”

小鱼儿笑道：“我也真未想到，你的脾气竟这么大。”

他嘴里在不停地说着话，眼睛也没闭着。

这时，他忽然发觉石壁上浓厚的青苔里，隐约仍可瞧见刻着个箭头。铁萍姑目光闪动，显然也瞧见了。

她立刻沿着这箭头所指的方向，走了过去，走了十余丈，转角处的石壁上果然又有个箭头。

但小鱼儿却还是站在那里，动也不动。

铁萍姑皱眉道：“现在我们既然已可走出去了，你为何站着不动？”

小鱼儿笑嘻嘻道：“你若沿着这箭头走，再走片刻，就可以见到铜先生了，但我可不愿再见到他那副尊容。”

铁萍姑一惊，道：“这些箭头难道不是指路的？”

小鱼儿道：“箭头虽然是指路的，但指的却绝不是出去的路。”

铁萍姑道：“你怎知道？”

小鱼儿道：“这些箭头，必定是以前庙里的和尚刻上去的，是么？”

铁萍姑道：“不错。”

小鱼儿道：“他们也为的是怕迷失路途，被困死在这里，所以才刻这些箭头的，是么？”

铁萍姑道："不错。"

小鱼儿道："他们为了躲避流寇，所以才躲到这里，等他们知道流寇走了之后，你想他们要到什么地方去呢？"

铁萍姑道："自然是回到庙里去。"

她脱口说出这句话，才恍然大悟，失声道："不错，这些箭头指的一定是回庙去的路，他们只不过是想在这山腹里躲避一时，又怎会去标明出路。"

小鱼儿拍手笑道："我早已说过，你是个很有头脑的女孩子，你终于明白了。我看你方才想不通，只怕也是故意装出来的。"

铁萍姑忍不住垂下头，一张脸已红到耳根了。

她忽然将火折子交到小鱼儿手上，道："你……你带路吧。"

小鱼儿叹了口气，喃喃道："所以愈是聪明的女孩子，就愈是要装得愚笨软弱，所以你现在就要我多伤脑筋、多出些力……"

他话未说完，铁萍姑已红着脸，跺着脚道："这件事就算是你对了，也没什么了不起。"

小鱼儿笑嘻嘻瞧着她，瞧了许久，慢吞吞笑道："我就是要你脸红、生气，你生起气来，才真正像是个女孩子，我实在受不了你那副冷冰冰的样子。"

铁萍姑想要板起脸，小鱼儿却已大笑着转身走了，于是她刚板起来的脸，又忍不住嫣然一笑喃喃道："我的脸真红了么？我实在连自己都不知道自己脸红时是什么样子，这只怕还是我生平第一次……"

小鱼儿沿着箭头而行，每隔十多丈，到了转角处，他就发现另外一个箭头在那里。

只不过箭头指的是前，他就往后，箭头指的是左，他就往右，每走过一个箭头，他就将那箭头设法毁了。铁萍姑随他走了半晌，忍不住又道："你这样走，能走得出去么？"

小鱼儿笑道："我虽不知能否走得出去，但这样走，至少距离那庙宇愈来愈远了。"

但这时洞隙已愈来愈窄，小鱼儿有时竟已走不过去，到了这时，指路的箭头也没有了。

小鱼儿叹了口气，道："现在，咱们看来只有碰运气了，索性闭着眼睛往前走吧。"他一面说话，一面已熄去了火折子。

铁萍姑不再说话，只觉自己的手已被小鱼儿拉住。

她的心突然跳了起来，在黑暗中，这心跳声似乎特别响，铁萍姑的脸不禁又红了，简直恨不得找个地缝钻下去。

只听小鱼儿悠悠笑道："一个人的心若是要跳，谁也没法子叫它停住。"

铁萍姑"嘤咛"一声，要去拧他的嘴，但手却又忽然顿住，痴痴地发起怔来。她忽然发觉多年以来，这竟是自己第一次意会到自己也是有血有肉的。

狭隘的洞隙，举步艰难，有时甚至要爬过去。在黑暗中走这样的路，可真不是件舒服的事。

铁萍姑衣服已被刮破了，也许身上已有些地方在流血，但她却丝毫不觉得痛苦，一个人竟像是走在云堆里。

每走一段路，小鱼儿就打亮火折子，瞧瞧四面的情况，但到了后来，火折子的光焰，已愈来愈弱。

小鱼儿知道火已将尽，更不敢随意动用了，他知道在这种地方，若是完全没有火光，那更是死路一条，于是路就走得更苦了。

铁萍姑的脚步，终于也沉重起来。接着，她就感觉到全身疼痛，头晕眼花，又饿又渴。

她自然不像小鱼儿那铁打的身子，怎能受得了这种苦？若不是小鱼儿始终在和她说说笑笑，她简直连一步都走不动了。尤其小鱼儿自己又何尝走得动？若是换了别人，到了他这种绝境之中，纵不急得发疯，也难免要呼天怨地了。

但小鱼儿却是天生的怪脾气，要他死，也许还容易些，要他着急愁苦，要他笑不出，那却要困难得多。

铁萍姑终于忍不住道："我们歇歇再走吧。"

小鱼儿沉声道："绝不能歇下来，一歇，就再也休想走得动了。"

铁萍姑道："但我……我现在已……"

小鱼儿笑道："你想，我们在这千古以来都少有人来过的神秘洞穴里拉着手散步，这是多么美、多么风流浪漫的事，别人一辈子都不会有这种机会，我们为何不多享受享受？”

铁萍姑幽幽道：“只可惜我……我不是你心上的人。”

小鱼儿笑道：“谁说不是的，此时此刻，除了你之外，世上还有和我更亲近的人么？”

铁萍姑又“嘤咛”一声，整个人忽然倒入小鱼儿怀里。她的脸烫得就像是一团火，这火，是从她心底发出来的。

第七十一章

柳暗花明

铁萍姑根本就没有接触过男人，她青春的火焰，本已抑制得太久了，更何况一个人到了生死边缘时，理智本就最容易崩溃。

铁萍姑实在也想不到自己会倒入小鱼儿怀里，但此刻已倒下去了，她也丝毫不觉后悔。

她只觉小鱼儿的手，已轻轻搂住她的肩头。

铁萍姑颤声道："人生，人生真是多么奇妙，我现在才知道……我两三天前还不认得你，但现在……现在……"

小鱼儿忽然道："你可知道，我现在想什么？我现在最想瞧瞧你的脸。"

铁萍姑道："不要……求求你不要……"

但火折子却已亮着了。铁萍姑以手掩住脸，她的脸又羞红了。

她颤声道："火折子……快没有了……"

小鱼儿笑道："火折子虽然珍贵，但能瞧见你现在这模样，无论牺牲多么珍贵的东西，都是值得的。"

铁萍姑的手缓缓垂下，道："真的？"

小鱼儿笑道："只可惜现在没有镜子，否则我也要让你知道，你现在的模样，要比以前那种冷冰冰的样子美丽多少。"

铁萍姑眼波也凝注着小鱼儿，悠悠说道："我们若真的走不出去，你会怪我么？"

小鱼儿道："怪你？我怎会怪你？"

铁萍姑道："你在那里，本还不会死的，但现在……"

小鱼儿笑道："若这么说，你本该怪我才是——若不是我，你又怎会受这样的苦？"

铁萍姑嫣然笑道："受苦？你可知道，我一生中从没有比现在快乐过。"

小鱼儿道："为什么？"

铁萍姑怅然笑道："连我自己都已不将我当作女人，何况别人呢？别人也许会将我看成仙子甚至魔女，却绝不会将我看成女人的。"

小鱼儿笑道："但你却不折不扣是个女人，我可以用一千种法子来证明。"

铁萍姑笑道："我现在自己也知道了，所以我现在就算死，也是快乐的。"

火折子，渐渐已只剩下一点豆大的火焰。

铁萍姑凝注着这火焰，眼皮已愈来愈重，低语着道："我也知道，你这样对我，并不是真的喜欢我，只不过是为了安慰我，让我得到最后的快乐。"

小鱼儿笑道："你……你想得太多了。"

铁萍姑嘴角泛起一丝微笑，轻轻道："但我还是感激你的，我只是……只是真的累了，求求你让我睡吧，这一睡纵然永不醒来，我也满足了……"

小鱼儿瞧着铁萍姑眼帘渐渐阖起，也不禁叹了口气。

就在这时，突然"梭噜"一声，竟有一连串又肥又大的老鼠，首尾相接，从他们面前跑了过去。

铁萍姑一惊，张开眼来，身子已骇得缩成一团。

小鱼儿却是满面喜色，大声道："你不必睡，我们已得救了。"

铁萍姑道："但这只不过是些老鼠。"

小鱼儿道："你瞧，这些老鼠又肥又大，绝对不是在山腹里的，这里连一颗米都没有，绝对养不了这么肥的老鼠。"

铁萍姑眼睛也亮了，道："你说这些老鼠是从山外跑进来的？"

小鱼儿道："不错，这里必定已接近山腹的边缘，出路必定就在附近。"

他一面说话，一面已向鼠群窜来的方向走过去。

幸好这时火折子还未完全熄灭，他不久就发现一个不大不小的洞，洞外还隐隐有淡淡的光线透入。

他立刻将铁萍姑拉了过去，从这小洞里钻了过去。

外面竟然是个宝窟，一箱箱金银珠宝堆在那里，虽然并不算太多，可也绝不能算少了。

小鱼儿怔了怔，笑道："我又不是财迷，老天却偏偏总是要我发现一些神秘的宝藏。我真不懂，世上的宝藏怎会有这么多。"

铁萍姑手扶着一只箱子，忽然道："这里并不是什么神秘的宝藏。这些箱子搬进来，还没有几天，上面连积灰都没有。"

他抬起手来一瞧，手上果然没有沾着什么尘垢。

小鱼儿怔了怔，苦笑道："到了此刻，你还是比我仔细得多。"

他忽然发现每只箱子的箱盖里，都贴着张红纸，纸上竟写着"段合肥藏"四个字。

这发现几乎使他跳了起来。

这些财宝，想必就是江别鹤父子设计抢去的东西，被江玉郎藏到这里来的，他想必认为这地方秘密已极，却不想竟偏偏被小鱼儿发现了。

小鱼儿又惊又喜，简直要放声欢呼起来。

铁萍姑的身子却突又靠了过来，悄声道："外面有人！"

只见一道影如门户的石隙外，竟隐隐有灯光传入。小鱼儿悄悄掩了过去，果然发现外面一块巨石旁，有两个人相对而坐。

面对着这边的一人，面色惨白，赫然竟是江玉郎。坐在江玉郎对面的一人，身材甚是魁伟，却瞧不清面目。

那块大石头旁，摆着许多酒肉，但两个人却都没有吃喝，只是聚精会神地看着面前的这块大石头。两人眼睛睁得大大的，眨也不眨。

铁萍姑忍不住悄声道："这石头有什么好看的，这两人为何看得如此出神？莫非是疯子不成？"

小鱼儿咽了好几口口水，叹道："据我所知这人非但不疯，而且头脑还比别人都清楚。"

铁萍姑道："你认得他？"

小鱼儿眼睛还是盯着那些酒肉，道："嗯。"

铁萍姑道："那么他们为什么死盯着这块石头呢？"

小鱼儿笑道："也许他们希望这石头上能长出花来。"

他眼睛终于自酒肉上移开，移到这石头上。

只见这石头上方方正正，一点出奇的地方也没有，但石头中间，却画着条线，线的左右两边各放着一小块肥肉。

这两人的眼睛，就盯着这肥肉，动也不动。

小鱼儿也被他们弄糊涂了，忍不住笑道："我以前是知道这小子没毛病的，但现在却说不定了，难道他竟忘了肉是用嘴吃的，不是用眼睛看的？"

铁萍姑也忍不住咽了口口水，悄声笑道："你若认得他，不如去教教他吧。"

小鱼儿苦笑道："我又何尝不想去教他吃肉？只可惜我现在只要一走出去，他就要吃我的肉了，他早已恨不得吃我的肉了。"

铁萍姑叹了口气，又忍不住道："另外一个人呢？"

小鱼儿道："这人我还瞧不出是谁，好像是……"

话未说完，突见一只老鼠自黑暗中蹿了出来，蹿上那块大石头，将那大汉面前的一小块肥肉衔了去，又飞也似的逃走。

江玉郎面色立刻变了，苦笑道："好，这一次又是你赢了。"

那大汉大笑道："现在，你已欠我一百三十万两，你那里面的东西，已快输光了吧！"

江玉郎冷冷道："你放心，还多着哩。"

那大汉狂笑道："老子正赌得过瘾，你若这么快就输光，老子不捏出你蛋黄来才怪。"

他大笑着，又割了一小块肥肉，放在石头上。

铁萍姑这才恍然大悟，忍不住笑道："原来这两人是在赌钱，谁面前的肉被老鼠衔走，谁就赢了，这样的赌法，倒也是天下少有。"

小鱼儿笑道："但这样的赌法却公平得很，谁也休想作弊。"

铁萍姑道："若是老鼠不来，怎么办呢？"

小鱼儿道："老鼠不来，反正就等着。这人的赌瘾最大，只要是在赌，你就叫他等八天八夜也没什么关系。"

铁萍姑失笑道："不错，此刻看来他们就已不止赌了八天八夜了。"

小鱼儿道："你可要知道背对着我们的这人是谁么？他就是恶赌鬼

轩辕三光！不赌到人光、钱光，他是绝不肯站起来走的。”

铁萍姑动容道：“恶赌鬼？莫非是十大恶人中的？”铁萍姑沉默了半晌，忽又问道：“你可知道这十大恶人究竟是些什么人？”

小鱼儿笑道：“你这话可算真问对人了，世上比我更知道十大恶人的，还真不多。”

他扳着手指，道：“十大恶人就是血手杜杀、笑里藏刀哈哈儿、不男不女屠娇娇、半人半鬼阴九幽、不吃人头李大嘴。”

说到这里，铁萍姑身子似乎微微一震，面色也变了，但小鱼儿却并没有瞧她，只是接着道：“还有狂狮铁战、迷死人不赔命萧咪咪、恶赌鬼轩辕三光、损人不利己白开心，再加上欧阳丁、欧阳当兄弟。”

铁萍姑道：“照你这样说来，岂非有十一个人了？”

小鱼儿笑道：“只因这欧阳兄弟向来秤不离锤，锤不离秤，两个人无论干什么，都是一起的，所以只能算作一个人。”

铁萍姑缓缓垂下了头，道：“这些人是否真的都十分恶毒？”

小鱼儿笑道：“其实世上比他们更恶毒的人，还不知有多少，只不过，这些人做事特别不正常，毛病特别大而已。”

铁萍姑道：“这话是什么意思？”

小鱼儿道：“譬如说，这不吃人头李大嘴，平日看来，他不但很和气，而且还可说是个文武双全的才子，但他毛病一发作起来，却连自己的老婆都能吃下肚去，见过他面的人，谁也想不到他做得出这种事。”

说到“李大嘴”这名字，铁萍姑竟又微微一震，怔了半晌，才轻轻问道：“你难道认得他们的？”

小鱼儿笑道：“我非但认得他们，老实告诉你，我还是跟着他们长大的。”

铁萍姑又怔了怔，道：“你……你可知道他们现在哪里？”

小鱼儿道：“只怕是在龟山一带……”

他忽然顿住语声，笑道：“你为何问得这么清楚？”

铁萍姑勉强笑了笑，道：“我只不过是好奇而已，谁想得到世上有这么奇怪的人？”

他们说话的声音自然很小，江玉郎和轩辕三光此刻已赌得连自己生辰八字都忘了，自然更不会听到他们的话。

只见江玉郎忽然一笑，道："你我已赌了七八天，还是谁也没有输光，你不烦么？"

轩辕三光赶紧道："不烦，不烦，再赌上三年六个月，老子也不会烦的。"

江玉郎道："但这样赌下去，我却有些烦了。"

轩辕三光立刻瞪起眼睛，大声道："你烦，也要陪老子赌下去。"

江玉郎笑道："我并不是说不赌，只不过是想将赌注增大而已。"

轩辕三光大笑道："老子赌钱，向来是嫌小不嫌大，愈大愈过瘾，你要赌多大，说吧。"

江玉郎缓缓道："阁下身上带的东西，既然值七八十万两，此刻又赢了我一百三十万两，你我这一注，就赌两百万两吧。"

轩辕三光抚掌笑道："一注见输赢，这倒也痛快，只是……"

他忽然顿住笑声，大喝道："老子早已看过，你那洞里最多也不过只有两三百万，此刻已输了一半，你哪里还有这么多银子来跟老子赌？"

江玉郎道："洞中存银，至少还有一百万。"

轩辕三光道："还差一百万呢？"

江玉郎道："还差一百万，以人来作数。"

轩辕三光狂笑道："格老子，就凭你这龟儿子，也值得了一百万？"

江玉郎面色不变，微微笑道："在下纵不值一百万，却有值一百万的人。"

轩辕三光道："在哪里？"

江玉郎笑道："阁下难道还要先估估价么？"

轩辕三光瞪眼道："当然要先估估价，上了赌桌六亲不认，就算是儿子跟老子赌钱，账也要算清楚的，一文钱也差错不得。"

江玉郎微笑道："既是如此，在下这就去将她带来就是。"

轩辕三光身后，一块凸出来的岩石上，有盏铜灯，此刻江玉郎揣起了这盏铜灯，大步走了出去，一面微笑道："阁下但请放心，在下立刻就回来的。"

轩辕三光笑道："老子自然放心得很，你龟儿子家当都在这里，又急着想翻本，不回来才怪。"他这才撕下鸡腿，就着酒大嚼起来。

已瞧得出神的铁萍姑，忽然叹了口气，道："这些人赌起钱来，一赌就是上百万两银子，他们的银子简直好像是偷来的。"

小鱼儿笑道："谁说这些银子不是偷来的？"

铁萍姑道："纵然是偷来的，也要费些力气，一下子就输出去，岂不可惜？"

小鱼儿道："这就叫来得容易去得快。何况，一个好赌的人，连老婆儿子输出去，都不会心疼的。"

他一笑又道："只是我未想到，这江玉郎竟也是个赌鬼，输光了还不甘心，还要把人押给别人来赌。"

铁萍姑也不禁笑道："难道他也要把老婆拿来和别人赌么？"

小鱼儿道："他就算有老婆，也不值一百万，这小子到底在玩什么花样，就连我也猜不出了，能值一百万的人，到底不多呀！"

这时江玉郎已拉着一人走了进来，被他拉着的人，身材苗条，竟是个女子，只是脸上覆着层面纱，瞧不出面目。

轩辕三光皱眉道："你怎地带来个女人？"

江玉郎微笑道："当然是女人，若是男人，就不值钱了。"

轩辕三光大笑道："但从你这龟儿子手上送出来的剩货，只怕连一文都不值。"

江玉郎正色道："这位姑娘虽然跟着我走了几天，但我却绝未动过她的毫发。"

轩辕三光道："你这馋猫会不偷吃，老子不信。"

江玉郎笑道："阁下若不信，一试便知。"

他将铜灯又放到山石上，但这次并未放在轩辕三光身后，却放到他自己身后。灯光从他肩上照下来，正好照在轩辕三光面前。

一盏灯无论放在哪里，都是件小事，自然谁也不会在意，但小鱼儿却不禁皱起了眉头，喃喃道："这小子又想搞什么鬼？他将这盏灯带进带出，绝不会没有用意的。"江玉郎满肚子坏水，自然谁也没有小鱼儿清楚。

只见那面蒙黑纱的女子，始终木然地站在那里，江玉郎伸手掀开她的面纱，她还是痴痴地站着不动。

灯光下，她的脸果然美得不带丝毫烟火气。轩辕三光、铁萍姑瞧见这张脸，但觉眼前一亮。

小鱼儿瞧见这张脸，却险些惊呼出声来。

慕容九，这女子竟是慕容九。她被三姑娘赶走后，一路痴痴迷迷地到处乱闯，她梦游般笔直走出了城。别人虽瞧着奇怪，但见她衣服华贵，人又美得邪气，也不致有人敢动她的歪主意。

谁知竟偏偏误打误撞，被江玉郎听见了这消息。

他立刻想到这女子必是慕容九，所以就立刻放下别的事，赶回头，恰巧在路上迎着了已饿得发晕的慕容九。

江玉郎自然不怕她泄露秘密，就带着她去起出赃银，藏到这里，又谁知螳螂捕蝉，黄雀在后，轩辕三光竟早已在身后盯上他了。

这时轩辕三光瞧见慕容九的脸，也不禁怔了半晌，方自叹道："美女，果然是个美女，只可惜近二十年来，老子已对任何美女都不感兴趣了，你还是带她走吧！"

江玉郎微笑道："这位姑娘虽美，但值钱的地方却不在她这张脸上，在她的身份。"

轩辕三光大笑道："她难道还是位公主不成？"

江玉郎道："虽不是公主，却也和公主差不多。"

轩辕三光怒道："她究竟是谁？你这龟儿子说话怎地总要兜圈子。"

江玉郎缓缓道："她便是九秀山庄的慕容九姑娘。"

轩辕三光也不禁一怔，动容道："慕容永的九姑娘，怎会落在你手里？"

江玉郎道："她被恶人所害，神志迷失，不知下落，慕容家的八位姊妹、八位姑爷，用尽千方百计，都寻她不着，在下运气好，却在无意中找到了她。"

他一笑接道："阁下请想想，若有人将她送回她姐姐、姐夫那里去，秦剑、南宫柳等人又将如何感激，那谢礼还会少得了么？"

轩辕三光想了想，一拍手道："好，老子就跟你赌了！"

突听一人大喝道："赌不得！"

小鱼儿忽然这么一叫，不但轩辕三光和江玉郎大吃一惊，就连铁萍姑都不免骇了一跳。

小鱼儿也不着急，先附在铁萍姑耳畔，悄声道："你跟我出去，喜欢吃什么，就拿起来吃，千万莫要客气，我现在已有对付这小子的法子。"

他说完了话，才施施然走了出去，笑道："躲在粪坑下吃大便的朋友，难道已忘了我么？"

江玉郎瞧见了小鱼儿，真比瞧见鬼还要吃惊，倒退两步，失声道："你……你怎会在这里？"

小鱼儿笑道："老子阴魂不散，跟定了你这龟儿子了。"

他聪明绝顶，学什么像什么，学起轩辕三光的口音，更是惟妙惟肖。轩辕三光用力一拍他肩头，大笑道："若是别人从里面钻出来，老子也要吃一惊，但你这鬼精灵，你就算从地下钻出来，老子也不会奇怪的。"

轩辕三光笑弯了腰，小鱼儿却早已大吃大喝起来，慕容九痴痴地瞧着他，又似相识，又似不识。

江玉郎瞧见小鱼儿身后居然也跟着个绝世美女，那吃相居然也和小鱼儿一样，像饿死鬼投胎似的。

他瞧得眼睛都直了，简直不知该如何是好。

只听轩辕三光好不容易忍住了笑，喘着气道："小兄弟，老子赌了一辈子，这次你为何说老子赌不得？"

小鱼儿嘴里塞满了肉，道："只因你一赌，就要上当。"

轩辕三光道："老子是老赌鬼，这龟儿子顶多也不过算是个小赌鬼，他怎能令老子上当？何况这赌法最公平不过，谁也作不得弊，除非他也是个老鼠精。"

小鱼儿悠悠说道："你说这赌法最公平，你也赢了许多次了，是么？"

轩辕三光道："不错。"

小鱼儿道："你可知道你是怎么赢的？"

轩辕三光道："老子这两天运气好。"

小鱼儿道："不是。"

轩辕三光皱眉道："难道还有什么别的原因不成？"

小鱼儿道："只因为……"

他故意瞧了江玉郎一眼，立刻摇头道："不行，我不能说。"

轩辕三光跳了起来，道："你为何不能说？"

小鱼儿道："这两天我体力不好，我怕这小子来跟我拼命。"

轩辕三光怒道："这龟儿子若是敢动你一根手指，老子不把他骨头一根根拆散才怪。"

小鱼儿道："我若和他打架，你帮我忙么？"

轩辕三光道："当然。"

小鱼儿展颜一笑，道："好，这样我才能放心说了。"

他笑嘻嘻接着道："你总该知道，老鼠最怕光亮的，到了晚上，才敢露面，但只要一点起灯，它们就没有戏唱了。"

轩辕三光道："想不到你对老鼠们也了解得很。"

小鱼儿笑道："鱼和老鼠，正是同病相怜，一见到猫就头疼，我不了解它们谁了解？"

轩辕三光又笑得喘不过气来，道："但这……这又有什么关系？"

小鱼儿道："这里的老鼠，想必都是刚从外面搬进来的，外面只怕是来了只恶猫，把它们赶进了洞，谁知这山洞里并没有老鼠饭店，它们若非快饿疯了，也不敢到你们面前来抢肉吃的……"

轩辕三光笑道："这还要老子不动，谁若忍不住要动，老鼠就不敢来吃他面前的肉了。"

小鱼儿道："但你还忘了一点，方才这盏灯，是在你身后，你的身子挡住了灯光，那块肉便落在黑影里。老鼠怕光，只敢来吃黑暗中的肉，所以你才会连赢几次。"

轩辕三光拍掌道："果然不错，你果然是个鬼精灵，连这种事都想得到。"

过半晌，轩辕三光恍然道："老子懂了，这龟儿子现在已把灯换了个地方，这灯光正好照在老子面前的肉上，他算定老子这一次要输，所以才要赌大的。"

小鱼儿笑道："正是如此，他现在不但可以把输了的银子捞回来，还可捞你一票。"

轩辕三光又气又笑，道："若不是你来提醒，老子今天竟要在阴沟里翻船了。”

小鱼儿转脸瞧着江玉郎，笑道：“如何？我说得不错吧？”

江玉郎面上早已变了颜色，口中却冷笑道：“你定要以小人之心度君子之腹，我也没法子。”

小鱼儿大笑道：“江玉郎，你那一肚子坏水，别人不知道，我还会不知道么？你在我面前，还装什么蒜？”

江玉郎冷冷道：“我只怕是时运不济，才会遇见了鬼。”

小鱼儿大笑道：“不错，你遇着了我，当真是倒了八辈子霉了！如今我人赃并获，你就跟我到段合肥那里说话吧。”

江玉郎瞧瞧他，又瞧瞧轩辕三光，垂首道：“事已至今，我也没话说了，只不过……”

他突然一把扭过慕容九的手腕，闪身到慕容九身后，狞笑道：“只不过你们还想要这位慕容姑娘的命么？”

第七十二章

峰回路转

小鱼儿暗中吃了一惊，却大笑道："你若想以慕容九来要挟我，你就错了。你莫非不知道她老是想要我的命，我又怎会要救她？"

轩辕三光也跟着大笑道："老子早就对女人没兴趣，她的死活，更和老子没关系。"

江玉郎不动声色，微笑道："既是如此，两位为何不向我出手呀？"

轩辕三光道："老子并不想宰你。"

小鱼儿也笑道："吃大便的朋友，我杀你还怕脏了手哩。"

江玉郎笑道："既然如此，在下就要告退了，这位慕容姑娘，自然也要跟着在下走的。"

小鱼儿大笑道："你走吧！你带走了慕容九，还怕没有人找你算账？"

江玉郎冷笑道："这倒不劳阁下费心，若有人问起我来，我便说带走慕容姑娘，只为的是怕她遭了你的毒手，若不是江小鱼，慕容九此刻又怎会变成如此模样？"

小鱼儿叹道："有其父必有其子，你们父子两人，别的本事没有，栽赃耍赖、混充好人的本事，倒真还没有别人比得上。但你抢了段合肥的银子，事实俱在，你总赖不掉的吧？"

江玉郎道："什么银子，我两手空空，哪里有银子？现在银子是谁的，就是谁动手抢去的，这道理岂非更简单了。"

轩辕三光怒道："你龟儿子想赖起老子来了！"

江玉郎冷笑道："你说我赖你，我就说你赖我，咱们倒不妨看看，江湖中人是相信你恶赌鬼的话，还是相信我江玉郎的话。"

轩辕三光也被气得怔住了，苦笑道："你龟儿子若早生几年，十大恶人哪里还有老子的份儿。"

江玉郎大笑道："过奖过奖，在下只不过……"

话声未了，突听几声惨呼，自外面传了进来。

这惨呼声非但分外凄厉，而且历久不绝。发出惨呼的人，不但像是瞧见了一些残忍至极、可怖至极的事，而且还像是在遭受着某种非人所能忍受的痛苦。这样的惨呼声听在耳里，足以令任何人的血液都为之凝结。

江玉郎的面色变得最快，也变得最惨，拉着慕容九，就想转身奔出。

小鱼儿大喝道："来的人既能使你手下发出这样的惨呼，必定可怕得很，你要出去送死没关系，但慕容九……"

他语声突然顿住，黑暗中，已现出了五条人影。

这时虽然还没有人能瞧见他们的面目，但他们带进来的那种鬼气森森的邪气，已令每个人掌心都沁出了冷汗。

黑暗中，只听得一阵阵令人寒毛悚栗的"吱吱"声响个不绝，五条人影已缓步走了过来。

小鱼儿首先看到的，是他们那一双双惨碧诡异、闪闪发光的眼睛。接着，便瞧见了他们惨碧的脸色。

这五个人身子里流的血，都好像是惨碧色。

五个人俱都穿着长可及地的黑袍，右手里拿着根鞭子，左手里却提着个铁笼，那听来令人作呕的吱吱声，便是从铁笼里发出来的。

轩辕三光大喝道："朋友们是什么人？干什么来的？"

他喝声有如霹雳，震得山谷回应不绝，正是借着这喝声露了手气功，想先给对方个下马威。

谁知五个黑衣人却连眼睛都没有眨一眨，碧森森的目光，在小鱼儿等人面上不停地打转，也不说话。

江玉郎早已退了回来，大喝道："九秀山庄的九姑娘和恶赌鬼全都在这里，朋友们若是识相，还是快快退出去吧，再迟想走也走不了啦！"

他更是机灵，一看苗头不对，就赶紧先将轩辕三光和慕容九的名头抬出来吓人。这两人名头实在也不小，何况，就算吓不退对方，也是别人的名字，全不关他的事，对方要找也不会找他了。

五个黑衣人仍然声色不动，脚下也未停。

铁萍姑忽然惊呼一声，拉住小鱼儿的手，颤声道："老鼠……笼子里好多老鼠。"

几十只老鼠在铁笼里吱吱乱叫，小鱼儿虽不怕老鼠，但瞧见那几十双发光的眼睛，毛茸茸的一大堆老鼠，也不觉全身都起了鸡皮疙瘩。

为首那黑衣人嘿嘿一笑，道："不错，老鼠，在下五人此来找的只是老鼠，与人无关，各位只要站着不动，在下等必定秋毫无犯。"

他话虽说得客气，但语声却比老鼠叫更令人作呕。

轩辕三光忍不住问道："捉老鼠干什么？"

那黑衣人嘿嘿笑道："敝上非鼠肉不欢，是以令在下等四处搜捕，但此间方圆百里内的老鼠都已流窜入山，是以在下等才一路追捕过来。"

小鱼儿恍然失笑道："难怪这山洞里老鼠特别多，原来就是被他们赶来的，我本来还以为外面来了只恶猫哩。"

轩辕三光面色却微微一变，似乎想起个人来，厉声道："朋友们的主子是谁？"

那黑衣人不再答话，却挥了挥手。

五个人嘴里便同时发出了吹竹之声，这声音宛如吹竹，却又不似，听得人又觉恐怖，又是恶心。

铁萍姑早已掩起了耳朵，小鱼儿也听得牙痒痒的，全身不舒服，但他好奇之心最重，见了这种怪事，一心只想瞧个究竟。

轩辕三光双目圆睁，目中却有惊恐之色。

小鱼儿忍不住悄声问道："这喜欢吃老鼠的朋友是谁，你知道么？"

轩辕三光道："嗯。"

他像是想起了件十分可怕的事，竟想得出了神，小鱼儿在他耳朵边说的话，他竟连一个字也没有听见。

就在这时，土石下异声骤起，像是有几千几百只老鼠，在吱吱乱叫，拼命要往外面逃窜出来。

黑衣人立刻将手提的铁笼，分成五个方位摆开。

就在这时，一大群老鼠，已从山石的裂隙中、黑暗的角落里，潮水般奔了出来，多得简直数也数不清。

小鱼儿一辈子瞧见过的老鼠，加起来也没有此刻十分之一多，他简直做梦也想不到世上竟有这么多老鼠。

此刻奔来的若是一大群饿狼、一大群虎豹，小鱼儿也未见得会如何害怕，但这一大群老鼠，却令他脸色发白，身子发冷，刚吃下去的酒肉，直在胸口里往外冒，几乎就要吐出来。

他虽然还能忍住，但铁萍姑却已忍不住了，“哇”的一声，吐了满地。老鼠从他们脚旁奔过，几个一等一的武功高手，竟都忍不住跳起来，跳到那块巨石上，挤成了一堆。铁萍姑双手掩着了脸，死也不肯再张开眼睛。

但小鱼儿眼睛却仍睁得大大的。

几千几百只老鼠就在自己脚底下奔过去，这景象究竟不是人人都能看得到，他怎舍得不看？

只见黑衣人口中吹竹之声不停，手里长鞭飞舞，将老鼠一群群地赶进铁笼，铁笼虽不小，却也并不太大，但老鼠一群群地跑进去，就像是填鸭子似的，塞不进去也要塞，一只叠着一只，一群叠着一群。

直到五只铁笼全都塞得水泄不通，看来已像五个大肉团的时候，黑衣人才放下鞭子，停住了哨声。

剩下的老鼠竟也立刻就如蒙大赦一般，又四面八方地逃了回去，眨眼间又逃得一个不剩。

山洞里立刻又恢复了平静，铁萍姑偷偷瞧了一眼，才敢放下手，脸上已满是冷汗，就像是刚做完一场噩梦似的。

小鱼儿长长叹了口气，苦笑道：“我如今才知道，老鼠竟如此可怕。”

轩辕三光干咳一声，道：“格老子，成千成百只耗子，看起来真和十只八只差得多了，四川耗子虽多，但老子也没有看过有这么多的。”

江玉郎咯咯笑道：“在下倒不是害怕，只不过觉得有些恶心。”

为首那黑衣人大笑道：“这位朋友说得不错，老鼠非但不可怕，而且还美味得很。”

小鱼儿苦着脸道：“美味？”

黑衣人怪笑道：“你若不信，一试便知。”

他竟从笼子里捞出只毛茸茸的老鼠来，往小鱼儿手里送。

小鱼儿赶紧摇手笑道：“君子不夺人所好，老鼠既是如此美味，还是留给阁下自用吧。”

那黑衣人嘿嘿笑道：“可惜可惜，想不到阁下看来胆子虽大，却连只老鼠都不敢吃，否则阁下尝过老鼠肉之后，再吃别的肉就味同嚼蜡了。”

小鱼儿身上鸡皮疙瘩又冒了出来，大声道：“朋友既然已找到了老鼠，此刻总该走了吧？”

江玉郎忽然阴恻恻笑道：“你素来最爱多管闲事，这次怎地不管了？”

小鱼儿笑道：“若有人喜欢吃老鼠，那是他自己的事，我为何要管？正如你喜欢吃大便，我也是管不了的。”

江玉郎面色微微一变，转眼去瞧那黑衣人道：“朋友真要走了？”

那黑衣人道：“在下早已说过，此来只是为了老鼠，与人无干！”

江玉郎叹了口气，道：“难道朋友就不知道，这里有比老鼠更好的东西么？”

那黑衣人眼睛在慕容九和铁萍姑身上一转，怪笑道：“本门弟子，都觉得女人不如老鼠可爱……”

江玉郎将慕容九拉到一边，远远躲开小鱼儿和轩辕三光，才笑嘻嘻道：“金银珠宝难道也不比老鼠可爱么？”

那黑衣人眼睛一亮，道：“金银珠宝？在哪里？”

江玉郎眼角往后洞瞟了一眼，口中却笑道：“有这两位在此，我不敢说。”

小鱼儿叹了口气，苦笑道：“我真奇怪，以前为何不早把你宰了。”

江玉郎大笑道：“就凭你要杀我，只怕还不容易。”

只见那五个黑衣人互相打了眼色，提起了铁笼，就往后洞走。小鱼儿闪身挡住了他们的去路，笑嘻嘻道：“后面没有老鼠，各位还是请回吧。”

那黑衣人嘿嘿笑道：“朋友最好知道，你虽不敢吃老鼠，老鼠却敢吃你的。”

小鱼儿笑道：“我已有好几天没洗澡了，肉脏得很，老鼠只怕也吃不下去。”

那黑衣人大笑道：“好，你这人有趣得很，而且胆子也不小……”

“小”字说出口，他掌中皮鞭也挥了出去。

这鞭子又黑又亮，也不知是什么做的，分量却不轻，黑衣人手劲更不小，鞭子飞出来，又急又重，鞭风嗞嗞直响。

但小鱼儿一伸手就抓住了鞭梢，笑道：“朋友还不知道，我虽然对老鼠有些头疼，但人，我却是不怕的。”

那黑衣人脸色早已变了，用力想夺回鞭子，但鞭子却好像已长在小鱼儿手上了，他用尽吃奶的力气，也动不了分毫。

小鱼儿笑嘻嘻道：“老鼠既不认得我，我也不认得老鼠，你们就算把天下的老鼠都捉去吃光，我也不管你们，但你们若想打别的主意，我却要不客气了。”

那黑衣人冷笑道：“你不来惹咱们，咱们也不惹你，但你若想挡咱们的去路，咱们却要不客气了！”

他话一说完，口中突又发出了吹竹声。

他身旁两个黑衣人就拉开手中铁笼的门，铁笼里塞得满满的老鼠，立刻像箭一般蹿了过来。

小鱼儿一惊，几十几百只老鼠，已蹿上他身子，在他身上又叫又咬。小鱼儿又是吃惊，又是恶心，挥也挥不去，赶也赶不走，抓鞭子的手只得放开了。

五根鞭子立刻没头没脑地向他抽了过来。

小鱼儿满身都是老鼠，哪里还能施展得开手脚？只得一面躲，一面退，口中不住大呼道：“轩辕三光，你还不来帮忙么？”

但轩辕三光的脸色也发了青，迟疑着，慢慢走过来。

那黑衣人厉声道：“轩辕三光，你既已猜出我等是何人门下，你还敢出手？”

轩辕三光怔了怔，竟然退了回去。

小鱼儿大喝道："轩辕三光，你难道也像女人，怕老鼠？"

轩辕三光竟索性转过头去，不瞧他了。

小鱼儿身上老鼠非但没有少，而且愈来愈多，身上又疼又痒又麻，已不知被老鼠咬了多少口。

那五根鞭子，更毒蛇般抽了过来。

小鱼儿这才真的有些慌了。

他无论遇着什么事，都能沉着对付，但这满身毛茸茸的大老鼠，却令他手慌脚忙，简直不知该如何是好。

江玉郎忍不住大笑道："自命为天下第一聪明的人，竟连老鼠也对付不了……江小鱼，你几时想到过你会死在老鼠手里。"

小鱼儿身上已挨了几鞭子，不禁长叹道："我实在没有想到过……"

突然间，只见人影一闪，一个黑衣人已被人挟颈一把抓住，从后面抛了出去，手里的鞭子也被人夺走。

另四个黑衣人惊呼怒吼，四条鞭子向来的这人抽过去，却不知怎地，鞭子竟不听话了，你的鞭子抽我，我的鞭子抽你。

四个人竟自己打起自己人来。

小鱼儿大笑道："花无缺，想不到你居然来了。"

来的人自然正是花无缺，除了移花接玉的功夫外，还有谁能令这四个人自己打自己？

小鱼儿见他来了，自然松了口气。江玉郎见他来了，却也开心得很，只道花无缺救下小鱼儿，只不过为的是要自己动手杀他而已。

花无缺鞭子飞舞，已将小鱼儿身上的老鼠全都赶走。

那五个黑衣人已全都骇呆了，张口结舌，呆呆地瞧着花无缺，手里的鞭子再也不敢抽出去。

为首的那黑衣人吃吃地道："朋友是谁？为何来多管闲事？"

花无缺淡淡道："你纵不认得我，也该认得这手功夫吧！"

那黑衣人想了想，变色道："移……移花接玉！"那黑衣人跺了跺脚，又道："既有移花宫的人到此，在下等只有告退。"

小鱼儿笑道："你们弄了我一身老鼠屎，此刻就想走么？"

那黑衣人冷笑道：“这话只怕还轮不到阁下来说，就凭阁下……哼！”

花无缺道：“你们瞧他不起？”

花无缺微微一笑，又道：“既是如此，莫要老鼠帮忙，你们不妨和他打一场，五人齐上也无妨，我绝不出手。”

那黑衣人狞笑道：“只要阁下不出手，这小子……”

话未说完，小鱼儿一拳已击出，他明明瞧见小鱼儿这拳打出来，竟偏偏躲不开，鞭子还未飞出，人已被打得飞了出去。

另四个黑衣人齐地扑过来，但小鱼儿指东打西，片刻间五个人都被他打得东倒西歪，鼻青脸肿。

花无缺微笑道：“各位此刻已知道他的厉害了么？”

五个黑衣人哪里还有一个说得出话来？竟都倒在地上，连爬都爬不起来了。小鱼儿大笑道：“想不到人竟不如老鼠，竟如此禁不得打。”

黑衣人既不敢搭腔，也不敢动。

那边轩辕三光却直向小鱼儿使眼色，打手势，意思竟是要小鱼儿放他们走。小鱼儿皱了皱眉头，道：“我现在手已不痒了，还不快站起来。”

黑衣人非但没有站起来，身子反而缩成了一团。

小鱼儿大笑道：“五个这么大的人，居然还好意思赖在地上，难道还要等你们师娘来，抱你们起来么？”

黑衣人本来还在颤抖，此刻却连动都不动了。

轩辕三光忽然蹿过来，一把拎起个黑衣人，只瞧了一眼，脸色便已改变，缓缓将黑衣人又放了下去，叹道：“他们只怕永远也站不起来了。”

轩辕三光将他的尸体一动，他五官中，便有鲜血渗出来，就连这血，也都是惨碧色的。

小鱼儿也不禁怔住了，道：“这五人挨了两拳，难道就气得自杀了么？”

花无缺皱眉道：“他们也许是以为你放不过他们，所以自己先就……”

小鱼儿跺足道：“他们就算弄了我一身老鼠屎，我也不会杀他们的呀！这些人难道是老鼠吃多了，人也变得像老鼠一样想不开？”

轩辕三光苦笑道：“这些龟儿子说死就死，死得倒真快。”

小鱼儿道：“是呀，难道他们嘴里早就含着毒药，随时都准备死不成？”

轩辕三光皱着眉蹲下，将这黑衣人的嘴扳开，立刻就有一股惨碧色的、浓得像墨汁似的苦水，从他嘴里流出来，还带着种令人作呕的臭气。

轩辕三光叹道：“你说得不错，这些杂种竟是将毒药藏在牙齿里的。”

小鱼儿皱眉道：“但他们为什么要自杀呢？我既没有杀他们的意思，也不想逼问他们的口供，他们难道真是活得不耐烦了么？”

轩辕三光对这黑衣人全身都搜了一遍，只搜出了些银子，此外连一条汗巾都没有。

这些人身上除了银子外，竟是什么都不带。

轩辕三光想了想，忽又一把撕开他的衣襟，失声道：“你想不通的事，回答就在这里。”

只见这黑衣人胸膛上，赫然有十个大字。

这十个惨碧色的字，竟像是用碧磷烧出来的，几乎已烧及骨头，伤痕深深印在肉里，无论用什么法子，都休想除去。

这十个字写的是：“无牙门下士，可杀不可辱。”

小鱼儿道：“无牙门下士，可杀不可辱……这算什么见鬼的意思？”

轩辕三光叹道：“这意思就是叫他们打不过别人时，赶快自杀，免得丢他们主子的人。他们现在若不自杀，回去死得只怕更要惨十倍。”

小鱼儿道：“你是说他们怕回去受主子的酷刑，所以宁可现在自杀，是么？”

轩辕三光道：“正是。”

小鱼儿道：“但他们在这里挨揍，他们的主子根本不知道呀，只要他们自己不说，难道我还会说出去不成？”

轩辕三光道：“这些龟儿子也许正是以小人之心度君子之腹，以为你……”

花无缺道："不是这原因。"

小鱼儿道："你说是什么原因？"

花无缺缓缓道："我瞧见他们时，他们本有七个人的！"

轩辕三光拍手道："这就对了！他们五个人进来，还留着两个人躲在暗处，那两人见势不妙，恐怕已暗中溜了。这五人算定他们回去一定要报告的，与其到那时凌迟受罪，倒不如现在落个痛快的好。"

小鱼儿瞪着花无缺道："你进来时，没有瞧见那两个人么？"

花无缺苦笑道："我听见你的呼喊声，立刻就闯了进来，并没有去留意别的。"

小鱼儿忽然一拍脑袋，大叫道："不好，我们竟被这些鬼老鼠弄晕了头，五六个大活人从我们身边溜走，我们竟全都不知道。"

轩辕三光四下瞧了一眼，也失声道："不错，那姓江的小杂种，果然溜了。"

小鱼儿跺足道："你进来时，我还瞧见他的，那时他脸上像是还有欢喜之色，以为你要来宰我，后来想必是一发现情况有点不对，就立刻开溜……唉，这小子一向是个鬼精灵。我本该特别盯着他才是的。"

花无缺默然半晌，淡淡一笑，道："他自己走了倒也好。"

小鱼儿瞪眼道："你是早已瞧见他的，是么？"

花无缺道："好像瞟过一眼。"

小鱼儿道："但你还是放他走了？"

花无缺叹道："我和他总算交友一场……"

小鱼儿大叫道："但你为何要让他将慕容九一起带走呢？"

第七十三章

口蜜腹剑

花无缺听小鱼儿说慕容九已被江玉郎带走，不由怔了怔，道："慕容姑娘？慕容姑娘也和他在一起么？"

小鱼儿道："你……你没有瞧见？"

花无缺也不禁顿足道："我只见到有个女孩子在他身边，再也未想到会是慕容姑娘。那时我一心只顾着你，再加上灯光太暗，竟未瞧清她的脸。"

轩辕三光忽然一拍小鱼儿的肩头，道："但和你一起出来的那姑娘为什么竟会也溜了呢？"

小鱼儿皱眉道："是呀！她为什么也溜了呢？难道她怕见到花无缺？"

花无缺道："这位姑娘又是什么人？"

小鱼儿道："她叫铁萍姑，你认不认得她？"

花无缺道："我连这名字都未听到过。"

小鱼儿用手指敲着脑袋，道："你既不认得她，她为何要溜呢？我实在想不通……"

铁萍姑的确是有理由的，而且理由充足得很。

花无缺本来也是认得她的，他没有听见"铁萍姑"这名字，只不过是因为她那时并不叫铁萍姑。铁萍姑自然更认得花无缺。

她一眼瞧见花无缺，脸色突然改变，赶紧扭过了头，等到她确定花无缺并没有留意她，她就以最快的速度溜了出去。

这时已近黄昏，满天夕阳，映着青葱的山岳，微风中带着花香，铁萍姑深深吸了口气，心里也不知是什么滋味。

十多年来，这是她第一次得到自由，第一次可以单独自立，她想做什么，就可以做什么，想到哪里去，就可以到哪里去，但她反而不知该如何是好了。

江玉郎跟着她溜了出来。他瞧见花无缺，本来很欢喜，但他又瞧见花无缺对小鱼儿的神情竟似已变了，他立刻就发觉情况不对。

铁萍姑会溜走，江玉郎本也觉得很奇怪。铁萍姑一展身形，江玉郎更是一惊。

这少女轻功之高妙，固然惊人，最奇怪的是她身形飞掠间，竟带着一种独特的、高贵的姿势，和花无缺超群拔俗的身法有几分相似。

江玉郎的眼睛立刻眯起来了。他又是惊讶，又是奇怪，眼珠子一转，竟也立刻拉着慕容九追了下去。

江玉郎是从来不肯放过任何机会的，但他也未发觉，螳螂捕蝉，黄雀在后，还有两个人在身后跟着他。

等到小鱼儿、花无缺和轩辕三光出来时，除了那些尸身外，洞外已没有一个活人的影子了。

小鱼儿瞧着这些尸身，叹道："这些人虽是江玉郎带来的，江玉郎虽可抛下他们不管，但咱们……"

轩辕三光道："这些事你莫管，埋死人，是我的拿手本事。"

小鱼儿笑道："那么，你叫我做什么呢？"

轩辕三光叹道："你就得要准备去对付一个你生平从来没有遇见过的，最毒、最狠、最令人恶心，也最令人头疼的对头了。"

小鱼儿道："你莫非是说那没有牙的小子？"

轩辕三光道："我说的正是魏无牙。"

小鱼儿道："那五个人又不是我杀死的。"

轩辕三光道："你以为他很讲理么？只要你沾着他门下一点，他就跟你没有完。"

小鱼儿深深吸了口气，道："你将这位'无齿'之徒说得这么厉害，他到底是谁呀？"

轩辕三光道："你可听见过十二星相这名字？他就是十二星相中的子鼠……"

小鱼儿失笑道：“我当你说谁，原来是十二星相……十二星相中的人，我也领教过了，倒也未见得能拿我怎样。”

轩辕三光道：“十二星相之所以成名，就是因为魏无牙。他们声名最盛时，江湖中人听到十二星相这名字，晚上连觉都睡不着，那时你只怕还未生出来哩。”

小鱼儿笑道：“你这么样一说，我倒幸好还未生出来了。”

轩辕三光道：“不说别人，就说我们十大恶人，总算是天不怕地不怕的，但听到‘魏无牙’这三个字，还是要头疼好几天。”

小鱼儿这才为之动容，道：“连十大恶人都头疼的角色，想必是有些门道了。”

花无缺忽然道：“我倒也听到过这名字。”

小鱼儿笑道：“难道连移花宫都对他头疼不成？”

花无缺缓缓道：“我出宫时，家师曾要我特别留意两个人，其中一人就是魏无牙。”

小鱼儿道：“还有一个呢？”

花无缺苦笑了笑，道：“还有一位是燕南天燕大侠。”

小鱼儿默然半晌，道：“他现在哪里？”

轩辕三光道：“十二星相最近几年所以抬不起头来，就是因为魏无牙十多年前忽然不见了，有人说他是因为被移花宫主所伤，所以躲起来的，也有人说他是为了要练一种神秘的武功，所以才不愿见人……”

小鱼儿道：“你想……他会躲到哪里去呢？”

轩辕三光叹道：“他要躲起来，只怕连鬼都找不着。”

小鱼儿皱着眉头，喃喃道：“他莫非就躲在龟山……那损人不利己兄弟两人，临死前说的人，莫非就是他……”

他忽然一拍轩辕三光的肩头，笑道：“你埋过死人之后，还想去干什么呢？”

轩辕三光道：“我本想去找人赌一场，但想起魏无牙又出现了，老子竟连赌兴都没有了。”

小鱼儿道：“那么就麻烦你把洞里的银子，去送给段合肥吧，同时告诉段合肥，这些银子本是谁藏起来的。”

他一笑接道：“只要你还给他，然后再把银子赢回来都没关系。

段合肥很喜欢斗蟋蟀，也很喜欢吃肉，你若和他赌吃肉，他一定会奉陪。”

轩辕三光就算想拒绝，也来不及了，小鱼儿话还没有说完，已拉着花无缺飞也似的走开。

轩辕三光只得摇头苦笑道：“格老子，要想拒绝江小鱼求你的事，真他妈的不容易。”

小鱼儿一面走，一面将自己这段经过说了出来。

花无缺自然听得满心惊奇，连他也弄不懂这位“铜先生”究竟在搞什么鬼了，他也不禁渐渐开始怀疑铜先生的来历。等他说出自己经过的事，小鱼儿也觉得奇怪得很，忍不住道：“燕大侠既然要等到找着我时才肯放你，那么现在又怎会只有你一个人呢？他到哪里去了？”

花无缺道：“这两天也不知怎地，我忽然变得心神不定起来，好像有什么灾难要降临似的，我一生中从来也没有这种情形发生。”

小鱼儿笑道：“这两天有灾难的是我，你怎会心神不定起来，这倒也奇怪得很。”

花无缺道：“燕大侠想必也发现我神情有异，就问我想干什么，我就说想出来走走……我本以为燕大侠不会答应我的，谁知他竟答应了。”

小鱼儿失声道：“你要走，他就让你走了么？”

花无缺道：“不错。”

小鱼儿叹道：“燕南天到底是燕南天，到底和那铜先生不同。老实说，你遇见他这样的人，实是你的运气。”

花无缺默然无语，他心里佩服一个人时，嘴里本就不会说出，何况他佩服的，竟是移花宫的对头呢！

小鱼儿忽又笑道：“但你也不愧是个君子，他才会放心你，他遇着的若是我，只怕也不会这么容易放我走了。”

花无缺一笑，道：“你为何要认为你自己不是君子呢？”

小鱼儿默然半晌，缓缓道：“这也许是因为我从小就没见过一个君子，我根本就不知道君子是什么样子的，等我见着一两个君子时，他们又总是要令我失望……”

花无缺笑了笑，道：“燕大侠还在等着我，你……”

小鱼儿忽然接口道：“你见着他时，就说并未见到我，好吗？”

花无缺奇道：“为什么？你难道不跟我去见他？”

小鱼儿道：“我……我想到龟山去，但他却一定不会让我去的。”

花无缺更奇怪，道：“你要去龟山？为什么？”

小鱼儿道：“我要去救人。”

花无缺讶然道：“莫非是十大恶人中的……但他们……”

小鱼儿苦笑道：“他们虽不是好人，但我却是被他们养大的，我若不知道这事也就罢了，现在既已知道，就不能不管。何况……我还想顺路去找找那铁萍姑，她武功虽不错，但简直没出过门，根本不知道世情之险恶，随时随地，都会上人家当的，她既然救了我一次，我好歹也要救她一次……”

他做了个鬼脸，笑道：“你要知道，欠女人的账，那滋味可不是好受的。”

铁萍姑也不知是否被那一阵阵油香菜香引过来的，总之，她已走入了这小镇，而且她也已发觉自己肚子饿得发慌。她在那山洞里，虽然也吃了些东西，但一个人在饿了两三天之后，食欲又岂是那么容易就能满足的？小酒铺的桌子，在灯光下发着油光，十几只绿头苍蝇，围着那装满卤菜的大盘子飞来飞去。

这种地方，在平时用八人大轿来抬，铁萍姑都不会走进去的，但现在，她就算爬，也要爬进去。

铁萍姑现在的样子，的确不像是个好客人。

她脸上又是灰，又是汗，头发乱得像是麻雀窝，衣服更是又脏又破，看来就算不像个刚从监狱里逃出来的女犯，也像是个大户人家的逃妾。只可惜她也和世上大多数的人一样，只看得见别人身上脏，却看不见自己。

小店里只有三个客人，都瞪大了眼睛瞧着她，铁萍姑却再也想不到这些人是为什么在瞧自己。

店伙终于走过去，勉强笑着道：“姑娘来碗面好吗？小店的阳春面，一碗足足有半斤。”

铁萍姑深深吸了口气，道："面，我吃不惯，你给我来一只栗子烧鸡、一碟熘鱼片、一碟炸响铃，半只火腿去皮蒸一蒸，加点冰糖，一碗笋头炖冬菇汤……哦，对了，把那边盘子里的卤菜，给我切上几样来。"

这些菜，在她眼中看来，实在平常得很，她已觉得很委屈自己了，以她现在旺盛的食欲，她简直可以吃得下一匹马。

但旁边三个客人听她说了一大串，都忍不住笑出声来，那店伙更是瞪大眼睛，直摸脑袋。

铁萍姑瞪眼道："怎么，你们这店，难道连这几样菜都没有么？"

那店伙慢吞吞道："菜是有的，但小店却还有个规矩。"

铁萍姑道："什么规矩？"

"小店本轻利微，经不得赊欠，所以来照顾的客人，都得先付账。"

铁萍姑怔住了。她身上怎么会带着银子？她只知道银子又脏又重，她简直没有想到银子会这么有用。

那店伙皮笑肉不笑，道："吃饭是要付账的，这规矩姑娘难道都不懂么？"

旁边那三个客人哈哈大笑，其中一人笑道："姑娘不如到这边桌子上来，一起吃吧，这里虽没有栗子烧鸡，但鸭头却还有半个，将就些也可以下酒了。"

铁萍姑只希望自己根本没有生出来，没有走进这鬼铺子。她只觉坐在这里固然难受，这样走出去却更丢人，简直不知道该如何是好了。

江玉郎就在这时走了进来，这时候当真选得再妙没有。

他走到铁萍姑面前，恭恭敬敬行了个礼，双手捧上了十几个黄澄澄的金锭子，赔笑道："姑丈知道表姐出来得匆忙，也许未及带银子，所以先令小弟送些零用来。"

那店伙立刻怔住了，旁边三个客人也怔住了。

最发怔的，自然还是铁萍姑。她自然认得江玉郎就是小鱼儿嘴里的小坏蛋，却想不通这究竟是怎么回事。

她只好眼瞧着江玉郎在她身旁坐下来——慕容九就好像是个傀儡，痴痴地笑着，痴痴地随着他坐下。

那店伙却变得可爱极了，弯着腰，赔着笑，送菜送酒，不到片刻，卤菜就摆满了一桌子。

江玉郎用热茶将铁萍姑的筷子洗得干干净净，赔笑道："这卤菜倒还新鲜，表姐你就将就吃些吧。"

铁萍姑突然来了个这么样的"表弟"，当真也不知是好气还是好笑。但江玉郎却实在太懂得女孩子的心理了，他在铁萍姑最窘的时候，替她做了面子，铁萍姑怎能不感激？

饭吃完了，铁萍姑风风光光地付了账，心里也不免开心起来，但剩下来的金子，她却又不好意思拿了。

她始终没有和江玉郎说过一句话，现在也没有理他，就径自走出去——江小鱼既然讨厌这个人，这人必定不是好东西。

铁萍姑在前面走，江玉郎就在后面跟着。

铁萍姑终于忍不住道："你还想干什么？"

江玉郎赔笑道："我只是怕姑娘一个人行走不便，所以想为姑娘效效劳而已。"

铁萍姑道："我的事，用不着你来费心。"她嘴里虽这么说，心却已有些动了。

只见道路上人来人去，却没有一个人是她认得的，远处灯火愈来愈少，更是黑暗得可怕。

她实在不知道该往哪里去——她忽然发觉，一个人若想在这世上自由自在地活着，实在不如她想象中那么容易。

江玉郎许久没有发出声音，他莫非已走了么？铁萍姑忽然发觉自己竟怕他走了。

她赶忙回头，江玉郎还是笑嘻嘻地跟在她身后。

她心里虽松了口气，嘴里却大声道："你还跟着我做什么？"

江玉郎笑道："天色已不早，姑娘难道不想休息休息么？"

铁萍姑咬着嘴唇，她实在累了，但该到什么地方休息呢？

江玉郎眼睛里发着光，笑道："姑娘就算不愿在下跟着，至少也得让在下为姑娘寻家客栈。"

这次，铁萍姑又说不出拒绝的话了。

但找好客栈后，铁萍姑立刻慎重地关起门，大声道："你现在可以走了，走得愈远愈好。”

这次江玉郎居然听话得很，铁萍姑等了半晌，没有听见动静，长长松了口气，倒在床上。

她想着江小鱼，想着花无缺，又想着江玉郎……江小鱼为什么会和他是对头？他这人好像并不太坏嘛。但铁萍姑实在太累了，她忽然就睡着了。

第二天早上一醒来，她立刻又觉得肚子饿得很。

铁萍姑好几次想要人送东西来，每次又都忍住，她愈想忍，肚子愈是饿得忍不住。

突听店小二在门外赔笑道：“江公子令小人为姑娘送来了早点，姑娘可要现在吃么？”

吃完了，铁萍姑终于才发觉自己的模样有多可怕，她恨不得将桌子上的铜镜远远丢出去，她全身都觉得发痒。

就在这时，店小二又来了。这次他捧来了许多件柔软而美丽的崭新衣裳、一套精致的梳妆用具、高贵的香粉、柔软的鞋袜。这些东西，铁萍姑能拒绝么？

等到铁萍姑穿上这些衣袜，梳洗干净的时候，江玉郎的声音就出现了：“不知在下可否进来？”

现在，铁萍姑肚子里装着的，是人家送来的食物，身上穿着的，是人家送来的衣服鞋袜，她还能不让他进来么？

到了这天中饭时，江玉郎自然还没有走，铁萍姑也没有要他走的意思了，她现在只觉自己实在少不了他。

这自然也是个小客栈，小客栈的小饭厅里，只有他们两个人，据江玉郎说，那位慕容姑娘不舒服，所以没有起来。

其实呢，是江玉郎点了她的睡穴，把她卷在棉被里，她虽然只不过是个傀儡，江玉郎也不愿意她来打扰。

小客栈里自然不会有什么好菜，但江玉郎还是叫满了一桌子，还要了两壶酒，他笑着道：“姑娘若不反对，在下想饮两杯。”

铁萍姑也不说话，但等到酒来了，她却一把夺过酒壶，满满倒了一大杯酒，一仰脖子干了下去。

她只觉得一股又热又辣的味道，顺着她脖子直冲下来，烫得她眼泪都似乎要流出来，她几时喝过酒的？

江玉郎瞧得肚子里暗暗好笑，嘴里却道："姑娘若是没有喝过酒，最好还是莫要喝吧，若是喝醉了……唉。"他装得满脸诚恳之色，真的像是生怕铁萍姑喝醉。

其实他恨不得她马上就醉得人事不知。

铁萍姑仰起脖子干了一杯，江玉郎在旁边只是唉声叹气，其实却开心得要死。

三杯酒下肚，铁萍姑只觉全身又舒服，又暖和，简直想飞起来。等到喝第四杯酒时，她只觉这"酒"实在是世上最好喝的东西，既不觉得辣，也不觉得苦了。喝到第五杯时，她已将所有的烦恼忘得干干净净。

这时江玉郎就开始为她倒酒了。江玉郎笑道："想不到姑娘竟是海量，来，在下再敬姑娘一杯。"

铁萍姑又干了一杯，忽然瞪着江玉郎，道："你究竟是个好人，还是恶人？"

江玉郎微笑道："姑娘看在下像是个恶人么？"

铁萍姑皱眉道："你实在不像，但……江小鱼为什么说你不是好东西？"

江玉郎苦笑道："姑娘跟他很熟么？"

铁萍姑道："还好……不太熟。"

江玉郎道："姑娘以后若是知道他的为人，就会明白了……唉，那位慕容姑娘，若不是他，又怎会变成如此模样？"

铁萍姑怔了半晌，又倒了杯酒喝下去。

江玉郎笑道："此情此景，在下本不该提起此等令人懊恼之事。"

铁萍姑忽然也吃吃笑起来道："不错，我们该说些开心的事。你有什么令人开心的事，就快说吧，你说一件，我就喝一杯酒。"

江玉郎是什么样的口才？若要他说令人开心的事，三天三夜也说不完。他说了一件又一件，铁萍姑就喝了一杯又一杯，她一面笑，一面喝。

到后来，江玉郎不说她也笑了，再到后来，她笑也笑不出，一个人从椅子上滑下去，爬都爬不起来了。

江玉郎眼睛里发了光，试探着道：“姑娘还听得到我说话么？”铁萍姑连哼都哼不出了。

江玉郎把她从桌子下拉了起来，只觉她全身已软得像是没有一根骨头，江玉郎要她往东，她就往东，要她往西，她就往西。

突听一人大笑道：“兄台好高明的手段，在下当真佩服得紧。”

江玉郎一惊，放下铁萍姑，霍然转身。

只见一高一矮两个人，已大笑着走了进来。

第七十四章

人面兽心

小厅里的光线暗得很，这一高一矮两个人，站在灰蒙蒙的光影里，竟带着种说不出的邪气。

他们长得本没有什么特别的地方，但那神情、那姿态、那双碧森森的眼睛，就好像本非活在这世上的人。

江玉郎心里已打了个结，脸上却不动声色，微笑道："两位说的可是在下么？"

矮的那人吃吃笑道："在下也曾见到过不少花丛圣手、风流种子，但若论对付女人的手段，却简直没有人能比得上兄台一半的。"

江玉郎哈哈笑道："两位说笑话的本事，倒当真妙极。"

矮的那人阴森森笑道："现在这位姑娘，已是兄台的手中之物了，眼见兄台立刻便要软玉温香抱个满怀，兄台难道就不愿让我兄弟也开开心么？"

高的那人冷冷道："在下只是说，兄台若想真个销魂，多少也要给我兄弟一些好处，否则……"

江玉郎眼珠子一转，脸上又露出笑容，道："两位难道也想分一杯羹么？"

矮的那人笑道："这倒不敢，只是兄台既有了新人，棉被里那位姑娘，总该让给我兄弟了吧？"

江玉郎大笑道："原来两位知道的还不少。"

高的那人冷冷道："老实说，自从兄台开始盯上这位姑娘时，一举一动，我兄弟都瞧得清清楚楚。"

江玉郎大笑道："妙极妙极，想不到兄台倒是对在下如此有兴趣，快请先坐下来，容在下敬两位一杯。"

高的那人道："酒，可以打扰，下酒物我兄弟自己随身带着。"他竟自袖子里拎出只老鼠，放在嘴里大嚼起来。

江玉郎怔了怔，笑道："原来阁下乃是和那五位朋友一路的，这就难怪对在下如此清楚了。"

高的那人冷冷道："在下等除了要请兄台将慕容家的姑娘割爱之外，还要向兄台打听一件事。"

江玉郎道："什么事？"

高的那人目中射出凶光，道："洞里的那三个人，究竟是些什么人？和你又有什么关系？"

江玉郎展颜笑道："那三人一个叫轩辕三光，一个叫江小鱼，一个叫花无缺。两位方才既然瞧见了，总该知道他们都是在下的仇人吧？"

那人阴恻恻一笑，道："很好，好极了。"

江玉郎试探着道："方才那五位朋友，难道已被他们……"

那人道："不错，已被他们杀了！"

江玉郎松了口气，道："如此说来，在下与两位正是同仇敌忾，在下理当敬两位一杯。"

那人道："很好，兄台喝了这杯酒，就跟我兄弟走吧！"

矮的那人接道："至于这位姑娘，兄台尽可在路上……哈哈，我兄弟必定为兄台准备辆又舒服、又宽敞的车子。"

江玉郎讶然道："两位要在下到哪里去？"

那人笑道："我兄弟就想请兄台劳驾一趟，随我兄弟一同回去，好将那三人诱来。"

江玉郎忽然笑道："两位意思，在下已全部了解，两位既是想将三人诱去复仇的，岂非也于在下有利，在下又怎会不答应？"

矮的那人大笑道："兄台果然是个通达事理的人，在下也理当敬兄台一杯。"

高矮两人举起酒杯，一饮而尽。

但他们的脖子刚仰起来，酒还没有喝下喉咙，江玉郎掌中酒杯已"嗖"地飞出，打在高的那人咽喉上。

那人狂吼一声，酒全都从鼻子里喷出，人却已倒下。

矮的那人刚大吃一惊，还未来得及应变，江玉郎双掌已闪电般拍出。

他出手虽不如小鱼儿，但也是够狠的了，只听“啵、啵”两声，矮的那人也随着倒了下去。

江玉郎拍了拍手，冷笑道：“就凭你们两人也想将我带走，你们还差得远哩！”

只见两人直挺挺躺在地上，动也不动了，但两人却都还没有死，江玉郎只不过点了他们的穴道而已。铁萍姑又从椅子上滑了下来，在这愈来愈暗的黄昏里，她飞红了的面靥，看来实在比什么都可爱。于是他高声唤入了店伙，将“两个喝醉的朋友”送到隔壁房间，和那位“生病的姑娘”躺在一起。虽然这两人全没有丝毫喝醉的样子，但做店小二的大多是聪明人，总知道眼睛什么时候该睁开，什么时候该闭起。

店小二离开有灯的账房，站在黑暗的小院子里，他当然并不是有意要来偷听别人的秘密，但这房间里假如有什么微妙的声音传出来的话，他当然也不会掩起自己的耳朵的，他并不想做一个君子。

那就像乌龟遇见变故时，将头缩回壳里一样——只要他自己瞧不见，他就觉得安心了。

这时，铁萍姑酒已醒了。

她只觉全身都在疼痛，痛得像是要裂开。她的头也在疼，酒精像是已变成个小鬼，在里面锯着她的脑袋。

然后，她忽然发觉在她身旁躺着喘息着的江玉郎。她用尽一切力气，惊呼出来。她用尽一切力气，将江玉郎推了下去。

江玉郎伏在地上，却放声痛哭起来——应该痛哭的本是别人，但他居然“先下手为强”了。

江玉郎痛哭着道：“我知道我做错了，我知道我对不起你，只求你原谅我……”

铁萍姑紧咬着牙齿，全身发抖，道：“我……我恨不得……”

江玉郎道：“你若恨我，就杀了我吧！我……我实在控制不住自己，我也醉了，我们本不该喝酒的。”

他忽然又扑上床去，大哭道：“求你杀了我吧！你杀了我，也许我还好受些。”

铁萍姑本来的确恨不得杀了他的，但现在……现在她的手竟软得一丝力气也没有，她本来伤心怨恨，满怀愤怒，但江玉郎竟先哭了起来，哭得又是这么伤心，她竟不知不觉地没了主意。

江玉郎从手指缝里，偷偷瞧着她表情的变化，却哭得更伤心了。他知道男人的眼泪，有时比女人的还有用。

铁萍姑终于也伏在床上，放声痛哭起来。

除了哭，她已没有别的法子。

江玉郎目中露出得意的微笑，但还是痛哭着道：“我做得虽不对，但我心却是真诚的，只要你相信我，我会证明给你看，我这一辈子都不会令你失望的。”

他又已触及了铁萍姑的身子，铁萍姑并没有闪避，这意思江玉郎当然清楚得很。

他忽然紧紧抱着了她，大声道：“你要么就原谅我，要么就杀了我吧……你可以杀死我，但却不能要我不喜欢你，我死也要喜欢你……”

铁萍姑还是没有动，江玉郎知道自己成功了，他附在铁萍姑耳旁，说尽了世上最温柔、最甜蜜的话，他知道她现在最需要的就是这些。

铁萍姑哭声果然微弱下来。她本是孤苦伶仃的人，她本觉得茫然无主，无依无靠，现在却忽然发觉自己不再孤单了。

江玉郎忍不住得意地笑了，柔声道：“你不恨我了？”

铁萍姑鼓起勇气，露出头来，咬着嘴唇道：“只要你说的是真的，只要你莫忘记今天的话，我……”

忽然间，一声凄厉的惨呼，从隔壁屋子里传来。这惨呼声虽然十分短促，但足以令人听得寒毛悚栗。

江玉郎以一个人所能达到的最快速度装束好一切，箭一般蹿出屋子，他好像立刻就忘记铁萍姑了。

江玉郎蹿了出去，却没有蹿入惨呼声发出的那屋子，却先将这屋子的三面窗户都踢开。然后，他燃起盏油灯，从窗户里抛进去。

油灯被摔破在地上，火焰也在地上燃烧起来。

闪动的火光，令这间暗而潮湿的小屋子，显得更阴森诡秘，他瞧见慕容九还是好好地在棉被里，不觉松了口气。

但他这口气没有真正松出来时，他又已发现，那一高一矮两个人已不见了，他们已变成了两堆血。

这景象竟使江玉郎也打了个寒噤，却又安下心。

那危险而残暴的人，此来若只是为了要杀这两人的，他又为何反对？又为何要担心害怕呢？

这时，已有一个人在闪动的火光中出现了。

这人的一张脸，在火光下看来好像是透明的，透明得甚至令人可以看到他惨碧色的骨骼。

他那双眼睛，更不像人的眼睛，而像某一种残暴的食人野兽，在饿了几天几夜后的模样。

江玉郎并不是个少见多怪的人，更不容易被人骇住，但他见到这个人时，却似乎连心跳都已停止。

这人也冷冷地瞪着江玉郎，一字字道：“是你点了这两人的穴道？”

江玉郎勉强挤出一丝笑容，道：“正是在下，在下本不知要拿他们怎么办，阁下此番解决了他们，在下简直不知该如何感激才好。”

他已发觉这人远比想象中还要危险得多，所以赶紧拉起交情来。但这人还是冷冷瞪着他，忽然一笑，露出野兽般的雪白牙齿，缓缓道：“我就是他们的主人！他们本是我的奴隶！”

江玉郎倒抽了口凉气，道：“但你……杀死他们的，并不是我。”

这人忽然自血堆里拎起了一具尸体，撕开了他的衣服，闪动的火光中，只见那尸体上有十个发着碧光的字：“无牙门下士，可杀不可辱。”

江玉郎几乎呕吐出来，失声道：“这……这是什么意思，我不懂。”

这人缓缓道：“这两人既已被你所辱，我只有杀了他们，免得他们再为我丢人现眼。”

江玉郎叹道：“有时我也杀人的，但我总是要有一个十分好的理由，譬如说……”

在地上燃烧的火焰突然熄灭了，四下立刻又黑暗得如同坟墓，但这人的眼睛，却仍在黑暗中闪着碧光。

只听他冷冷道：“譬如说什么？”

江玉郎道：“譬如说，当我知道一个人要杀我的时候，我通常会先杀了他！”

他的眼睛也在闪着光，随时都在准备着出手。

他虽然深信这人不是个好惹的人物，却也深信自己也并不见得比这人好惹多少。

谁知道这人却忽然笑了。

他笑的声音，就像是一只老鼠在啃木头似的，令人听得全身都要起鸡皮疙瘩，他大笑着道：“我要杀人时，就不跟他多话的。”

江玉郎讶然道：“你为何不想杀我？”

这人冷冷道：“你若能在七天之内，带我找到轩辕三光、江小鱼和花无缺，你不但现在不会死，而且还会长命得很！”

江玉郎沉吟道：“他们也是我的仇人，你若能杀得了他们，我自然很愿意带你去找他们，只可惜要杀这三个人，并不是件容易事，被他们杀，倒容易得很。你若杀不成他们，反被他们杀死，我岂非也要被你连累？”

这人厉声道：“你要怎样才相信我能杀得了他们？”

江玉郎道：“这就要看你有什么法子能令我相信了。”

这人冷笑道：“我何止有一千种法子可以令你相信，你若想见识见识无牙门下的神功，我不妨先让你瞧一种……”

他似乎挥了挥手，便有一种碧森森的火焰，飞射而出，射在墙上。这火焰光芒并不强烈，射在墙上，立刻便熄灭，也根本没有燃烧。

但火焰一闪后，这人已到了院子里。

他根本没有从窗户掠出，却又是怎么样出来的呢？江玉郎一惊之下，忽然发现墙上已多了个大洞。

江玉郎这才吓呆了，这人的轻功虽惊人，倒没有吓着他，但这种虽不燃烧，却能毁灭一切的火焰，他实在连见都没有见过。

这人已到了他身旁，闪动的目光已固定在他身上，一字字道：“你还想见识别的么？”

突听一人也狂笑着道：“无牙门下的神功，我看来却算不得什么！”狂笑声中，已有条人影如流星急坠。

第七十五章

南天大侠

这人的身形也不算十分高大，但看来却魁伟如同山岳。

那无牙门下似也被他气势所慑，倒退三步，厉声道：“是谁敢对无牙门下如此无礼？”

“冀人燕南天！”这五个字就像流星，能照亮整个大地。

只听燕南天喝道：“你是魏无牙的什么人？他现在哪里？”

那人胆虽已怯，却仍狂笑道：“你用不着去找家师，无牙门下的四大弟子，每一个都早已想找燕南天较量较量了，不想我魏白衣运气竟比别人好……”

江玉郎忽然怒喝道：“你是什么东西，竟敢对燕大侠如此无礼！”

喝声中，他竟已扑了过去，闪电般向魏白衣击出三掌，这三掌清妙灵动，竟是武当正宗。

武当掌法也正是当时武林中最流行的掌法，江玉郎偷偷练好了这种掌法当然没安什么好心。

他三掌全力击出，竟已深得武当掌法之精粹。

魏白衣狂笑道：“你也敢来和我动手！”

他只道三招两式，已可将江玉郎打发回去，却不知道江玉郎虽是个懦夫，却绝不是笨蛋。

他实在低估了江玉郎的武功。骤然间，他被江玉郎抢得先机，竟无法扭转劣势。

江玉郎知道燕南天绝不会看他吃亏的，有燕南天在旁边掠阵，他还怕什么？他胆气愈壮，出手更急。

魏白衣武功虽然诡秘狠毒，竟也奈何不得他。

突见魏白衣身形滴溜溜旋转起来，四五道碧森森的火焰，忽然暴射而出，却看不出是从哪里射出来的。

燕南天暴喝一声，一股掌风卷了出去，卷开了江玉郎的身形，震散了碧森森的火焰，也将魏白衣震得踉跄后退。

这时喝声已变为长啸，长啸声中，燕南天身形已如大鹏般凌空盘旋飞舞，魏白衣抬头望去，心胆皆丧，他再想躲时，哪里还能躲得了。他狂吼着喷出一口鲜血，仰天倒了下去。

燕南天一把拎起他的衣襟，厉声道："魏无牙在哪里？"

魏白衣睁开眼来，瞧了瞧燕南天，狞笑道："无牙门下士，可杀不可辱……"

这次他开口说话时，嘴里已有一股腥臭的惨碧色浓液流出，等他说完了这要命的十个字，他便再也说不出一字来了。

燕南天放下了他，长叹道："想不到魏无牙门下，又多了这些狠毒疯狂的弟子……"

他忽然转向江玉郎，展颜笑道："但你……你可是武当门下？"

江玉郎这时才定过神来，立刻躬身赔笑道："武当门下弟子江玉郎，参见燕老前辈。"

燕南天扶起了他，大笑道："好，好，正派门下有你这样的后起之秀，他们就算再多收几个疯子，我也用不着发愁了。"

江玉郎神情更恭谨，躬身道："但今日若非前辈恰巧赶来，弟子哪里还有命在？"

他说"恰巧"两字时，心里不知有多愉快，燕南天若是早来一步，再多听到他两句话，他此刻只怕也要和魏白衣并排躺在地上了。

燕南天笑道："这实在巧得很，我若非约好个小朋友在此相见，也不会到这里来的。"

他拍着江玉郎的肩头，大声笑道："他叫花无缺，你近年若常在江湖走动，就该听见过这个名字。"

江玉郎神色不变，微笑道："晚辈下山并没有多久，对江湖侠踪，还生疏得很。"

他一直留意着，直到此刻为止，铁萍姑竟仍无动静，这使他暗中松了一口气，接着又道："弟子方才来到时，那魏白衣要对一位慕容姑娘下手，这位姑娘此刻还躺在屋里，前辈是否要去瞧瞧？"

燕南天动容道：“慕容姑娘？莫非是慕容家的人？”他嘴里说着话，人已掠进屋去。

慕容九自然还在棉被里躺着。

屋子里黑暗，但燕南天只瞧了两眼，便道：“这孩子是被他点着哑穴了，这穴道虽非要穴，但因下手太重，而且已点了她至少有六七个时辰。”

江玉郎失声道：“已有六七个时辰了么？如此说来，这位姑娘元气必然要亏损很大了。”

燕南天沉声道：“不错，她气血俱已受损甚巨，我此刻若骤然解开她穴道，她只怕就要等三个月才能恢复过来。”

江玉郎道：“那……那怎么办呢？”

燕南天道：“我行功为她活血时，最忌有人打扰，若是中断下来，她非但受损更大，我也难免要吃些亏的，但有你在旁守护着，我就用不着担心了。”

江玉郎赔笑道：“前辈只管放心，弟子虽无能，如此小事自信还不致有了差错。”

燕南天大笑道：“我若不放心你，还会冒这个险么？紫髯老道的徒弟，我再不放心还能放心谁？”

于是他盘膝坐在床上，双掌按上慕容九的后背，屋子里虽然还是很暗，却也能看出他神情之凝重。

江玉郎站在他身后，嘴角不禁泛起一丝狞笑。

铁萍姑为什么直到此刻还没有动静？只因她早已走了。江玉郎的甜言蜜语，虽然平息了她的愤怒，却令她自己感觉更羞辱，她清醒过来时，只觉得自己好像被自己出卖了。

她恨自己，为什么不杀了江玉郎，她恨自己为什么下不了手，她知道方才既未下手，便永远再也不能下手。

她恨自己，为什么如此轻易地就被人夺去了一生中最珍贵的东西，而自己却偏偏又好像爱上了这可恶的强盗。

铁萍姑一口气冲了出去，这客栈本就在小镇的边缘，掠出了这小镇，大地显得更黑暗，她瞧不见路途，也辨不出方向。

忽然间，黑暗中有两条人影走了过来。这两条人影几乎是同样大小，同样高矮，就像是一个模子里铸出来的。

他们远远就停了下来，铁萍姑自然看不清他们的身形面貌，但在如此寂静的深夜里，纵然是轻轻的语声，听来也十分清晰。

只听其中一人道："江小鱼，你真不愿见他么？"

"江小鱼"这三个字传到铁萍姑耳朵里，她几乎忍不住要飞奔过去，投入他的怀抱。

但她知道自己现在没有资格再投入别人的怀抱了。她只有咬紧牙关，拼命忍住。

微风中果然传来了江小鱼的语声，他笑着道："你又说错了，我不是不愿见他，只不过是'现在'不愿见他。"

花无缺道："你怎么知道他一定会阻拦你？也许……"

小鱼儿道："当然他也许会让我去的，但我却不愿冒这个险，这件事我既已决定要做，就非做不可！"

花无缺道："但你既已陪我来到这里……"

小鱼儿道："燕大侠会在什么地方等你？"

花无缺点了点手，道："就在前面小镇上的一家客栈里。这小镇只有一家客栈，我绝不会找错地方的。"

听到这里，铁萍姑的心又跳了起来……江玉郎此刻还在那客栈里，而他们也要到那客栈去。

她虽然恨江玉郎恨得要死，但一听到江玉郎有了危险，她就忘了一切，莫名其妙地对他关心起来。

只听小鱼儿缓缓道："我本来想要你陪我到龟山去的，但我知道你既然约了别人，就决不会失信，是么？"

花无缺默然半晌，道："你我今日一别，就不知……"他骤然顿住语声，也不愿再说下去。

小鱼儿重重一捏他的肩膀，低声道："无论如何，你我总有再见的时候……"他话未说完，已大步走了出去。

花无缺想了想，也追了过去，道："现在时候还早，我也送你一程。"

铁萍姑眼瞧着两条人影渐渐去远，她身子颤抖，咬着牙，突又跳起来，向那客栈飞奔回去。

只见窗子是开着的，窗里窗外，地上倒着三个人的尸身。一条陌生的大汉，正在为床上的一位姑娘推拿运气。

江玉郎眼睛里闪动着奇异的光，嘴角带着残酷的笑，正盯着那大汉的后背，缓缓抬起了手。

铁萍姑冲到窗子前，也未弄清这里究竟是怎么回事，便脱口道："江玉郎，你……"

"江玉郎"这三个字一出口，燕南天已霍然转过来，面上已变了颜色——但他已迟了。

江玉郎的手掌，已重重击在他后心上。

燕南天狂吼一声，一口鲜血喷出，洒满了慕容九纤细的身子。江玉郎也被这一声狂吼惊得踉跄后退，退到了墙角。

只见燕南天须发皆张，目眦尽裂，嘶声喝道："鼠辈，我救了你性命，你竟敢暗算于我！"

江玉郎骇得腿都软了，身子贴着墙角往下滑，"噗"地跌在地上，竟连爬都没有力气爬起来。

燕南天紧握着双拳，一步步走过去，喝道："你究竟是什么人？为何要暗算我？说！"

江玉郎哪里还敢抬头望他？却偷偷去瞧窗外的铁萍姑，眼睛里再也没有夺人的神采，有的只是乞怜之意。

铁萍姑瞧见江玉郎竟以如此毒辣的手段暗算别人，又惊又怒，但她瞧见这双乞怜的目光，心却又软了。

她也不知怎地，迷迷糊糊就掠了进去，迷迷糊糊地击出了一掌——又是一声狂吼，燕南天终于倒了下去。

江玉郎大喜跃起，笑喝道："你要知道我是谁么？好！我告诉你，我就是江南大侠的少爷江玉郎！什么武当弟子，在我眼中简直不值一个屁！"

燕南天一惊，一怔，终于缓缓阖起眼帘，纵声狂笑道："好！好！某家纵横天下，想不到今日竟死在你这贱奴的鼠子手上！"

江玉郎狞笑道："你既出言不逊，少爷我就要令你在死前还要多受些罪了！”

铁萍姑一直呆呆地望着自己的手，此刻突然用这只手拉住江玉郎，道：“他现在已经快死了，你何必再下毒手？”

江玉郎笑着去摸她的脸，道：“好，你叫我饶了他，我就饶了他……”

铁萍姑推开了他的手，道：“花无缺就要来了！”

江玉郎脸上笑容立刻全都不见，失声道：“你已瞧见了他？”

铁萍姑咬了咬嘴唇，道：“还有江小鱼！”

江玉郎再不说话，拉起铁萍姑就走，走出门，又回来，从床上扛起慕容九——只要是对他有利的东西，他永远都不会放弃的。

他们居然很容易地就走出了这小镇，然后，江玉郎忽然问道：“你说你见到了花无缺，你怎会认得他？”

铁萍姑目光凝注着远方，默然许久，终于一字字缓缓道：“只因我也是移花宫门下……”

小鱼儿和花无缺在路上慢慢走着，夜色很浓，很静，他们甚至可以听到大地沉默的呼吸。突然，远处传来了一声狂吼。

小鱼儿和花无缺骤然停下脚步。两人都没有说一个字，就向吼声传来处扑了过去。

只见那家客栈门口，有个人伏在门楣上呕吐——这正是客栈的主人，他眼睛瞧着，耳朵听着一连串残酷的、冷血的谋杀在他店里发生，但却完全没有法子，只有呕吐，似乎想吐出心里的难受与羞悔。

小鱼儿和花无缺还是没有说话，只交换了个眼色，便齐地扑入那客栈中，在那间有灯的屋子里看到倒卧在血泊中的燕南天。

这就像一座山突然倒塌在他们面前，这就像大地突然在他们眼前裂开，他们立刻像石头般怔住。

燕南天挣扎着，睁开了眼睛。他逐渐僵硬的脸上，绽开一丝苦涩的笑，道：“你……你们来了……很好……很好……”

花无缺终于扑过去，跪下，嘶声道：“晚辈来迟了一步！”

燕南天凄然笑道：“我死前能见到你们，死也无憾了！”

小鱼儿早已自血泊中抱起了他，大声道：“你不会死的，没有人能杀得死你！”

花无缺竟大叫起来，道：“是谁下的毒手？是谁？”

燕南天道：“江玉郎！”

花无缺长长吸了口气，一字字道：“我一定要杀了他，为你复仇！”

燕南天又笑了笑，转向小鱼儿。

小鱼儿也始终在凝注着他，此刻忽然大声道：“用不着他去杀江玉郎，江玉郎是我的，无论前辈你是什么人，我都会不顾一切，为前辈复仇的！”

花无缺又怔住了，失声道：“无论前辈是什么人？前辈不是燕大侠是谁？”

“燕南天”却已大笑起来。他笑得虽然很痛苦，额上已笑出了黄豆般大的汗珠，但他仍笑个不停，他瞧着小鱼儿笑道：“我自以为能瞒过了所有的人，谁知终于还是没有瞒过你。”

花无缺又叫了起来，道：“前辈难道竟不是燕南天燕大侠？”

“燕南天”道：“燕南天只是我平生第一好友……”

花无缺失声道：“那么前辈你……”

“燕南天”道：“我姓路。”

小鱼儿道：“路仲远？前辈莫非是南天大侠路仲远！”

路仲远微笑道：“你听过我的名字？”

小鱼儿叹道：“弟子五岁时便听过前辈的侠名了，那血手杜杀，虽然几乎死在前辈手中，但对前辈却始终佩服得很。”

花无缺道：“但……但路大侠为何要冒燕大侠之名呢？”

路仲远道：“只……只因燕……”

他呼吸已更急促，气力已更微弱，此刻连说话都显得痛苦得很。

小鱼儿道：“此事我已猜出一二，不如由我替路大侠来说吧。若是我说得不错，前辈就点点头；若是我说错了，前辈不妨再自己说。”

路仲远目中露出赞许之色，微笑点头道：“好。”

小鱼儿想了想道：“燕大侠自恶人谷逃出后，神志虽已渐渐清醒，但武功一时还不能完全恢复，是么？”

路仲远点点头。

小鱼儿道：“他出谷之后，便找到了路大侠，是么？”

路仲远道：“不错。”

小鱼儿道：“在一路上，他已发现江湖中有大乱将生，只恨自己无力阻止，于是他便想求路大侠助他一臂之力，是么？”

路仲远道：“是。”

小鱼儿道：“他又生怕自己武功失传，是以一见路大侠，便将武功秘诀相赠。”

路仲远不等他说完，已摇头挣扎着道：“我十多年之前，曾受挫于魏无牙之手，那时我才发觉自己武功不足，是以洗手归隐……”他面上又露出痛苦之色。

小鱼儿立刻接下去道：“是以这次燕大侠求前辈重出，前辈便生怕自己武功仍有不足，便要燕大侠将自己的武功秘诀相授，是么？”

路仲远含笑点了点头。

小鱼儿道：“路大侠就为了这缘故，又不愿掠人之美，所以此番重出江湖，便借了燕大侠的名号。”

他笑着接道：“以路大侠的身份地位，自然不愿用燕南天的武功，来增加‘南天大侠’的声名，不知弟子猜得可对么？”

路仲远含笑道：“除此之外，还有一点。”

小鱼儿又想了想，道：“莫非是燕大侠算定自己一离开恶人谷后，恶人谷的恶人便要倾巢而出，他更怕这些人在江湖中为非作歹，知道这些人唯有燕南天三个字才能震慑得住，所以便求前辈暂时冒充一番。”

路仲远用尽一切力量，忍着痛苦问道：“你果然是个聪明人，但……但我……我自信不但已学会了燕南天的武功，而且还请万春流将我的面容改变了许多，对于燕南天的音容笑貌，我自信也学得不差，我实在不懂怎么会被你瞧破了。”

“前辈一见着我时，本该立刻提起万春流的，但前辈却似完全忘记了这个人，是以那时我已开始怀疑了。而且前辈的神情，却仍和十余年前传说中的燕大侠完全一样，这不但已超出人情之常，而且简直是不可能的事。”他凄然接道，“因为我深知燕大侠在那十几年里所忍受的痛苦，在经过那种痛苦后，没有人还能保持不变的！”

路仲远也不禁凄然道：“不错，燕南天的……的确已改变了许多。”他语声微弱得几乎连小鱼儿都听不清了。

他心里还有句话未说出——他若是真的燕南天，又怎认不出今日的江别鹤就是昔年的江琴！

但他既然答应了江别鹤，就只有保守这秘密。

小鱼儿长长叹了口气，道：“现在我只求前辈告诉我，燕大侠，燕伯父，现在究竟是在哪里？”

路仲远没有回答，他已再次闭起眼睛。

第七十六章

无牙门下

现在，南天大侠路仲远已安葬了。在这清凉的小镇上，安葬的仪式虽然是不可避免地十分简单，但也是十分隆重的。

小鱼儿和花无缺，沉重地肃立在路仲远的墓前，以一杯浊酒，吊祭这一代大侠的英魂。

暮色苍茫，大地萧索。秋，像是已极深了，直到夜幕垂下，星光升起，他们才黯然离去。

花无缺仰天唏嘘，叹道："盗寇未除，江湖未宁，路大侠实在死得太早了些……他甚至连燕大侠的下落，都未及说出，便含恨而殁。"

小鱼儿苦笑道："也许是因为他不愿任何人去打扰燕大侠的安宁，也许是……燕大侠早已仙去，他不愿说出来，令我伤心。"

花无缺黯然道："但愿我今生能见到燕大侠一面，否则……"

小鱼儿忽然挺起胸来，大声道："你当然还能见着他，他当然不会死的，他还没有见到我扬名天下，他又怎能放心一死！"

花无缺凝目瞧着他，展颜一笑，道："不错，燕大侠若是不愿死时，谁也无法要他死，甚至阎王老子也不能例外，我终有一日，能见着他的。"

小鱼儿仰天笑道："说得好，你说话的口气，简直和我差不多了，再过七十五天，就算我死了，你也可以替我活下去。"

花无缺神情骤然又沉重了下来，他沉默许久，忽然道："现在你就要赶去龟山？"

小鱼儿道："咱们一起去，我保证让你瞧一出又紧张又热闹的好戏。"

花无缺垂下了头，道："可惜我不能陪你去了。"

小鱼儿怔了半晌，大声道：“咱们已只剩下七十五天了，你竟不愿陪着我？”

花无缺望着远方的星光，缓缓道：“我这件事若是做成，你我就不止可以做七十五天的朋友。”

小鱼儿凝注了他半晌，大声道：“你莫非想回移花宫？”

花无缺叹道：“我只是想去问清楚，她们为何定要我杀死你。”

小鱼儿大笑道：“你以为她们会告诉你？”

花无缺默然良久，淡淡一笑，道：“江小鱼，难道你已向命运屈服了么？”

小鱼儿一惊，大笑道：“好，你去吧，无论如何，你我总还有一次见面的时候，这已足够令人想起就开心了！”

在这里，花开得正盛，菊花、牡丹、蔷薇、梅、桃、兰、曼陀罗、夜来香、郁金香……

这些本不该在同一个地方开放，更不该在同一个时候开放的花，此刻却全都在这里开放了。

这里本是深山绝岭，本该弥漫着阴暗的云雾、寒冷的风，但在这里，阳光如黄金般洒在花朵上，气候更温柔得永远像是春天。

无论任何人到了这里，都会被这一片花海迷醉，忘记了红尘中的困扰，更忘记了危险，忘记了一切。但这里却正是天下最神秘、最危险的地方，这里就是移花宫。

但这时，却有个少女，正不顾一切要爬上来。

她穿的本是件雪白的衣裳，但现在却已染满了泥污和血迹；她容貌本是美丽的，但现在却已憔悴得可怕。

无论任何人都可看出，她是花了多大的代价，忍受了多大的痛苦，才能到这神秘的地方来的。

到了这里，她整个人都已崩溃，她嘴唇已干裂，腿已发酸，已站不起来，她只有爬。

她爬也要爬上来。自山下爬上来的少女，正是铁心兰。

她当然也知道移花宫的神秘与危险，但她不顾一切也要来，为的也只是要向移花宫主问一句话：“为什么定要花无缺杀死江小鱼？”

现在，她瞧见了这一片灿烂的花海，心里不觉长长松了口气。无论如何，所有的痛苦都已过去了。

她晕了过去，她以为自己永远再也不会醒了……

醒来时，她发觉自己是安静地躺在一张柔软而带着香气的床上，阳光已不见，灯光却似比阳光更辉煌。她闭起眼睛，等她再张开时，她就瞧见了花无缺。

花无缺也正在温柔地望着她，在这辉煌的光线里，他看来更如神话中的王子，那么英俊，那么洒脱，那么高不可攀。

铁心兰呻吟一声，道：“花无缺，你真的是花无缺么？”

花无缺温柔地笑了笑，柔声道：“是我，我就站在你身畔，你用不着害怕了。”

铁心兰突又挣扎着要爬起来，嘶声道：“求求你，带我去见移花宫的宫主好么？我不顾一切来到这里，为的只是想求她见我一面。”

花无缺苦笑道：“我回来，也是想求见她老人家的，只可惜，她们都早已不在宫里了。”

铁心兰倒在床上，失声道：“她们都出去了？”

花无缺道：“两位宫主全都离宫而出，这本是很少有的事。”

铁心兰凄然道：“我的运气为什么总是这么坏，我……我……”她语声哽咽，用丝被蒙住了头，再也说不下去。

花无缺呆了半晌，缓缓道：“我想……我是知道你来意的，我也正是为了同一件事，想回来问她老人家，想不到她们离宫都已有许久了。”

铁心兰在被里轻轻啜泣，忽又问道：“这些日子里，你是否已见过他？”

用不着说出名字，别人也知道她说的“他”是谁。

花无缺柔声笑道：“他现在很好，你用不着为他担心。”

他虽然尽力想装得平淡，但笑容中仍不免有些苦涩之意。

铁心兰终于自被里伸出了头，讷讷道：“你可知道，他现在在哪里？”

花无缺努力想笑得愉快些，柔声道：“我知道，只要你身子康复，我就可以带你去找他。”

铁心兰凝注着他，眼泪又不觉流下面颊，颤声道：“你……你为什么永远对我这么好，你……你……”

忽然间，屋外传来了一阵奇异的声音，这声音既不尖锐，也不凄厉，却令人听得忍不住要为之毛骨悚然。

这声音骤听如同铁锯锯木，再听又如蚕食桑叶，仔细一听，又如刀剑相磨，简直令任何人听得都要牙痒脚软。接着，就听得少女们的惊呼声。

花无缺也微微变了颜色，道：“我出去瞧瞧。”

他深知移花宫门下，纵然大多是少女，却绝没有一个会大惊小怪的，能令她们惊呼出声来，事情绝不简单。

铁心兰摸了摸身上已穿得甚是整齐，也跳下了床，道：“我跟你一起去。”

两人赶出去，只见少女们都躲在宫檐下，一个个竟都吓得花容失色，有的甚至连身子都发起抖来。

再见那一片花海中，正有无数个东西在窜动。

铁心兰失声道：“老鼠！哪里来的这么多老鼠？”

果然是老鼠！

成千成百个简直有猫那么大的老鼠，正在花丛中往来流窜，啃着花枝，吞食着珍贵的花朵。

移花宫门下虽然都有绝技在身，怎奈全都是女子，老虎她们是不怕的，但见了这许多老鼠，腿都不禁软了。

花无缺一步蹿了出去，变色喝道：“来的可是魏无牙门下？”

四下寂静无声，也瞧不见人影，这一片也不知费了多少心血才培养成的花海，转眼间已是狼藉不堪。花无缺既惊且怒，但面对着这么多老鼠，他也没法子了。

在移花宫中，他既不能用火烧，也不能用水淹，若是要去赶，这些老鼠根本就不怕人。他再想不到名震天下的移花宫，竟拿这一群动物中最无用、最卑鄙的老鼠无法可施。

这时黑暗中才传来一阵狂笑声。

一个尖锐的语声狂笑着道：“只可惜移花宫主不在家，否则让她们亲眼瞧见这些宝贝鲜花进了咱们老鼠的肚子，她们只怕连血都要吐出来了。”

花无缺此刻神情反而镇定了下来，既不再惊慌，也不动怒，就好像连一只老鼠都没有瞧见似的。

他脸上带着微笑，缓缓道：“无牙门下的高足既已来了，何不出来相见？”

只听黑暗中那人大笑道：“这小子倒沉得住气，你可知道他是谁么？”

花无缺还是身形不动，淡淡道：“在下花无缺，正也是移花宫门下！”

那人道：“花无缺？我好像听见过这名字。”

话声未了，那黑暗的角落里，突然闪起了一片阴森森的碧光，碧光闪动，渐渐现出了两条人影。

这两人俱是枯瘦颀长，宛如竹竿，两人一个穿着青衣，一个穿着黄袍，脸上却都是碧油油的像是戴了层面具。但不知怎地，却令人一见就要起鸡皮疙瘩，一见就要作呕。

那青衣人碧森森的目光上上下下瞧了花无缺几眼，阴阴笑道：“阁下居然知道我兄弟是无牙门下，见识已不能算不广，所以你这么年轻就要死，我实在不免要替你可惜。”

黄衣人笑道：“他叫魏青衣，我叫魏黄衣，我们本不想杀你，怎奈家师此番复出，第一个要毁的就是移花宫，我们也没法子。”

少女们听到这说不出有多丑恶的笑声，瞧见被老鼠围在中间的两个人，竟无一人敢出手。

只见魏青衣肩头微微一动，花无缺身形立刻冲天飞起，接着，立刻便有一丝碧光自魏青衣掌中飞出。

但这时花无缺身形早已扑了过去，碧光过处，一个少女已惨呼着倒地，花无缺却不回头，双掌已击向魏青衣头顶。

魏青衣想不到他来得竟如此快，脚步倒错，平平一掌撩了上去，魏黄衣亦自斜斜一掌击出。

谁知花无缺这凌空一掌，竟也是虚势，掌到中途，他手肘突然缩了回来，不去接魏青衣的一掌，反而空空画了个圈子。

魏青衣只觉掌势突然脱力，就在这旧力落空、新力未生的刹那间，另一股奇异的力量已将他掌势引得往外一偏，也不知怎地，击出这一掌，竟迎上魏黄衣斜斜击过来的一掌。

“啪”的一声，双掌相接，接着又是“咔嚓”一声，魏青衣这已脱了力的一只手掌，竟生生被魏黄衣震断了。

花无缺竟以出其不意的速度、冒险的攻势、妙绝天下的移花接玉神功，一招便占了上风。

一掌接过，魏青衣、魏黄衣两人俱是大惊失色。

魏黄衣虽未受伤，但见到自己竟伤了同伴，惊慌更甚，一脚踩在老鼠堆上，鼠群一慌，四下奔出。

只见花无缺一招得手，竟又含笑站在那里，并未跟着抢攻。只因他方才一招便已试出这两人的功力，实是非同小可，他自知侥幸得手，绝不贪功急进，他还要等着这两人再次上钩。

这时鼠辈已散布开来，再次往四方流窜。

铁心兰突然咬了咬牙，自窗框上拆下段木头，咬着牙奔出去，举手一棍，将一只老鼠打得血肉横飞。

本来往四下流窜的老鼠，此刻竟都向铁心兰围了过来。铁心兰心已发寒，手已发软，但仍咬着牙不退缩。

躲在宫檐下的少女们，终于有一个奔出来——只要有一个出来，别的人也就会跟着出来了。她们只要打死一只老鼠，胆子也就壮了。

十几个娇柔又美丽的少女，流着汗，喘着气，忘记了一切，全心全意地在和一群老鼠拼命。

鼠辈终于败了，大多被打死，少数已逃得不见踪影。

少女们瞧着地上狼藉的鼠尸，又瞧着自己的手，她们几乎不相信这些老鼠真是她们打死的。这简直就好像做了一场噩梦。

然后，她们有的抛下棍子开始呕吐，有的却疯狂般大叫大笑起来，也有的拥抱起别人，放声痛哭。

这些情况，都是移花宫绝不会发生的，但现在却发生了，只因她们经过这一番恶战后，已不知不觉地放松了自己。

只有铁心兰，她停下了手，立刻就去找花无缺。

花无缺竟已不见了。

魏青衣、魏黄衣也不见了。

铁心兰踉跄地四下搜寻着，心里又是惊慌，又是害怕。她方才专心对付老鼠，竟忘了瞧一瞧这边的战况。

花无缺的武功虽高，但这两人既敢闯到移花宫来，又岂是弱者？花无缺以一敌二，未必真是他们的对手。

铁心兰几乎要急疯了，忽然间，她发觉残花丛中，似躺着一个人的尸身。

只见他右臂已齐肘而断，胸前有个血淋淋的大洞，一张阴森森碧绿的脸上，也已被人打肿了。

这模样也不知有多么狰狞可怕，铁心兰哪里还敢再看。她赶紧移开目光，不觉瞧见了魏青衣的一只左手。

只见他这只鬼爪的手掌食、中两指上，竟带着两粒血淋淋的眼珠子，显然是被他自眼眶中生生挖出来的。

她眼泪不觉已夺眶而出。

忽然间，她听得有一阵沉重而急促的，像是负伤野兽般的呼吸声，自一片山崖下传了上来。

她立刻扑了过去！只见一个人满面流血，双臂箕张，喘息着蹲在一株树下，一双眼睛，已变成了两个血洞。

但这人也不是花无缺，而是魏黄衣。他显然是在移花接玉的奇妙功夫下，被他自己的同伴挖去了眼珠。

第七十七章

萍水相逢

铁心兰见那满面流血的人不是花无缺，虽然松了口气，但瞧见这比豺狼更凶悍的人，瞧见这残酷而诡秘的情况，身子仍不禁发起抖来。

幸好她立刻又瞧见了花无缺。花无缺此刻正远远站在魏黄衣对面的另一株树下。

他全身每一根神经、每一块肌肉，都在紧张着。一双眼睛，更瞬也不瞬地瞪着魏黄衣的一双手。

两个人虽然全都站着不动，但这情况却比什么都要紧张，就连远在山崖上的铁心兰，也已紧张得透不过气来。

突听魏黄衣一声狂吼，向花无缺扑了过去。他虽然已经没有眼睛可看，但还有耳朵可听。

这一扑不但势道之威猛无可比拟，而且方向准确已极。

但就在这刹那间，花无缺左右双手，各弹出一粒石子，他自己却闪电般从魏黄衣胁下蹿了出去。

只听“咔嚓”一声，花无缺身后的一株比面盆还粗的大树，已被魏黄衣的身子生生撞断。他竟还未倒下，一个虎跳，又转过身来。

他的头向左右旋转，嘶声狞笑道：“花无缺，我知道你在哪里，你逃不了的，今日就是你我两人谁也休想活着走，我要和你一起死在这里！”

他其实根本不知道花无缺在哪里，花无缺又到了他对面，他的头却不自觉地左右转动。

铁心兰瞧着他这样子，觉得既可怕，又可怜，若不是花无缺此刻犹在险境，她实在不忍心再瞧下去。花无缺也显然大是不忍，竟忍不住叹了口气，黯然道：“我实在不忍和你动手，我劝你还是……”魏黄衣突然跳起来，狂吼道："我用不着你可怜我，我……我就算找不到你，也用不着你……"他声音已说不下去，却开始拼命去捶打自己的胸膛，嘴里轻哼着，虽不是哭，却比哭更凄惨十倍。

铁心兰瞧得目中竟忍不住流下泪来，魏黄衣就算是世上最恶毒残暴的人，她也不忍再看见他受这样的罪。她忍不住叹道："你快走吧，我知道花……花公子绝不会阻拦你。"

魏黄衣嘶声笑道："走？你难道不知道无牙门下，可杀不可辱……"

狂笑声中，他忽然用尽所有的潜力，飞扑而起，向低崖上的铁心兰扑了过去，嘶声狞笑道："你不该多话的，我虽杀不了花无缺，却能杀死你！"

铁心兰已被他疯狂的模样骇呆了，竟不知闪避。

魏黄衣话声未了，人已扑上低崖，两条铁一般的手臂，已挟住了铁心兰，疯狂般大笑道："我要死，至少也得有一个人陪着我！"

铁心兰只觉全身都快要断了，那张流满鲜血的脸，那两个血淋淋的黑洞，就在她面前，她骇得连惊呼声都发不出来。

只听"噗"的一声，魏黄衣狂笑声突然断绝，两条手臂也突然松了，倒退半步，仰天跌下了低崖。

花无缺已在她面前，铁心兰再也忍不住，扑入花无缺怀里，放声痛哭起来。

花无缺抚着她的头发，黯然道："我本不忍杀他的，我……"

铁心兰痛哭道："我错了，我本不该多嘴的，否则你也不必勉强自己来杀一个没有眼睛的人，我……我为什么总是会把事情弄得一团糟？"

花无缺柔声道："你认为你错了么？你只不过是心太软了，错，并不在你，你本想将每件事都做好的，你已尽了你的力量了。"

铁心兰啜泣着道："你总是对我这么好，而我……我……"

花无缺不敢再看她，转过眼，俯首凝视着低崖下魏黄衣的尸身，长长叹了口气，喃喃道："无牙门下，好厉害的无牙门下，江小鱼，你对付得了么？"

他轻轻一句话，就将话题转到小鱼儿身上。

铁心兰果然身子一震，她心里对花无缺的感激与情意，果然立刻变作了对小鱼儿的关心。

花无缺叹道："无牙门下的弟子，已如此厉害，何况魏无牙自己？江小鱼呀江小鱼，我实在难免要替你担心。"

铁心兰再也忍不住失声问道："江小鱼，他难道已经……"

花无缺这才回过头，沉声道："他此刻只怕已到了龟山，只怕已快见着魏无牙了！"

第二天，花无缺就带着铁心兰直奔龟山。

他有意无意间，始终和铁心兰保持着一段距离，行路时跟在铁心兰身后，吃饭时故意找件事做，等铁心兰快吃完时再上桌，晚间投宿时，他也不睡在铁心兰的邻室，却远远再去找个房间。

他们的心情都像是很沉重，终日也难得见到笑容。

他们走了两天，这一日晚间投宿，花无缺很早就回房睡了，但他却又怎会真的睡得着？

花无缺凝注着飘摇的烛光，心里想到小鱼儿，想到铁心兰，想到移花宫主，又想到那神秘的"铜先生"。

每个人都在他心里结成个解不开的死结。

他实在不知道自己该如何处理。

只听门外忽然响起了轻轻的敲门声。

花无缺只当是店伙来加水，随口道："门没有关，进来吧。"

他想不到推门进来的，竟是铁心兰。

灯光下，只见她穿着件雪白的衣服，乌黑的头发，长长披落，她的眼睛似乎微微有些肿，眼波看来也就更蒙眬。

但她低垂着头，蒙眬的眼波，始终也未抬起。花无缺的心像是忽然被抽紧了。

铁心兰垂着头道："我……我睡不着，心里有几句话，想来对你说。"

"请坐。"他实在不知道该说什么话，只有说"请坐"这两个字，却不知道这两个字说得又是多么冷淡，多么生疏。

她迟疑了许久，像是鼓起了最大的勇气，才幽幽道："我知道这些日子以来，你故意很冷淡我，很疏远我。"

花无缺默然半晌，沉重地坐下来，长叹道："你要我说真话？"

"迟早总要说的话，为什么不现在说？"

花无缺自烛台上剥下了一段烛泪，放在手指里反复捏着，就好像在捏他自己的心一样。

"你知道，人与人之间在一起接近得久了，就难免要生出感情，尤其是在困苦与患难中。"他一个字一个字地说着，说得是那么艰苦。

铁心兰出神地瞧着他手心里的烛泪，却好像他在捏着的是她的心。

"我不是怕你对不起他，而是怕我自己，我……"他咬了咬牙，接着道，"我不忍把你的情感拖入矛盾里，假如我和你接近得太多，不但我痛苦，你也会痛苦。"

铁心兰的头又垂了下去，目中已流下泪来。

她忽然抬起头，含泪凝注着花无缺，大声道："但我……我是个孤苦的女孩子，我只想把你当作我真的兄长，我希望你能相信我……"

花无缺没有说话。

铁心兰道："我此刻只是要告诉你，你不必疏远我，也不必防范我。只要我们心里光明坦荡，就不怕对不起别人，也不必怕别人的想法。"

花无缺终于展颜一笑，道："我现在才知道你很有勇气。这勇气，平常虽看不出，但到了必要时，你却比任何人都勇敢得多！"

铁心兰长长吐了口气，也展颜笑道："我把这些话说出来，心里真的愉快多了，我真想喝杯酒庆祝庆祝。"

花无缺霍然站起，笑道："我心里也痛快多了，我也正想喝杯酒庆祝庆祝。"

两人将心里憋着的话都说了出来，就好像突然解开了一重枷锁。只可惜客栈中已没有酒菜，于是两人走上街头。

长街上的灯光已疏，店铺也都上起了门板，只有转角处一个面摊子的炉火尚未熄，一阵阵牛肉汤的香气，在晚风中显得分外浓烈。

铁心兰笑道："坐在这种小面摊上喝酒，倒也别有风味，却不知道你嫌不嫌脏？"

花无缺微笑道："你真的把我看成只肯坐在高楼上喝酒的那种人

么？”

铁心兰嫣然一笑，还未走到面摊子前，已大声道：“给我们切半斤牛肉，来一斤酒。”

面摊旁摆着两张东倒西歪的木桌子，此刻都是空着的，只有一个穿着黑衣服的瘦子，正蹲在面摊前那张长板凳上喝酒。

朦朦胧胧的热气与灯光下，这黑衣人瘦削的脸，看来简直比那小木橱里的卤菜还要干瘪，但是他的一双眼睛，却比天上的星光更亮。

他箕踞在板凳上，一面啃着鸭头，一面喝着酒，神思却已似飞到远方。

一个落拓的人，坐在简陋的面摊上喝酒，追悼着逝去的青春与欢乐，这本是极普通的情况。铁心兰和花无缺也没有留意他。

他们天南地北地聊着，但后来他们忽然发现，无论他们聊什么，都好像总和小鱼儿有些关系。

花无缺笑道：“如此良宵，有酒有肉，这本已足够了，但我却总还觉得缺少了什么，现在我才知道缺少的是什么了。”

铁心兰垂下了头，道：“你是说……缺少一个人？”

花无缺叹道：“没有他在一起，你我岂能尽欢？”

铁心兰默然半晌，抬头道：“你想，我们三个人会不会有在一起喝酒的时候？”

花无缺道：“为什么不会有？”

他一笑举杯，道：“来，你我且为江小鱼干一杯。”

“江小鱼”这三个字说出来，那黑衣人突然抛下了鸭头，放下了酒杯，目光闪电般向他们扫了过去。

铁心兰一饮而尽，脸更红了。她脸上虽有笑容，目中却似含有泪光，悠悠道：“我若也是个男人，那有多好……”

她抬起头，忽然发觉一个干枯瘦削的黑衣人，已走到面前，一双发亮的眼睛，不停地在他们脸上打转。

花无缺和铁心兰都怔住了。

这黑衣人上上下下，打量了他们几眼，忽然向花无缺道：“你就是花无缺？”

花无缺更惊奇道：“正是，阁下……”

黑衣人根本不听他说话，已转向铁心兰，道：“你就是铁心兰？”

铁心兰点了点头，已吃惊得说不出话来。

黑衣人眼睛瞪得更大，道：“你们方才可是为江小鱼干了一杯？”

她知道小鱼儿仇人不少，她以为这黑衣人也是来找麻烦的，谁知这黑衣人竟拉过张凳子，坐了下来，道：“好！你们为江小鱼干一杯，我最少要敬你们三杯！”

他竟举起那酒坛，为他们个个倒了杯酒。铁心兰和花无缺望着面前的酒，也不知是喝好，还是不喝好。

黑衣人自己先仰脖子干了一杯，瞪眼道：“喝呀！你们难道怕酒中有毒不成？”

花无缺还在怀疑着，铁心兰已大声道：“对不起，我们没有和陌生人喝酒的习惯，你若要敬我们的酒，至少总得先说出你是谁。”

黑衣人道：“你也莫管我是谁，只要知道我是江小鱼的朋友就好了。”

铁心兰瞪眼瞧了他半晌，道：“好，你既是江小鱼的朋友，我就喝了这一杯。”

黑衣人转向花无缺，道：“你呢？”

花无缺微微一笑，道：“在下喝三杯。”

黑衣人大笑道：“好，你很好，很够朋友。”

他和花无缺对饮了三杯，又道：“你在这样的星光下，和这样的美女坐在一起喝酒，心里居然还没有忘记江小鱼，好……好……我再敬你三杯！”

那坛酒已差不多快空了，这黑衣人眼睛虽然清亮，但神情间却似已有些醉意，再不管别人喝不喝，也不和别人说话，只是自己一杯又一杯地往肚子里灌，不时仰望着天色，似乎在等人。

他等的是谁？

铁心兰凝目瞧着他，忍不住又道：“你真的和江小鱼是朋友？”

黑衣人瞪眼道：“江小鱼又不是什么了不起的大人物，我为何要冒认是他朋友？”

他语声顿了顿，忽然又道：“你们若是瞧见他时，不妨代我向他问好。”

铁心兰试探着又道：“我们见着小鱼儿时，说你是谁呢？”

黑衣人沉吟道：“你就说是他大哥好了。”

铁心兰忽然长身而起，厉声道：“你究竟是什么人？”

黑衣人道：“我不是刚告诉你……”

铁心兰冷笑道：“放屁，小鱼儿绝不会认别人是他大哥的，你休想骗我。”

黑衣人忽然大笑起来，道：“好，好，你们当真不愧是小鱼儿的知己——不错，我一心想要他叫我一声大哥，但他却总是要叫我兄弟。”

铁心兰忍不住又道：“喂，我看你像是有什么心事，是么？”

黑衣人又瞪起眼睛，道：“心事？我会有什么心事？”

铁心兰道：“你若真将我们当成江小鱼的朋友，为何不将心事说出来，也许……也许我们能帮你的忙。”

黑衣人忽然仰天狂笑，道：“帮忙！我难道会要别人帮忙！”他高亢的笑声中，竟也充满了悲痛与愤怒。

铁心兰还想再问，却被花无缺以眼色止住了。远处传来更鼓声，已是二更三点。

黑衣人突又顿住笑，凝注着花无缺与铁心兰，道：“好，你们就每人敬我三杯酒吧，这就算帮了我的忙了。”

六杯酒下肚，黑衣人仰天笑道：“我本当今夜只有一个人独自度过，谁知竟遇着了你们，陪我痛饮了一夜，这也算是我人生一大快事了……”

黑衣人霍然站起，像是想说什么，却连一个字也没有说，扭过头就走。

他走到面摊子前，把怀里的东西全都掏了出来，竟有好几锭金子，有十几粒珍珠，他随手抛在面摊上，道：“这是给你的酒钱，全给你。”

面摊老板骇得怔住了，等他想说“谢”时，那黑衣人却已走得很远。昏黄的灯光，将他的影子长长拖在地上。

他看来是如此寂寞，如此萧索。

花无缺缓缓道：“在他临死前的晚上，他本都以为要独自度过的，他竟找不到一个朋友来陪他度过最后的一天。”

铁心兰失声道：“临死的晚上？最后一天？”

花无缺叹道：“你还瞧不出么？”

他忽然顿住语声，拉着铁心兰掠了出去。

那黑衣人脚步踉跄，本像是走得极慢，但银光一闪后，他就忽然不见了，竟像是忽然就被夜色吞没。

掠过几重屋脊，花无缺就将铁心兰放下，道：“我去追他，你在这里等着！”

铁心兰只有等着，但她的一颗心却总是静不下来。

这黑衣人是谁？他为何要死？他和小鱼儿……人影一闪，花无缺已到了她面前。

花无缺道：“你跟我来！”

两人又飞掠过几重屋脊，铁心兰又忍不住问道：“你怎知他已快死了？”

花无缺叹道：“他随时在留意着时刻，显见他今天晚上一定有件要紧的事要去做。”

铁心兰道：“这我也发觉了。”

花无缺缓缓道：“但他既是江小鱼的朋友，我们又怎能坐视他去送死！”

铁心兰咬了咬嘴唇，道：“他轻功已是顶尖好手，就算打不过别人，也该能跑得了的，但却完全不抱能逃走的希望，他那对头，岂非可怕得很？”

花无缺沉声道：“所以你要分外小心，有我在，你千万不要随意出手。”

铁心兰忽然发现前面不远的山脚下，有座规模不小的庙宇，气派看来竟似豪富人家的庄院。

此时此刻，这庙宇的后院，居然还亮着灯火。

铁心兰道：“他难道就是到这道观里去了？”

花无缺接口道：“他进去时，行动甚为小心，以他的轻功，别人暂时必定难以觉察，所以我就先赶回去找你。”

铁心兰放眼望去，只见这道观里灯火虽未熄，但却绝没有丝毫人声，更看不出有丝毫凶险之兆。

花无缺皱眉道：“你在这里等着，我进去看看。”

铁心兰却拉住了他，沉声道：“我看这其中必定还有些蹊跷，说不定这也是他和别人串通好的陷阱，故意要将我们诱到这里来的！”

花无缺淡淡一笑，道：“此人若是真的要诱我入伏，我更要瞧个究竟了。”

他轻轻甩脱铁心兰的手，人影一闪，已没入黑暗中。

铁心兰望着他身影消失，苦笑道：“想不到这人的脾气有时竟也和小鱼儿一模一样。”

花无缺从黑暗的檐下绕到后院，又发觉这灯火明亮的后院，已不再是庙宇，无论房屋的格式和屋里的陈设，都已和普通的大户人家没什么两样。最奇怪的是，整个后院里都听不见人声，也瞧不见人影，但在那间精致的花厅里，豪华的地毯上，却横卧着一只吊睛白额猛虎。

这花厅看来本还不止这么大，中间却以一道长可及地的黄幔，将后面一半隔开，猛虎便横卧在黄幔前。

这花厅为何要用黄幔隔成两半？黄幔后又隐藏着什么秘密？

他自黑暗中悄悄掩过去，这个并非完全因为他胆子特别大，而是因为他深信自己的轻功。

他行动间当然绝不会发出丝毫声息。谁知就在这时，那仿佛睡着的猛虎，竟突然跃起，一声虎吼，响彻天地，满院木叶萧萧而落。

第七十八章

冤家路窄

花无缺的轻功纵然妙绝天下，怎奈这老虎既不必用眼睛看，也不必用耳朵听，它只要用鼻子一嗅，无论什么人走进这后院，都休想瞒过它——那黑衣人既然已入了后院，此刻只怕已凶多吉少了。

花无缺一惊之后，又不禁叹息。

只见满厅灯火摇动，那猛虎已待扑起，虎威之猛，当真是百兽难及，就连花无缺心里也不禁暗暗吃惊。

但这时黄幔后却传出了一阵柔媚的语声，轻轻道："小猫，坐下来，莫要学看家狗的恶模样吓坏了客人。"

这猛虎竟真的乖乖走了过去，坐了下来，就像是忽然变成了一只小猫。

花无缺不觉已瞧得呆住了，却见黄幔后又伸出一只晶莹如玉、柔若无骨的纤纤玉手，轻抚着虎背。

只听那柔媚入骨的语声带着笑道："足下既然来了，为何不进来坐坐呢？"

花无缺暗忖道："那黑衣人方才所经历的，是否正也和此刻一样？他是否走进去了？他进去之后，又遭遇到什么事？"

他断定那黑衣人既抱着必死之心而来，就绝对不会退缩的，这花厅纵然真是虎穴，他也会闯进去。

想到这里，花无缺也不再迟疑，大步走了过去。

他正面带着微笑，一步步走进去，就好像一个彬彬有礼的客人，来拜访他的世交似的。

黄幔后传出了银铃般的笑声，道："好一位翩翩出世佳公子，不敢请教高姓大名？”

花无缺抱拳一揖，道：“在下花无缺，不知姑娘芳名？”

黄幔后嘻嘻笑道：“徐娘已嫁，怎敢能再自居姑娘……贱妾姓白。”

花无缺道：“原来是白夫人。”

白夫人道：“不敢，花公子请坐。”

花无缺竟真的坐了下来，道：“多谢夫人。”

这也是花无缺改不了的脾气，只要别人客客气气地对他，他就算明知道这人要宰了他，也还是会对这人客客气气的。

只听白夫人又笑道：“公子远来，贱妾竟不能出来一尽地主之谊，盼公子恕罪。”

花无缺道：“能与夫人隔帘而谈，在下已觉不胜荣宠。”

白夫人忽然大笑道：“我已经算很客气的了，不想你竟比我更客气，咱们这样客气下去，我既不好意思问你是为何而来，你也不好意思说。这些客气话，不如还是免了吧。”

花无缺微微一笑道：“先礼而后兵，正是君子相争之道，依在下之见，还是客气些的好。”

白夫人道：“你我无冤无仇，你甚至连我的面都未见到，你怎知我要和你先礼后兵呢？我并没有和你‘兵’的意思呀。”

花无缺道：“陌生之人，夤夜登堂，夫人纵以干戈相待，固亦理所当然也。”

白夫人娇笑道：“我虽然不知道你的来意，但看你文质彬彬，一表人才，又是满腹诗书，出口成章，怎么看也不像个坏人的样子。你若像刚才进来的人那副样子，我纵然不会难为你，但别人却放不过你了。”

花无缺长长吐了口气，沉声道：“多蒙夫人青睐，怎奈在下却偏偏是为了方才那人而来的。”

白夫人道：“哎哟，你难道和那个鬼鬼祟祟的小黑鬼是朋友？”

花无缺道：“夫人若能将他的下落赐知，在下感激不尽。”

白夫人道：“我就算将他的下落告诉了你，你有这本事救他出去么？”

花无缺道：“在下在夫人面前，倒也不敢妄自菲薄。”

白夫人大笑道："好，好个不敢妄自菲薄！既是如此，你就先露一手给我瞧瞧吧，我看你是不是真有能救他出来的本事。"

花无缺微微一笑，道："如此在下就献丑了。"

他坐着动也没有动，但整个人却突然飞了起来，那张沉重的紫檀大椅，也好像黏在身上了。

白夫人大笑道："好，有你这样的本事，难怪你说不敢妄自菲薄了，只恐怕……"

花无缺皱眉道："只恐怕什么？"

白夫人又接着道："我们这里有两个客人，却瞧着那小黑鬼不顺眼了，他们也不知道为什么，说着说着就打了起来。唉，你那朋友样子虽然凶，却又偏偏不是我那两个朋友的对手。"

花无缺失声道："他莫非已遭了别人毒手？"

白夫人道："你那朋友好像是被我的朋友带走了，但带到哪里去了，我可也不知道。"

花无缺不觉呆住了，一时间竟不知该怎么做才好。

他也摸不清这位白夫人是何等身份，更摸不清她说的话是真是假，何况，他就算明知她说的是假话，也是无可奈何。

他走也不是，不走也不是，正在发怔。

谁知白夫人却又忽然"扑哧"一笑，道："但你也莫要发愁，你若真的要找他，我是可以带你去的。"

花无缺喜道："多谢夫人。"

白夫人竟又叹了口气，道："只不过我被人关在这里，动也不能动，又怎么能带你去呢？"

花无缺瞧着那在纤手抚摸下，驯如家猫的猛虎，讷讷道："夫人既是此间的主人，此虎又是夫人所养，夫人却是被谁关在这里的，在下实在百思不得其解。"

白夫人叹了口气道："这事说来话长，你先掀起这帘子，我再告诉你。"

花无缺迟疑着道："莫非是个陷阱？"

白夫人道："你还说自己本事大，竟连这帘子都不敢掀么？"

花无缺霍然长身而起，一把将那帘子掀了开来。帘子一掀，他更吃惊得说不出话来。

这花厅前面一半，陈设精雅，堂皇富丽，但被黄幔隔开的后面一半，却什么陈设也没有，满地都是稻草，只有在角落里放着只水槽——这哪里像是人住的地方，简直像是猪窝、马厩。

这情况已经够令人吃惊的了，更令人吃惊的是，这华衣美妇的脖子上，还系着根铁链，铁链的另一端，深深钉入墙里。

花无缺也像是被钉子钉在地上了，再也动弹不得。

白夫人瞧着他，凄然一笑道："你现在总该明白我为什么不能带你去了吧！"

花无缺暗中叹了口气，道："这……这究竟是谁做的，是谁……"

白夫人垂下了头，一字字道："我的丈夫！"

花无缺几乎跳了起来，失声道："你的丈夫？"

白夫人凄然道："不错，我的丈夫是天下最会吃醋、最不讲理的男人，他总是认为只要他一走，我就会和别的男人勾三搭四。"

花无缺呆望着她，哪里还说得出话来。

白夫人道："你看我的衣服打扮还不错，又觉得奇怪，是么？"

她长叹着接道："若有别人瞧了我一眼，他就要将那人杀死，你现在已瞧过我了，你就算不救我出去，他也要找你算账的。"

花无缺苦笑道："在下平生最恨的，就是欺负妇人女子的人，莫说在下还有求于夫人，就算没有此事，在下无论如何也要将夫人救出去的。"

铁心兰伏在黑暗中，等了许久。

忽然间，她听到一声惊天动地的虎吼，但虎吼过后，四下又转于静寂，什么动静都没有了。这没有动静却比什么动静都令铁心兰担心。

她又等了半晌，愈等愈着急，到后来实在忍不住了，终于自藏身处跃出，她无论如何也想去瞧个究竟。

铁心兰纵身跃上了墙头。她刚跃上墙头，突然有灯光一闪——那是特制的孔明灯，一道光柱闪电般从她脸上掠过。

接着，黑黝黝的大殿里，就有一人缓缓笑道："我当是谁呢，原来是铁心兰姑娘。”

铁心兰这一惊，几乎在墙头上冻结住了，嘶声道：“你是谁？”

“姑娘走进来瞧瞧，就会认得我是谁的。”

铁心兰又惊又疑，哪里敢贸然走进这阴森黝黯的大殿。

那人阴恻恻一笑，接着又道：“姑娘既已来到这里，还是进来瞧瞧的好。否则，连姑娘的那两个朋友都走不了，凭姑娘的本事，难道能走得了么？”

铁心兰全身都颤抖了起来。难道连花无缺都已落入别人的陷阱，遭了毒手？

黑暗中那人缓缓道：“石阶旁的柱子下，有盏灯，还有个火折子，姑娘最好点着灯才进来，别人都说我在灯光下看来，是个非常英俊的男人。”

铁心兰又在犹疑：“这又是什么诡计？”

但无论如何，灯光通常都能带给人一些勇气，黑暗中危险总比较大——于是她寻着灯，燃起。铁心兰紧紧握着灯，一步步走进了大殿。

大殿中哪里有什么人？巨大的香炉，褪色的黄幔，魁伟而狰狞的神像……灯光又像是忽然暗淡了。

铁心兰忍不住打了个寒噤，大声道：“你究竟是什么人？为何要躲起来？”

没有人回答，也瞧不见人影。莫非那木雕的神像，在向一个平凡的女子恶作剧？

铁心兰不敢抬头，却又忍不住抬起头。巨大的山神，箕踞在一只猛虎身上，似乎正在瞧着她狞笑。

铁心兰几乎忍不住要抛下灯，转身逃去。铜灯又变得冰冷，她的手已开始发抖。

忽然，神幔后爆发出一阵狂笑声。

一人大笑道：“铁心兰呀铁心兰，你的胆子倒当真不小。”这语声赫然竟似那木塑神像发出来的。

但铁心兰反自沉住气了，她也冷笑道：“你既敢请我进来，为何又躲在神像后不敢见我？”

那人大笑道：“女人的胆子，有时候的确比男人大得多。我本想骇你一跳的，谁知道竟被你瞧破机关了。”

随着笑声，一个人缓缓自神像后转了出来，飘摇的灯光，照着他苍白的脸、锐利的眸子。他果然是个十分英俊的男人。

但铁心兰瞧见了这个男人，却比瞧见什么恶魔都要吃惊。

她失声而呼，道：“江玉郎，是你！”

江玉郎微笑道：“不错，是我，我方才跟你开了个玩笑，你受惊了么？”

铁心兰一步步往后退，道：“你……你要怎样？”

江玉郎却微笑道：“我们是老朋友了，你看见我还怕什么？”

铁心兰连脚趾都冰冷了，脸上却勉强挤出一丝微笑，道：“谁说我还在害怕，我也高兴得很。”

她嘴里说着话，脚下还是在往后退，她突然将手里的灯，往江玉郎脸上摔了过去，飞一般逃出了大殿。她突然撞入一个人怀里。

铁心兰用不着用眼瞧，已知道这人是谁了。这人穿的衣裳又软又滑，滑得像一条满身都是腥涎的毒蛇。

这人的一双手也是又软又滑。他竟然轻轻搂住了铁心兰，柔声道：“你为何要逃？你难道怕我？”

铁心兰整个人都软了，整个身子都发起抖来。

她竟已没有力气伸手去推。

江玉郎轻抚着她肩头，缓缓道：“告诉我，你怕的究竟是什么？”

铁心兰努力使自己心跳平静下来。于是她跺着脚道：“我不理你了，你刚刚吓得我半死，我为什么要理你！”

她知道自己绝不是江玉郎的敌手，她知道此时此刻，唯有少女的娇嗔，才是她唯一可用的武器。

江玉郎果然笑了，大笑道：“你真是个可爱的女人，难怪小鱼儿和花无缺都要为你着迷了。”

铁心兰抢着道：“你以为你自己比不上他们两人？”

江玉郎眯着眼道：“你以为我比他们两个人如何？”

铁心兰道：“他们还都是孩子，而你……你却已经是男人了。”

江玉郎大笑道：“你果然有眼光，只可惜你为何不早让我知道！”

他将铁心兰抱得更紧，铁心兰简直快要吐出来了。

但她却只是娇笑道："你难道是呆子，你难道还要等我告诉你？"

在这微带凉意的晚风中，在这寂寂静静的黑暗里，怀抱中有个如此温柔、如此美丽的女人……江玉郎纵然厉害，只怕心也软了吧。

铁心兰的声音更温柔，缓缓道："现在，我不妨告诉你，其实我早已……"

她已准备了许久，此刻她双臂已蓄满真力，她用尽全身力气，向江玉郎腰眼上打了过去。

但她的手刚一动，左右肩头上的"肩井"穴，已被江玉郎捏住了，她的力气连半分都使不出来。江玉郎这恶魔，竟早已看透了她的心思。

她只觉江玉郎的手沿着她背脊滑了下去，沿着背脊又点了她七八处穴道，她立刻连手指都无法动弹。

但江玉郎的手却还在她身上不停地动着，嘴里咯咯笑道："我知道你已喜欢我了，今天晚上我可不能辜负你的好意。"

他冰冷柔滑的手，已从她衣服里滑了进去。铁心兰全身的肌肤都在他手指下战栗起来。

这是她处女的禁地，如今竟被恶毒的男人侵入，她只觉灵魂已飞出了躯壳，心已飞出腔子。

她只想死！从江玉郎嘴里发出来的热气，熏着她耳朵。

只听江玉郎吃吃笑道："你不用怕，我会很温柔地对你，非常非常地温柔，你立刻就会发觉，小鱼儿和花无缺和我比起来，的确还都是孩子。"

铁心兰咬着嘴唇，没有喊出来。她知道此时此刻，呼喊和挣扎非但无用，反而会激起江玉郎的兽性。

她已准备接受这悲惨的命运。她闭起眼睛，眼泪泉涌般流了出来。

谁知就在这时，江玉郎的手竟然停住不动了，铁心兰还未觉察这是怎么回事时，江玉郎竟已将她推开。

她无助地倒了下去，倒在地上。她立刻便瞧见一个女人。

这女人雪白的衣服，苍白的脸，眼睛眨也不眨地瞪着江玉郎，冷冰的眼睛里，既没有愤怒，也没有悲哀。

江玉郎拍了拍手，强笑道：“这丫头当我是呆子，居然想骗我，我怎能不给她个教训！”

那女子还是冷冷地瞪着他，不说话。

“你吃醋了么？”他笑嘻嘻地去摸她的脸，又道，“你用不着生气，更用不着吃醋，你知道我心里真正喜欢的只有你！”

那女子动也不动地被他摸着，就像是块木头。

那女子终于开了口。她瞪着江玉郎，一字字道：“不管你是不是骗我，从今以后，我只要看见你再动别的女人一根手指，我就立刻杀了你，然后再死在你面前。”

第七十九章

山君夫人

江玉郎吐了吐舌头，笑道："你真是会多心，有了你这么漂亮的老婆，我还会打别人的主意么？"他搂起铁萍姑的脖子，在她面颊上亲了亲。

她垂下头，眼睛似已有些湿湿的，轻轻接着道："你知道，你不但是我平生第一个男人，也是我平生第一个对我如此亲切的人，无论你这么做是真是假，只要你永远这样对待我，我就已心满意足了，你就算做别的坏事，我……我也……"她咬着嘴唇，竟再也说不出话来。

铁心兰瞧着她，听到她的话，心里不禁暗暗叹道："这是个多么寂寞的女人，又是个多么可怜的女人，她甚至已明知江玉郎对她是假的，假的她竟也接受，她难道已再也不能忍受孤独……"

铁心兰心里又是难受，又是同情。

大殿的神座下竟有条密道。

这条密道可以通向几间地室，铁心兰就被铁萍姑送入了一间很舒服的地室里来了。

她立刻发现，那黑衣人早已在这屋子里了——他整个人软瘫在一张椅子上，显然也已被人点了穴道。

令铁心兰吃惊的是坐在这黑衣人对面的少女。

这少女有一双十分美丽的大眼睛，只可惜这双本该十分清澈的大眼睛里，此刻竟充满迷惘之色。

她呆呆地望着那黑衣人，似乎在思索着什么，那黑衣人也正望着她却似瞧得痴了。

慕容九怎会也在这里？铁心兰忍不住惊呼出声来。

江玉郎瞧着他们，哈哈大笑道："这里也有个你的老朋友，是么？"

铁心兰咬紧牙，总算忍住没有再骂出来。

江玉郎走到黑蜘蛛身旁大笑道："蜘蛛兄，又有位朋友来看你了，你为什么不理人家？"

黑蜘蛛这才像是自梦中醒来，瞧见了铁心兰，吃惊道："你……你怎地也来了？"

铁心兰苦笑道："我们本来……本来是想来助你一臂之力的。"

江玉郎仰头狂笑道："只可惜普天之下，只怕谁也救不了你们！"

铁心兰咬牙道："你莫忘了，还有花公子……"

江玉郎似乎笑得喘不过气来，大笑着道："花无缺此刻还等着别人去救他哩。"

花无缺终于解开了白夫人颈上的锁链。

他长长松了口气，道："夫人现在可以起来了么？"

白夫人身子却已软软地倒在稻草上，喘着气道："我现在怎么站得起来？"

花无缺怔了怔，道："怎会站不起来？"

白夫人叹了口气，道："呆子，你难道看不出来，我现在简直连一丝力气都没有。"

她称呼竟已从"公子"变为"呆子"了。

花无缺只有伸手去扶她的膀子。

但白夫人却像已瘫在地上，他哪里扶得起？若不是他两条腿站得稳，只怕早已被白夫人拉倒在稻草堆上了。

他只好去扶白夫人的腰肢。

白夫人却又浑身扭曲起来，吃吃笑道："痒……痒死我了，原来你也不是好人，故意来逗我。"

花无缺脸又红了，道："在下绝非有意。"

白夫人咬着嘴唇，道："谁知道你是不是有意的！"

花无缺简直不敢看她的眼睛，扭过头去道："夫人再不起来，在下就要……"

他实在没法子了，简直连话都不知该怎么说。

白夫人腻声道："呆子，你这么大一个男人，遇见这么点小事就没主意了么？"

花无缺叹道："夫人的意思要在下怎样？"

"你扶不起我来，难道还抱不起我来么？"她面泛红霞，丰满的胸膛不住起伏……

若是换了江玉郎，此刻不扑上去抱住她才怪；若是换了小鱼儿，此刻却只怕要一个耳光掴过去，再问她是什么意思了。

但花无缺，天下的女人简直都是他的克星。他既不会对任何女人无礼，更不会对她们发脾气。

他甚至直到此刻，还未觉出这娇慵无力的女人，实在比旁边那吊睛白额猛虎还要危险十倍。

花无缺沉默半晌，叹了口气，柔声道："夫人此刻若真的站不起来，在下就在这里等等好了。"

白夫人眼波流转，笑道："我若是一个时辰都站不起来呢？"

花无缺道："在下素来很沉得住气。"

白夫人"扑哧"一笑，道："我若是三天三夜都站不起来，你难道等三天三夜？"

花无缺居然还是不动气，微笑道："在下知道夫人绝不会让在下等三天三夜的。"

她忽然轻呼一声，跳起来扑入花无缺怀里。

花无缺这才吃了一惊，道："夫人，你……"

"不好，我……我丈夫回来了。"

花无缺也不禁变了颜色，失声道："在哪里？"

白夫人全身发抖，道："在……就在……"

只听外面一人大吼道："就在这里！"

"砰"的一声，左边一扇窗户，被震得四分五裂，一条大汉从粉碎的窗框间直飞了起来。

他身上穿着件五色斑斓的锦衣，面色黝黑，满脸虬须如铁，一双眼睛更是神光炯炯，令人不敢逼视。

花无缺早就想推开白夫人了，但白夫人却紧紧搂住了他的脖子，死也不肯放松，像是已经怕得要命。

那大汉自然已瞧得目眦尽裂，怒喝道：“臭婊子，看你做的什么事？”

他一跃入大厅，那猛虎就摇着尾巴走过去，就好像只驯服的家犬。但这大汉却一拳将这重逾数百斤的猛虎打得几乎飞了起来，扑出去一丈多远，跳起脚怒骂道：“好个不中用的东西，我要你看着这臭女人，你却只知道睡懒觉。”

这猛虎竟连半分虎威也没有了，翻了个身站起来，乖乖地蹲在那里，瞧那垂头丧气的模样，简直连只病猫都不如。

花无缺简直瞧呆了，忍不住道：“阁下暂且息怒，听我一言……”

他不说话还好，一说话，那大汉更是暴跳如雷，狂吼道：“我听你什么？我听你个屁！老子前脚一走，你们这双狗男女就不干好事。老子早就知道这臭婊子是天生的贱货，竟会看上你这种小兔崽子。”

白夫人却大声道：“老实告诉你，我们在一起已经有两三年了，只要你一出去，我们就亲亲热热地在一起，你又能怎么样？”

那大汉仰面狂吼，拼命捶着自己的胸膛，吼道：“气死我了！”

但花无缺却比他还要愤怒十倍，嗄声道：“白……白夫人，我和你无冤无仇，你……你为何要如此？”

白夫人柔声道：“好人，你怕什么？事情反正已到这种地步了，咱们不如索性跟他讲个清楚反而好，是么？”

花无缺气得手都发起抖来，道：“你……你……”

那大汉厉喝道：“讲清楚也没用，你们这对狗男女若想要老子做睁眼王八，那是在做梦！”

他狂吼着扑过来，一拳击出。

拳风虎虎，竟将满厅灯火都震得飘摇不定，花无缺的衣袂，也被他的拳风激得猎猎飞舞。

他实在不想打这场冤枉架，身形一斜，轻轻避了开去。

那大汉更是狂怒，喝道：“好小子，难怪敢偷人家的老婆，原来有两下子！”喝声中又是三拳击出。

花无缺展开身形，连连闪避。能不还手，他实在不想还手。

但这大汉非但拳重力猛，而且招式也十分险峻毒辣，武功之高，竟远出花无缺意料之外。

花无缺也实在被逼得不能不还手了。他左拳拍出，右手巧妙地画了半个圆弧。

这正是妙绝天下的移花接玉神功。无论是谁，被这种奇异的力量一引，发出的招式，都会反击到自己身上。

谁知那大汉一声虎吼，身子硬生生向后一挫，竟将发出去的拳势，硬生生在半途顿住。

他出拳力道那般猛烈，后防必已大空，此时发出的力道骤然回击，本是任何人也禁受不住的。

花无缺更未想到这人竟能破得了移花接玉神功，除了燕南天之外，这只不过是他所遇见的第二个人。

他委实不能不吃惊。这大汉功力之深厚，竟不可思议。

那大汉瞧着他狞笑道："原来是移花宫出来的，难怪这么怪了……但你这么点功夫，又怎能奈何我白山君，叫你师娘来还差不多！"

他拳式再度展出，力道更强、更猛，竟像是真的未将威震天下的移花接玉放在眼里。现在他更不能不还手了。

这白山君的武功，实已激起了他的敌忾之心，他骤然遇见了这么强的对手，也不免想分个强弱高低。

白夫人在一旁拍手娇呼道："对，不要怕他，为了我，你也该和他拼了！"

这呼声听在花无缺耳里，虽然愈想愈不是滋味，但现在他已好像骑上了虎背，下都下不来了。

他简直猜不透这白夫人打的究竟是什么主意。

白山君拳势愈来愈凶猛。他每一招、每一拳击出，仿佛都已拼尽了全力，再也没有余力可使了，但他第二拳发出，力道却又和头一拳同样凶猛。

但花无缺身形如惊鸿，如游龙，满厅飘舞，白山君拳势虽猛，空自激得他衣袂飞舞，却还是将他无可奈何。

白夫人娇笑道："好人，我真还未看出你有这么好的功夫，有你这样的情郎，我还怕什么？你赶紧宰了这老家伙，我们就可以安安稳稳地做一对永远夫妻了。”

她愈说愈不像话，花无缺既不能封住她的嘴，又没法子不听，纵然定力不错，却也难免为之分心。

那白山君的拳式，却又根本容不得他稍有分心。

白夫人忽然惊呼道：“哎哟，小心他下一招虎爪抓心！”呼声中，白山君果然虎吼一声，一爪抓来。

这一招也未见得特别厉害，花无缺向后微一错步，就避开了，心里倒不觉有些奇怪，不知道白夫人为何要突然惊呼起来。

他知道这其中必定是有花样的。

但这时却已没有时间来让他想了。他脚步刚往后一退，左右双膝的腿弯里，已各中了一枚暗器。

他直到身子倒下，还不知道这暗器竟是白夫人发出来的，白夫人却已扑过来，搂住了白山君的脖子，娇喘着道：“我本来以为已爱上了别人，但你们一打起来，我才知道真正爱的还是你，我宁可将天下的男人都杀光，也不能看别人动你一根手指。”

花无缺叹了口气，闭上眼睛，心里直发苦：“唉，女人……”

他现在才懂得小鱼儿为什么会对女人那么头疼了。

只听白山君狂笑起来，笑声愈来愈近，终于到了他身旁。他眼睛闭得更紧，既不想说，也不想听，更不想看。

白山君却狂笑道：“你现在总该知道我老婆的厉害了吧！谁若沾上她，不倒霉才怪。你年纪轻轻，不像个呆子，怎地偏偏做出这种事来？”

花无缺咬紧牙关，也不想辩驳。

白山君却一把拎起他衣领，拖起就走。

只觉白山君竟将他放到一张短榻上，又对他翻了个身，面朝下，接着，竟将他的裤子脱了下来。花无缺骇极大呼道：“你……你想干什么？”他拼命仰起头，张开眼睛。

只见白山君笑嘻嘻地站在短榻旁，面上绝没有丝毫恶意，手里拿着一块黑黝黝的马蹄铁，缓缓道：“我那老婆暗器之歹毒，昔年连燕南天听了都有些头疼，你两条腿各中一枚，我若不用这吸铁星将它吸出来，你这辈子就休想走路了。”

花无缺又惊又疑，道：“你……你为何要救我？”

白山君忽又大笑起来，道：“你以为我真相信我老婆的话么？”

这时他已自花无缺腿弯里吸出了两根细如牛毛的小针，针虽小，但钉在花无缺腿里时，他全身竟连一丝力气都没有，连手指都动弹不得。

此刻针被吸去，花无缺立刻就奇迹般恢复了力气，翻身一掠而起，眼睁睁望着白山君，道：“你既不信她的话，方才为何……为何要那般恼怒？”

他简直好像堕入五里雾中，再也摸不着头绪。

白山君拍了拍他肩头，笑道：“小伙子，我知道你也被弄糊涂了，好生坐下来听我说吧。”

花无缺苦笑道：“在下倒的确想请教请教。”

白山君竟也叹了口气，竟也苦笑道：“你可知道，世上有一种奇怪的人，别人若是爱她敬她，她就觉得痛苦，若是百般凌辱虐待于她，她反而会觉得舒服快乐。”

花无缺既觉惊奇，又忍不住觉得有些好笑，道：“世上真有这样的人？”

白山君苦笑道：“自然是有的，我老婆就是其中的一个。”

“她……她怎会这样子的？”

白山君叹道：“据说她从小就是如此，非但从小就喜欢别人虐待她，而且她自己还要虐待自己，到了老年时，这脾气更是变本加厉，竟连普通居室都待不下去，非要将住处布置成马厩一般，而且还要我用铁链锁住她。”

花无缺叹道：“原来这竟是她自愿如此的，在下本还以为……”

白山君道：“我虽然知道她这毛病，但有时还是不忍下手，也不愿意动手，所以她就时常会故意激怒我，为的就是想让我揍她。”

花无缺叹道：“今日之事，想来也必定就是为了这缘故了。”

白山君道：“她年华逐渐老去，总以为我会对她日久生厌，移情别恋，所以时常又会故意令我嫉妒……”

“其实白夫人那些做作全都是多余的，阁下爱妻之心，自始至终，从来也未曾改变过，是么？”

白山君仰首大笑道：“不错，我只顾了她的欢喜，却令朋友你吃了个大亏，此事实在是我夫妻之错，是打是罚，但凭朋友你吩咐如何？”

花无缺整了整衣裳，微笑道：“实不相瞒，在下本来对此事也委实有些恼怒，但听了阁下这番话，却非但对阁下的处境甚是同情，对阁下如此深挚的伉俪之情，更是十分相敬。何况，在下本已做了贤伉俪的阶下囚，本只有任凭阁下处置的。”

他语声忽然顿住，只因他刚走了两步，忽又发现自己虽然已可行动无碍，但一口气到了腰上便再也无法提起。

花无缺缓缓道：“阁下又何苦要在我腰畔暗施手脚？”

白山君像是吃了一惊，失声道：“真的么？那想必是我方才为你拔针时，一不小心，又将那‘游丝针’插入你腰畔什么穴道里去了。”

花无缺悠悠道：“就在‘笑腰’穴下。”

白山君像是着急得很，搓着手道：“若在‘笑腰’穴附近，那就麻烦了。我实在不敢胡乱替你拔针，否则若是又一不小心，令那游丝针蹿入你‘笑腰’穴里，便是神仙也救不了的，只有眼看着你狂笑三日，笑死为止。”

花无缺默然半晌，道：“既是如此，在下只有告辞，去另外设法了。”

白山君叹道：“你现在若是随意走动，那游丝针也会跟你气血而动，蹿入你‘笑腰’穴里，你纵然十分小心，也走不出七十步的。”

花无缺停下脚步，缓缓转过身，静静地凝注着他，良久良久，才长长叹了口气，苦笑着摇头道：“贤夫妇的行径，的确令人难解得很，尊夫人不愿为人，却愿做马，这且不去说她，而阁下……”

白山君凝注着他，过了很久，才缓缓道：“你真的直到此刻还不知道我是谁？”

花无缺道：“在下见识一向不广。”

白山君笑道：“不错，移花宫门下，自然不会留意江湖侠踪……但十二星相这名字，你难道也从未听人说过？”

花无缺恍然失声道：“不错，虎为‘山君’，难怪阁下不但以虎自命，还蓄虎为奴，马为‘虎妻’，难怪尊夫人不愿为人愿做马了。”

白山君大笑道：“你此刻既然已知道我是谁，便该知道十二星相中人，与移花宫乃是死敌，你既已落入我手中，难道不害怕么？”

花无缺神色不动，淡淡道："阁下若要动手，方才便不必救我，阁下方才既然救了我，想必是有求于我，阁下既然有求于我，我难道还会害怕么？"

白山君又自大笑起来，他笑着笑着忽又沉下脸，沉声道："不错，我的确有求于你，只要你说出移花接玉这功夫的秘密，我不但立刻放了你，而且你若有所求，我必也件件应允。"

花无缺忽也笑了起来，道："阁下若以为移花接玉的秘密，如此容易便可得到，阁下就未免会大大失望了。"

白山君变色道："你难道敢不说？"

花无缺悠然道："世上令人开口的法子有很多，有的以生死相胁，有的以酷刑逼供，有的以财色相诱，阁下不妨都试试看，看是否能令在下开口。"

白山君默然半晌，忽又一笑，道："我既然无法可想，也不愿白费气力，看来只有一走了之。你愿意留下就留下，愿意走就走，我也管不了你了。不过你万一要找我时，只要大叫一声，我就会来的。"他竟然真的说走就走，话未说完，已扬长而去。

这一招又出了花无缺意料，一时间竟有些不知所措。

只见白山君刚走出门，又回过头，笑道："但你也莫要忘记，千万莫要走出七十步，否则大笑而死的滋味，可实在比什么死法都要难受得多。"

第八十章

义无反顾

花无缺眼见着白山君从这扇门里走出去，他本来也可以跟着走出去的，但他却只怔在那里，动弹不得。

他知道白山君的话绝不是故意吓唬他，他虽然还可以走出去，却也不愿以性命来作赌注，赌自己是否能走出七十步。

就在这时，忽听一声虎吼。

厅房中窗户本是紧闭着的，但一声虎吼过后，腥风突起，灯火摇摇欲灭，满堂桌椅，也似将随风而倒。

花无缺不由得悚然色变，猛虎已入了厅堂。

这平阳之虎，竟又恢复了森林之王的威势，虎步虽慢，但每一步都似乎带着千钧之力。

只可惜他此刻连真气都不能提起，简直可说是手无缚鸡之力，何况搏虎？猛虎既已长驱而入，他只有一步步往后退。

那猛虎已逼到他面前，虎尾已如旗杆般竖起，接着而来的是一扑、一掀、一剪，又岂是此刻的花无缺所能抵挡？

花无缺额上冷汗已滚滚落下。眼见他此刻若不向白山君呼救，便难免要被虎爪撕裂，一饱虎吻。

他虽不愿死，将性命看得十分珍贵，但像他这么样的人，却又怎甘心向别人呼救呢？又是一声虎吼，几上花瓶震落，“当”地摔成粉碎。

江玉郎已狂笑着走了出去。

铁心兰听着他得意的笑声，手脚俱已冰冷。

她知道江玉郎心肠虽毒，胆子却小，若非有十分的把握能制住花无缺，他此刻绝不会这么得意，这么放心。

眼泪，已一连串从她眼睛里流了出来。

突听黑蜘蛛冷笑道：“到底是女人。死，又有什么大不了，何必哭得如此伤心！”

铁心兰咬着嘴唇，道：“你……你以为我是在为自己伤心？”

黑蜘蛛忽然瞪起眼睛，道：“你难道是为了那姓花的？”

铁心兰垂下了头。黑蜘蛛大声道：“若是小鱼儿死了，你也会如此伤心？”

铁心兰霍然抬起头，瞧了他半晌，凄然一笑道：“他若死了，你以为我还能活得下去么？”

“既然如此，你为何又要为别人伤心？一个女人只能为了一个男人伤心，别的男人是死是活，她都不该放在心上。”

铁心兰长长叹息了一声，黯然道：“我的心事，你不会懂的，永远都不会懂的，任何人都不会懂的。”

铁心兰转目去瞧慕容九——慕容九仍然痴痴地站在那里，连手指都没有动过，就像是永远也不会动了。

铁心兰凄然一笑道：“你自己岂非也是为了救人而来的？”

黑蜘蛛大喊道：“不错，我是为了救她而来的！但我是心甘情愿地为她而死，除了她之外，别的女人就算在我面前，我也未必会伸一伸手的！”

铁心兰凝注着他，幽幽道：“但你无论对她多么好，多么真情，她也不会知道的。”

黑蜘蛛怒目瞪着她，一字字道：“我告诉你，我对她好，用不着她知道，也用不着她同样来对我好，我爱她就是爱她，绝没有任何条件！”

铁心兰颤声道：“就算她以后不爱你，甚至根本不理你，你还是要爱她？”

黑蜘蛛大声道：“不错，我爱她，并不是为了要她嫁给我，只要她能好好地活着，我死了也没有什么关系。”

铁心兰默然半晌，目中又流下泪来，黯然道：“一个女人一生中，若能得到这样的情感，她死了也没有什么关系了，她已可心满意足……”

她抬起头，忽然发现慕容九此刻竟也已泪流满面。

铁心兰又惊又喜，大声道：“你已能听得懂我们的话？你已能懂得他的意思了么？”

慕容九目中虽有泪珠不停地流下来，但目光仍是一片痴迷，黑蜘蛛面上本已泛起了兴奋喜悦的光芒，此刻光芒又已暗淡。

铁心兰柔声道：“你用不着难受，她现在神志虽仍痴迷不醒，但你的真情，显然已感动了她，只要你的心不变，总有一天，她会完全领受的。”

突听一人咯咯笑道：“总有一天……嘿嘿，只怕这一天永远也不会来了。”

江玉郎竟又摇摇摆摆走了进来。

铁心兰吃惊道：“你还想来干什么？”

江玉郎笑嘻嘻道：“我自然是来看你的。”他摇摇摆摆走到铁心兰面前，又伸手去摸她的脸。

铁心兰骇极大呼道：“你……你莫忘了，那位穿白衣服的姑娘……”

江玉郎大笑道：“我自然不会忘记她，所以我已给她吃了一服安神的药，现在她已安安稳稳地睡了，你就算喊破喉咙，她也不会听到。”

铁心兰全身又不觉颤抖起来，大呼道：“只要你碰我一根手指，我就……我就告诉她。”

江玉郎咯咯笑道：“不会，你不会告诉她的，我保证她醒来的时候，你已经不能说话了。”他的手已从她肩头缓缓滑到胸膛。

铁心兰连血都凉了，颤声道：“求……求求你，不要这样，求求你杀了我吧。”

江玉郎笑道：“杀你？我现在为何要杀你？江小鱼和花无缺的情人，我若不享受享受，我怎对得起他们？”

他大笑着将铁心兰抱了起来，狞笑着又道：“老实告诉你，我不惜一切，也要得到你，倒也不是真的看上了你，我只不过是因为花无缺和江小鱼……”

铁心兰已听不到他的话，她已晕了过去。

黑蜘蛛虽然将牙齿咬得吱吱作响，却也只有眼见江玉郎抱着她走出门，眼看着她就要被人蹂躏……

猛虎作势欲扑，花无缺已眼见要丧生虎爪。

就在这时，他忽然发现身旁挂着的一幅画，竟然紧紧贴在墙上，下面的画轴，也紧嵌在墙里。

花无缺已无暇思索，伸手将画轴一旋一扳，整幅画便突然陷入，现出了一重门户，他立刻闪身而入。

又是一声震天动地的虎吼，但花无缺已将这秘密的门户阖起。

花无缺虽也想瞧瞧门里的情况，却又实在不敢妄自多走一步——他每走一步，下一步就可能是致命的一步。

但这时门里竟有颤抖的呼声传了出来：“求求你，不要这样，求求你杀了我吧！”

这赫然竟是铁心兰的呼声。

花无缺热血冲上头顶，再也不顾一切，大步走了过去。

江玉郎洋洋得意，刚想将铁心兰抱出门，忽然发现一个人站在门口，挡住了他的去路。

灯光照着这人苍白、愤怒而英俊的脸，竟是花无缺。白山君和白夫人却踪影不见。

江玉郎就像是挨了一鞭子，立刻踉跄后退了几步。

花无缺怒目瞧着他，此刻只要还有一丝真气能提得上来，花无缺也不能再容这阴毒卑鄙的小人活在世上。

幸好江玉郎也不知道他已无力伤人，纵然再借给江玉郎一个胆子，也万万不敢向他动手的。

花无缺只有在暗中叹了口气，缓缓道：“你还不放下她？”

江玉郎满脸赔笑，已恭恭敬敬将铁心兰放在椅子上。

花无缺道：“我也不愿伤你，你……快走吧！”

江玉郎如蒙大赦，一溜烟逃了出去，嘴里犹自赔着笑道：“小弟遵命……小弟遵命！”

黑蜘蛛忍不住狂吼一声，道：“姓花的，你这是什么意思？这样的人，你为何不宰了他？”

花无缺苦笑道："杀之既污手，放了也罢。"

他生怕江玉郎还在偷听，自然不肯说出真正的原因。

黑蜘蛛怒道："你怕玷污你那双宝贝的手，我却不怕。你快解开我的穴道，我去找他算账。"

花无缺怔了怔，他现在又怎有力量为别人解开穴道？他只有装作没听见。

黑蜘蛛大怒道："你难道也不愿沾着我？我难道也会弄脏你的手？"

花无缺只有垂着头，向铁心兰走过去，又走了十几步，才走到身旁，他只觉这段路简直长得可怕。

黑蜘蛛冷笑道："好，很好，原来你竟是这样的人，我们真看错了你！像你这样的人手指若沾着我，我反倒会作呕。"

花无缺暗中叹了口气，无话可说。

他平生从未被人如此辱骂，此刻却只有忍受，只因他此刻若是说出真相，万一被江玉郎听见，大家便谁都休想活得成了——江玉郎此刻唯一畏惧的就是他，而他对江玉郎，又何尝不是步步提防？

这时铁心兰悠悠醒转。

她一眼瞧见了花无缺，泪眼中立刻发出了光，喜极而呼道："你来了！你果然来了，我就知道没有人能伤得了你，我早已知道你一定会来救我们的。"

黑蜘蛛冷笑道："我若要这种人来救我，倒不如死了还好。"

铁心兰大奇道："你……你为何要对他这样说话？"

突听一人道："花公子现在自顾尚不暇，哪有力气救你们？你们难道还瞧不出来么？你们又何苦逼他？"

狂笑声中，江玉郎又大摇大摆走了进来。花无缺竟眼睁睁瞧着他走进来，一句话也说不出。

铁心兰简直骇呆了，嘶声道："这……这是真的么？"

花无缺长长叹了口气，缓缓道："江玉郎，我不愿杀你，你难道真要来自寻死路？"

江玉郎大笑道："不错，我就是要来自寻死路，我现在就要将铁姑娘抱走，死在她身上。"

他嘴里虽说得狂，但心里多少还是对花无缺有些畏惧，绕过了他，才敢走近铁心兰身旁，一把抱了起来。

铁心兰大惊呼道："你……你敢……"

江玉郎瞧见花无缺还未出手，胆子更大了，大声笑道："我为何不敢？难道我们的花公子还敢对我怎样！"

他抱着铁心兰，一步步退着往外走，眼睛还是瞪着花无缺。

花无缺汗如雨下。

他现在已走了五六十步，下一步便可能迈入鬼域。

江玉郎放声狂笑，道："花无缺呀花无缺！你为什么不过来？你那一身自命天下无敌的武功，到哪里去了？你难道真要眼看着我将你的情人抱上床么？"

他已退到门口，却故意停了下来。

花无缺全身都颤抖起来。死，固然可怕，更可怕的是，他知道自己若是死了，铁心兰悲惨的命运还是无法改变。

江玉郎的手，又袭上铁心兰的胸膛，奸笑道："你瞧，这是多么软的胸膛，多么嫩的皮肤，这处女的身子，本来是完全属于你的，现在，却完全归我了，我要怎样享受，就可以怎么样享受！"

花无缺忽然一步步走了过去。

他就算明知必死，他就算明知救不了铁心兰，但他也不能眼见着铁心兰被人如此侮辱。

江玉郎笑声忽然顿住了。

他瞧着花无缺已铁青得可怕的脸，吃惊道："你……你敢过来？"

花无缺深深吸了口气，道："放下她！"

江玉郎目光闪动，忽然发现花无缺的脸色虽沉重，但脚步却是轻飘飘的，像是一个完全不会武功的人走路的样子。

江玉郎立即又放声狂笑起来，大笑道："花无缺，你吓不了我的！我早已看出，你已被白山君夫妻所伤，武功连一分都使不出来了，是么？"

花无缺咬着牙不说话，还是一步步往前走。

他自然知道江玉郎说的不假，也知道自己正在步入死路，但他现在已只有死路一条，别无选择的余地。

江玉郎厉声喝道：“好小子，你真有种！但你若敢再往前走一步，我就宰了你！”

花无缺暗中叹了口气，又往前走了一步。他忽然发觉死亡并不如想象中那么可怕。

铁心兰忍不住嘶声大呼道：“花无缺，求求你，莫要过来吧，我……我并没有关系，我对你更没有什么好处，你何必将我放在心上。”

江玉郎狞笑道：“你莫忘记，一个人是只有一条命的！”

花无缺缓缓道：“不错，生命的确可贵，它绝没有任何东西可以交换……”

他微微一笑，接着道：“所以，我若要为一个人而死，也绝不需要你有交换条件。她是否对我好，她是否爱我，都没有什么关系。”

铁心兰已痛哭失声，再也说不出话来。

黑蜘蛛终于忍不住大喝道：“一条好汉子！我黑蜘蛛平生从未向人低头，但对你……我方才错怪了你，现在郑重向你致歉，你……你好生去吧！”

花无缺微笑道：“多谢。”

他又往前走出一步。江玉郎似乎也被他这种不顾一切的勇气吓呆了，他再也没有想到花无缺竟也会和小鱼儿一样，必要时竟真的会拼命的。生命，在别人看来固然是珍贵无比，但他们眼中，竟似看得轻淡得很。

第八十一章

生死两难

江玉郎见花无缺缓缓向自己走来，终于狞笑道：“好，你既然要死，我就索性成全了你吧！杀个把人，想来也不会妨碍我享受的兴致的！”

他掌心已扣着一把暗器，正待发出去。

谁知就在这时，突见花无缺身子剧烈地颤抖，如被针刺，接着，竟放声狂笑了起来。

笑声有如疯狂，江玉郎更想不到温文尔雅的花无缺，也会发出这疯狂般的笑声，忍不住失声道：“你疯了么？”

花无缺迈出最后一步时，突觉一根针刺入了他全身最脆弱、最柔软的地方，一阵奇异的滋味，又痛又痒，直攒入心里。

他竟突然忍不住疯狂地大笑起来，竟再也遏制不住，但那股被隔断了的真气，却骤然为之畅通。

江玉郎又惊又奇，满把银针，暴雨般撒出。

花无缺狂笑叱道：“你……你敢！”

叱声中，举手画了个圆圈，漫天暗器突然如泥牛入海，无声无息地一起消失，也不知到哪里去了。

黑蜘蛛动容道：“好一招移花接玉！”

江玉郎吓得面如土色，大声惊呼道：“你方才难道是在装模作样？”

花无缺道：“不错……哈哈……还不放下她来！”

江玉郎颤声道：“我……我放下她，你就放了我？”

花无缺大笑道：“放……放……”

江玉郎知道他一言既出，重逾千斤，再也不敢啰唆了，放下铁心兰转身就跑，一眨眼便无踪无影。

花无缺不断地狂笑着，心里却已凉透。

白山君的话，果然不是假的。

花无缺紧咬着牙，却也止不住笑声，他只有暂时不去想这件事，俯身拍开了铁心兰的穴道。

铁心兰瞪大了眼睛，讶然道："你将我们都骗过了，害我们为你着急，你就觉得很好笑么？"

花无缺知道铁心兰又误会了，却又不能解释，到了这种时候，他还怕铁心兰知道真相后，会为他伤心。

他只有转过身，先拍开黑蜘蛛的穴道。

黑蜘蛛也大怒喝道："你觉得这玩笑开得很好笑么？"

花无缺暗中叹了口气，又有谁能瞧见他心里的痛苦？别人只能瞧见他好像在得意地大笑着，他拉起铁心兰狂奔而出。

黑蜘蛛到底江湖历练较丰，终于也发现有些不对，皱着眉想了想，忽又发现慕容九在呆望着他。

他立刻抛开一切心事，也拉起慕容九奔了出去。

铁心兰是从这条地道进来，自然知道密室的出口。

他们乘着黑暗的夜色，奔入旷野。满天星群渐隐，山麓下林木沉寂，花无缺的笑声听来也就更刺耳。

铁心兰又忍不住道："你可以不笑了么？"

花无缺的心已快碎了，几乎忍不住要将真相说出来。

但他忽又想到，与其要让铁心兰等着看他的惨死之况，倒不如还是被她永远误会下去的好。他反正已快死了，又何必还要叫别人伤心？

铁心兰跺了跺脚，道："你……你再要这样笑下去，我就走了！"

花无缺暗中叹了口气，嘴里却大笑道："你走吧！哈哈……我反正已知道你爱的不是我……哈哈哈，你快走吧！"

铁心兰身子一震，颤声道："你真要我走？"

花无缺狂笑着道："是！"

铁心兰呆视着他，一步步往后退。花无缺却已是仰天狂笑，也不瞧她一眼。

铁心兰咬一咬牙，跺脚道：“好，我走就走，我……我现在才知道你是这样的人！”

她转身狂奔而出，眼泪却已流落满面。花无缺还是在不停地狂笑着。

他已明知必死，他眼见着他最珍惜的人离他而去，连他拼命救出来的人，也丝毫不谅解他，但他……还是只有不停地笑，不停地笑……

寂静黑暗的山林中，充满了他这凄凉而疯狂的笑声，最后一粒孤星，也沉重地落入死灰色的穹苍里……

花无缺眼泪终于也忍不住流下面颊。

他从小生长的，便是一个冷酷无情的世界，他从来也不知道流泪是什么滋味，但现在……他却在狂笑中落下泪来。

忽然间，铁心兰又来到他面前，静静地瞧着他。

花无缺赶紧悄悄擦干了面上泪痕，大笑道：“你又回来做什么？”

铁心兰面上已带有恐惧之色，颤声道：“告诉我，这究竟是怎么回事？”

花无缺道：“什么事？哈哈，我只是觉得你好笑！哈哈哈，你难道连赶都赶不走？”

铁心兰道：“我知道你绝不是这样的人，我不能走！”

花无缺道：“你不走？哈哈，好，我走！”

他还没有转过身，铁心兰已一把抱住了他，嘶声道：“告诉我，你……你是不是受了种很奇怪的伤？”

花无缺大笑道：“我怎会受伤？”

铁心兰只觉他的手已冷得像冰一样，大骇道：“你为何不肯说实话？”

花无缺心如刀割，却还是只有笑，不停地笑。

铁心兰又流下泪来，道：“我知道你是为了我，才变成这样子的，你……”

花无缺狂笑道：“我为了你……哈哈，你还是快去找江小鱼，快去快去！”

铁心兰嘶声道：“我不去，我谁也不找，我一定要陪着你，无论谁也不能要我走。”

花无缺道：“江小鱼呢？”

铁心兰泪如泉涌，颤声道：“小鱼儿……我早已忘记他了。”

花无缺大笑道：“但你还是忘不了他的，哈哈……爱，并不是交换，哈哈哈，你若爱一个人，无论他怎样对你，你都是爱他的。”

铁心兰道：“我……我……”她终于扑倒在地上，放声痛哭起来。

花无缺仰天笑道：“你还是去找他吧……好生照顾他，知道么……哈哈……但望你们一辈子过得快快活活……”

他笑声忽然渐渐远去。铁心兰抬起头时，花无缺已踪影不见了。

她知道自己是永远追不上他的，只有痛哭着嘶声呼道：“花无缺，你这混账……你若这样死了，我能嫁给小鱼儿么？你若这样死了，我们这一生，又怎么会再有一天快活？”

她用尽力气放声大呼道：“花无缺，花无缺……你回来吧！”

但这时哪里会再有花无缺的回应？只有冷风穿过树林，发出一声声令人断肠的呜咽……

天亮的时候，花无缺生命就将结束。他知道自己的生命简直比一只寒风中的秋蛾还要短促。

但他难道就这样等死么？

花无缺本已绝望地坐下来，此刻却又一跃而起。

他仰天狂笑道：“花无缺呀花无缺，你至少现在还是活着的！你至少还可以用这短促的生命做一番事！你就算要死，也不该死得无声无息！”

天地间响彻了他高亢的笑声。

他返身又向那山君神庙飞掠了过去。大殿仍然黑暗而阴森。

花无缺一掠而入，飞起一脚，将那山君神像踢了下来，狂笑着道：“白山君，你出来吧！”

花无缺狂笑着提起神案，重重摔在院子里，大笑道：“白山君，你听着，我虽然要死了，但我也要将你们这些阴毒的人全都杀死，为世人除害！”

突听一声虎吼，那吊睛白额猛虎箭一般蹿了进来。

花无缺狂笑着迎上去，身形一避，先让过这猛虎不可抵挡的一扑之势，反身一掌，砍在虎颈上。

花无缺身形展动，如游龙夭矫，那猛虎哪里能沾着他半片衣袂？三扑之后，其势已竭。

花无缺再拍出一掌，猛虎竟已伏在地上，动弹不得。

后院里竟也是寂无人影。

花无缺满腔悲愤，竟是无处发泄，一脚踢开门户，抓起桌子，远远掷出，桌子被摔得粉碎。

但纵然这整个庄院都被他毁去，却又有何用？

花无缺狂笑大呼道："白山君！白山君！你在哪里！你为何不肯出来与我一战？"

他此刻但求一战，纵然不敌战死，也是心甘情愿的。

花无缺但觉一股热血直冲上来，随着狂笑溅出了点点鲜血，有如花瓣般洒满了他的衣衫。

他只觉自己气力似已将竭，身子也摇摇欲倒。他那一股怒气，也似已由盛而衰，由衰而竭。

花无缺忽然发现，此刻只希望有个人在他身旁，无论是谁都没有关系，他实在不愿意寂寞而死。

他只希望战死，却偏偏没有人理睬，他希望死在人群中，却似乎竟已没有力气走出去。

花无缺踉跄后退，"噗"地倒在椅上，目光茫然凝视着逐渐降临的曙色，只希望死亡也跟着曙色而来。他实已心灰意冷，他竟在等死。

但他却还是忍不住要笑，不停地笑，疯狂地笑，笑出了他自己的生命，却笑不出他心头的悲愤。

他可以逃避一切，却又怎能逃避自己的笑声？这笑声就像是附骨的毒疽，一直要缠到他死为止。

他现在甚至已不惜牺牲一切，只求能停住这该死的笑声，他拼命掩起耳朵，却又怎会听不见自己的笑声？

这笑声简直令他发疯，为了使笑声停止，他已准备结束自己的生命。

就在这时，苍茫的曙色中，忽然现出了一条人影。

晨雾迷漫，如烟氤氲，花无缺终于看清了她的脸，那美丽的脸上，似乎也带着绝望的死色。

白夫人！这人竟是白夫人！她终于还是出现了！

花无缺本来以为自己一见了她就会冲过去的，谁知此刻竟只是呆呆地坐着，呆呆地望着她。

花无缺又以为她一定是要来杀他的，谁知她也只是静静地站在他面前，静静地瞧着他。

花无缺忽然狂笑道："你来得正好，既来了为何还不出手？"白夫人只是瞧着他，竟不说话。

"原来你只是来看着我死的么？"白夫人还是不说话。

"很好，无论你为何而来，我都很感激你，我正觉得寂寞。"

白夫人竟忽然长长叹息了一声，黯然道："可怜的人，你竟连求生的勇气都没有了么？"

花无缺心里一阵绞痛，嘶声笑道："你一心只求我速死，却反来要我求生，你难道还觉得我的痛苦不够？"

白夫人道："但我也知道我是对不起你的，只求你能原谅我。"

花无缺猛笑道："你为什么要说这些话？难道又想来骗我么？"

白夫人黯然垂首，道："我也知道你是绝不会相信我的，但……但你能跟我去瞧一样东西么？"

花无缺动也不动地坐着，笑声已嘶哑。

白夫人抬头凝注着他，颤声道："我只求你这一次，无论如何，这对你也不会再有什么伤害是么？"她目中竟似真的充满了哀求之色。

花无缺嘶声笑道："不错，我既已将死，还有什么人能伤害我？"他终于还是跟着她走了出去。

穿过几间屋子，花无缺赫然发现竟有个人倒悬在横梁上，全身鲜血淋漓，一柄长刀穿胸而过。

花无缺失声道："白山君死了！"

狂笑声掩去了他语声中的惊讶之意，他语声中甚至还有些失望，却绝没有高兴的意思。

他虽想与白山君一战，虽想将此人除去，但骤然见到此人死状如此之惨，想到一个人生命之短促，竟不觉兴起兔死狐悲之感。

白夫人缓缓道：“我要你亲眼瞧见他的尸身，也正是因为我觉得对不起你……”

花无缺道：“你杀了他？”

白夫人黯然长叹了一声，道：“不错，是我杀了他！”

花无缺踉跄而退，一个字也说不出来。

白夫人偷偷瞟了花无缺一眼道：“我那么样对你，只因我一心还在想挽回他的心。我为了他，不惜伤害任何人，不惜做出任何事……”

她目中泪珠又一连串落了下来，几乎泣不成声。

花无缺道：“但你既然如此对他，为何又杀了他？”

她忽然返身扑到花无缺怀里，放声痛哭道：“他竟丝毫不念夫妻之情，他……他……他竟要杀我！”花无缺竟没有推开她。

在这种情况下，他还是不忍推开一个在他怀中痛哭的女人——一个痛哭着的女人，伏在一个狂笑着的男人怀里痛哭，旁边还倒悬着一具鲜血淋漓的尸身，这情形之怪异诡秘，当真谁也描述不出。

花无缺道：“所以……你就杀了他？”

白夫人道：“我本来虽然不惜为他而死的，但他真要来杀我时，我却再也忍受不住，二十年来所受的折磨和委屈，二十年来的冤苦和悲痛，全都在这一瞬间发作出来，我忍不住抽出了刀，一刀向他刺了过去！”

她惨然接道：“我本也以为这一刀大概伤不了他，谁知他从未想到我会反抗，竟毫无防备之心，我这一刀，竟真的……真的将他刺死了！”

花无缺又能说什么？他笑声已渐渐嘶哑，腿已渐渐发软。他一身气力，竟已都被笑了出去。

花无缺忽然道：“过去的事，不必再提，我……我绝不会再恨你……”

白夫人道：“你原谅了我？”

花无缺点点头，又道：“你话已说完了么？”

白夫人道：“我该说的都已说了，你……你难道没有话要对我说？”

花无缺道：“我……我只望你……”

他自然希望白夫人能止住他这要命的笑声，但到了这地步，他竟然还是无法在女人面前说一句恳求的话。

白夫人静静瞧了他半晌，黯然道：“其实用不着你说，我也早该为你起出笑穴中那根销魂针的。但你方才用力过度，针已入穴极深，我也无力为你起出来了。”

花无缺心里一阵绞痛，突然推开了白夫人转身而行，到了此刻，他知道自己的命运已注定，只有笑死为止。

谁知白夫人却又拦住了他的去路，道：“你现在还不能走。”

花无缺再也忍不住怒气上涌，却又勉强压了下去，道：“事已至此，你为何还要留下我？”

白夫人道：“世上还有个能救你的人，我虽然无力救你，但却能将你的性命延长三天。三天内，我就可以带你去找到那个人，你若想活下去，你就该有勇气去求他！你年纪轻轻，求人并不可耻，不敢活下去才真正可耻。”

花无缺嗄声笑道：“我纵去求他，他也未必会救我，我又何苦……”

白夫人接口道：“我很了解那个人，只要你去，他一定会救你的。”

她缓缓接道：“何况，你并不是去求他，你只不过去治病而已。一个人生了病而不去就医，这人并不可敬，反而可笑！”

她翻来覆去地解说，花无缺心终于动了。一个人无论多么不怕死，有了生机时还是不愿意死的。

花无缺终于点了点头。对如此真挚的恳求，他永远都无法拒绝的。

第八十二章

温柔陷阱

花无缺和白夫人已走了。大厅里更沉寂、更阴森，曙色斜照着尸身上的鲜血，鲜血竟被映成了惨碧颜色。

这时江玉郎却悠然踱了进来，抚掌笑道："前辈端的是智计过人，弟子当真佩服得五体投地。"

倒悬在梁上的"死人"突然哈哈一笑，道："此计虽妙，也只有姓花的这种人才会上当，若换了你我，只怕再也不会如此轻易就相信女人的话。"

这"死人"此刻竟已自梁上翻身跃下，右手拔起了自前胸刺入的刀柄，左手拔出了自后背刺出的刀尖。

原来这柄刀竟是两截断刀，粘在白山君身上的。

花无缺晕晕迷迷地坐在车子里，白夫人给他吃了种很强烈的宁神药，药力发作，他就昏昏欲睡。

幸好这车厢还舒服得很，他既不知道白夫人从哪里叫来的这辆车，也不知道赶车的是谁，更不知道车马奔向何方。

一个垂死的人，对别人还有什么不可信任的?

三天后的黄昏，车马上了个山坡，就缓缓停下。推开车窗，夕阳满天，山坡上繁花似锦，仿佛图画。

极目望去，大江如带，山坡后一轮红日如火，夕阳映照下的江水，更显得无比灿烂辉煌。

花无缺暗叹忖道："我此番纵然无故而死，但能死在这样的地方，也总算不虚此行了。"

只听白夫人长长叹息了一声，黯然道："那人脾气甚是古怪，我……我不愿见他。”

她开了车门，扶着花无缺下车，遥指前方，道：“你可瞧见了那边的山亭？”

只见红花青树间，有亭翼然。一缕流泉，自亭畔的山岩间倒泻而下，飞珠溅玉，被夕阳一映，更是七彩生光，艳丽不可方物。

花无缺九死一生，骤然到了这种地方，无疑置身天上，淡淡的花香随风吹来，他痴了半晌，才点头道：“瞧见了。”

白夫人道：“你转过这小亭，便可瞧见一面石门藏在山岩边的青藤里，石门终年不闭，你只管走进去无妨。”

花无缺暗叹忖道：“能住在这种地方的，自然不会是俗人，我有幸能与高人相见，本是人生乐事，只可惜我现在竟如此模样。”

花无缺道：“他叫什么名字？”

白夫人道：“她叫苏樱。”

花无缺暗叹道：“苏樱……苏樱……我与你素不相识，却要求你来救我的性命，你只怕会觉得可笑。”

白夫人又道：“你见着她后，她也许会问你是谁带来的，你只要说出我的名字……对了，我的本名是马亦云。”

花无缺道：“我记得。”

白夫人凄然一笑，道：“我此后虽生如死，你也不必再关心我，从今以后，世上再没有我这苦命的女人……”

她语声忽然停顿，转身奔上了马车，车马立刻疾驰而去。花无缺怔了半晌，心里也不知是何滋味。

这女人害得他如此模样，但此刻他却只有感激，只有信任，绝没有丝毫怀疑和愤恨。

车马转过几处山坳，突又停住。山岩边，浓荫下，已来了三个人，却正是铁萍姑、江玉郎和白山君。

花无缺已走入了那已被苍苔染成碧绿色的石门。

石门之后，洞府幽绝，人行其中，几不知今世何世。

花无缺只恨自己的笑声，偏偏要破坏这令人忘俗的幽静，他用力掩住自己的嘴，笑声还是要发出来。

走了片刻，入洞已深，两旁山壁，渐渐狭窄，但前行数步，忽又豁然开朗，竟似已非人间，而在天上。

前面竟是一处幽谷。白云在天，繁花遍地，清泉怪石，罗列其间，亭台楼阁，错综有致。

远远一声鹤唳，三五白鹤，伴有一二褐鹿徜徉而来，竟不畏人，反而似乎在迎接着这远来的佳客。

花无缺正已心动神移，那白鹤却已衔起了他衣袂，领着他走向青石路上，繁花深处。

只见一条清溪蜿蜒流过，溪旁俏生生坐着条人影。

她垂头坐在那里，似乎在沉思，又似乎在向水中的游鱼诉说着青春的易逝，山居的寂寞。

她漆黑的长发披散肩头，一袭轻衣却皎白如雪。

花无缺竟不由自主被迎宾的白鹤带到了这里，岸上的人影与水中人影相互辉映，他不觉又瞧得痴了。

白衣少女也回过头来，瞧了他一眼。她不回头也罢，此番回过头来，满谷香花，却似乎顿然失去了颜色。只见她眉目如画，娇靥如玉，玲珑的嘴唇，虽嫌太大了些，广阔的额角，虽嫌太高了些，但那双如秋月、如明星的眼波，却足以补救这一切。

她也许不如铁心兰的明艳，也许不如慕容九的清丽，也许不如小仙女的妩媚……她也许并不能算很美。

但她那绝代的风华，却令人自惭形秽，不敢平视。

此刻，她眼波中带着淡淡一丝惊讶、一丝埋怨，似乎正在问这鲁莽的来客，为何要笑得如此古怪。

花无缺的脸竟不觉红了起来，道："在……在下花无缺，特来求见苏樱苏老先生。"

白衣少女缓缓接着道："我就是苏樱。"

花无缺这才真的怔住了。他本以为这"苏樱"既能治他的不治之伤，必然是江湖耆宿、武林名医、退隐林下的高手，他再也想不到这苏樱竟是个年华未满双十的少女。

苏樱眼波流动，淡淡道："山居幽僻，不知哪一位是阁下的引路人？"

花无缺道："这……在下……"

他实未想到白夫人竟要他来求这少女救他的性命，面对着这淡淡的笑容，冷漠的眼光，他怎样好意思说出恳求的话来？

苏樱道："阁下既然远道而来，难道连一句话都说不出么？"

她话虽说得客气，但却似对这已笑得狼狈不堪的来客生出了轻蔑之意，嘴里说着话，眼波却又在数着水中的游鱼。

花无缺忽然道："在下误入此间，打扰了姑娘的安静，抱歉得很……"他微微一揖，竟转身走了出去。

苏樱也未回头，直到花无缺人影已将没入花丛，却突又唤道："这位公子请留步。"

花无缺只得停下脚步，道："姑娘还有何见教？"

苏樱道："你回来。"

这三个字虽然说得有些不客气了，但语声却变得说不出的温柔，说不出的婉转，世上绝没有一个男子听了这种语声还能不动心。花无缺竟不由自主走了回去。

苏樱还是没有回头，淡淡道："你并未误入此间，而是专程而来的，只不过见了苏樱竟是个少女后，你心里就有些失望了，是么？"花无缺实在没有什么话好说。

苏樱缓缓接道："就因为你是这种人，觉得若在个少女面前说出要求的事，不免有些丢人，所以你虽专程而来，却又借词要走，是么？"

花无缺又怔住了。

这少女只不过淡淡瞧了他一眼，但这一眼却似瞧入他的心里，他心里无论在想什么，竟都似瞒不过这一双美丽的眼睛。

苏樱轻轻叹了口气，道："你若是还要走，我自然也不能拦你，但我却要告诉你，你是万万走不出外面那石门的！"

花无缺身子一震，还未说话，苏樱已接着道："此刻你心脉已将被切断，面上已现死色，普天之下，已只有三个人能救得了你，而我……"

她淡淡接着道："我就是其中之一，只怕也是唯一肯出手救你的，你若对自己的性命丝毫不知珍惜，岂非令人失望！"

这是间宽大而舒服的屋子，四面都有宽大的窗户。此刻暮色渐深，明烛初燃，满谷醉人的花香，都随着温暖的晚风飘了进来，满天星光也都照了进来，苏樱支起了最后一扇窗户，那双纤纤玉手，似已白得透明了。

没有窗户的地方，排满了古松书架，松木也在晚风中散发出一阵阵清香，书架的间隔有大有小，上面摆满了各色各样的书册、大大小小的瓶子，有的是玉，有的是石，也有的是以各种不同的木头雕成的。

这些东西摆满四壁，骤看似乎有些凌乱，再看来却又非常典雅，又别致，就算是个最俗的人，走进这间屋子来，俗气都会被洗去几分。

但这屋子里却有个很古怪的地方，那就是这么大一间屋子里，竟只有一张椅子，其余就什么都没有了。

这张椅子也奇怪得很，它看来既不像普通的太师椅，也不像女子闺阁中常见的那一种。

这张椅子看来竟像是个很大很大的箱子，只不过中间凹进去一块，人坐上去后，就好像被嵌在里面了。

花无缺已走了进来。

他只觉得这少女的话说来虽平和，但却令人无法争辩，又觉得她的话说来虽冷漠，但却令人无法拒绝。

苏樱已在那唯一的椅子上坐了下来。

花无缺只有站在那里，心里真觉得有些哭笑不得。

椅子的扶手很宽，竟也像个箱子，可以打开来的。

苏樱一面已将上面的盖子掀起，伸手在里面轻轻一拨，只听“咯”的一声轻响。

花无缺面前的地板，竟忽然裂了开来，露出了个地洞。接着，竟有张床自地洞里缓缓升起。

苏樱淡淡道：“现在已有床可以让你躺下了，你还要什么？”

花无缺道：“我……我想喝茶。”

这句话本非他真正想说的，但却不知不觉地从他嘴里说了出来，他实在也想试试这少女究竟有多大的本事。

苏樱道：“呀，我竟忘了，有客自远方来，纵然无酒，但一杯茶的确是早该奉上的了。”

她说着话，手又在箱子里一拨。

只听壁上书架后忽然响起了一阵水声。接着，木架竟自动移开，一个小小的木头人，缓缓从书架后滑了出来。

这木童手上，竟真的托着只茶盘，盘上果然有两只玉杯，杯中水色如乳，苏樱微微一笑，道："抱歉得很，此间无茶，但这百载空灵石乳，勉强也可待客了，请。"

花无缺忍不住道："诸葛武侯的木牛流马，其巧妙只怕也不过如此了。"

苏樱淡淡笑道："孔明先生的木牛流马，用于战阵之上倒是好的，若用于奉茶待客，就未免显得太霸气了。"

言下之意，竟是连诸葛武侯也未放在她眼里。

这时夜色已浓，星光已不足照人面目，书架里虽有铜灯，但还未燃起，花无缺忍不住又道："难道姑娘不用动手，也能将灯燃起么？"

苏樱道："我是个很懒的人，懒得常会想出很多懒法子……"

她的手又轻轻拨了拨，铜灯旁的书架间，立刻伸出了火刀火石，"锵"的一声，火星四溅。

那铜灯竟真的被燃起了。

苏樱微笑道："你瞧，我就算坐在这里不动，也可以做很多事的。"

花无缺大笑起来——真的大笑起来，笑道："以我看来，纵然是自己燃灯倒茶，也要比造这些消息机关容易得多，你这懒人怎地却想出这最麻烦的法子？"

也不知怎地，他竟一心想折折苏樱的骄气。他本不是这样的人，此刻也许是笑得心里失去了常态。

苏樱却冷冷道："像我这样的人，难道也会替你倒茶么？"

花无缺道："你为何不用个丫环女仆，这法子岂非也容易得多？"

苏樱冷冷道："我怕沾上那些人的俗气。"

花无缺又没有话说了。苏樱静静地凝注着他，缓缓接着道："你说这些话，只因你觉得我太强了，所以想压倒我，是么？我不妨告诉你，世上没有人能压倒我的，我永远都是高高在上，你不必白费心机。"

花无缺大笑道："其实你只不过是个弱不禁风的女孩子，任何人一掌就可以推倒你。”

苏樱道：“你居然看出我不会武功，你的眼光倒不错。”

花无缺道：“多谢。”

苏樱道：“你的武功很不错，是么？”

花无缺道：“还过得去。”

苏樱道：“但现在却是你要求我救你，我并没有求你救我。由此可见，世上有很多事，并不是武功可解决的，人所以为万物之灵，只因为他的智慧，并不是因为他的力气。若论力气，连匹驴子都要比人强得多。”

花无缺只觉怒气上涌，又要拂袖而去了，苏樱却就在这个时候嫣然一笑，盈盈走过来，柔声道：“现在，你老老实实地躺下去，我给你服下一瓶药后，你这可恶的笑声，立刻就可以停止了。”

面对着如此可爱的笑容，如此温柔的声音，世上还有哪个男人能发得出火来？何况她说的这句话，又正是花无缺最想听的。

花无缺并不是怕死，但这笑……他现在真想不出世上还有什么比“笑”更可怕的事。

笑声终于停止了。花无缺服了药后，已沉沉睡去。

突听一人娇笑道：“好妹子，真有你的，无论多么凶的男人，到了你面前都会乖得像只小狗……”随着娇笑声走进的，正是白夫人。

苏樱瞧也没有瞧她一眼，淡淡道：“你为何现在就来了，你不放心我？”

白夫人笑道：“只不过大家都知道妹妹你心高气傲，所以要我来求妹妹，这次委屈些，只要这小子说出了移花接玉的秘密，咱们立刻就将这小子杀了给妹妹出气。”

苏樱到这时才冷冷瞟了她一眼，道：“你觉得我对他这法子不好？”

白夫人又赔笑道：“不是不好，只不过……咱们现在是要骗他说出秘密，所以……”

苏樱冷冷道：“你觉得我应该对他温柔些，应该拍拍他马屁，灌灌他迷汤，必要时甚至不妨脱光衣服，倒入他怀里，是么？”

白夫人娇笑道：“反正这小子已快死了，就让他占些便宜又有什么关系？”

苏樱冷冷接道：“老实告诉你，我对他若真用这样的法子，他也是万万不肯说的，用这种法子来对付你的丈夫还差不多。”

白夫人道：“但……但是……”

苏樱道：“对付他这样的人，就要用我这样的法子，他才服帖。只因我这样对付他，他就万万想不到我有事求他，也就万万不会提防我，否则我怎会故意让他看出我不会武功？你总该知道我虽不屑去学这些笨玩意儿，但要我装成一流高手的样子，我还是照样可以装得出的。”

白夫人展颜笑道：“我现在才懂了，妹妹你的手段，果然非人能及。”

苏樱懒懒地一笑，道：“你懂了就好，现在你们快躲远些吧，明天这时候，我负责令他老老实实地说出移花接玉的秘密。”

第八十三章

自作自受

第二天花无缺醒来时，笑声果然已停顿了，只觉得全身软软的没有丝毫力气，躺在床上竟连坐都坐不起来。

屋子里一个人也没有，四面花香鸟语，浓荫满窗。

突听屋子后一人在怪叫道："出去出去，我说过我不要吃这劳什子的草根树皮，你为何总是要给我吃？"

又听得苏樱柔声道："这不是草根树皮，这是人参。"

那人又吼道："管他是人参鬼参，我说不吃，就是不吃。"

苏樱竟笑道："也没见过你这样的人，好好好，你不吃，我就拿出去。"

她这样的人也会受人家的气，花无缺听得实在有些奇怪，忍不住暗暗猜测，不知道给她气受的这位仁兄，究竟是怎么样一位人物。

过了半晌，只见苏樱垂着头走了进来。

她一走进屋子，立刻又恢复了她那种清丽脱俗、高高在上的神情，只不过手里还是捧着碗参汤。

花无缺暗道："那人不吃，她难道就要拿来给我吃么？"

他现在虽的确很需要此物，但心里却暗暗决定，她若将这碗参汤拿来给他吃，他也是不吃的。

谁知苏樱却走到窗口，将那碗参汤都泼出窗外，她为"那位仁兄"做的东西，竟宁可泼掉，也不给别人吃。

苏樱已走到床边，淡淡道："现在你是否觉得舒服多了？"

花无缺这才又想起大笑不止时那种难以忍受的痛苦，才觉得现在实无异登天一般，不由得叹道："多谢姑娘。"

苏樱道："现在你还不必谢我。"

花无缺动容道："为……为什么？"

苏樱道："你现在笑声虽已停止，但那根针还是留在你气穴里，只不过被我用药力逼得偏了些，没有触入你的笑穴，但你只要一用力，旧疾还是难免复发。"

花无缺吃惊道："这……这又该如何是好？"他现在宁可牺牲一切，也不愿再那么样笑了。

苏樱道："这根针入穴已深，纵以黑石一类宝物，也难将它吸出来了，只有你自己用内力或许还可将它逼出。"

花无缺道："但……但我现在连一丝气力都使不出来。"

苏樱冷冷道："你现在自然使不出来的，你若能使得出来，也就不必来找我了。"

花无缺道："姑娘难道有什么法子，能令我真气贯通无碍？"

苏樱淡淡道："自然有的，此刻你只要将你所练内功的要诀告诉我，我便可在旁助你一臂之力，使你真气贯通，逼出毒针。"

她说得是那么轻松平淡，就好像这本是件最普通的事，好像只要她一吩咐，花无缺就会说出自己内功的秘密。

只因她知道自己只有这样说法，花无缺才不会想到这一切都是他们费了无数心力所做成的圈套。花无缺果然没有想到。

但移花接玉的行功秘诀，却是天下武功中最大的秘密，要他骤然说出来，他还是不免犹疑。

苏樱静静瞧了他半晌，悠然道："你难道是怕我偷学你的内功么？"

花无缺道："在下并无此意，只不过……"

苏樱淡淡一笑，道："像我这样的人，若是有一分爱武的心，此刻纵非天下第一高手，只怕也差不多了。"

她叹了口气，冷冷接道："你们这些练武的人，总将自己的武功视若珍宝，又怎知这件事在我眼中看来，简直不值一文。"话未说完，她竟已拂袖而去。

花无缺失声道："姑娘慢走。"

苏樱头也不回，冷冷道："说不说虽由得你，但我听不听，还不一定哩。"

花无缺叹了口气，道："在下所练内功，名曰移花接玉，乃是……"

黄昏来临时，白山君夫妇已带着江玉郎和铁萍姑，在谷外的小亭里等了许久了，四个人面上已不禁都露出了焦急之色。

江玉郎忍不住笑道："我实在想不出这位苏姑娘究竟是位怎么样的人？两位前辈竟对她如此倾倒。"

白夫人笑道："小伙子，我告诉你，你见了她时，只怕连话都说不出来了。"

江玉郎笑道："前辈未免也说得太玄了，难道在下竟如此……"

他突然顿住语声，张大了嘴，说不出话来。

只见一个身披霓裳羽衣的仙子，在满天夕阳中，飘飘而来，一只红顶雪雨的白鹤昂然走在她前面，一只驯鹿，依依跟在她身后。温柔的暮风，吹乱了她发丝，她伸出手来轻轻一挽……

就是这么样轻轻一挽，已是令天下的男人都为之窒息，只是这么样一幅图画，已非任何人描述得出。

她生得也许并不十分美，但那绝代的风华，却无可比拟，江玉郎只觉神魂俱醉，哪里还能说话。

白夫人含笑瞟了他一眼，迎了上去，笑道："好妹子，你果然来了。"

白山君也迎了过来，笑着道："移花接玉的秘密，妹子你想必也问出来了。"

苏樱道："不错，我问出来了。"

白山君夫妇大喜道："多谢多谢……"

苏樱冷冷道："你现在还不必急着来谢我。"

白夫人道："那么……那么……妹子你难道已将移花接玉的诀窍写下来了么？"

白山君道："是，是，妹子自然会写下来给我们的，老太婆你急什么？"

苏樱淡淡道："我现在也不准备写下来给你们。"

白山君怔了怔，道："那么……那么妹子你的意思是……"

白夫人赔笑道："妹子，你要到什么时候才肯告诉我们呢？"

苏樱道："也许三天五天，也许一年半载，也许十年八年，等我玩够了，我自然会告诉你们的。"

白山君夫妇面面相觑，怔了半晌，白夫人赔笑道："好妹子，你别开玩笑，若是等十年八年，岂非急也把人急死了。"

苏樱道："你们急不急死，是你们的事，与我又有何关系？"

白夫人着急道："但……但妹子你不是已答应了我……"

苏樱冷冷接口道："我只答应你，要叫花无缺说出移花接玉的秘密，并未答应将这秘密告诉你。"

白山君夫妇怔在那里，再也说不出话来。

苏樱缓缓转过身子道："深山无以待客，我也不留你们了，你们还是回去吧。"

白夫人着急道："妹子请留步。"

苏樱淡淡道："你们总该知道，我说出的话永无更改，何苦再多事。"

白夫人叹了口气，道："我只想问问那姓花的现在怎么样了？"

苏樱皱眉道："你们只管放心，我也绝不会放了他。他这辈子只怕是再也休想见人了。"说完了这句话，她再也不回头，扬长而去。

白山君夫妇竟只是眼睁睁瞧着，谁也不敢拦阻。

过了半晌，铁萍姑叹了口气，道："这位姑娘好大的架子。"

江玉郎却道："这丫头既然手无缚鸡之力，前辈为何不拿下她来？"

白山君叹了口气道："老头子拿她当宝贝一样，谁若碰着她一根手指，老头子不拼命才怪，我夫妇现在还不想惹那老头子，也只好放她一马了。"

白夫人也叹道："何况，你莫看她手无缚鸡之力，但鬼心眼儿却还是真多，我们这几个人，倒真还未必能制得住她。"

江玉郎微微一笑，却不说话。

白山君瞧了他半晌，眼睛里忽然发出了光，道："你莫非不服气？"

江玉郎瞟了铁萍姑一眼，微笑不语。

白山君重重一拍他肩头，大笑道："好小子，我早就听说你对女人另有一套，你去试试，那丫头正有些春心荡漾，说不定真的会告诉你。”

江玉郎眼角瞟着铁萍姑，笑道：“在下对女人有何本事？前辈说笑了。”

白夫人已搂住了铁萍姑，娇笑道：“好妹子，你就让他去吧，嫂子我保证他不敢对你变心，他若敢变心，嫂子我就叫小白将他脑袋咬下来。”

江玉郎大摇大摆走进了山谷。晚风入怀，花香扑面，他身子只觉有些轻飘飘的，骨头仿佛没有四两重。

对于女人，他自觉已是老手，尤其这种年纪轻轻的小姑娘，只要他一出马，那还不是手到擒来？

更令他放心的是，这位姑娘连一点武功也不会，他就算不成功，至少也能全身而退，少不了半根汗毛。

何况，到了必要时，他还可以来个霸王硬上弓，那时生米煮成熟饭，还怕这姑娘不对他服服帖帖地俯首称臣？

更何况，就算这位苏姑娘脾气拗些，死也不肯说，反正便宜已让他占过了，吃亏的永远是别人，绝不会是他。他算来算去，愈想愈开心，简直开心得要飞上天了。

突听一人冷冷道：“你是谁？凭什么冒冒失失地闯入这里来？”

原来他开心得过了头，竟未发觉苏樱早已在冷冷瞪着他。

一瞧见苏樱，江玉郎立刻做出一副可怜兮兮的模样，垂下了头，嗫嚅着道：“在下冒昧闯入，实在无礼……”

苏樱道：“你既知无礼，此刻就该快些退出去。”

江玉郎本已准备好满肚子花言巧语，本以为足可打动任何一个少女的心，谁知在这人面前竟好像竖着道冰墙，令他根本无孔可入。

他满肚子话竟连一句也没有说出来，苏樱已冷冷转身走了回去。江玉郎眼珠子打转，突然大声道：“姑娘慢走，姑娘你好歹要救在下一命。”

苏樱果然回过了头，皱眉道：“你若有病，就该去看医生，此间既未悬壶，也未开业，你来干什么？”

江玉郎黯然道：“别人若是救得了在下的病，在下又怎敢来麻烦姑娘？只叹世间的名医虽多，却都是欺世盗名之辈，他们若有姑娘的一成本事，在下……唉，在下也不必千里迢迢地赶来打扰姑娘了。”

常言道“千穿万穿，马屁不穿”，这点江玉郎知道得比谁都清楚。苏樱面色果然大为和缓，嘴里却还是冷冷道：“你又怎知道我能治得了你的病？是谁告诉你的？”

江玉郎道：“这……这是在下的一位父执前辈，不忍见在下无救而死，才指点在下一条明路，而且将在下带来这里。”

他头垂得更低，苦笑接道：“这位前辈不许在下说出他的名讳，但在下在姑娘面前，又怎敢说谎，指点在下前来的，就是白山君白老前辈和他的夫人。”

苏樱面色果然更是和缓，摇头道：“这两口子倒真是会替我找麻烦。”

江玉郎窥见她的辞色，已是事情大为有望，于是打蛇随棍上，竟“扑通”跪了下来，道：“在下这病，别人反正也救不了的，姑娘今日若不肯……不肯可怜可怜我，我就索性死在姑娘面前吧。”苏樱一双明如秋水的眼睛，在他脸上凝注了半晌，轻轻叹了口气，道：“你倒真是会缠人……”她嘴里说着话，竟又转身走了。

江玉郎大声道：“姑娘走不得，姑娘好歹也得救在下一命。”

苏樱回眸一笑，道：“呆子，我走了，你难道不会跟我来么？”

这一笑，已笑得江玉郎骨头都酥了，这一声“呆子”，更叫得江玉郎心头痒痒的，也不知该如何是好。

苏樱分手拂柳，又将他带到那间明亮的敞轩中。烛火已燃，那张床也还在那里，但床上的花无缺，却已不知何处去了。

只听苏樱道：“现在，你不妨先告诉我，你得的是什么病？是哪里觉得不舒服？”

江玉郎哪里有什么病？情急之下，脱口道：“在下……在下肚子疼得很厉害。”

苏樱忽然沉下了脸，冷冷道：“但我瞧你却不像疼得很厉害的样子。”

江玉郎怔了怔，若是换了别人，此刻只怕已要脸红了，但江玉郎究竟不愧为说谎的名家，眼珠子一转，立刻赔笑道：“在下在姑娘面前，怎敢放肆？何况，无论是谁，见到姑娘这样天仙般的人物，也会将疼痛浑然忘却了的。”

这句马屁看来又拍得恰到好处。

苏樱展颜一笑，道：“你看到我既然就能止疼，那还要医什么？”

江玉郎涎脸笑道：“在下若能常伴姑娘左右，疼死也无妨，只不过……只不过……”

他内功本已有很深的火候，此刻暗中运气一逼，额角上立刻有一连串黄豆般大小的汗珠流了下来。

苏樱竟似也有些着急道：“你瞧你，疼成这样子，还不快躺下来。”

她轻轻扶起江玉郎的手，江玉郎“装羊吃老虎”，竟整个人都向她身上依偎了过去，在她耳朵边吹着气道：“多谢姑娘。”

苏樱居然也不生气，江玉郎胆子更大，一双手也按了上去，谁知苏樱却一扭腰逃了，嘟着嘴道：“你若不乖乖地躺上床，我就不理你了。”

江玉郎赶紧道：“是是，我听话就是。”

苏樱“扑哧”一笑，道：“听话的才是乖孩子，姐姐买糖给你吃。”

她轻嗔薄怒，似嗔似喜，当真是风情万种，令人其意也消。

江玉郎心里更痒得也不知该如何去搔才好，却捂着肚子道：“我疼……疼得更厉害了，你快来……快来瞧瞧。”

苏樱果然走过来道：“你哪里疼？”

江玉郎拉起她的手来揉肚子，道：“这里……就在这里。”

苏樱一双柔若无骨的纤手竟真的在他肚子上轻轻揉着，柔声道：“你现在觉得好些了么？”

江玉郎闭起眼睛，道：“好些了……但你不能停手，一停手我就疼。”

苏樱的手竟真的在不停地揉着，不敢停下。

江玉郎心里又是得意，又是好笑，暗道：“别人都说这位苏姑娘是如何如何厉害，但在我看来，也不过只是个初解风情的黄毛丫头而已，只要我略施妙计，还不是一样立刻手到擒来。”

忽觉一阵如兰如馨的香气扑鼻而来，苏樱一只纤纤玉手，已到了他嘴边，手里还拿着粒清香扑鼻的丸药，柔声道："这是我精心配成的清灵镇痛丸，不但可止疼，而且还大补，你现在吃下去，肚子立刻就不疼了。"

江玉郎摇头道："我不吃。"

苏樱皱眉道："为什么不吃？"

江玉郎道："我一吃，肚子就不疼了，我肚子若是不疼，姑娘岂非就不肯……不肯替我揉了。"

苏樱嫣然一笑，道："小坏蛋……好，你吃下去，我还是替你揉的。"

这一声"小坏蛋"更将江玉郎的魂都叫飞了，索性撒娇道："这药苦不苦？"

苏樱抿嘴笑道："这药非但不苦，而且还甜得很，简直就像糖一样。来，乖乖地张开嘴，我喂你吃下去。"

江玉郎闭着眼张开嘴，心里真的是舒服极了。

突听一人在远处大喊大叫，道："酒呢？没有酒了，苏樱小丫头，快拿酒来。"

苏樱皱了皱眉头，竟停下了手，道："你乖乖地躺在这里，我去去就来。"

她竟似有些着急，话未说完，就匆匆走了出去，又回头道："你若站起来乱跑，我可就不理你了。"

远处那人又在大叫道："姓苏的丫头，你耳朵聋了么？怎地还不来？"

苏樱竟笑道："来了来了，我这就替你拿酒去。"

江玉郎心里暗暗奇怪："这位苏姑娘倒也有意思，别人都对她那么样恭敬，她却冷冰冰地爱理不理，这人一口一声丫头，简直没拿她当人，她反而像是服气得很。却不知这位仁兄究竟有何本事，竟能令她如此听话？"

他真想爬起来，偷偷去瞧瞧，但转念一想，现在事情眼看已有望，莫要轻举妄动坏了大事。

于是他索性又闭起眼睛，想到这如花似玉的美人，眼看已在抱，那天下武林中人人垂涎的秘密，眼看已快到手了。

他几乎忍不住要笑了出来，喃喃道："白山君呀白山君，你以为我听到这秘密后，会告诉你么？你若真的以为我会告诉你，你可就是天下第一大笨蛋了。"

只听一人笑道："你说谁是天下第一大笨蛋？"

江玉郎暗中一惊，但瞬即笑道："谁若敢说姑娘是丫头，谁就是天下第一大笨蛋。"

苏樱笑道："那不过是个老糊涂、老酒鬼，咱们犯不上理他。"

江玉郎听得一个"老"字，已大是放心，听得"咱们"两个字，更开心得忍不住笑出来，大笑道："是是是，咱们不理他。"

苏樱道："你笑得这么开心，肚子不疼了么？"

江玉郎立刻皱起了眉头，道："疼……疼得更厉害了，求姑娘再替我揉揉。"

苏樱抿嘴一笑，又替他揉起肚子来。江玉郎只觉全身发软，简直是要登天。揉了半晌，苏樱缓缓又道："其实，你心里本认为我才是天下第一大傻蛋，是么？"

江玉郎一怔，笑道："我怎敢这么想，我难道晕了头了？"

苏樱缓缓道："你认为我很年轻，又没见过什么男人，一定很容易上男人的当，你觉得你对女人很有一手，略施妙计，就可以令我投怀送抱，而且将那移花接玉的秘密，老老实实地告诉你……是么？"

江玉郎这才大吃一惊，强笑道："哪……哪有这样的事，姑娘你……你太……"

苏樱淡淡接口道："何况，你知道我丝毫不会武功，就算看透了你的心意，也没法子拿你怎样，所以你的胆子就更大了，是么？"

江玉郎大惊之下，想翻身跃起，但不知怎地，全身竟软软地连一丝力气都没有了，不禁大骇道："姑娘千万莫要错怪了好人，在下绝无此意。"

苏樱道："你不但有这意思，而且到了必要时，还想来个'霸王硬上弓'，反正我也无力抗拒，那时生米煮成熟饭，我还能不乖乖地听话么？"

江玉郎肚子里有几条蛔虫，她竟都能数得清清楚楚，江玉郎一面听，一面流汗，颤声道：“姑娘不能冤枉我，我若有此意，就叫我不得好死。”

苏樱嫣然一笑，道：“到了这时，你还想你能好死么？”

江玉郎大骇道：“我……我……姑娘……哎哟！”

苏樱的手还在替他揉着肚子，此刻突然用力一按，江玉郎大吼一声，疼得全身都出了冷汗。

他竟也不知道自己怎会变得如此怕疼的。

苏樱笑道：“你要我替你揉肚子，我就替你揉肚子，你可知我为何如此听话？”

江玉郎颤声道：“在……在下不知道，求姑娘莫要揉了吧！”

苏樱笑道：“现在你觉得疼了，就要我莫要揉了么？但我知道你的肚子很疼，病很重，怎能忍心不替你揉？”

江玉郎大叫道：“我……我没有病……一点病也没有。”

苏樱脸色一沉，道：“你没有病，为何要骗我？”

她的手又一按，江玉郎大呼道：“我有病，有病……”

苏樱展颜笑道：“对了，你不但有病，而且病很重，而且愈来愈重，到后来，纵然是一片纸落在你手上，你也会觉得有如刀割。”

江玉郎大骇道：“求……求姑娘救救我，救救我……”

苏樱的手还是在轻轻地揉着，但江玉郎却丝毫也不觉得舒服了，他只觉全身骨头，都像是要被揉散。

只听苏樱叹道：“现在我也没法子救你了，只因我方才拿错了药，拿给你吃的，不是清灵镇痛丸，而是百病百疼催生丸。”

江玉郎大骇道：“百病百疼催生丸？这是什么药？”

他实在一辈子也没听过这样的药名。

第八十四章

意外之变

苏樱笑道：“只因有病的吃了这药，病势立刻加重十倍；没有病的吃了这药，也立刻百病俱生，而且全身都疼得要命……”

江玉郎嘶声道：“姑娘……在下与姑娘无冤无仇，姑娘为何要如此害我？”

苏樱笑道：“你不是说已病入膏肓了么？我不愿将你当成个专门说谎的无耻之徒，所以好心给你吃下这药，你真的生了病，就不算说谎了……而且，我还怕你病得太慢，所以又好心替你揉肚子，帮药力发散。”

她叹了口气，悠然接道：“你看，我对你这么好，你还不谢谢我。”

江玉郎又惊又怕又疼，头上汗如雨落，颤声道：“苏姑娘……苏前辈，我……小人现在才知道你的厉害了，求求你瞧在白山君夫妻的面上，饶了我吧。”

苏樱道：“哎哟，我倒忘了你是白山君夫妇的朋友。”

江玉郎道：“姑……姑娘千万忘不得的。”

苏樱叹道：“不错，你既是他们的朋友，我就不能眼见你病死在这里了，我好歹也得救救你……只可惜这药并非毒药，所以也没有解药，你又吃了下去……这怎么办呢？”

江玉郎道：“求求姑娘，姑娘一定有法子的。”

苏樱拍掌道：“有了！我想起个法子来了。”

江玉郎大喜道：“什么法子？”

苏樱道：“我只有剖开你肚子，将那药丸拿出来。”

江玉郎大骇道：“剖开我肚子？”

苏樱柔声道："但你放心，我一定会轻轻地割，轻轻地将那药丸拿出来，你一定连丝毫痛苦都没有。"

江玉郎忍不住苦着脸道："肚子剖开，人已死了，还会觉得疼么？"

苏樱抚掌笑道："你真是个聪明人。"

她咯咯笑道："这就是我们家祖传的止疼秘方，手疼割手，脚疼割脚，头疼切脑袋，肚疼剖肚子，担保你着手成春，药到'命'除。"

她一面说，一面又走了开去，喃喃道："刀呢……刀呢……"

江玉郎大骇喊道："姑娘……姑娘千万莫要……"

苏樱道："你不要我替你治病了么？"

江玉郎嗄声道："不要了，不要了。"

苏樱叹了口气，道："你既不要，我也没法子，但这可是你自己的主意，不能怪我不救你，对不对？"

江玉郎道："对对对，对极了。"

苏樱道："现在你可知道，谁是天下第一大傻蛋么？"

江玉郎苦着脸道："是我，我就是天下第一大傻蛋、大混账、大……"

他竟忍不住放声痛哭了起来。

苏樱笑道："没出息，这么大个男人还哭，真叫我见了难受……"

她的手又在那椅子的扶手里轻轻一按。

那张床竟忽然弹了起来，将江玉郎整个人都弹起，床后却露出个地洞，江玉郎惊呼一声，人已落在洞里，像坐滑梯般滑了下去。

苏樱微微笑道："一个哭，一个笑，这两人倒是天生一对，就让你们去做做伴吧……"语声中床又落下，地洞也合起。

只听远处那人又大叫道："一个人喝酒没意思，姓苏的丫头，你还不过来陪陪我。"

苏樱叹了口气，苦笑道："他才真是我命中的魔星，我为什么看见他就没了主意……"

这敞轩后繁花似锦，小山上佳木葱茏，山坡下有个山洞，里面灯光亮如白昼，布置得比大户人家的少女闺房还要舒服。

但洞口却有道铁栅，铁枝比小孩的手臂还粗。

此刻山洞里正有个人坐在桌子旁，一杯杯地喝着酒，只见他蓬着头，赤着脚，身上穿着件又宽又大的白袍子，看来滑稽得很。他脸冲着里面，也瞧不清他的面目，只听他不住大喊道："姓苏的丫头，你还不来？我就……"

苏樱柔声道："我这不是来了么？也没见过你这么性急的人。"

那人一拍桌子，大吼道："你嫌我性子火急了么？我天生就是这样的脾气，你看不惯最好就不要看！"

苏樱垂下了头，眼泪都似要掉了下来。

那人却忽又一笑，道："但我若不想你，又怎会急着要你来？别人常说，一日不见，如隔三秋，但我简直片刻也不能不见你。"

苏樱忍不住破涕为笑，咬着嘴唇笑道："我知道我这条命，迟早总是要被你气死的。"

那人大笑道："千万死不得，你死了，还有谁来陪我喝酒？"

他大笑着回过头来，灯光照上了他的脸。

只见他脸上斑斑驳驳，也不知有多少刀疤，骤看像是丑得很怕人，但仔细一看，他脸上却像是连一条刀疤也没有了，只觉他眼睛又大又亮，鼻子又直又挺，薄薄的嘴唇，懒洋洋的笑意……

这人不是那令人割不断、抛不下、朝思暮想、又爱又恨的小鱼儿是谁？

苏樱瞧见小鱼儿转过身，她眼睛里也发着光，柔声笑道："你既然要我来陪你喝酒，为什么不把酒杯拿来？"

小鱼儿眨着眼睛，笑嘻嘻道："你既然要来陪我喝酒，为什么不进来？"

苏樱却摇了摇头，笑道："我在外面陪你喝，还不是一样么？"

小鱼儿正色道："那怎么会一样？你一定得坐在我旁边，陪我说话，我的酒才喝得下去，我方才不是说过，我有多么想你。"

苏樱眼波流动，面上微微现出一抹红晕，垂头笑道："反正我在外面，你一样还是能看得到我的。"

小鱼儿忽然跳起来大骂道："你这臭丫头，死丫头，谁要你来陪我喝酒，你快滚吧。”

苏樱居然丝毫也不生气，却笑道：“反正你拍我马屁，我也不进去；你骂我，我还是不进去的。”

小鱼儿吼道：“你为何不进来？难道怕我吃了你？我又不是李大嘴。”

苏樱笑道：“我知道你不吃人的，但我一开门进去，你就要趁机冲出来了，是么？”

小鱼儿撇了撇嘴，冷笑道：“你又不是我肚子里的蛔虫，你怎知道我的心意？”

苏樱只是轻轻地笑，也不说话。

小鱼儿在里面绕了几个圈子，忽又在她面前停了下来，笑道：“我知道你是个好人，而且对我很好，我骂你，你也不生气，但你为什么偏偏要将我关在这里呢？”

苏樱幽幽道：“你是个爱动的人，性子又急，我若不将你关起来，你一定早就走了，但你的伤却到现在还没有好，若是一走动，就更糟了。”

小鱼儿笑道：“原来你还是一番好意。”

苏樱嫣然一笑，谁知小鱼儿又跳了起来，大吼道：“但你这番好意，我却不领情。我是死是活，都不关你的事，你莫以为你救了我，我就该听你的话，感激你……”

苏樱垂下了头，道：“我……我并没有要你感激我，是么？”

小鱼儿又在里面兜了七八个圈子，忽又一笑，道：“说老实话，你为什么要救我，我可真有些弄不清。”

苏樱默然半晌，悠悠道：“那天，我恰巧到‘天外天’去……”

她刚说了一句，小鱼儿又跳起脚来，怒吼道：“什么‘天外天’！那里只不过是个老鼠洞而已。”

苏樱“扑哧”一笑道：“好，就算是老鼠洞，你也不必生气呀。”

小鱼儿大声道：“我为何不生气？现在我一听老鼠两个字就头疼。”

苏樱道：“但这两字是你自己说的，我并没有说。”

小鱼儿板着脸道：“我听人说都头疼，自己说自然头更疼了。”

苏樱忍住笑道："你不会不说么，又没有人强迫你说。"

小鱼儿道："我不说又嘴痒，我……"

说到这里，他自己也忍不住要笑了起来，自己也觉得自己实在是蛮不讲理，转过头，忍住笑道："你为何还不说下去？"

苏樱道："那天我恰巧到天……到老……"

她忽然发觉自己既不能说"天外天"，也不能说"老鼠"两个字，自己也不觉好笑起来，只有咬着嘴唇道："那天我到那地方去，本是去拿要他们替我采的药草，谁知却见到了你，你恰巧也到了那里。"

小鱼儿道："我会到那鬼地方去，算我倒霉；你遇见我，也算你倒霉。"

苏樱一笑，道："但那天我看见你的时候，你却连一点倒霉的样子都没有，你身上穿的衣服虽然破破烂烂，但那神气却像是穿着世上最华贵、最好看的衣服。"

小鱼儿坐了下来，跷起了脚，道："还有呢？我不但很神气，长得也不难看呀。"

苏樱抿嘴笑道："不错，你长得的确不难看，尤其是你的眼睛……"

小鱼儿大声道："我的眉毛、我的鼻子、我的嘴难道就不好看么？"

苏樱吃吃笑道："你从头到脚，没有一个地方不好看……这够了么？"

小鱼儿喝了口酒，笑道："嗯……这还差不多……"

苏樱已笑得喘不过气来："我本不是个很容易吃惊的人，但我见到你时，我……"

小鱼儿大笑道："你见到我时，眼睛都直了，嘴也张大了，活像瞧见了大头鬼似的，那时我真想在你嘴里塞个大鸡蛋。"

苏樱"扑哧"一笑，道："那只因我心里实在奇怪，你怎会找到……找到那地方的。"

小鱼儿默然半晌，皱起了眉头，道："那其中自然有个缘故，但你……你却不必知道，因为无论我是怎会找到那鬼地方的，都不关你的事。"

苏樱叹了口气，道："还有令我奇怪的是，你到了那里，竟一点也不害怕。"

小鱼儿冷笑道：“那有什么好害怕的？比那地方更恐怖、更骇人的地方，我都见得多了。”

苏樱道：“但你见过比……比魏无牙更可怕的人么？”

小鱼儿像是忽然说不出话了，那只拿着酒杯的手，也像是有些发抖，连杯子里的酒都快溅了出来。

苏樱又叹了口气，道：“我从七八岁的时候开始，差不多每隔两三天就要见他一面，但直到现在为止，我一见他的面，还是好像要发抖。”

小鱼儿将酒杯摔在桌子上，大声道：“我不是怕他，我只是觉得恶心。他那张脸、那副模样看来简直不是人……他看来简直就像是老天用一只老鼠、一只狐狸、一匹狼斩碎了，再用一瓶毒药、一碗臭水糅在一起造成的活鬼。”

苏樱忍不住又笑了，道：“你这张嘴可真缺德，但你实在也将他形容得再妙也没有了。”

小鱼儿哼了一声，忽也笑了，道：“老实说，我见到你们时，心里真觉得有些好笑，你们两人坐在一起，看来就像香酥鸽子旁摆着堆臭狗屎，世上再也找不出比这更不相配的事了。”

苏樱垂下了头，默然半晌，幽幽道：“他虽然不是个好人，但对我……对我却一直很好。这十年来，他简直没有拂过我的心意，我无论要做什么，他全都答应。”

小鱼儿道：“哼，丑八怪拍小美人的马屁，那本就是天经地义的事。”

苏樱又默然半晌，展颜一笑，道：“他看见你忽然闯来，而且还有胆子瞪着眼睛向他穷吼，他实在也骇了一跳。这么多年来，我还没见过有人能令他脸上变了颜色的，但他瞧见你时，却连眼睛都好像发绿了。”

小鱼儿仰首狂笑道：“他只怕本以为洞口的那些破铜烂铁能够拦得住我的，谁知那些东西在我眼里，简直就像是小孩子玩的把戏。”

苏樱道：“他就是因为你能闯过他布下的十八道机关消息，所以才对你有些顾忌，所以你虽然对他穷吼，他还是坐着不动……”

小鱼儿接口道：“他既然已知道我的厉害，为何还要令那些蠢材来送死？”

苏樱道：“他自己不动手，却要他门下弟子去动手，为的只是想先试出你的武功来，他也明知那些人不会是你对手的。”

小鱼儿又大笑道：“你以为我不知道他心意？所以我才偏偏不让他瞧出我的武功路数来。”

苏樱一笑道：“魏无牙实也未想到连他都瞧不出你的武功家数来。”

小鱼儿道：“所以他就一直坐着不出手，是么？”

苏樱道：“嗯。”

小鱼儿道：“他就能眼瞧着那些人被我活活打死？”

苏樱叹道：“那些人虽也是他的门徒弟子，但却都还未能登堂入室，并非他心爱的那几个。何况，别人的死活，他根本就不放在心上，只要对他自己有利，就算要他将他儿子的脑袋切下来送人，他也不会皱一皱眉头的。”

小鱼儿怒道：“我早就知道这家伙不是人！谁知他竟连畜生都不如。”

苏樱叹道：“谁知后来你还是上了他的当了。”

小鱼儿瞪眼道：“你懂得什么？若论斗智，就凭他还差得远哩。”

苏樱道：“但是你……你还是……”

小鱼儿也叹了口气，道：“斗智他虽斗不过我，斗力我可就斗不过他了。不瞒你说，我实未想到这畜生的武功，竟有那么厉害。”

苏樱道：“据说在二十年前，他武功已可算是天下有数的几个高手之一，十二星相能横行江湖，可说全靠他一人之力。”

小鱼儿道：“他这倒不是吹牛，十二星相中的人，我也见过两个，武功比起他来，简直连他一成都赶不上。”

苏樱道：“二十年前，他本以为可以无敌于天下，后来遇着了移花宫主，大约吃了个大亏，所以才闭门洗手，躲到这里来。这二十年他日日夜夜地苦练武功，据他说，现在就算移花宫主姐妹两个一起来，他也未必怕她们了。”

小鱼儿大笑道：“他这就是吹牛了，莫说移花宫主自己来，就算移花宫主的徒弟来了，也管叫他吃不了兜着走。”

苏樱眼波流动，道：“移花宫主有几个徒弟？”

小鱼儿道：“女的我不知道，男的却只有一个。”

苏樱目光凝注着他，道：“你……你和他是朋友？”

小鱼儿长叹道：“本来是可以和他交朋友的，但现在……现在却好像非和他做仇人不可。”

苏樱嫣然一笑，道：“很好，好极了！”

小鱼儿瞪眼道：“好什么？”苏樱含笑垂下了头，不再说话。

小鱼儿自然不懂得她的心意，更不知道花无缺眼见就快死了，瞪着眼瞧了她半晌，才接着道：“我也知道他要我坐下，本来是想以诡计害我的，我只怕和他斗力，不怕和他斗智，所以也就立刻坐了下来。”

苏樱又笑了笑道：“他那张椅子上，本有机关，只要他的手一按，坐在椅子上的人就要掉下刀坑去，纵然武功再强，只怕也活不成了。”

小鱼儿道：“真有这般厉害？”

苏樱道：“他不但武功颇高，旁门杂学更是样样精通，他以为只要发动消息，你必死无疑，所以才不愿费力和你动手。”

小鱼儿道：“他自己只怕也想不到他发动机关之后，我还是好好地坐着未动。”

苏樱道：“那时不但他奇怪，我也奇怪极了。”

小鱼儿大笑起来，道：“老实告诉你，我早已看出那张椅子有古怪了，所以我看来好像已坐下，其实我的屁股根本就没挨着椅子。”

苏樱嫣然笑道：“你真是个鬼灵精。”

小鱼儿道：“我借此骂了他两句，谁知道这老畜生竟比我还沉不住气，竟跳起来就和我动手，我一见他出手，就知道要糟了。”

苏樱道：“但你还是和他拼了好一阵，那一场大战，我简直从来也没有见过。”

小鱼儿叹道：“这老畜生倒的确有两下子，不但武功高，招式狠，而且出手又贼又滑，我就算武功比他高，也占不了他的便宜。”

苏樱道：“他自己也这么样说，就算武功比他高的人，也未必能胜得了他，只因他无论使出什么招式，自己先立于不败之地。”

小鱼儿道：“就因为他出力总是先留三分余力，所以我才能和他支持那么久，但我心里也知道，只要我稍一不慎，就得死在他手里。”

苏樱叹道：“他手下的确从来没有活口。”

小鱼儿道：“我既然知道迟早总要遭他的毒手，连逃也逃不了，心里就在打主意了，我就算要死，也不愿死在这种人手里。”

苏樱道：“所以你就……你……”

小鱼儿道：“所以我就一步步向后退，退到墙角。”

苏樱道：“那墙角也有个机关，只要你踩到那里，立刻有飞刀射出！”

小鱼儿笑道：“你以为我不知道么？”

苏樱讶然道：“你知道？你知道为何还要去？”

小鱼儿大笑道：“我就因为已瞧出墙角有机关，就因为已瞧出他要将我诱到那里去，所以才故意好像被他逼得无路可退，一脚踩上那机关，等飞刀射出来时，我也故意装成无法闪避的模样去挨那一刀。”

苏樱竟也愣住了，失声道：“为什么？你为什么故意要上这个当？”

小鱼儿笑道：“只因为我不愿死在他手上。”

苏樱道：“但你可知道，那飞刀上也有剧毒？”

小鱼儿道：“飞刀上就算有毒，也比他那双鬼爪子好多了。我若被他那鬼爪子抓中，必死无疑，所以我才宁可去挨一刀。”

他大笑接道：“我算准他见我挨了一刀后，就不会再动手了，否则我只有和他打到死为止……现在你总该知道，我并不是真的上了他的当吧？”

苏樱瞧了他半晌，长长叹了口气道：“若论应变时智计之灵巧，手段之奇秘，心眼儿动得之快，世上只怕真没有几个人比得上你。”

小鱼儿板起脸道：“你难道还不晓得我是天下第一聪明人么？”

第八十五章

色胆包天

苏樱“扑哧”一笑，过了半晌，悠悠道：“但你若非遇见我，你这天下第一的聪明人，还是一样活不了，你……你该怎么样感激我才是？”

谁知小鱼儿却冷笑道：“你纵然不救我，也还是会有人来救我的。”

苏樱又怔了怔，道：“谁？”

小鱼儿道：“张三李四，王二麻子，我现在也不知道是谁，但到时候总会有人救我的就是，你看我像个短命的人么？”

苏樱轻咬着嘴唇，道：“如此说来，我倒是不该救你的了。”

小鱼儿道：“哼。”

苏樱道：“我本该等着瞧瞧，看有哪个笨蛋会来救你。”

小鱼儿大笑道：“不错，来救我的都是笨蛋，你说得简直对极了。”

苏樱跺脚道：“你……你……”

小鱼儿跷起了脚，悠然笑道：“何况，就算没有笨蛋来救我，我也照样死不了的。‘好人不长命，坏蛋活千年’，这句话你难道没有听过？”

苏樱终于还是忍不住笑了，吃吃笑道：“你呀……你这小坏蛋，可真叫人见了没法子。”

小鱼儿笑嘻嘻道：“说来说去，你实在不该救我的，现在你自己只怕都有些后悔了。”

苏樱道：“后悔？我无论做什么事，从来都没有后悔过。”

她缓缓接道：“那日你身中毒刀之后，没多久就晕迷不醒，魏无牙算定你必死无疑，就要叫人将你抬出去喂老鼠。”

小鱼儿吐了吐舌头，失声道：“喂老鼠？”

苏樱道：“嗯。”

小鱼儿全身都痒了起来，却还是笑道：“好运气呀好运气……”

苏樱嫣然道：“你如今也知道你自己运气不错了么？”

小鱼儿笑道：“不是我运气不错，而是那些老鼠运气实在不错。”

苏樱愕然道：“你说老鼠的运气不错？”

小鱼儿正色道：“我全身上下，里里外外，连筋带皮带骨头，早就已坏透了，老鼠若是真的吃了我，不上吐下泻才怪。”

他话未说完，苏樱已笑得弯下了腰。

小鱼儿道：“你觉得很开心么？”

苏樱笑着笑着，忽然不笑了，痴痴地怔了半晌，竟然幽叹道：“你可知道，我从生下来到现在，从没有这么样开心地笑过。”

她眼圈忽然红了，垂下头，不再说话。

小鱼儿瞧了她很久，耸了耸鼻子，笑道：“你莫难受，我嘴里虽这么样说，心里还是很感激你的。”

苏樱垂首道：“我知道你嘴里虽说得坏，其实心里……心里却是善良的，但有些人嘴里虽说得漂亮，一颗心却比什么都丑恶。”

小鱼儿仰首大笑道：“你以为你很聪明？你以为你能看透别人的心事？”

苏樱摇了摇头，不说话了，过了半晌，才缓缓接道：“那日我本来也没有机会救你，但魏无牙恰巧来了个很重要的客人，就将那人迎入里面说话去了，因为他一向不愿意别人见着我。”

小鱼儿笑道：“只因为人人都比他生得漂亮，他当然怕别人将你抢走。”

这句话像又触动了苏樱的心事，她又垂下头，又过了半晌才接着道：“他离开之后，我才能叫他那两个小徒弟将你抬到这里来，我对他们说，有种花一定要用死人做肥料才会开得鲜艳。”

小鱼儿笑道：“这种话那两个笨徒弟虽相信，魏无牙难道也会相信么？”

苏樱道：“他的徒弟都对他畏之如虎，见了他，简直连一个字都不敢说。”

小鱼儿伸了个懒腰，道：“你难道是觉得我这么聪明的人死了实在可惜，所以才救我的？”

苏樱一笑，道：“我也不知道究竟是为了什么才会救你，也许……也许是因为你见了魏无牙时那种神气，也许是因为你中了毒刀后，还朝着我一笑……临死前还要对我笑的人，我怎么能眼看他真的去死？”

小鱼儿抚掌大笑道：“我那一笑，笑得果然有用极了。”

苏樱道：“难道……难道你对我那一笑，就是为了要我救你的？”

小鱼儿竟嘻嘻笑道：“否则我人都快死了，还有什么好笑的？”

苏樱咬着嘴唇道：“你……你为什么不骗骗我，就说是因为见了我之后，神魂颠倒，所以才不觉笑了出来……”

小鱼儿道：“现在你既已救了我，我为什么还要骗你？何况……你生气时的模样，比笑的时候还要好看得多。”

苏樱忍不住又“扑哧”一笑，道：“你究竟是为了什么去找魏无牙的？”

小鱼儿道：“我那天不早就说过了么？我去找魏无牙，只因为要去救我的朋友。”

苏樱道：“你怎知道你的朋友在那里？”

小鱼儿道：“我的朋友在一路上都留下了暗记，标志说是到那……那见鬼的‘天外天’去了。”

苏樱默然半晌，缓缓道：“但我却可以告诉你，这三个月来，根本就没有一个人到过那地方去，只有你……你是第一个闯进那地方去的人！”

小鱼儿跳了起来，大声道：“绝不会的！”

苏樱道：“你怎知那不是假的？”

小鱼儿道：“那些标志除了他们自己之外，绝没有别人做得出来。”

苏樱叹了口气道：“他们也许是因为自己不敢闯入那地方去，所以叫你去为他们探路，为他们打前锋，他们也许是瞧着你不顺眼，所以叫你去送死！”

小鱼儿倒在椅子上，两眼茫然瞪着前面，喃喃道：“绝不会的，绝不会的……他们从小将我养大，现在为什么要等我……为什么要害我？”

他突又跳起来，冲到铁栅前，大声道：“让我出去，快让我出去，我要去找他们问个明白。”

苏樱柔声道：“你现在伤势还没有好，毒也还没有完全去尽，怎么能出去……你是天下第一聪明人，怎么如此沉不住气？”

突听一人阴恻恻笑道：“好温柔呀！好体贴！”

小鱼儿吃了一惊，嗄声道：“什么人？”

苏樱竟是丝毫不动声色，甚至连嘴角的肌肉都没有牵动一根，只是缓缓转过身子，悠然道：“此间少有佳客，无论什么人来了，我都是欢迎的。”

花丛中一人咯咯笑道：“只可惜在下来得很不是时候，是么？”

苏樱微笑道：“阁下不想出来也无妨，只是好花多刺，刺上有毒，阁下若有什么三长两短，莫怪我不懂得待客之道。”

这次她话未说完，花丛中已有个人就好像屁股后被人踢了一脚似的，连蹦带跳地蹿了出来。

只见这人一张三角脸，鹰鼻鼠目，那模样叫人一看就恶心，身子却偏偏穿着一身亮闪闪锦绣衣衫，见了苏樱，竟当头一揖，道：“在下小小地开了个玩笑，不想竟让苏姑娘小小地吃了一惊，恕罪恕罪。”

小鱼儿见到这人原来是苏樱认得的，原来只不过是在找她开玩笑，心里也就定了下来。

但这人样子讨厌，说话更讨厌，小鱼儿又恨不得“小小地”给他个耳刮子，再“小小地”加上一脚。

苏樱也沉下了脸，冷冷道：“你来干什么？你师父难道没有告诉你，这地方不是你们随便来得的！”

那人嗞嗞笑道：“在下小小的胆子，怎敢冒昧闯入苏姑娘的洞府？但这次却是师父他老人家自己叫我来的。”

苏樱眼波一转，道：“他叫你来的？他叫你来干什么？”

那人眼睛眯成了一线，笑道：“他老人家叫我来瞧瞧，那一定要用死人做肥料的花，究竟开得有多漂亮，只因他老人家有位客人，也想瞧瞧这种奇怪的花。”

这句话说出来，苏樱和小鱼儿都不免吃了一惊。

苏樱冷冰冰的脸色，立刻和缓了，微笑道："既是如此，我就带你去瞧瞧那种花吧。"

那人道："现在我却不用去瞧了。肥料既然还在喝酒，那花自然还没有开出来，是么？"

苏樱眼波流动，媚然道："那么你……你想怎么办呢？"

"在下小小的胆子，怎敢对师父说谎？除非……"那人笑眯眯道，"除非姑娘能令我的胆子大起来。"

苏樱笑道："你的胆子要怎么样才能变大呢？"

那人眯着眼瞧着苏樱道："常言道，色胆包天。这句话姑娘难道没听过？"

苏樱脸色微微一变，但还是笑着道："你不怕你师父吃醋？"

那人咯咯笑道："不错，师父的确很会吃醋的，他老人家若是知道姑娘在和肥料喝酒……嘿嘿，那时他对姑娘你只怕就不会很客气了。"

苏樱咬着嘴唇道："其实你又何必要挟我，我本来就想和你……"

她嘴里说着话，一只手有意无意向铁栅上扶了过去。

那人突然大笑道："姑娘难道想将肥料放出来，杀了我灭口么……嘿嘿，只要姑娘的手一碰上去，我立刻就走，不用片刻，师父就会来的！"

苏樱的手果然放了下来，笑道："你这人倒真是多心。但这里总不是……总不是说话的地方呀，我们到屋里去吧！"

那人赶紧摇手道："不用不用……在下早已听说过，姑娘那屋子里机关巧妙，若是随姑娘进去了，在下这小小的性命只怕就保不住了！"

苏樱柔声道："那么你……你难道想在这里……"

她媚笑着，一步步过去。

谁知那人却突然倒退了几尺，道："莫要过来。"

苏樱吃吃笑道："你既然要我……为何又不让我过去呢？"

那人诡笑道："在下自然是要姑娘过来的，只不过却要请姑娘先脱了衣服，而且要脱得干干净净，一件不剩。"

苏樱道："我会不会武功，你难道还不知道？"

那人道："姑娘虽不会武功，但那心眼儿之多，在下怎吃得消，只不过……”

他笑嘻嘻接道：“姑娘若是脱光衣服，在下就放心了。一个女人若是光赤赤地一丝不挂，她就玩不出什么花样来了。”

小鱼儿在一旁瞧得几乎已气破肚子，这人简直比狐狸还奸，比蛇还滑，无论谁遇着这样的人那真是倒霉透顶。

只见苏樱嫣然一笑，一双纤纤玉手，竟真的去解衣纽。

小鱼儿忍不住大声道：“气死我了。”

苏樱柔声道：“你绝不会气死的，我也绝不会……”

突听“嗖”的一声，一道尖锐至极、猛烈至极的风声响过，那人吃了一惊，霍然转身，后面却什么也没有。

他愣了半晌，缓缓回过身来，喃喃道：“我难道遇见了鬼……”

接着，一根青竹“嗖”地飞来，竟活生生将他钉在地上，鲜血雨点般飞溅出来，这人在地上一阵抽搐，永远也不能动了。

就连小鱼儿这样的眼光，竟都未瞧出这人是怎会倒下的，杀他的人出手之快，当真是骇人听闻。

苏樱面色苍白，道：“是……是哪位前辈出手相救，请出来容我当面拜谢。”

风吹木叶，飕飕作响，四下竟寂无回应。

小鱼儿大声道：“到了这时候，你还不放我出来，让我出去瞧瞧！”

苏樱叹了口气，道：“我现在若是让你出来，就等于在害你，我这一生中从来没有关心过别人的死活，只有你……”

小鱼儿怒道：“我偏要死，你又怎样？”

苏樱嫣然一笑，道：“我这人下了决心，永远再也不会更改……你现在就算真的自杀，我想尽法子，也要将你救活的。”

小鱼儿道：“你……你简直不是人，是个女妖精。”

苏樱抿嘴笑道：“女妖精配小坏蛋，岂非正是天生一对么？”说着说着，她自己脸也红了，红着脸逃了开去。

小鱼儿瞧着她，竟似变得痴了，喃喃苦笑道：“天下竟会有这样的女人，倒也少见得很，看样子她竟像是要跟定我了，这倒是件麻烦事。”

只听苏樱远远道：“你在这里等着，我去瞧瞧那位前辈究竟在哪里，立刻就回来的。”

小鱼儿忍不住道：“那人武功深不可测，你……你要小心了。”

苏樱笑道：“你放心，你还没有死，我也舍不得死的。何况，这位前辈既然救了我，又怎么会对我有恶意？”

语声渐渐去远，没入树影花丛中。

小鱼儿摇头叹道：“这人看来比谁都柔弱，又有谁能想到她竟有这么大的胆子，这么硬的脾气？”

苏樱分花拂柳，一面走，一面笑道：“这地方看来虽美，其实到处都有杀人的陷阱，前辈你救了我，万一在这里受了伤，却叫我怎么好意思？”

她面对着一个行踪诡秘、武功深不可测的高手，竟还是一点也不顾及自身的安危，反而口口声声怕别人受了伤，只可惜那人就算听见，也丝毫不领她的情，还是给她个不理不睬。

苏樱叹了口气，喃喃道：“这人倒真奇怪得很，既然救了我，却又不敢见我，这是为了什么呢？”

那敞轩中灯火仍是亮着的，也瞧不见人影，那“椅子”也还好生生地在那里，不像有人动过的样子。

苏樱转了一圈，又回到那山洞去——这一下她脸色终于大变，那山洞前的铁栅竟已被人开启，里面的小鱼儿竟已不见了！

他难道真的不顾一切，逃了出去？

不会的，他绝不会是自己逃走的，这铁栅他绝对无法开启，能开这铁栅的，算来只有魏无牙和他的首徒魏麻衣。

难道他们也到了这里，将小鱼儿劫走了？

若是换了别人，想到此点，必已惊慌失措，不知该如何是好了，但苏樱反而镇定了下来。

小鱼儿若真是被魏无牙劫走，那么方才救她的那武林高手又到哪里去了？难道他救人后，立刻就走了不成？

何况，若真是魏无牙来了，小鱼儿又怎会全未发出丝毫声音，就老老实实地被他们劫走呢？

苏樱暗暗叹了口气，突听远处传来了惊呼怒骂声。这声音竟正是小鱼儿发出来的。

小鱼儿目送苏樱远去，刚端起酒杯，突听“当”的一声，一粒石子击在铁栅上，火星四溅。

接着，铁栅竟缓缓向上升了起来。

小鱼儿又惊又喜，一时间竟怔住了，黑暗中却已幽灵般出现了条人影，长袍高冠，目光森森冷冷瞧着小鱼儿，却不说话。

小鱼儿长长吸了口气，道：“你是来救我的？”

那人道：“嗯。”

小鱼儿道：“杀了魏无牙的徒弟，也是你么？”

那人道：“嗯。”

小鱼儿道：“但你究竟是什么人？为什么要来救我？”

那人冷笑道：“你若不愿出来，我再将这铁栅放下也无妨。”

小鱼儿眼珠子一转，笑道：“你可得知道，无论你是为了什么救我，我都不领情的，更不会感恩图报。”

那人道：“你若会感恩图报，我就不会来救你了！”

小鱼儿笑道：“话既然说清楚了，我好歹就让你救我一次吧。”

别人救了他，他非但不领情，反而像是要别人感激他似的，那人竟也丝毫不以为忤。

小鱼儿一跃而出，喃喃笑道：“苏樱姑娘，抱歉了，以后有空，我说不定也会来看看你的，你对我的一番好意，我也心领了。”

只见那人身形飘飘荡荡，宛如御风而行。

小鱼儿跟在后面，笑道：“阁下的轻功很不错嘛。但你究竟要将我带到哪里去？”

第八十六章

利令智昏

那人道："到了你自然就知道的。"

小鱼儿忽然停下脚步，道："你莫以为你救了我，我就会跟你走，你此刻若不说明白，那么抱歉得很，你走你的路，我就要走我的路了。"

那人回头一笑，道："难怪别人说你难缠难惹，如今看来，倒真的……"

他话声忽然停顿，压低声音道："小心，有人来了，说不定就是魏无牙。"

小鱼儿真吃了一惊，道："人在哪里？"

那人拉住他的手，忽又冷冷一笑，道："就在这里！"

小鱼儿又一惊，已觉得半身发麻，原来那人已扣住了他的脉门，五指如铁，小鱼儿哪里还能挣得脱，失声道："你……你这是干什么？"

那人也不说话，左手又闪电般点了他好几处穴道。

小鱼儿怒道："你疯了么，既然救了我，为何又来暗算于我？"

那人冷笑道："就因为你想不到，否则我又怎能得手？"

他嘴里说着话，竟用条带子将小鱼儿吊在树上。

小鱼儿又惊又怒，怒骂道："你这疯子、畜生，你究竟想怎样？"

那人却再也不瞧他一眼，拍了拍手，扬长去了。

小鱼儿忍不住怒骂道："疯子，疯子……我怎地总是撞见些疯子。"

苏樱听见小鱼儿的怒骂声，亦是又惊又喜，无论如何，小鱼儿总算还在这山谷里，她正想追过去，突听黑暗中一人冷冷道：“你不必找了，我就在这里！”

一人随着语声缓缓走出来，瘦骨嶙峋，麻衣高冠，双颧高耸，鼻如兀鹰，目光睥睨之间，充满冷漠倨傲之意。

苏樱竟不觉怔了怔，才长长吐出口气，道：“原来是你！”

麻衣人道：“哼！”

苏樱嫣然一笑，道：“方才我就觉得杀人的手法很像你，但我却想不到……”

麻衣人冷冷道：“你想不到我会来，是么？”

苏樱叹了口气道：“我的确没有想到，自从你和老头子斗翻之后，已经有四年……四年三个月没听过你的消息了。”

麻衣人仰面望天，道：“你倒还记得我。”

苏樱垂下了头，道：“我怎么会忘记你？你一向对我那么好。”

麻衣人忽然怒道：“谁说我对你好，普天之下，我从来也没有对谁好过。”

苏樱道：“你难道没有？”

麻衣人长长吸了口气，大声道：“不错，我也为了你，我瞧不惯他已半截入了土的人，还要……还要把你当作他的禁脔，别人只要瞧你一眼，他就要发疯。”

苏樱默然半响，道：“但你现在还是回来了。”

麻衣人冷笑道：“我要来就来，要去就去，谁管得了我？”

苏樱道：“不错，连老头子都有些含糊你，你走了之后，他常说这一生收的弟子虽多，但得到他真传的，却只有你一个。”

麻衣人冷笑道：“你以为我的功夫是他教给我的么！哼……魏无牙自私自利、苛刻成性，还有谁不知道？他收那么多徒弟，只不过是想用些不要钱的佣人而已，几曾将真功夫教给别人……他只不过传授了我几手皮毛功夫，就要人家去为他拼命，为他死！”

苏樱道：“那么你的功夫……”

麻衣人冷冷道：“我的功夫只不过是一点一滴偷来的……在他练功的时候，我在暗中偷偷地瞧，偷偷地学来的。”

苏樱叹道：“他对徒弟的确不好，但为何你……你现在为什么又要回来呢？”

麻衣人道：“我……我只不过是想回来瞧瞧。”

苏樱眼波流动，微笑道：“你回来还是为了想看看我，是么？”

麻衣人大声道：“现在我已知道，你这人根本无情无义，无论别人对你多么好，你既不会放在心上，也不会感激。”

苏樱似是十分委屈，垂头道：“我……我真是这样的人么？”

麻衣人道：“哼。”

苏樱道：“但你杀了魏十八，还是为了我，你看不惯他那么样欺负我，由此可见，你还是对我很好的，是么？”

麻衣人突然大笑起来。

苏樱眨了眨眼睛，道：“你笑什么？”

麻衣人戛然顿住笑声，一字字道：“老实告诉你，我早已对你死了心了！我虽不屑去做那些揭人隐私、无耻密告的事，但无论你喜欢谁，我都再也不会放在心上！”

苏樱静静地瞧了他半晌，也缓缓道：“那么，你为什么要将我喜欢的人劫走呢？”

麻衣人冷冷一笑，道：“这原因你不久就会知道，现在你想不想先去瞧瞧他？”

苏樱道：“你说我想不想？”

麻衣人道：“好，你跟我来吧！”

小鱼儿瞧见苏樱竟和这麻衣人一起来了，而且两个人看来还好像很熟，他又是惊讶，又是诧异，忍不住怒喝道：“这疯子究竟是什么人？你认得他？”

苏樱瞧见小鱼儿竟已被人吊在树上，不觉叹了口气，苦笑道：“天下第一聪明人，怎会变成这样子的？”

小鱼儿怒道：“只因为我没想到这人竟是个疯子，做的事实在令人莫名其妙。”

苏樱道：“他就是魏无牙门下，武功最高的弟子，江湖中人提起无常索命魏麻衣来，谁不心惊胆战，否则怎会连你都上他的当。”

小鱼儿怔了半晌，长长叹了口气，道：“这人竟会是魏无牙的徒弟，看来我真的遇见鬼了。”

魏麻衣冷冷道：“既然遇见了，你还有什么话说？”

小鱼儿向他扮了个鬼脸道：“话是没有了，屁倒还有一个，你想不想闻闻？”

他头下脚上，高高吊起，人的脸若是反过来看，本已十分滑稽，此刻他又做了个鬼脸，那样子可实在令人不敢恭维。

苏樱忍不住“扑哧”笑出声来。

魏麻衣纵是满心气恼，但瞧见他这副样子，竟也忍不住要笑，当下扭转了头，瞪着苏樱道：“你喜欢的就是这人么？”

若是换了别的女人，纵然满心喜欢，也万万不好意思当面说出来，但苏樱却连头都未垂下，道：“不错。”

魏麻衣冷笑道：“我本当你眼界很高，谁知你喜欢的却是这种疯疯癫癫的笨蛋。”

苏樱笑道：“他本来就不错，否则我……我又怎会被他迷上呢？”

魏麻衣怔了怔，道：“连这样的话，你也说得出口？”

苏樱道：“我为何不敢说出心里的话？这又不是什么丢人的事，若是鬼鬼祟祟，偷偷摸摸，心里喜欢了别人，嘴里却不敢说，那才叫丢人哩……你说是么？”

魏麻衣蜡黄的一张脸，竟也像是红了红，冷笑道：“你虽喜欢他，怎奈他却未必喜欢你。”

苏樱道：“只要我喜欢他，无论他喜不喜欢我都没关系，更用不着你来费心。”

魏麻衣道：“哼，你……”他也想反唇相讥，怎奈哼了一声，就说不出话来。

苏樱一笑又道：“何况，就算他现在不喜欢我，我也有法子叫他喜欢我的。”

听到这里，小鱼儿已忍不住大笑道：“好，说得好，我简直现在就有些喜欢你了。”

魏麻衣面上阵青阵白，大声道：“既是如此，他若死了，你必定十分伤心，是么？”

苏樱微微一笑，道：“我早就知道你要以他来要挟我的，你究竟想要什么？难道还不好意思说？”

魏麻衣瞧着她那如春水般的眼波，瞧着她那在轻衣下微微起伏的胸膛，只觉心跳加速，嘴唇发干，道：“……我要你……”

突然大喝一声，身形急转，在自己胸膛上打了七八拳，眼睛再也不敢去瞧她，大声道：“我只要你说出你昨日听到的秘密！”

苏樱忽然笑道：“其实你就算要的是我，我也会将自己给你的，只恨你竟没有这个胆子，将大好机会平白错过。”

魏麻衣怒吼一声，转身抓住她的肩头，嘶声道：“你……你这臭丫头，小贱人，你……你……你……”

他说了一句，又说不出来，忽然反手一掌，向苏樱脸上掴了过去，谁知苏樱竟不闪避，反而转脸迎了上去，道：“你要打，就打吧，但你忍心打得下手么？”

只见淡淡的星光，自树梢漏下，照射在她脸上，她星眸如丝，鲜花般的面颊更似吹弹即破。

魏麻衣这一掌竟硬生生地在半空中顿住，再也打不下去。

苏樱却将整个身子都偎了过去，闭着眼道：“你打呀，你怎么不打了？”

魏麻衣身子似乎发起抖来，心里恨不得立刻就将这软玉温香抱个满怀，偏偏又没脸真的伸出手去。

小鱼儿瞧得又好气，又好笑，突见苏樱一只春葱般的纤纤玉手上，不知何时已戴起了个发亮的戒指。

他头下脚上，眼睛正对着这戒指，星光下瞧得清楚，这戒指上竟有根又尖又细的银针。

苏樱扭动着腰肢，嘴里含含糊糊的，也不知说些什么，这只戴着戒指的手，却向魏麻衣脖子上搂了过去。

魏麻衣脖子上的细皮，只要被这根银针划破一丝，他就再也休想活了；而他此刻心跳气喘，眼睛发红，一颗心已飘飘荡荡地不知飞到哪里去了，怎么想得到这要命的无常已离他不到半寸。

谁知小鱼儿竟然大喝道：“小心她的手！她手上有毒针！”

魏麻衣狂吼一声，举手一掌，将苏樱推出数尺。

苏樱身子撞到树上，瞪眼瞧着小鱼儿，失声道：“你……你疯了

么？”

苏樱咬着嘴唇，不说话。魏麻衣又惊又怒，但实也不懂小鱼儿为何反来救他，是以瞪着眼站在那里，也没有说话。

只听小鱼儿笑道：“我救他，只因我也想听听你那秘密。”

苏樱道：“……你说什么？”

小鱼儿接道：“你宁可将自己肉身布施，也不肯说出这秘密，可见连你自己都将这秘密瞧得比自己身子还要紧得多。”

苏樱道：“他不敢杀我的，只因他杀了我后，就再也休想知道那秘密了。”

小鱼儿接口笑道：“我倒想听这秘密，只有让他要挟你，你才不得不说出来。他若被你杀了，这秘密只怕你再也不会说出来，我岂非也听不到了？”

苏樱跺脚道：“但我既然救了你，这秘密，难道以后不肯告诉你么？”

小鱼儿笑道：“那是两回事。你见我要死，心里着急，才会将这秘密说出来；等我被救下来后，你却又怕我走了，那时你就会用这秘密来钓住我，说不定要等到什么时候才肯说出来，我怎么能等得及？”

他大笑接道：“老实告诉你，你救了我后，我说不定立刻就要走的，那时我岂非永远也听不到这秘密了，我心里岂非要难受一辈子？”

这番话说出来，就连魏麻衣听了，都有些哭笑不得，苏樱更听得几乎气破肚子，大声道：“这秘密既如此重要，你若也要一旁听见了，他怎会放过你？你……你自命天下第一聪明人，怎地连这点都未想到？”

小鱼儿大笑道：“朝闻道，夕死可矣。我只要能听到如此精彩的秘密，死了也没什么关系。”

苏樱瞧了瞧小鱼儿，又瞧了瞧魏麻衣，忽然娇笑着道：“有趣呀有趣，天下竟有这样的人，这样的事，我本来绝不会为了任何人说出这秘密，但为了你……”

小鱼儿道：“为了我，你愿说么？”

苏樱转向魏麻衣，脸立刻沉了下来，缓缓道：“其实我就算将移花接玉的秘密告诉你，也没有用的，你反正学也学不会，破也破不了……”

魏麻衣还未说话，小鱼儿已变了颜色，失声道：“你说什么？移花接玉的秘密？”

苏樱道：“不错，移花接玉的秘密，也就是武学中最大的秘密，他们师徒就为了这秘密，二十年来食不知味，睡不安枕。”

小鱼儿瞪大了眼睛，道：“你……你知道移花接玉的秘密？”

魏麻衣早已沉不住气了，嗄声道：“只要你说出来，学不学得会就是我的事了。”

苏樱道：“好，你听着……”

一句话还未说完，突听小鱼儿放声大喊道：“天灵灵，地灵灵，玉皇大帝圣旨令，观音菩萨柳枝瓶，外加阎王老子，牛头马面，你们快来救我呀！”

他穷吼鬼叫，又叫又嚷，苏樱说些什么，魏麻衣一个字也听不见了，一步蹿过去，大怒吼道：“你小子疯了么？”

小鱼儿朝他扮了个鬼脸，笑嘻嘻道：“我没有疯，只是这秘密我已不想听了。”这句话说出来，苏樱又怔住了。

魏麻衣更是暴跳如雷，吼道：“你本来拼命想听这秘密，如能听到移花接玉的秘密，正是死了也不冤，如今为何反而不想听了？”

小鱼儿笑道：“别的秘密我倒也想听听，但这移花接玉的秘密嘛……嘿嘿，我三岁时就知道了，再听岂非无趣？”

魏麻衣怔了怔，道：“你……你也知道？”

小鱼儿道：“这秘密若是由苏樱说出来，你练到一百岁也休想练得成，何况你连五十岁都未必活得到。”

苏樱吃吃笑道：“这话倒也不错。”

小鱼儿道：“但这秘密若由我说出来，不出三天，你就可练成，只因我所知道的，乃是移花接玉功的速成捷径。”

魏麻衣听得脸都热了起来，忍不住动容道：“只要你真能说出来，我……”

小鱼儿正色道：“我也不要你感激我，只要你放了我就是。”

魏麻衣道：“是是是，在下一定……”

小鱼儿接口道：“好，你听着，我一面说，你一边练。”

小鱼儿道："移花接玉的行功要诀，第一步就是要你手为脚，倒立而起，昂起头，分开双足屏息静气。"

魏麻衣皱眉道："这算什么功夫？"

小鱼儿正色道："你要知道，移花接玉的最大奥妙，便是一切都反其道而行，练功的姿势，自然也得要如此。"

魏麻衣虽然有些怀疑，但只要能学到移花接玉，他委实不惜牺牲一切，只要有一点机会，他也不肯错过。苏樱抿嘴在一旁瞧着，也不说话。

只见魏麻衣身子一挺，已倒立而起，双足微分，头抬得高高的，那模样活脱脱像是一只蛤蟆。

小鱼儿板着脸瞧着，脸上连一丝笑容也没有，道："膝盖再弯些，头再抬得高些。"

魏麻衣倒真听话得很，立刻照话做了道："这样行了么？"

小鱼儿道："马马虎虎，将就使得了。"

说完了这句话，就再也没有下文。

要知魏麻衣纵然内力深湛，但这姿势实在要命，武功再高的人摆出这种姿势，也不免吃力得很。

盏茶工夫过后，魏麻衣头上已快流汗，忍不住道："还要等多久？"

小鱼儿道："好，现在你真气已沉至胸膛，第一步已可算准备好了，第二步的功夫未做前，先得放个屁。"

魏麻衣怒道："我看你简直在放屁。"

他虽然又惊又怒，但生怕前功尽弃，还是不敢站起。

小鱼儿道："你要知道，屁乃人身内之浊气，我要你放屁，正是要你先将体内浊气驱出，然后才能开始练功夫。"

第八十七章

汝奸我诈

魏麻衣听小鱼儿要他放屁，心中一想，这倒也有理，只好放了个屁。要知内功高明的人，本可随意控制自己身体里的气脉，放个屁并非难事。苏樱早已掩住鼻子，转过身去，肩头不停地在动，像是忍不住要笑，小鱼儿却仍是一本正经，道："这个屁要脱下裤子来放才算的。"

魏麻衣道："脱……脱……"

他脸已涨得通红，连话都说不出了。

小鱼儿道："这一步就叫作脱了裤子放屁，放个痛快。"

要知他非但不是呆子，而且阴沉狡猾，只不过想学移花接玉的心太热了一些，头未免有些晕了，正是所谓"利令智昏"，小鱼儿才会有机可趁，此刻魏麻衣愈听愈不对，翻身跃起，怒道："这……这究竟算什么功夫？"

小鱼儿还是板住脸，道："这就叫呆子放屁功，那比移花接玉可要厉害多了。"

魏麻衣双拳紧握，全身发抖，简直活活要被气死。苏樱也忍不住笑得花枝乱颤。

小鱼儿这才放声大笑道："呆子，你想我真会移花接玉，还会被你吊在树上么？你让我上了个当，我若不也让你上个当，怎么对得起你。"

苏樱娇笑道："但你……你这样做得也未免太缺德了。"

小鱼儿大笑道："要想占我便宜的人，总得吃些亏的。"

魏麻衣怒吼道："你要我上当，我就要你的命！"怒吼声中，扑了过去。

小鱼儿却大呼道："天灵灵，地灵灵，天兵神将，大鬼小鬼，再不出来救驾，我就要骂了！”

“像你这样的人，鬼也不会来救你的。”魏麻衣手指已向小鱼儿哑穴点了过去。

就在这时，突听黑暗中一人阴恻恻道：“你又不是鬼，怎知鬼不会来救他？”

这语声缥缥缈缈，若断若续，连一点生气都没有，哪里像是活人发出来的声音？而且语声发出时，本在西面，一句话说完，已到了东面。

深夜荒林，骤然听见这样的声音，真叫人不寒而栗。

只见黑暗的苍穹下，树梢头，果然有条灰白色的影子，一身麻衣在风中猎猎飞舞，看来当真是鬼气森森，不像活人。

魏麻衣究竟不是等闲人物，瞧见对方的影子后，反而沉住了气，一步步走过去，冷冷道：“阁下既然想做鬼，我就成全了你吧！”

语声中，已有一蓬银雨，向树梢暴射而出。

由下往上，本难使力，但魏麻衣的腕力当真不同凡响，这一蓬银雨去势之急，竟比强弩硬箭还急几分。

树梢上的影子惊呼一声，落叶般飘了下来。

魏麻衣冷笑道：“看你还装神弄鬼……”

话犹未了，只听一人哈哈笑道：“死一次是鬼，死两次还是鬼，你再往这里瞧瞧。”

魏麻衣大惊回首，那灰白色的影子赫然竟已到了左面十丈外的树梢上，一双灰白色的眼睛，正俯首瞪着魏麻衣冷笑。

魏麻衣纵是艺高人胆大，此刻手脚也不禁有些发冷。就在这时，突听身后一人哈哈大笑道：“这么大一个人，难道也会被鬼吓着么？”

魏麻衣霍然翻身，只见一个满脸笑容的圆脸和尚，摇摇摆摆走了过来，魏麻衣蓄气作势，厉声道：“你难道也是鬼么？”

那和尚哈哈笑道：“和尚不是鬼，和尚是捉鬼的和尚。”

魏麻衣冷笑道：“既然如此，和尚你就将那鬼捉来吧。”

那和尚道：“那不是鬼……哈哈，鬼不在那里。”那和尚的手突然往旁边黑暗的林中一指。

魏麻衣情不自禁，随着他手指之处瞧了过去。只见黑暗中不知何时，已坐着条人影，手里拿着白生生一件东西，正吃得津津有味。

魏麻衣眼观四路，心里在筹思着对敌之策，要如何才能将对方几人一连击倒，嘴里却笑道："但鬼哪有如此好吃的？"

那和尚道："哈哈，他不信……你为何不让他瞧瞧。"

树林里那人嘻嘻一笑，将手里的东西向魏麻衣抛了过来，魏麻衣不由自主地伸手一抄。

他只觉这东西软软的、嫩嫩的，仔细一瞧，竟是半截手臂，上面牙印宛然，而且是已煮熟了的。

这下子魏麻衣真的吃了一惊，只觉半边身子都麻了，赶紧将这半条人臂远远抛了出去。

树林里那人又伸手接住，嘻嘻笑道："这地方人都有老鼠臭，不能吃的，我好容易才找到一个能吃的人，节省着吃了三天，只剩下这半截手了，你若抛了岂非可惜？"一面说着，一面又放怀大嚼起来，嚼得吱吱喳喳地响。

魏麻衣几乎忍不住吐了出来，情不自禁地往后退，嗄声道："各……各位究竟是什么人？究竟要想怎样？"

突听又是一人冷冷道："这里只有我一个人，你有什么话，找我来说吧！"

语声中一人大步走了过来，身子又高又瘦，白衣如雪，袖长及地，一张惨白的脸冷得像冰，简直比鬼难看得多。

魏麻衣厉声道："好，你既是人，我也要让你变鬼！"

他出手当真是快如闪电，话声中招已递出。

这一抓他五指已贯满真气，若是被他抓着，铁石也将洞穿，那白衣人竟似变招不及，闪避无力。

魏麻衣一抓就抓住了他的手，突然手里冷冷冰冰，抓住的哪里是只人手？大惊之下，白衣人已狞笑道："撒手！"

只听"哧"的一声，他长袖一分为二，魏麻衣但见对方的"手"已自他掌心划过，鲜血立涌而出。这白衣人的手，竟是只钢钩。

魏麻衣手伤虽不重，但生怕对方钩上有毒，更是不敢恋战，身形倒纵，便待冲出。

忽然间，又听得一人怒喝道："无牙门下，岂是临阵脱逃的人，不管他们是人是鬼，你怕什么？”

只见这人身形瘦小如童子，一张也说不出有多难看的脸上，却生着一部很好看的胡子，长须飘飘，几乎已飘在地上。

他头戴金冠，长袍上碧光闪闪，看来又是可笑又是可怕，树林里那吃人的鬼惊呼一声，道：“魏无牙来了！鬼也害怕，还是溜吧。”

这时树林里连人带鬼都逃了个干净，只有小鱼儿吊在树上，苏樱也早已不知走到哪里去了。

魏麻衣叹了口气，苦笑道：“弟子如今才知道，无论如何，还是比不上师父的。”

魏无牙冷笑道：“你知道就好。”

他袍袖一挥，又道：“那人伤了你哪里？可有毒么？伸出手来让我瞧瞧。”

魏麻衣缓缓伸出手，突然一掌向魏无牙击出。

这一掌出手很急，魏无牙却似早已算准他有这一招，身子一闪，后退一丈开外，怒叱道：“好个孽徒，敢对师父如此无礼。”

魏麻衣狂笑道：“你易容的本事虽不错，但想扮魏无牙，还差得远哩！”

那魏无牙也哈哈笑了起来，道：“好，居然被你瞧破了，但我且问你，我学得哪点不像？”

魏麻衣大笑道：“你难道不知道他天生残废，两条腿有如婴儿，走起路来就像爬一样，他生怕别人瞧见，是以从不自己走路……”

只听哈哈一笑，那和尚又从黑暗中跳了出来，拍手笑道：“小娇儿这次可栽了跟头了。”

那吃人的鬼也忽然出现，大笑道：“像魏无牙那么丑怪的人，天下也找不出第二个，的确是谁也扮不像的，我早就知道你下的苦功都白费了。”

那人身子一长，忽然长高了两尺，道：“现在我只想该用个什么法子，让魏无牙走两步瞧瞧。”

魏麻衣忽然翻身，箭一般掠回小鱼儿身旁，抽出一柄碧绿的匕首，指着小鱼儿的咽喉，喝道：“你们可是来救他的么？”

那吃人的鬼大笑道：“你要杀他，你杀得了他么？”

笑声中，倒吊在树上动也不能动的小鱼儿，突然能动了！非但能动，而且动作简直比闪电还快。他两只手一动，就点了魏麻衣的几处穴道。

魏麻衣大骇之下，连还手都来不及，全身已被制住，小鱼儿顺手夺过他的匕首，指着他的咽喉，哈哈笑道："你又上了我的当了。"

魏麻衣只有瞪着眼，咬着牙，到了这地步，他还有什么话好说？小鱼儿笑嘻嘻瞧着他，道："你现在总该知道，我的便宜是不好占的了吧！你若占了我的便宜，我迟早连本带利都要收回来的。"

那吃人的鬼摇摇摆摆走了过来，在魏麻衣脖子上嗅了嗅，面上忽然露出大喜之色，抚掌笑道："妙极妙极，这人身上已没有什么老鼠臭了，若多加些葱姜作料，用上好的酱油来红烧，已勉强可以吃得。"

魏麻衣目中满是惊惧之色，瞪着他嗄声道："你……你莫非是不吃人头李大嘴！"

那吃人鬼仰天笑道："我已有二十年未在江湖走动，不想还有人记得我的名字。"

魏麻衣全身都软了。别人若要吃他，他还未必相信，但李大嘴若说要吃他，那可就不是说笑的了。

小鱼儿笑嘻嘻道："你何苦再骇他，若是骇破了苦胆，肉岂非吃不得了？"

突见一个人自树梢凌空翻下来，一身白麻衣衫飘飘飞舞，落到魏麻衣面前，瞧着他咧嘴一笑道："你只认得不吃人头李大嘴？可认得我么？"

这人就是方才被魏麻衣用暗器从树梢打下去的，一顶白麻冠上，还留着根银针，显见方才虽未真的被打中，少不得也要骇一大跳。

魏麻衣瞧了他一眼，闭上眼睛，叹道："装神弄鬼的人，我早该想到你是半人半鬼阴九幽的。"

那人却折了段树枝，拨开他的眼皮，道："你再睁大眼睛瞧瞧，阴九幽是在哪里？"

魏麻衣只有张开眼睛，望了过去，只见树梢上还飘飘荡荡地站着条麻衣人影，打扮得和面前这一个人一模一样。

方才装鬼的，原来是两个人，难怪"瞻之在前，忽焉在后；瞻之在左，忽焉在右”，说穿了竟是一文不值。

魏麻衣长叹了一声，苦笑道：“十大恶人，今日究竟来了几个？”

那人道：“也不太多，只不过六个，老子就是损人不利己白开心，你小子可曾听过老子的大名？”

魏麻衣冷冷道：“我早已听说，白开心在十大恶人中，可算是最没用的一个，只不过是江湖中人勉强拿来凑数的。”

白开心脸色变了变，但瞬即大笑道：“你莫要挑拨离间，老子今年已四十八，再也不会上这种当了。”

那和尚拍手道：“白开心果然长成大人了，只不过你明明已五十二，为何说四十八，你又不是女人，何必瞒岁哩。”

白开心瞪眼道：“我老婆还未娶着，若不瞒几岁，还有谁嫁给我？”

他又拍了拍魏麻衣肩头，又道：“你可得记着，这和尚笑里藏刀，最不是东西。”

魏麻衣叹道：“好一个笑里藏刀哈哈儿！”

他眼睛向那面色惨白的白衣人瞧了过去，道：“你是……你是……”

白衣人长袖一翻，露出了双手——右手竟是一只雪亮的钢钩，左手上光芒闪闪，其红如血。

魏麻衣失声道：“血……血手杜杀！”

杜杀道：“哼！”

魏麻衣惨笑道：“好，好，好，原来十大恶人真的到了六个，我魏麻衣落在你们手里，还有什么话说？”

杜杀冷冷道：“不错，你只有死！”

他一步步走过来，光芒闪动处，钢钩向魏麻衣咽喉划了过去。

李大嘴赶紧拉着他的手，道：“这使不得。”

杜杀厉声道：“你想怎样？”

李大嘴笑道：“杜老大的事，小弟怎敢拦阻？只不过，他身上的肉本已不多，若先杀了他再煮，失血过多，肉更没有滋味了。”

杜杀道：“哼。”

他缓缓放下了手，魏麻衣却已颤声呼道：“李大嘴，你我究竟同是武林一脉，你杀了我，我死而无怨，但你又怎能……怎能……”他只觉一阵恶心，胃里的东西都吐了出来。

李大嘴捏着魏麻衣身上的肉，喃喃道：“像这么大一个人，用两斤酱油、一斤料酒、十文钱的葱姜只怕就够了，自然还要加五文钱的五香八角。”

魏麻衣全身都麻了，终于颤声道：“求求你，我……我……求求你好么……”

李大嘴两只手一提，将魏麻衣整个人都提了起来，笑道：“各位，小弟肚子饿了，要先走一步……”他话未说完，魏麻衣已狂吼一声，晕了过去。

哈哈儿拍手笑道：“吓昏了，吓昏了，李大嘴果然有两下子。”

白开心摸着魏麻衣的头，道：“这小子醒了后，想必会乖乖地听话了，咱们要挑魏无牙的老鼠洞，也就全要靠这小子帮忙。”

哈哈儿道：“正是如此，否则咱们何必花这么多工夫来吓他。”

小鱼儿伸了个懒腰，笑道：“只苦了我，害得我在树上多吊了半个时辰。”

屠娇娇瞧了他半晌，忽然道：“那姓苏的丫头明明已要说出移花接玉的秘密了，你为何反而要拦住她？”

白开心道：“是呀，你为何要拦住她，你不是要和花无缺拼命了么？若能知道移花接玉的秘密，岂非就能稳操胜算？”

小鱼儿懒洋洋一笑，道：“我知道他武功的秘密后，再和他打架还有什么意思？”

白开心瞪了他半晌，长长叹了口气，道：“你原来是个好人。”

他忽又大笑起来，拍手笑道：“由哈哈儿、李大嘴、杜老大、屠娇娇、阴九幽，这五个人养大的孩子，居然会是个好人……狐狸窝里出了条牧羊狗，你们五个不觉得丢人么？”

阴九幽、杜杀面色都微微变了。

第八十八章

飘忽无踪

李大嘴却立刻大笑道："你也学会了屠娇娇的一手？也来挑拨离间了？"

屠娇娇嘻嘻笑道："他挨了小鱼儿一顿，他心里一直不服气哩。"

哈哈儿道："不服气又有什么用？哈哈，十个白开心也斗不过一个小鱼儿的，你若是想出气，还是死了这条心吧。"

白开心也不生气，笑嘻嘻道："我又有什么不服气的？有一天狐狸若是被狗吃了，那我才是服气哩。"

这句话说出来，连李大嘴脸色都变得有些难看了。

小鱼儿却似没有瞧见，拍手大笑道："损人不利己，果然是损人不利己。"

话犹未了，只听一人银铃般笑道："十大恶人，也果然名不虚传，我真佩服极了。"

一株四人合抱的大树干上，忽然开了个门，原来这株树竟是空心的，里面正好藏人，谁也休想找得着。

苏樱从树里面盈盈走出来，盈盈一礼，笑道："名震天下的十大恶人来了，贱妾竟有失远迎，恕罪恕罪。"

哈哈儿大笑道："姑娘千万别客气，咱们这些人是天生的贱骨头，有人对咱们一客气，咱们就以为他要来动坏主意了。"

李大嘴忽然跳了起来，大嚷道："走吧，走吧，快走吧。再不走我就受不了啦！"

屠娇娇道："你受不了什么？"

李大嘴道："瞧见这丫头的一身细皮白肉，我简直连口水都快流了出来，但又明知道小鱼儿绝不肯让我吃了她的，再不走我岂非要发疯。”

嘴里说着话，已背着魏麻衣，如飞似的走了出去。

白开心也跳了起来，道：“我也要走，瞧着这娇滴滴的美人儿，我这光棍也实在有些心动，不如还是快走了，眼不见为净，也免得和小鱼儿争风吃醋。”

话声中，凌空一个翻身掠出三丈外，眨眼就不见了。

哈哈儿也随了出去，一面笑道：“不错，再不走连和尚都要动凡心了。”

屠娇娇咯咯笑道：“幸好我还有一半是女人，否则……”瞟了小鱼儿一眼，娇笑着掠上树梢一闪不见。

阴九幽阴恻恻笑道：“姑娘若做人做腻了，不妨来找我。做鬼有些时比做人有趣得多，这年头漂亮的女鬼，更吃香得很。”

苏樱抿嘴笑道：“多谢指教，但我现在却活得还蛮有趣哩。”

阴九幽指着小鱼儿，大笑道：“你若是爱上了这个人，用不着多久，就会觉得活着无趣的……”等这句话说完了，笑声已远在十余丈外。

杜杀瞪着小鱼儿，笑道：“你还要在这里待多久？”

小鱼儿笑道：“只怕用不着多久的。”

杜杀道：“你知道在哪里可找得着我们？”

小鱼儿道：“知道。”

杜杀道：“好！”

他人已掠出林外，突又回首道：“小心些，漂亮的女子若要吃人时，连人头都要吃下去。”

苏樱娇笑道：“前辈只管放心，我的胃口一向不好，一向是吃素的。”

树林里忽然静了下来，苏樱含笑瞧着小鱼儿，道：“魏麻衣将你吊在树上后，这些人已来了？”

小鱼儿笑道：“他们来得正巧。”

苏樱道：“但你还是装成不能动的样子来骗我。”

小鱼儿笑道：“我本来可不是要骗你的，魏麻衣让我上了一次当，我怎么能就那样放过他？我好歹也得要他知道厉害。”

苏樱道：“你本来虽不是为了骗我，但后来还是骗了我。”

小鱼儿耸了耸肩，道：“你若要这么想，我也没法子。”

苏樱道：“你知道我对你很好，所以就利用这点来骗我，让我为你担心，为你着急。我不顾一切来救你，你反而以此来要挟我说出心里的秘密。”

她瞬也不瞬地凝注着小鱼儿，眼波沉得像黑夜中的海水。小鱼儿扭转头，忽又回头一笑道：“我早就说过，我并不是好人，谁若对我好，谁就要倒霉了。”

苏樱叹了口气，缓缓道：“世上大多数人，都生怕自己变得太坏，但你却偏偏相反，你竟好像生怕自己变得太好了，总要做些事来证明你自己不是好东西……这究竟是为了什么呢？这只怕连你自己也想不到的，是么？”

小鱼儿笑道：“这只怕是因为我天生是个坏坯子。”

苏樱瞧了他半晌，忽也一笑，道：“但你可知道，你并没有自己想象中那么坏么？”

小鱼儿笑道：“你且说来听听吧。”

苏樱缓缓道：“这只因你从小是跟着那些坏人长大的，所以在你心里面，总觉得自己绝不可能变得太好。”

苏樱顿了顿，又接着说：“而且，你还认为自己若是变得太好，就有些对不起那些将你养大的人，所以有时你不得不做些坏事来证明自己……”

小鱼儿突然大笑起来，打断了她的话，接口道：“你和我见面还没有几天，就以为很了解我了？”

苏樱道：“我本来也并不太了解，但见了那些人后，就明白了。”

小鱼儿道：“哦？”

苏樱微笑道：“那些人真算是坏人中的天才，已坏得炉火纯青，他们能将一件很卑劣低下，或是很恶毒残酷的事，做得令人反而觉得很有趣。”

小鱼儿道：“你用不着这样骂他们，他们可没有得罪你。”

苏樱一字字道：“你难道现在还未发觉，是他们将你诱入那……那老鼠洞去的。”

小鱼儿又大笑起来，道：“笑话，这才是笑话，他们为何要骗我？”

苏樱道：“这也许是因为他们已发觉，你并不是和他们一样的坏，他们认为你说不定会反叛他们，所以就故意做下那些标志暗号，将你诱入那老鼠洞，要想借魏无牙之手，将你除去……”

小鱼儿顿住笑声，大声道：“那么我问你，他们既要害死我，方才为何又来救我？”

苏樱眼波流动，道：“这也许是因为他们忽然又觉得你有用了，杀了可惜，也许是因为他们并不想亲手杀死你……”

小鱼儿忽然跳了起来，大声道：“放屁放屁，你说的话，我一个字也不相信。”

苏樱叹了口气，道：“我也不一定要你相信，只要你多加提防，也就是了。”

小鱼儿哈哈一笑，道：“你叫我多提防？我看你倒真该多提防才是。”

苏樱叹了口气，道：“你说得不错，这地方以后只怕真要变成是非之地了，看来我只怕也没法子再在这里待下去，但是你……你难道发现了什么？”

小鱼儿悠然道：“一个被吊在树上的人，瞧见的总要比别人多些的。”

苏樱道：“你究竟瞧见了什么？”

小鱼儿道：“我瞧见两个人。”

苏樱“扑哧”一笑，道：“就算瞧见二十个人，也并不是一件什么稀奇的事。”

小鱼儿道：“但这两个人却稀奇得很。”

苏樱道：“哦？”

小鱼儿道：“这两个人早已藏在那边的小山石后面了，我的朋友来救我时，他们已经在那里，但他们却好像根本不愿管这边的闲事，等到你和魏麻衣一走进这树林子，他们就立刻飞也似的溜到那边的屋子里去，轻功居然是一等一的高手……”

苏樱非但没有吃惊，却反而笑了，柔声道：“原来你还是关心我的。”

小鱼儿冷笑道：“你若喜欢自我陶醉，我也没法子，但现在可不是你自我陶醉的时候，那两个人……”

苏樱又打断了他的话，嫣然道：“你不必为我担心。那是一对很有趣的夫妇，常常喜欢做一些自作聪明的事，男的一个还好些，女的一个总认为自己比别人都聪明得多，其实却是个神经病。”

小鱼儿板着脸道：“自以为比别人聪明的人，大多是有些毛病的，但我却是例外，只因为我的确比别人聪明得多。”

苏樱道：“他们已走了么？”

小鱼儿道：“不但走了，而且还带走了两大包东西。”

苏樱怔了怔，道：“什么时候走的？”

小鱼儿道：“就在刚刚你笑得最开心的时候。”

他故意叹了口气，接着道：“现在，只怕你也笑不出了吧！”

谁知苏樱眼珠子一转却又笑了。

她笑着道：“他们偷走的不是两包东西，是两个人。”

这下子小鱼儿倒真的怔住了，失声道：“偷走了两个人？是活人？”

苏樱道：“不能算活人，但也不能算死人，只能算是两个半死不活的人。”

小鱼儿长长吐出口气，道：“看来这夫妻两人的确是有点毛病……”

苏樱忽又笑道：“但他们却等于帮了你一个忙。”小鱼儿又怔住了。

苏樱接着道：“他们偷去的两个人中，有一个就是要和你拼命的仇人。”

小鱼儿的一颗心开始往下沉，嗄声道：“你……你……你是说……花无缺？”

苏樱笑道：“不错。”

小鱼儿就像是一只被人踩着了尾巴的猫，跳起来大叫道：“你说花无缺被人偷走了？你为什么不早说？”

苏樱苦笑道：“我怎知他被人偷走？你为何不早些告诉我？”

小鱼儿突然左右开弓，打了自己两个耳光道：“不错，我为何不早些告诉你？我为何不拦住他们……”他一面叫着，一面就像疯了似的蹿出树林去。

苏樱想拦住他时，他早已走得连影子都瞧不见了。树林里就只剩下苏樱一个人，痴痴地怔了许久，喃喃道："苏樱……苏樱……你难道就这样让他走了么？"

她忽然像是下了很大的决心，匆匆转身奔回屋去，嘴里还在不住地喃喃自语，道："小鱼儿……小鱼儿……我不会让你就这样走了的，只因我知道再也找不到你这样的人了，所以无论你走到哪里，我都要找到你。"

她身形刚消失在迷蒙的小屋中，树林边的一棵大树下，突然有一块石头向旁边移动了起来。

石头下面竟露出了个地洞，洞里边竟钻出个人来。

他目送着苏樱身形消失，嘴角泛起一丝恶毒的微笑，喃喃道："你用不着担心，无论那小子走到哪里，我都会帮你找着他的！"

山坳后的隐蔽处，忽然传出一声长嘶，原来竟有辆马车藏在那里，赶车的竟是铁萍姑。

她双眉深深地皱着，看样子倒并非完全因为等着心焦，而是因为心里实在有着太多、太复杂的心事。

突听"嗖、嗖"两声，马车上的木叶，也微微摇了摇。

铁萍姑沉声道："是前辈们回来了么？"

只听白山君的声音道："是我们。"

白夫人的声音笑道："你放心，你的玉郎现在正好好躺在这里哩。"

铁萍姑骤然一带缰绳，马车便直冲了出去。

又转过几处山坳后，入山反而愈来愈深了，原来马车并非向山外走，反而是向山深处行。

这时马车里却传出了江玉郎的呻吟声。

他身子已缩成一团，忽而颤声道："冷……冷、冷死我了。"

但还未过多久，他却又是满头大汗，不住嘶声呼道："热，简直热得要命。"

这段路上，他竟是忽而冷得要死，忽而热得要命，也不知折腾了多少次，白夫人不禁摇头叹息，道："那丫头也不知下了什么毒，竟将这孩子折磨成如此模样。”

白山君忽然冷笑道：“这小子和咱们既非亲，又非故，只不过是慕名投奔而来的，你又何苦为他如此难受？”

白夫人摸了摸他的脸，嫣然道：“傻老头子，你以为我真是为了他难受么？我只不过是觉得那丫头的手段太厉害了而已，你瞧咱们这位花公子……”

白山君竟也叹了口气，道：“这姓花的如此模样，才实在是令人担心。”

花无缺竟似已变得痴了。

他痴痴地坐在那里，不言不动，目光中也是一片茫然之色，就像是全身都已麻木，什么知觉都没有。

此刻花无缺简直和死人一般无二，只不过比死人多了口气而已，别人无论问他什么，他似乎完全没有听见。

森森林木中，竟有间小小的石屋，像是昔日苦行僧人面壁修行之地，却被白山君寻来做藏匿之处。

花无缺竟是被人抱进来的。他非但听不见别人的话，竟连路都不会走了。

白夫人瞧着他，皱眉道：“你看他是真的已变得如此模样，还是装出来的？”

白山君道：“这倒难说得很！”

铁萍姑一直抱着江玉郎，坐在石屋外的树下，她竟还是不敢面对花无缺，竟不敢进来。

此刻白山君目光闪动，忽然冲出去，道：“他现在是发冷还是发热？”

铁萍姑叹了口气，道：“他现在只觉全身都在疼，也不知是……”

话未说完，突觉双肩一麻，左右肩头上的“肩井”大穴，竟已被白山君闪电般出手点住。

白山君道：“听说你是从移花宫中逃出来的，是么？”

铁萍姑咬了咬牙，道：“你……你既已知道，为何还要来问我？”

白山君狞笑道：“既是如此，我就要借你的身子一用。”

他竟抓起铁萍姑的头发，一把提了起来。

铁萍姑怀里的江玉郎，立刻呻吟着跌在地上，却颤声笑道：“无……无妨，前……前辈只管借去吧！”

这人果然是又狠又毒，到了什么样的时候，就说什么样的话，知道呼痛也没有人理他时，他也就不喊疼了。

白山君拉着铁萍姑冲进石屋，冲到花无缺面前，厉声道：“你认得这女子是谁么？”

花无缺眼睛直直地瞧着铁萍姑，既不摇头，也不点头。

白山君狞笑着，他的手突然一撕，将铁萍姑前胸的一片衣襟撕下，露出了那初为妇人后丰满而柔软的胸膛。

铁萍姑紧紧咬着牙，既未哀求，也未惊呼，只因她早已学会逆来顺受，知道呼救哀求都没有用的。

花无缺坐在那里，面上也是全无表情，一双眼睛也还是瞪得大大的，茫然瞧着铁萍姑。

白山君厉声道：“你还不认得她？好，我再叫你瞧清楚些！”

只听“哧哧”几声，铁萍姑处子般苗条坚挺，却又有妇人般成熟诱人的胴体，已赤裸裸站在花无缺的面前。

她两条修长而紧夹在一起的腿，已和胸膛同样在深山空林的寒风中，微微颤抖了起来。

她目中虽已流出了羞辱委屈的眼泪，却又流露出火一般的悲愤和怨毒，恨恨地瞪着白山君。

白山君却只是瞪着花无缺的眼睛。

但花无缺的目光却丝毫没有回避，还是茫然瞪着铁萍姑，那诱人的胸膛，那光滑的小腹，那修长的腿……

在花无缺眼里，竟好像完全是木头似的。

白山君怒道：“你眼见你的同门这般模样，还是不闻不问，也不怕将你们移花宫上上下下的人全都丢光了脸么？”

他吼声虽大，花无缺却似连一个字都未听见。

白山君狞笑道：“好，你既不怕丢人，我索性让你人再丢大些。”

他抱起铁萍姑赤裸的身子，竟要……

第八十九章

守株待兔

白夫人一直在含笑旁观，这时才走过来，拍拍白山君的肩头，笑道：“够了够了，你难道真想假戏真做，来个假公济私，浑水摸鱼不成？这出戏再唱下去，我可要吃醋了。”

她又拍了拍铁萍姑的身子，笑道：“这只是在唱戏，你莫生气。”

铁萍姑闭上眼睛，眼泪终于一连串流了出来。

白夫人皱眉道：“你看你这死老头子，把人家小姑娘气成如此模样。”

白山君哈哈笑道：“她若生气，不妨把我的衣服也脱光就是。”

白夫人解下外面长衫，将铁萍姑包了起来，柔声道：“男人看见漂亮女人，总不免想占占便宜的，你也用不着难受……”

她将铁萍姑抱出去，轻轻放到江玉郎身旁，笑道：“还是你们小两口子亲亲热热吧。”

她也不知是有意，还是无意，竟未解开铁萍姑的穴道，像是知道铁萍姑经过这番事后，就会偷偷逃走似的。

江玉郎虽已疼得面无人色，却还是佯笑道：“到底是小孩子，人家开开玩笑，就要哭了。”

铁萍姑忍不住痛骂道：“你……你……你究竟是不是人？”

江玉郎目光转处，见到白山君夫妻都在屋子里没有出来，他这才长长叹了口气，压低声音道：“人在矮檐下，不得不低头。我们现在落到如此地步，若是还要逞强，还想活得下去么？”

铁萍姑咬牙道：“我不怕死，我宁可死也不愿被人像狗一样欺负。”

江玉郎道：“不怕死的，都是呆子。但你可想报仇出气么？”

铁萍姑道："当然。"

江玉郎微笑道："那么你就该知道，死人是没法子报仇出气的！"

白山君夫妇坐在屋子里，你看着我，我看着你，神情都不免有些沮丧。他们辛辛苦苦，绞尽了脑汁，才将花无缺从苏樱那里又偷了回来，为的自然只是想再设法从花无缺口中探出那秘密。

而此刻他们的苦心竟全都白费了。

白夫人长长叹了口气，站起来走出了屋子，白山君也没有心情来问她要到什么地方去了，只是瞪着花无缺苦笑。

过了半晌，突听白夫人在外面惊呼道："你快出来瞧瞧，这是什么？"

白山君箭一般冲出屋子，只见江玉郎和铁萍姑并头躺在那里，像是已睡着了，白夫人却站在树下发呆。

树下面什么都没有，只有一堆落叶而已。

白夫人面上却显得又是惊奇，又是兴奋，道："你瞧这是什么？"

只见落叶堆里，有个小小的洞窟，像是兔窟，又像是狐穴。

白山君道："但这只是个洞而已，你难道从来没有瞧见过一个洞么？"

白夫人忽然扭过头，瞪大了眼睛瞧着他，就好像白山君脸上忽然生出了一棵银杏树来似的。

白山君笑道："你难道连我都从来没有瞧见过？"

她竟弯下腰，将洞旁的落叶都扫了开去，只见这地洞四面，都十分光滑平整，而且下面没有别的出路。

白夫人道："你再仔细瞧瞧这个洞。"

白山君动容道："我懂了！这个洞是人挖出来的！"

白夫人拍手道："这就是了，但这么小的洞，又有谁能藏在里面？"

白山君皱眉道："但他已有二十年没露过面，听人说早已死了。"

白夫人淡淡道："你想，像他这种人会死得了么？谁能杀得了他？"

白山君叹了口气，道："不错，好人不长命，祸害活千年。"

白夫人吃吃笑道："你还在吃他的醋？"

白山君板着脸道："就算你的老情人快来了，你也用不着在我面前笑得如此开心。"

白夫人勾住了他的脖子，悄笑道："老糊涂，我若是喜欢他，又怎么会嫁给你……来……"

白山君却一把推开了她，大声道："不来。"

白山君狠狠在那堆落叶上踢了一脚，又道："想起这小子说不定就在左右，我什么兴趣也没有了。我要留在这里。"

白夫人道："为什么？"

白山君一字字道："守株待兔！"

江玉郎简直难受得快死了，哪里能真的睡着——他只不过是闭起了眼睛，在装睡而已。

他听到这夫妻两人竟为了地上有个洞而大惊小怪，心里也不免很觉惊奇，听到这夫妻两人在打情骂俏，又觉得好笑，再听到他们说这小洞里竟能藏人，他几乎忍不住要失声笑了出来："这么小的洞，连五岁小孩子都难以在里面藏身，一个大人又怎么能藏得进去呢？难道这人是侏儒不成？"

最后他又听到白山君说："守株待兔！"

江玉郎心念一闪，暗道："他们等的这人，莫非就是十二星相中的'兔子'不成？"

要知这十二星相虽是江湖巨盗，武林杀星，但偏偏又觉得做牛做马，大是不雅，所以又引经据典，为自己找了个风雅的名字。

鼠号"无牙"，牛号"运粮"，虎乃"山君"，兔号"捣药"，龙为"四灵之首"，蛇乃"食鹿神君"，猪为"黑面"，马名"踏雪"，又号"虎妻"，羊号"叱石"，鸡乃"司晨"，猴名"献果"，狗号"迎客"，这十二个风雅的名字，正是出自诗韵。

十二星相中的"兔子"姓胡，自号"蟾宫落药"，取的自然就是"月中捣药"，却始终不知道这人是男是女。

只因江湖中简直就没有几个人能瞧见过这胡药师真面目的，所以根本没有人知道他长得是何模样。

白山君果然坐在树下，“守株待兔”起来。

白夫人静静地瞧了他半晌，忽然一笑，道：“你在这里苦苦等着，兔子若是不来呢？”

白山君道：“他既已来过，必然知道你会回到这里，有你在这里，他还会不来么？嘿嘿，说不定他早已在暗中偷偷跟着咱们，想等机会见你一面。”

白夫人吃吃笑道：“我已经是老太婆了，还有什么好看的？”

白山君冷笑道：“情人眼里出西施。别人看来，你或已是老太婆，但在他眼里，你说不定还是个小美人哩。”

听到这里，江玉郎实在觉得好笑，他想不到这一对老夫老妻，居然还在这里拿肉麻当有趣。

突听白山君一声轻呼，道：“来了！”

江玉郎再也忍不住张开眼，偷偷一望，只见一段比人头略为粗些、三尺多长的枯木，远远滚了过来。

这段木头不但能自己在地上滚，而且还像长着眼睛似的，遇到前面有木头阻路，它居然自己就会转弯。

深山荒林之中，骤然见到这种怪事，若是换了平时，江玉郎就算胆子不小，也一定要被吓出冷汗来的。

但现在他已知道这段枯木必定与那胡药师有关，已猜出胡药师说不定就藏在这段枯木里，所以也不觉得有什么可怕了，只不过有些奇怪而已：“这段木头比枕头也大不了多少，人怎能藏在里面？”

白山君却瞬也不瞬地瞪着这段枯木，眼睛似乎要冒出火来，两只手也紧紧捏成了拳头。

白夫人轻轻按住了他的手，娇笑道：“老朋友许久不见，可不能像以前一样，见面就要打架。”

那段枯木竟哈哈一笑，道：“多年不见，想不到贤伉俪居然还恩爱如昔，当真可喜可贺。”

白山君大声道：“你怎知道咱们还恩爱如昔，你莫非一直在暗中偷看？”

那枯木笑道：“若非恩爱如昔，怎会有这么大的醋劲？这道理自是显而易见，根本用不着看的，是么？”

笑声中，这段枯木已滚到树下。

枯木中竟忽然伸出个头来。

江玉郎虽然明知木头里有人，但猝然间还是不免吓了一跳——枯木上忽然生出个人的头来，这无论如何，都是件非常骇人的事。

只见这颗头已是白发苍苍，但颔下胡子却没有几根，一双眼睛又圆又亮，就像是两粒巨大的珍珠。

最奇怪的是，这颗头非但不小，而且远比普通人大些，枯木虽然中空，但这人头塞进去，还是紧得很。

不但头大，耳朵更大，而且又大又尖，和兔子的耳朵几乎一模一样，只不过大了两倍。

一个侏儒，又怎会有这么大的头、这么大的耳朵？

江玉郎不由得更吃惊了，虽然还想装睡，却再也舍不得闭起眼睛，再看铁萍姑，眼睛又何尝不是瞪得大大的？

白夫人吃吃笑道：“十多年不见，想不到你还是如此顽皮。”

这人哈哈一笑，道：“这就叫江山易改，本性难移。”

白山君冷笑道：“你若以为女人还喜欢顽皮的男人，你就错了。”

这人笑嘻嘻道：“哦，现在的风气难道改了么？我记得顽皮的男人一向是很吃香的。”

白山君道：“顽皮的男人，自然还是吃香的，但顽皮的老头子……嘿嘿，让人见了只有觉得肉麻，觉得恶心。”

白夫人见到现在还有男人为她争风吃醋，心里实在说不出的开心：“看来我还没有老哩。”

但面上却故意做出生气的模样，板着脸道：“你们两人谁若再斗嘴，我就不理谁了。”

白山君大吼道：“你莫忘了，我是你的老公，你想不理我也不行。”

白夫人娇笑道：“你瞧你，我又没有真的不理你，你何必紧张成这样子？”只见她眼睛发亮，脸也红润起来，像是忽然年轻了十几岁。

那人叹了口气，笑道：“白老哥，看来你真是老福气，看来只怕等你进了棺材，我这小嫂子还是年轻得跟个大姑娘似的。”

白山君怒吼道："你想咒我死么？就算我死了，也轮不到你。"吼声中，一拳击了出去。

只听"砰"的一声，那段枯木竟被他拳风震得粉碎，一个人自枯木中弹了出来，"嗖"地蹿上树梢。

江玉郎竟连这人的身形都没有瞧清楚。

只见这人一颗大脑袋从树叶里探了出来，笑嘻嘻道："人无害虎心，虎有伤人意……但白老哥，我这次来，可不是为了来和你打架的。"

白山君吼道："你是干什么来的？我这老虎虽不吃人，吃个把兔子却没关系。"

那人悠然笑道："你若伤了我，只怕这辈子再也没耳福听到移花接玉的秘密了。"

白山君怔了怔，脸上立刻堆满了笑容，大笑道："胡老弟，你和我老婆是老朋友了，难道忘了她的脾气？"

那人道："她的脾气怎样？"

白山君道："她最喜欢别人为她吃醋，我既然是她的老公，自然时常都要想法子让她开心，其实……"

话未说完，"啪"地，脸上已挨了个耳刮子。

白夫人瞪着眼道："其实怎样？"

白山君也不生气，笑嘻嘻道："其实我也是真喜欢你的，只不过也很喜欢那移花接玉。"

白夫人眼珠一转，也笑了。她又向树上一瞪眼睛，笑骂道："死兔子，你还不跟老娘下来么？"

那人大笑道："是，老娘，我这就下来了。"

他随着笑声一跃而下，哪里是侏儒？竟是个昂藏七尺的伟丈夫，看来比白山君还高一个头。

江玉郎瞧得眼珠子都快掉出来了，他实在想不出这么大一个人，怎能藏入那么一小段枯木中去。

突见白山君走过来，望着他笑道："原来你早已醒了。"

江玉郎连脸都没有红，笑道："弟子迷迷糊糊的，并没有睡得很沉。"

白山君道：“告诉你，这位就是名满天下的胡药师，江湖中人，谁不知道胡药师的‘锁子缩骨功’，乃是武功绝传，天下无双？”

江玉郎失声道：“锁子缩骨功？难道就是昔年无骨道人的不传之秘么？”

白山君笑道：“算你小子还有些见识，现在你总该明白了吧！”

江玉郎道：“弟子明白了。”

白山君忽然一瞪眼睛，道：“既然明白了，还不快走远些，难道也想听听那秘密？”

他心里虽一万个舍不得走，但又非走不可。铁萍姑也咬着牙站起来，扶着他走入那石屋里。

有风吹过，吹起铁萍姑身上的袍子，露出了一双修长笔直坚挺，白得令人眼花的玉腿。

胡药师眼睛似乎发直了，笑道：“这小妞儿的腿可真不错。”

白山君走过去，悄声笑道：“她不但腿长得好，别的地方……嘿嘿。”话未说完，耳朵忽然被人拧住。

白夫人咬着牙笑骂道：“老色鬼，看你如此不正经，在外面一定瞒着我也不知搞了多少女人了，是不是？快说！”

胡药师笑道：“据我所知，白老哥对你倒一向是忠心耿耿的。”

白夫人瞪了他一眼，道：“你用不着为他求情，你也不是好东西。”

胡药师道：“哎哟，那你可真是冤枉好人了。”

白夫人“扑哧”一笑，放了手，笑道：“男人呀……十个男人，倒有九个是色鬼。”

白山君抚着耳朵，笑道：“闲话少说，言归正传。胡老弟，你可真的知道那秘密么？”

胡药师大笑了几声，才接着道：“我瞧见你们将魏老大的大徒弟魏麻衣拉到这里来，嘀咕了半天，又叫他去找一个姓苏的女子。”

白夫人道：“苏樱，就是魏老头的命根子，你不知道么？”

胡药师笑道：“现在我自然知道了，当时我却很奇怪，你们自己有路，为何叫别人去走，后来我又瞧见你们也在暗中悄悄跟了去。”

白夫人道：“那丫头不愿学武，但魏老头的消息机关之学，却全都传给了她，而且据说青出于蓝，比魏老头还要高明得多！”

第九十章

巧计安排

胡药师接着道："我对消息机关之学总是学不会，所以也不敢胡乱走动，就找了地方躲起来。过了半晌，就瞧见魏麻衣将一个小伙子骗到我躲着的树林里去，而且还将那小伙子点了穴道，吊了起来。"

白山君笑道："那时我们远远听得有人在骂街，想必就是那小伙子在骂魏麻衣了。"

白夫人皱眉道："这小伙子长得是何模样？"

胡药师道："年纪二十不到，身材和我差不多，满脸都是伤疤，应该说奇丑不堪，但也不知怎地，却看来一点也不讨厌，反而很讨人喜欢。"

白夫人道："据说近年来江湖中出了个小魔星，叫什么鱼的，好像是小鱼……此人武功虽不十分高，但却精灵鬼怪，又奸又猾，只见惹着他的人，没有不上他的当的，连江别鹤那样的人，见了他都头疼。"

胡药师默然半晌，微笑道："不错，那小伙子就是此人，他实在是个鬼精灵，魏麻衣也算是个厉害角色了，但后来却被他捉弄得团团乱转……"

白山君忍不住插口道："但这人又和移花接玉的秘密有何关系？"

胡药师道："我问你，现在天下有几个人知道移花接玉武功的秘密？"

白夫人道："知道的人虽也有几个，但会说出来的人却一个也没有。"

胡药师笑道："这就对了，不过，现在我却有个法子能令其中一人说出来。"

白夫人道："你能让谁说出来？"

胡药师道："苏樱！"

白夫人叹了口气道："你若能令那丫头说出来，我就能令瓶子也开口了。"

胡药师微笑道："你不相信？"

白夫人又叹了口气，道："好吧，你有什么法子，且说来听听。"

胡药师沉声道："我这法子，就着落在那条小鱼的身上。"

白夫人皱眉道："这是什么法子？我不懂。"

胡药师道："那姓苏的丫头，已对小鱼着了迷，只要我们能抓着那条小鱼，无论要苏樱说什么，她都不敢不说的。"

白夫人道："这法子只怕靠不住吧！据我们所知，那丫头的心比石头还硬，天下简直没有一个男人能让她瞧在眼睛里。"

白山君道："无论这法子行不行得通，咱们好歹都得试一试。"

胡药师道："一定行得通的，我亲眼瞧见过它行通了。"

白夫人悠悠道："只不过，咱们若想让那条小鱼入网，只怕还不容易。"

胡药师哈哈笑道："这张网可就要嫂子你来做了。"

白夫人嫣然一笑，向他送了个眼波，道："你放心，愈是调皮的男人，我愈有法子对付的。"

花无缺还是痴痴地坐在石屋里，就像是个木头人。

江玉郎和铁萍姑走进来时，外面正在讨论她那一双玉腿，听得这猥亵的笑声，铁萍姑眼泪不禁又快落了下来。

铁萍姑忽然紧紧抓住江玉郎的手，嗄声道："我们为何不乘这时候逃走？"

江玉郎道："你若一个人逃走，也许还可以逃出两三里去，但还是要被抓住，你若背着我，只怕连半里路都逃不出。"

铁萍姑道："那么你……你想怎样？"

江玉郎道："等着，等机会，忍耐，拼命忍耐……"

他忽然一笑，接道："你可知道，若论这忍耐的功夫，普天下只怕没有一个人能比得上我。"

这话倒当真不假，此人当真是又能狠，又能忍，否则多年前他只怕已死在迷死人不赔命萧咪咪的地府中了。

铁萍姑垂下头不再说话。这时白山君夫妇和胡药师已大步走入。

白夫人一直走到江玉郎面前，轻轻去揉他的双肩，柔声道："这样还疼不疼？"

江玉郎道："疼……疼还是疼的，只不过已……已像是好些……"

话未说完，忽然杀猪般惨叫起来，白夫人揉着他肩头的一双手，竟忽然贯注真力。

江玉郎的疼虽有一半是在装假，也有一半是真的，此刻白夫人掌上真力，由他左右双肩的穴道里逼了进去，他全身立刻宛如被无数根尖针所刺，上上下下，所有骨节像是都散了。

白夫人还是满面笑容，柔声道："你是不是觉得舒服了些？"

江玉郎惨呼道："求求你……放……放手……"

铁萍姑也冲了过来，向白夫人扑了上去。但白山君出手如电，已把她手臂拗了过来。

白夫人笑道："我只不过揉了揉他骨头，你已如此心疼，我若杀了他，你岂非要发疯？"

其实铁萍姑现在已要发疯了，疯狂般大呼道："你们不能这样……你们不能……"

白夫人悠悠道："只要你答应帮我们做一件事，我就立刻放了他。"

铁萍姑想也不想，立刻道："我答应，我答应……"

白夫人叹了口气，喃喃道："想不到男女之间，爱的力量竟有这么大。"

她终于放了手，轻轻拍了拍江玉郎的脸，又笑道："小伙子，看来你只怕真有两手，能令一个女人如此死心塌地地跟着你，这本事可真不小。"

胡药师忽然笑道："苏樱对那条小鱼着迷的程度，比她还厉害得多。"

白山君大笑道："如此说来，咱们这件事是必然行得通了。"

白夫人道："现在你留在这里，这两人都交给你了。"

白山君道："你只管放心就是。"

铁萍姑还伏在江玉郎身上，轻轻啜泣着。

白夫人拉起了她，道："你跟我走吧……但你千万要记住，你若是不听话，坏了我们的大事，你这情郎就要死在你手上了！"

小鱼儿心里虽然急得像火烧，但走得并不快。

他知道走快也没有用的，走快了反而会错过一些应该留意的事，但他现在却连丝毫线索也不能错过。

夜晚虽已过去，但半山云雾凄迷，目力仍是难以及远，远处的木叶都似飘浮在云雾里，瞧不见枝干。

连哈哈儿、李大嘴等人留下的暗号，现在都很难找得到，要想追查武林高手留下的足迹，自然更是难如登天了。

但遇着愈是困难的事，小鱼儿反而愈是沉得住气，他先找了个小溪，在溪水里洗了洗脸，又定下心来，运气调息了片刻，看看自己的伤势是否已痊愈。

他真气活动了一遍，觉得自己已和未受伤前没有什么两样，只不过躺在床上太久，脚下有些轻飘飘的。

他不禁微笑起来，喃喃道："那丫头将我受的伤说得那般严重，我就知道她是在吓我，不让我走……唉，女人，谁若相信女人的话，谁就要一辈子做女人的奴隶。"

但想到苏樱的温柔与情意，他心里还是不免觉得甜甜的。无论如何，一个人若被别人爱上，总是件十分愉快的事。

魏无牙的洞府在西面一个隐秘的山洞里。

小鱼儿虽然天不怕地不怕，但刚吃了魏无牙一个大亏，余悸犹在，还是不敢往西面去。

他坐在溪旁的石头上，出了半晌神，正不知自己该往哪里去找花无缺，突见溪水上游，有样红红的东西随波流了下来。

小鱼儿既然不肯放过任何线索，此刻自然也不肯错过这样东西。他立刻折了段树枝，跃到前面一块石头上，将这件东西挑起来。

原来这竟是条女人的裙子，上面还绣着花，做工甚是精致，看来像是大家妇女所穿着的。

但裙腰处却已被撕裂了，竟似被人以暴力脱下来的。

小鱼儿皱眉道："如此深山中，怎么有穿这种裙子的女人？这女人难道遇上了个急色鬼？"

他本来以为这又是魏无牙门下的杰作，但魏无牙的洞府在西面，溪水的上游却在东南方。

就在这时，溪水中又有样东西漂了过来，也是红的。这却是一只女人的绣花鞋。

但现在小鱼儿不但已动了好奇心，而且也动了义愤之心，只觉这急色鬼未免太不像话了，好歹也得给他个教训才是。

溪水旁有一块块石头，上面长满了青苔，滑得很，但以小鱼儿的轻功，自然不怕滑倒。

他从这些石头上跳过去，走出三五丈后，又从水里挑起个鲜红的绣花兜肚，更是已被扯得稀烂。

小鱼儿皱眉道："好小子，你不觉这样做得太过分了么？要知女人虽然大多不是好东西，但欺负女人的男人，却更不是好东西。"

又往前走了一段，水里竟又漂来一只肚兜，这只肚兜是天青色的，也已被撕裂。

小鱼儿失声道："原来还不止一个女人，竟有两个！"

他脚步反而停了下来，他忽然觉得，深山之中，绝不会跑出这么样两个女人的，穿着这种裙子的女人，在大街上都很难遇得到。

就在这时，上游处传来了一声惊呼。呼声尖锐，果然是女人的声音。

小鱼儿站在石头上，又出了半晌神，嘴角竟露出一丝神秘的笑容，喃喃道："女人，女人……为什么我无论走到哪里，都会遇见些奇怪的女人呢？"

溪水尽头，有峰翼然，一条瀑布自上面倒挂而下，下面却又有一块巨石，承受了水源。

瀑布灌在巨石上，方自四面溅开，落入溪流中。

那巨石上却有两个女人。

她们的身子竟已几乎是全裸着的，飞瀑自峰巅直灌而下，全都冲击在她们身上，这股水力，显然是十分强大。

她们修长而结实的玉腿，已被流水冲击得不住伸缩痉挛，满头秀发，乌云般散布在青灰色的石头上。

小鱼儿到了这里，也不禁瞧得呆住了。

这景象虽然惨不忍睹，却又充满了一种罪恶的诱惑力，足以使全世上任何一个男人面红心跳，不能自已。

水雾、流云、清泉、飞瀑、赤裸的美女、惨无人道的酷刑……这简直荒唐离奇得不可思议。

小鱼儿喃喃道："这是谁干的事？这人简直是个天才的疯子！"

只听那两个女子不住地呻吟着，似已觉出有人来了，颤声呼道："救命……救命……"

小鱼儿大声道："你们自己不能动了么？"

那女子只是不住哀呼道："求求你……救救我们！"

小鱼儿道："是谁把你们弄成这样子的？他的人呢？"

那女子呼声渐渐微弱，嘴里像是在说话，但小鱼儿连一个字也听不清，他现在站的一块石头距离她们还有两丈远近。

两丈多距离，以小鱼儿的轻功，自然一掠而过，天下所有的男人，若有他这样的功夫，若瞧见这样的情况，都一定会掠过去的。

谁知小鱼儿既不救人，也不走。

他竟在石头上坐了下来，瞪着眼睛瞧着——这做法实在大出常情常理，除了他之外，世上再也没有第二个人会做得出来。

石头上的女人，自然就是白夫人和铁萍姑。现在，白夫人也怔住了。她所安排的每一个计谋、每一个陷阱，本都是奇诡、突出、周密，有时几乎是令人难以相信的。

她所布置的每一个计划中，都带着种残酷的、罪恶的诱惑力，简直令人无法抗拒，不得不上当。

这一次，她知道对方也是个聪明人，自然更加倍用了心机，她算准无论是谁，被人在树上吊了许久，一定要喝些水——尤其是聪明人，更会先找个地方喝水的，因为聪明人在办事之前，总会令自己心神冷静下来。

只要是男人，瞧见溪水中有女人被强暴的证物流过来，都会忍不住要溯流而上，瞧个究竟。

于是她就在这里等着，展露着她依然美丽诱人的胴体，她认为天下绝没有一个男人，会瞧见这情况而不过来的。

但她还是不能完全放心，还是怕岁月已削弱了她胴体的诱惑力，所以她又将铁萍姑也拉了下来。

她知道“小鱼儿”这名字，就是从江玉郎嘴里听来的，自然也知道铁萍姑曾经救过小鱼儿一次。

因为江玉郎去投靠他们夫妻时，她不但仔细盘究过江玉郎的来历，对江玉郎带来的这女孩子更没有放松。

江玉郎为了取信于她，只有将有关铁萍姑的每一件事都说了出来——江玉郎自然绝不会为别人保守秘密。

所以她更认为小鱼儿绝没有不过来的道理。滴水尚且能穿阶，何况奔泉之力？这块石头自然已被飞瀑冲得又圆又滑，只有在石头的中央，有一块凹进去的地方，其余四边滑不留足。

任何人也没法子在这上面站得住脚。

白夫人就躺在这块凹进去的地方，只要小鱼儿到这块石头上来救她，她只要轻轻一推，小鱼儿就要落入水里去。

而胡药师此刻就潜伏在水下，将一枝芦苇插在嘴里，另一端露出水面，以通呼吸，小鱼儿一掉下水，就等于鱼入了网了——一个人落水时，自然免不了手脚舞动，空门大开，胡药师却是全神贯注，自然是手到擒来。奔泉之下，滑石之上，这地势又是何等凶险，小鱼儿就算有天大的本事，只要一过来，也没有法子不掉下去。

白夫人先将自己安排在这种险恶之地，正是置之死地而后生的绝计，但她简直连做梦也未想到，小鱼儿竟既不过来也不走，竟只是远远坐在那里瞧着，简直就好像在看戏似的。

再看小鱼儿悠悠闲闲地坐在那里，竟脱下鞋子，在溪水中洗起脚来，面上神情，更是说不出的开心得意。

又过了半晌，他居然拍手高歌起来：

有清泉兮濯足，
不亦乐乎？

有美人兮娱目，
不亦乐乎？
人生至此，夫复何求？

白夫人听得简直气破了肚子，忍不住切齿骂道：“这小子简直不是人……他难道已瞧破了我的计划吗？”

后面一句话，自然是在问铁萍姑，只因此间水声隆隆如万蹄奔动，她的声音就算再响些，也只有铁萍姑能听得到。

铁萍姑本是满心羞怒，这时却不禁暗暗好笑，故意道：“他一定已看破了。”

白夫人恨声道：“这计划可说是天衣无缝，他怎会瞧破的呢？”

铁萍姑道：“有许多人都说他是天下第一聪明人，这话看来竟没有说错。”

她功力本不如白夫人，本已被奔泉冲压得无法喘息，但此刻心情愉快，不但能将话一口气说了出来，而且说得声音还不小。

白夫人冷冷道：“你可是想向他报信么？但你最好还是莫要忘记，你的情郎是在我手里，这件事不成，你就要做未过门的寡妇了。”

第九十一章

将计就计

一提起江玉郎，铁萍姑的心立刻就沉了下去。她虽不愿小鱼儿上当，但却更不忍让江玉郎死，铁萍姑再也不敢开口。

过了半晌，白夫人却又问道：“我知道你救过他一次，是吗？”

铁萍姑道：“嗯。”

白夫人道：“现在他为何不来救你？”

铁萍姑道：“也许……也许他没有认出我。”

白夫人沉吟着道：“不错……男人瞧见一个赤裸的美女时，眼睛就只会瞪着她的身子，往往就不会去瞧她的脸了。”

铁萍姑的脸火烧般飞红了起来，她忽然感觉到小鱼儿的眼睛像是一直瞪着她，她恨不得立刻掩起自己的胸膛、自己的腿……但为了江玉郎，她却连动也不敢动。

白夫人冷冷道：“现在，你赶紧将头偏过去一些，叫两声救命……叫的声音不能太响，但也不能太小，要做出声嘶力竭的模样，知道吗？”

铁萍姑立刻嘶声呼道：“救命……救命……”

她斜头偏过去一半，竟发现小鱼儿已洗完了脚，手支着头，半躺在那块石头上，竟像是已睡着了。

白夫人自也瞧见了，切齿道：“好个小贼，他心里究竟在打什么主意？”

只听石头下一个人道：“我说得不错吧，这条鱼是很难入网的。”

原来胡药师也忍不住了，自水中露出大半个头来。

白夫人赶紧道：“快下去，莫被他瞧见。”

胡药师笑道：“他就算有天大的本事，难道目光还能拐弯么？怎能瞧到石头后面来？”

白夫人叹了口气，道：“依你看，他是不是已瞧破这计划了呢？”

胡药师道：“那么他为何不过来？”

白夫人道：“这小子也许是天生的多心病，对任何事都有些疑心，所以先不过来，在那边耗着，看咱们是什么反应？”

胡药师苦笑道：“但咱们在这里受罪，他却在那边享福，这样耗下去，咱们怎么能耗得过他？”

白夫人道：“不耗下去又能怎样？这小子简直比鱼还滑溜，这次咱们若被他瞧破，下次再想要他入网更是难如登天了。”

胡药师长长叹了口气，道：“既是如此，看来咱们只好和他耗下去了。但你又还能耗多久呢？”

白夫人默然半晌，苦笑道：“事到如今，只有耗一刻是一刻了。”

谁知就在这时，小鱼儿突然站了起来。

白夫人又惊又喜，嗄声道：“快下去，鱼只怕已快上钩了。”

胡药师不等她说，已早就又潜入水中，将那芦苇又探出水面。

只听小鱼儿喃喃道：“这只怕不是作假的，否则她们一定忍不了这么久。”

一面说着话，一面已套上鞋子，又将脚伸入水里泡了泡，显然也是怕那边石头上太滑，所以先将鞋底弄湿。

白夫人知道他立刻就要来了，心里的欢喜真是没法子形容，铁萍姑却几乎忍不住要哭出来。

这时她几乎已忘了江玉郎，几乎忍不住立刻就要放声大呼，叫小鱼儿莫要过来上当，这并不是说她宁可让江玉郎死，只不过是在这种生死存亡的一刹那间，潜伏在人们心底深处的道德心，往往会忽然战胜私心利欲。

只可惜白夫人也深深了解这一点，竟一字字沉声道：“记住，莫忘了你的情郎。”

铁萍姑心里一寒，猛然咬住了自己的舌头，只觉一阵痛彻心扉，呼声虽未唤出，眼泪却流了出来。

突听小鱼儿大呼道：“姑娘们莫要害怕，我来救你们了！”呼声中，他身形已跃起，向这边石头上蹿了过来。

小鱼儿蓄气作势，准备了许久。白夫人只道他这一跃必定是身法轻灵，姿态美妙，谁知他身法既不轻灵，姿态也难看得很。

一个人费了许多苦心气力张网，总希望能捕着条大鱼，这条“鱼”看来竟真的小得很。

白夫人暗中叹了口气：“聪明人果然大多是不会用苦功的，早知他功夫这么糟，我又何苦白费这么多力气？”

心念闪动间，忽听“扑通”一声，水花四溅——小鱼儿这一跃竟没有跃上石头，竟跌在水里去了。

又听得“咕嘟咕嘟”几声，他竟像是被灌了几口水下去，从鼻子向外面直冒水泡，到后来竟放声大呼起来。

“救命……救命……淹死我了……”

来救人的人，此刻反而喊起救命来。

白夫人真是又好气，又好笑，她实在想不到这小子非但武功糟透，而且水性比武功更糟。

这时小鱼儿连呼救声都已发不出，却有一连串气泡从水里冒出来，眼看这条小鱼儿竟要被淹死。

白夫人暗骂道：“若不是我还用得着你，今天不让你活活淹死才怪。”

她这时已不再顾忌，正想坐起来，但上面的水力实在太大，她力气却已快被耗尽了，刚坐起半个身子，又被水力冲倒。

那根芦苇却已从石头后头转了过来，白夫人瞧见胡药师既然已来捉“鱼”了，她就索性省些力气。

水很清，胡药师在水里张开眼睛，只见这条小鱼儿此刻竟像是已变成了条落水小狗，眼见他一伸手就能捉住。

谁知小鱼儿也不知怎地一使劲，竟从水里冒了上去。

他手指像是轻轻一弹，弹出了一粒黑黑的小弹丸，竟不偏不倚，恰巧落在那根空心芦苇中。胡药师正在吸气，突觉一粒东西从芦苇中落了下来，在水里闷了这么久，他吸气的时候自然很用力，等到他再想往外面吐气时，已来不及了。

小鱼儿竟已飞快地伸出手，将这根芦苇从他嘴里拔了出去。“咕嘟”一声，这粒东西已被他吞下肚。

只觉这东西又咸又湿又臭，还带着臭咸鱼味。刚张开嘴想吐，水已灌了进来，被灌了两口水下去后，就算吞下团狗屎，也休想吐得出了。

白夫人只听得水声“哗啦哗啦”地响，正不知是怎么回事，小鱼儿已拔出了那根芦苇，顺手就点了她足底的“涌泉”穴。

等到胡药师像是只中了箭的癞蛤蟆，从水里跳出来时，白夫人却已变成匹死马，躺在石头上不能动了。

只见胡药师掠到石头上，立刻张开了嘴，不停地干呕，连眼泪鼻涕都一起被呕了出来。

再瞧小鱼儿，不知何时已回到那边的那块石上，笑嘻嘻地瞧着他们，就像什么事全都没有发生过似的。

白夫人这才知道钓鱼的人反而被鱼钓去了。

她又惊又怒，嗄声道：“快……快解开我的穴道！”

胡药师一面揉眼睛，一面喘着气道：“什……什么穴道？”

白夫人道：“涌泉穴。”

胡药师刚想出手，小鱼儿已在那边悠然笑道：“我若是你，我是万万不会救她的。”

胡药师一只手果然在半空中停顿，嗄声问道：“为什么？”

小鱼儿笑道：“你现在还有救人的工夫么？不如还是先想法子救救自己吧！”

胡药师面色惨变，道：“方才那……究竟是什么东西？”

小鱼儿笑嘻嘻道：“不是毒药，难道还是大补丸么？”胡药师整个人都软了。

小鱼儿又道：“你若想我救你，最好先乖乖地坐在那里不要动……”

白夫人道：“无论如何，你先解我的穴道再说，我们再一起逼他拿出解药来。”

小鱼儿道：“就凭你们两人，连我的屁都逼不出来的。”

两人你一句，我一句，胡药师已被说得怔在中间，也不知究竟该听白夫人的，还是该听小鱼儿的。

铁萍姑却瞧得又是惊奇，又是欢喜，也怔了半晌，才忽然想起：“此时不逃，更待何时？”当下一个翻身，向石头上滚了下去，落在水里。

那边白夫人已经快急疯了，道：“你……你为什么还不动手？”

胡药师叹了口气，苦笑道：“我虽想救你，但究竟还是自己性命要紧。”

白夫人瞪着眼睛，气得再也说不出话来。

这时铁萍姑已挣扎着游了过来，刚想跳到石头上，忽又想起自己身上简直是一丝不挂，怎么见得了人？

小鱼儿的眼睛却偏偏向她瞟了过来，还笑了笑。铁萍姑恨不得将头都藏在水里。

小鱼儿道：“你想叫我转过头去，是么？”铁萍姑赶紧点了点头。

小鱼儿道：“好，我就转过头去，但我却要先问你一句，你方才躺在那里也不害羞，此刻为什么忽然害羞了？”

铁萍姑吃吃道：“我……我只是……”

小鱼儿悠悠道：“你方才只是想我上当，是么？只可惜上当的不是我，而是别人。”

这句话就像是条鞭子，抽得铁萍姑脸又发了白，颤声道：“你……你怎么这样冤枉我？”

小鱼儿冷笑道：“我冤枉你……哈哈，我倒要请教你，你方才身子既然能动，嘴既然能说话，为什么不警告我一声，叫我莫要上当？”

铁萍姑道：“这只因我……我……”她终于发现自己实在无话可说，眼泪不觉流了下来。

小鱼儿道：“你用不着哭，我可不是花无缺，从来没有他那样怜香惜玉的心肠，你眼泪就算哭成河，我也不会同情你的。”

铁萍姑全身都发起抖来，嘶声道：“我并没有要你原谅，我……我也绝不会求你……”

小鱼儿忽然瞪起眼睛，大声道：“但我还是要问你，你为什么出卖我？为什么？为什么……”

铁萍姑忽也放声大吼起来，嘶声道：“只因为我觉得你是个自高自傲、自私自利、自命不凡的大浑蛋，你自以为比谁都强，我就希望能眼见你死在别人手上！”

小鱼儿呆了半晌，竟又笑了，笑嘻嘻道：“女人声音喊得愈大，说的往往愈不是真话。你这样说，我反而认为你不是故意害我了，你一定另有苦衷，也许我真该原谅你才是。”

铁萍姑张口结舌，倒反而怔住了，只觉这个人所作所为，所说的话，简直没有一件不是要大出人意料的。

小鱼儿缓缓接道：“这也许是因为你有什么亲近的人，落在他们手上，你为了要救那个人的命，只好出卖我了。”

他叹了一口气，接着道：“若真是如此，我倒不能怪你，因为我知道女人为了她的心上人，往往会连她自己也不惜出卖的。”

这句话实已说入铁萍姑心里，铁萍姑眼泪忍不住又夺眶而出，她再也想不到这可恶的小鱼儿竟如此能体谅别人的苦衷，了解别人的心意。

小鱼儿柔声道：“但这人是谁呢？他值得你为他如此牺牲么？”

铁萍姑流泪道：“你……你是认得他的，我不能说出他的名字。”

小鱼儿面色已变了，却还是柔声道：“你说的可是江玉郎？”

这次铁萍姑真的闭住嘴了。但现在闭住嘴，岂非已等于默认？

小鱼儿忽然跳了起来，大吼道：“好，好，好，你竟为了江玉郎那小杂种而出卖我，你可知道这小子有多混账，他就算被人砍头一百次，也绝不嫌多的。”

铁萍姑又骇呆了。

小鱼儿瞪眼瞧着她，过了半晌，忽又叹道：“其实我还是不该怪你的，那小子满嘴甜言蜜语，莫说是你，就算比你更聪明十倍的女人，也会上他当的。”

铁萍姑茫然站在水里，简直有些哭笑不得了。

只见小鱼儿已变得心平气和，笑嘻嘻站了起来，向胡药师道：“很好，你很聪明，一直没有乱动手，只是像你这般聪明的男人，却娶了一个老是爱脱衣服的老婆，实在未免有些泄气！”

胡药师叹了口气，道：“我没有老婆。”

小鱼儿怔了怔，大笑道：“妙极妙极，如此说来，你简直比我想象中还要聪明了……但她这种女人若没有老公，却一定会发疯的，她的老公呢？”

他眼珠子一转，立刻又笑道：“她的老公自然在看着江玉郎了，是

么？”

胡药师只有叹道：“正是如此。”

小鱼儿身形忽然跃起，又向那块大石头上蹿了过去。这次他轻轻一掠，就轻飘飘站在石头上绝不会再掉下水了。

白夫人咬着嘴唇，嘴唇都咬出血来。

小鱼儿笑嘻嘻瞧着她，道：“像你这样的老太婆，身上的肥肉还不算太多，这倒不容易，但你既有了老公，又有情人，为什么还要找上我呢？”

白夫人咬牙道：“你既如此聪明，为何猜不出？”

小鱼儿想也不想，立刻道：“因为你们三个人中，必定有一个偷偷瞧见了苏樱为我着急的模样，你们就想用我来要挟苏樱，叫她说出花无缺不肯说出的事。”

他话未说完，白夫人已怔住了。她虽然叫他猜，却再也未想到这该死的小鱼儿竟真的一猜就猜中，就好像在旁边瞧见了似的，白夫人满嘴都是苦水，却吐不出来。

小鱼儿道：“但你就算要让我上当，本来也不必自己脱光衣服，如此折磨自己的，这只怕是因为你本来就有这毛病，喜欢让别人瞧你脱得赤条条的模样——有些疯子喜欢对着女人小便，他们的毛病只怕就和你一样。”

白夫人气得嘴唇发抖，忍不住破口大骂起来。

她简直已将世上恶毒的话都骂出了口。小鱼儿却像是连一句都没有听见，再也不瞧她一眼。

那边铁萍姑泡在水里，既不敢钻出来，也不知该如何是好，溪水冷冽，她冻得嘴唇都发了白，心里又是悲哀，又是凄苦，又是羞惭，只觉活下去再也没什么意思，正想一头撞死算了。

小鱼儿忽然大声道：“你知道铁姑娘是我的救命恩人，也是我的好朋友，但她现在却在水里泡着，不敢出头，你说我心里难受不难受？”

他忽又说出这种话来，铁萍姑也不知是惊是喜。

胡药师道：“阁下想必是……是有些难受的。”

小鱼儿怒道：“你既知我心里难受，为何还不脱下你的衣服，为她送过去？”

胡药师再也不敢多话，只好脱下外衣，远远抛给铁萍姑。铁萍姑接在手里，也不知是穿上的好，还是不穿的好。

只听小鱼儿道："铁萍姑在穿衣服时，你若敢偷看一眼，我就挖出你的眼珠子来，知道么？"

胡药师又是好气，又是好笑，暗道："我方才难道还没有看够，现在你就算要我看，我又怎会有这么好的心情，这么好的胃口？"

铁萍姑终于还是将衣服穿了起来。

小鱼儿忍着笑，喃喃道："不知她衣服穿好了没有？"

胡药师忍不住道："穿好了。"

小鱼儿忽然大怒道："想不到你还是偷看了！"

胡药师道："没……没有。"

小鱼儿哈哈一笑道："其实你既早已什么都瞧见了，现在就是又偷瞧了一眼，也没有什么关系，你用不着害怕的。"

胡药师眼睁睁瞧着小鱼儿，也是满肚子苦水吐不出来。

他武功不弱，头脑也不坏，本来也很是自命不凡，谁知此刻竟被个还未成年的半大孩子耍得团团乱转，他简直恨不得不顾一切，先和这可恶的小鬼拼个死活再说。

小鱼儿目光闪动，忽然拍了拍他肩头，笑道："你用不着难受，只有呆子才会不爱惜自己性命的，你为了要我救你而委曲求全，正是你的聪明处。"

胡药师叹了口气，渐渐又觉得自己伟大起来："我能如此委曲求全，岂非正是人所难及之处，这又有什么丢人呢？"一念至此，方才那要和小鱼儿拼命的心，早已不知飞到哪里去了。

小鱼儿笑得更开心，道："现在，你只要再为我做一件事，我就将解药给你。"

胡药师叹道："既是如此，愿闻所命。"

小鱼儿道："带我去找她的老公。"

胡药师想到花无缺还在白山君掌握之中，以花无缺相挟，也不怕小鱼儿不拿出解药来。

一念至此，他眼睛又亮了，立刻躬身道："遵命！"

胡药师瞧了白夫人一眼，忍不住又道："但她呢？"

小鱼儿笑道："她既然喜欢脱光了洗澡，就索性让她在这里洗干净吧。"

不到顿饭工夫，那石屋已然在望，风吹林木，沙沙作响，屋子里却是静悄悄的，听不到丝毫声音。

小鱼儿忽然出手，拧转了胡药师的手腕，沉声道："他们就在那屋子里？"

胡药师道："不错。"

小鱼儿皱眉道："三个大活人在屋子里，怎地一点声音也没有？"

铁萍姑忍不住道："我……我先去瞧瞧。"

小鱼儿另一只手却飞快地拉住了她，沉着脸道："既已到了这里，你还急什么？"

铁萍姑嗫嚅着道："你若念我也……也对你有些好处，只求你莫要杀了他。"

小鱼儿瞪眼道："不杀他？还留着他害人么？"铁萍姑头垂得更低，目中却流下泪来。

小鱼儿默然半晌，恨恨道："看来这小畜生将你骗得真不浅，但我早已跟你说过，我不是君子，你若指望我有恩必报，你就打错算盘了。"

铁萍姑幽幽道："你嘴里说得虽凶恶，但我却知道你的心并非如此，你……你……你不会杀他的，是么？"

小鱼儿跺了跺脚，忽然重重甩开胡药师的手，厉声道："叫他们出来，听见了么？"

胡药师咳一声，高声唤道："白大哥，出来吧，小弟回来了。"

空山传声，回音不绝。但石屋里仍是静悄悄的，没有回应。

小鱼儿皱眉道："这姓白的难道是聋子？"

胡药师目光闪动，道："不如让在下进去瞧瞧吧。"

小鱼儿想了想，沉声道："好，你先走，莫要走得太快，只要你稍有妄动，我就先扭断你的手！"

胡药师叹了口气，一步步走过去，走到门口，就瞧见江玉郎一个人蜷曲在角落里，全身直发抖。

白山君和花无缺竟已不见了。

第九十二章

各逞机锋

胡药师和铁萍姑俱是又惊又奇，但小鱼儿见了江玉郎，却只觉气往上冲，别的什么都不再顾及。

江玉郎也瞧见了他，干笑道："原来是鱼兄驾到，当真久违了……"

小鱼儿破口大骂道："谁跟你这小畜生称兄道弟！只可惜那次大便没有淹死你，否则燕大侠又怎会死在你这小畜生手上！"

他愈说愈怒，忽然扑过去，拳头雨点般落下。

江玉郎竟是全无还手之力，痛极大呼道："鱼兄千万手下留情，小弟已病入膏肓，经不得打的。"

小鱼儿怒喝道："你若怕挨揍，为何不少做些伤天害理的事？"铁萍姑在一旁流着泪瞧着，也不敢劝阻。

他拳上虽未出真力，但江玉郎已被打得鼻青脸肿，铁萍姑虽扭转头去，不忍再看，但也已知道小鱼儿并没有杀他之意了，否则用不着两拳就可将他活活打死，又何必多花这许多力气？

江玉郎大声呼道："萍儿，你为什么不拉着他，你对他有救命之恩，他不会不听你话的，你……你难道真忍心瞧我活活被打死么？"

铁萍姑叹道："不是我不去救你，只望你经过这次教训后，能稍微改过才好。只要你有稍微改过之心，就算要我为你而死，也是心甘情愿的。"

却听江玉郎忽然狂笑起来，大声道："好，你有种就打死我吧，这辈子就休想再见着花无缺了！"

小鱼儿的拳头立刻在半空中硬生生顿住，他这才想起白山君和花无缺本该也在这屋子里的。

小鱼儿一把将他从地上拎了起来，厉声道："花无缺在哪里？你说不说？”

江玉郎悠然道：“你若想见他，就该恭恭敬敬，好生求教于我……”

小鱼儿拳头又捣了出去，大喝道：“小杂种，我求你个屁！”

江玉郎冷笑道：“好，你打吧，但拳头却是问不出话来的，你若是我，难道挨了两拳就会说么？我说出后你难道不打得更凶？”

“我打你？我几时打过你了？”他竟拍了拍江玉郎身上尘土，扶他坐了起来，笑道，“江兄久违了，近来身子还好么？”

江玉郎哈哈笑道：“还好还好，只不过方才被条疯狗咬了几口。”

小鱼儿大笑道：“疯狗素来只咬疯狗的，江兄既没有疯，也未必是狗，怎会有疯狗咬你？”

江玉郎也大笑道：“如此说来，倒是小弟看错了。”

小鱼儿哈哈笑道：“江兄想必是思念小弟，连眼睛都哭红了，所以目力有些不清。”

江玉郎道：“不错，小弟时时在想，鱼兄近来怎样了呀，会不会忽然得了羊痫风、坐板疮？一念至此，小弟当真是忧心如焚……哈哈，忧心如焚。”

小鱼儿笑道：“小弟本当江兄这样的人，必定无病无痛，谁知今日一见，江兄却好像得了羊痫风了，否则为何坐在地上发抖？”

两人针锋相对，一吹一唱，竟好像在唱起戏来。

胡药师在一旁瞧着，又是好笑，又不禁叹息：“看来长江后浪推前浪，这句话倒当真一点也不错。昔日江湖中，虽也有几个随机善变、心计深沉的厉害角色，但和这两个少年一比，实在差得多了。”

他更想不出白山君和花无缺会到哪里去，白山君若将花无缺带走，为何又将江玉郎留在这里？

只听小鱼儿又道：“荒山寂寂，江兄一个人坐在这里，难道不怕有什么不开眼的恶鬼找上门来，向江兄索命么？”

“这倒不劳鱼兄费心，小弟近日正是手头有些拮据，若有什么冤魂恶鬼真的敢来，小弟正好将他卖了，换几两银子打酒喝……何况，小弟方才本也不是一个人坐在这里的。”

他这最后一句话，才总算转入正题。

小鱼儿却故作不解，道：“哦？却不知方才还有谁在这里？”

江玉郎笑嘻嘻道："其中有个姓花的，鱼兄好像认得。"

小鱼儿道："是花无缺么？小弟正好想找他有些事，却不知他此刻到哪里去了？"

江玉郎正色道："小弟知道他和鱼兄你有些不对，生怕他再来找鱼兄你的麻烦，本想为鱼兄略效微劳，一刀将他宰了。"

小鱼儿哈哈笑道："江兄若真的宰了他，小弟也省事多了……杀人总比问话容易得多，是么？"

江玉郎也笑道："小弟后来一想，鱼兄若要亲手杀他，小弟这马屁岂非就拍在马腿上了么？是以小弟只不过喂他吃了些迷药。"

胡药师忍不住道："白……白山君也中了你的迷药么？"

江玉郎笑嘻嘻道："中得也不太多，再过三五天就会醒来的。一个人若被迷倒三五日之久，纵然醒来，只怕也要变成痴呆废人。"

小鱼儿眼珠子一转，忽然大笑起来，江玉郎立刻也陪着他大笑，两个人笑得几乎连眼泪都流了出来。

铁萍姑和胡药师瞧得发呆，也不知他两人笑的什么。

只见小鱼儿捧腹大笑道："有趣有趣，我简直要笑破肚子了。"

江玉郎道："鱼兄笑的是什么？"

小鱼儿忽然不笑了，眼睛瞪着江玉郎，道："江兄看来纵非大病将死，也差不多了，却能将两个七八十斤的大男人背出去藏起来，这岂非简直是世上最荒唐的笑话么！"

江玉郎大笑起来，道："鱼兄的幻想力当真丰富得很，只可惜那位花公子……"

小鱼儿终于还是有点着了急，忍不住道："花公子怎样了？"

胡药师叹了口气，道："花公子不但被点了穴道，而且还像是受了很大的刺激，神志已有些痴迷，只怕……只怕是无法自己走动了。"

小鱼儿歪着头，用手敲着自己的额角，一连敲了十七八下，嘴角又露出了一丝微笑，喃喃道："他们倒下后，你就将他们背了出去？"

江玉郎道："小弟这病，时发时愈，发作时固然痛苦不堪，莫说背人，简直连让人背都受不了。但没有发作时，背个把人还是没有问题的。"

小鱼儿眼睛向胡药师瞟了过去，胡药师点了点头。

江玉郎笑道："小弟说得不假吧？"

小鱼儿笑嘻嘻道："不假不假……但你将人背出去后，为什么又回来呢？难道你身上有些发痒，等着要在这里挨揍么？"

江玉郎神色不动，也不生气，却笑道："萍儿还在他们手里，小弟怎么能走？小弟就算知道鱼兄要来，要将小弟碎尸万段，也还是要在这儿等着见萍儿一面。"

小鱼儿撇了撇嘴，笑道："江玉郎几时变成如此多情的人了，有趣有趣，实在有趣……"

铁萍姑已再也忍不住，扑倒在江玉郎脚下，放声痛哭起来。

小鱼儿叹了口气，喃喃道："傻丫头，这小子若说他放的屁是香的，你难道也相信他么？"

只听铁萍姑流着泪道："你伤得重吗？痛不痛？"

江玉郎轻轻抚摸着她的头发，柔声道："我就算痛，只要瞧见你也就不觉得痛了。"

小鱼儿忽然大叫起来，道："好了好了，我全身的肉都麻了，你这大情人的戏还没有演完么？"

江玉郎道："鱼兄有何吩咐？"

小鱼儿叹了口气，苦笑道："现在货在你手里，你就是老板，要什么价钱，就开出来吧！"

江玉郎慢吞吞笑道："小弟这病，多蒙苏姑娘之赐……鱼兄和这位苏姑娘的交情却不错，是么？"

小鱼儿叹道："我若不认得她，怎会有这许多麻烦？"

江玉郎笑道："这也算不了什么麻烦，只要鱼兄将苏姑娘接来，为小弟治好这病，小弟也立刻会将花公子请出来，治好他的病。"

小鱼儿叹道："好，走吧！"

江玉郎道："小弟也要陪着去。"

小鱼儿嘻嘻一笑，道："我也舍不得将你一个人孤零零抛在这里的。"

胡药师忽然道："这一趟不去也罢。只因那位苏姑娘马上就要到这里来了。"

江玉郎怔了怔，皱眉道："你怎么知道她就会到这里来？"

胡药师笑了笑，道：“正如这位铁萍姑跟阁下一样，苏姑娘对小鱼……公子亦是一往情深，小鱼公子一走，她也就跟着出来了。”

江玉郎抚掌大笑道：“但苏姑娘就算已出来寻找鱼兄，却也未必能找到这里。”

胡药师微笑道：“这倒不劳阁下担心，她一定能找得到的。”

江玉郎想了想，笑道：“不错，你们本要以鱼兄来要挟于她，自然已故意在一路上都留下线索，叫她找到这里。”

小鱼儿叹了口气，道：“既是如此，咱们就在这里等着她吧！”

白夫人在石头上一分一寸地移动着，终于按准了地方，借着飞泉的冲击之力，解开足底的穴道。

她勉强支起半个身子，正不知该如何是好，忽然发现岸上的杂草中，竟有双眼睛在瞬也不瞬地瞪着她。

这人脸上满是泥垢，看来已不知有多久没洗过脸了，但一双眼睛却仍是又大又亮，像是正瞧得有趣得很。

白夫人眼波一转，反而将胸膛挺得更高了些，娇笑道：“小伙子，你难道从未看过女人洗澡么？”

那人像是已瞧得痴了，茫然摇了摇头。那人忽然一笑，道：“你用不着怕我，我……我也是女的。”

她嘴里说着话，人已自草丛中站了起来，只见她衣服虽也又脏又破，但却更衬出了她身上曲线之诱人。

白夫人怔住了，而且神情间竟似有些失望。这少女非但不丑，而且还仿佛是人间绝色。

白夫人一直瞪着她，嫣然一笑，试探着问道：“瞧姑娘的模样，莫非赶了很远的路么？”

少女垂首道：“嗯。”

白夫人道：“这里山既不青，水也不秀，姑娘巴巴地赶到这里来，是为了什么呢？”

少女眉宇间忽然泛起一股幽怨之色，痴痴地呆了许久，黯然道：“我……我是来找人的。”

白夫人心里一动，道：“这山里住的人，我倒差不多全认得，却不知姑娘找的是谁？”

少女垂首叹道：“你一定不会认得他，他也不一定在这里。”

无论如何，一个孤零零的少女，竟敢深入荒山来找人，总是件不寻常的事，这其中难免有些蹊跷。那少女却似已要走了。

白夫人赶紧又笑道：“姑娘你叫什么名字？可不可以告诉我？”

少女红着脸一笑，道：“我叫铁心兰。”

铁心兰终于在溪水旁坐了下来。

她觉得这妇人竟敢在清溪中裸浴，虽然未免太大胆了些，但却是如此美丽，如此亲切。

这许多天以来，她一直在伤心、矛盾、痛苦中，她到这里来，自然是为了找小鱼儿，找花无缺。

但真的找到了他们又怎样？她自己实在也不知道。

铁心兰第一次觉得心情轻松了些，情不自禁脱了她那双鞋底早已磨穿了的鞋子，将一双纤美的脚伸入溪水。

已走得发酸、发胀的脚，骤然泡入清凉的水里，那种美妙的滋味，使得她整个人都像是飘入云端。她忍不住轻轻呻吟一声，阖起了眼帘。

白夫人一直在留意着她的神情，柔声笑道：“你为什么不也学我一样来痛痛快快洗个澡？”

铁心兰脸又红了，道：“在这里洗澡？”

白夫人道：“我每天都要在这里洗一次澡的，除了你之外，却从来也没有碰见过什么人。”

铁心兰咬着嘴唇，道：“这里真的……真的很少有人来？”她显然也有些心动。

白夫人笑道：“若常有人来，我怎么敢在这里洗澡？”

铁心兰的心更动了，瞟了白夫人一眼，又红着脸垂下头道：“我……我还是洗洗脚算了。”铁心兰还在犹疑着。

白夫人已闭起眼睛，笑道：“快呀，还怕什么……你洗过之后，就知道这有多么舒服了。”

铁心兰瞧了瞧她，又瞧了瞧这碧绿的水……她实在已脏得全身发痒了，这实在是任何人都抵抗不了的诱惑。

她躲在草丛中，飞快地脱下衣服，虽然没有人偷看，但阳光却已偷偷爬上了她丰满的胸膛。

她全身都羞红了，一颗心也几乎跳了出来，飞快地跃下小溪，钻入水里，那清凉而又微带温暖的水，立刻将她全身都包围了起来。

她这才松了口气，笑道："好了。"

白夫人张开眼瞧着她，笑道："舒服么？"

铁心兰点着头道："嗯。"

白夫人道："好，现在我要下来了，你扶着我。"她也直到此刻才真的松了口气，轻轻滑入了水中。

水势果然很急，她双腿发软，若没有人扶着她，她实在无力游上岸，纵然不被淹死，也难免要被水冲走。

铁心兰赶紧扶着她，着急道："你……你难道要走了？"

白夫人笑道："我只是到岸上去替你望风，你放心地洗吧。"

铁心兰这才放了心，笑道："可是你千万不能走远呀！"

白夫人吃吃笑道："有你这样的小美人儿在洗澡，我舍得走远么？"

铁心兰连耳根子都红了，简直连手都不敢伸出水来，她发现女人的眼睛，有时竟也和男人差不多可怕。

白夫人却已借着她的扶携之力，终于上了岸，笑道："好，我要穿衣服你也不准偷看。"

其实铁心兰早已闭起了眼睛，根本就不敢看，一看到她那白得诱人的胴体，铁心兰的心就好像跳得再也无法停止——她又发现女人的裸体不但对男人是种诱惑，有时对女人也一样。

这时白夫人却已将脏的衣服穿了起来。

衣服虽然又脏又破，也总比不穿的好。白夫人的脸皮就算比城墙还厚，也不敢光着身子到处乱跑的。

铁心兰闭着眼等了半晌，只听白夫人道："这件衣服料子倒不错，只可惜实在太脏了些。"

铁心兰忍不住张开眼一瞧，吓得脸都白了，失声惊呼道："你怎么能穿我的衣服？"

白夫人笑嘻嘻道："我不穿你的衣服，穿谁的衣服？"

铁心兰颤声道："你穿走了我的衣服，我怎么办呢？"

白夫人笑道："你就在这多洗一会儿吧，这来来往往的人，反正不少，虽然都是男人，但男人也不见得全是色鬼，说不定也会有个把好心的，会将裤子脱下来借给你穿……”

她不说还好，这么样一说，铁心兰简直急得要哭了出来。白夫人却笑得弯下了腰，娇笑着又道：“你穿过男人的裤子么？虽然大些，却很宽敞，又通风，比你小时候穿的开裆裤还要舒服得多。”

铁心兰飞红了脸，嘶声喝道：“你这女疯子、恶婆娘，把衣服还给我！”她像是忍不住要从水里冲出来。白夫人却已再也不理她，笑嘻嘻扬长而去了。

铁心兰怒极大骂道：“你简直不是人，是畜生，是母狗……”

白夫人头也不回，笑嘻嘻道：“你骂吧！用不着再骂几声，附近的男人就会全被你引来。”

铁心兰果然吓得连一个字都不敢骂出口。

她身子蜷曲在水里，眼泪已流了下来，她本不相信一个大人也会像孩子似的被急哭，现在才知道这世上原是什么事都可能发生的。想到这里，她简直恨不得立刻死了算了。

第九十三章

奸狡无匹

溪水左边，有片树林，白夫人穿过树林，匆匆而行。

忽然间，她发现竟有件衣服，在前面树枝上飘荡，水红色的底，绣着经霜愈艳的秋海棠，在阳光下看来就像是真的。

一整套漂亮的、考究的女人衣服，这诱惑对白夫人未免太大了，她实在不愿穿着身上这套破衣服去见她的丈夫。白夫人的心动了。

她眼睛盯着那衣服，脚步已渐渐慢了下来，只不过心里还是有些犹疑，不敢伸手去拿衣服。

白夫人告诉自己："这其中说不定有诈，我麻烦已够多了，何必再惹这些麻烦。"一念至此就简直看都不愿再看一眼。

但那海棠绣得实在太好，衣服的缝工又是那么精致，那料子、那水色，更是说不出的令人中意。

白夫人终于还是下了决心，暗道："这大不了也只是件衣服而已，难道还会长出牙齿来，咬我一口不成？"

这果然只不过是件衣服，既没有毛病，也没有古怪，任何人将它从树上拿下来，都不会有麻烦。

白夫人再也不客气了，立刻脱下破衣服，穿上新的、柔软的绸缎，摩擦着刚洗干净的身子，就好像情人的手一样。

但这双手却太不老实了，白夫人忽然觉得身上发起痒来，开始时，就好像有只小虫从领子里爬进来，沿着她背脊往下爬。

到后来，这小虫就像是变成了十只、百只、千只……在她身上每一个角落爬来爬去。

痒得要发疯，连路都走不动了，两只手拼命地去抓，但愈抓愈痒，不但身上痒，连心里也痒了起来。

她又像舒服，又像难受，又想哭，又想笑……到后来，竟真的整个人都倒在地上，吃吃地笑了起来。

突听一人银铃般笑道："这件衣服，你穿着还舒服么？"原来毛病还是在这件衣服上。

只见一个人从远处盈盈走过来，身上只穿着件月白中衣，在淡淡的阳光下看来，无论谁的魂魄都要被勾去。她竟是苏樱。

白夫人眼珠子都快掉了出来，失声道："是你？这衣服是你的？"

苏樱微笑道："我做好了刚预备第一次穿，你说好看么？"

白夫人却已痒得说不出话来，只是拚命靠着树干摩擦着身子，颤声道："衣服上有什么？"

苏樱悠悠笑道："也没有什么，只不过是一点儿痒药而已，过几天就会慢慢退了的。"

白夫人就好像被人踩着脖子，嘶声惨呼起来。

现在她已痒得发狂，直恨不得找人用鞭子狠狠地抽她一顿，连一时半刻都等不了，若是再过几天，她真情愿一头撞死算了。

白夫人疯狂般把衣服都扯了下来，嘶声道："我和你无冤无仇，你为什么要如此害我？"

苏樱冷冷道："你再仔细想想，有没有得罪过我？"

白夫人虽然已又脱光了衣服，但还是痒得要命，趴在地上，扭动着身子，流着泪哀求道："好姑娘，好妹子，我知道错了，求求你饶了我吧！"

苏樱笑道："那么我问你，花无缺是不是被你偷去了？"

此时此刻，白夫人哪里还敢不承认，立刻点头道："是我，我该死。"

苏樱沉下了脸，道："你将他藏到什么地方去了？"

白夫人道："就在后山，那小山谷里，有间小屋子……"

苏樱默然半晌，一字字问道："你可是真的将他藏在那地方了？"

白夫人苦笑道："在姑娘你的面前，我几时敢说过假话？"

苏樱面色竟仿佛微微变了变，摇头叹道："荒山之中，竟会有间盖得那般坚固的石屋，你们难道不觉得奇怪么？"

白夫人也没有心情再追究这件事情，只是苦苦哀求道："我现在什么都说了，你总该饶了我吧！"

苏樱淡淡一笑，道："你方才是从哪里来的？"

白夫人怔了怔，道："那边的小溪。"

苏樱道："那么你就再回去吧！"

铁心兰手脚都快冻僵了，一双眼睛却不停地四下乱转，只怕有什么野男人忽然间闯了过来。幸好四下静悄悄的，瞧不见人影。

铁心兰也想偷偷爬起来溜走，但一个赤条条的大姑娘，又能到哪里去呢？万一迎面来了个男人……她简直想也不敢再想下去。

忽然间，前面竟又有一个赤条条的女人，狂奔过来，"扑通"一声，跳入溪水里不住喘息。

铁心兰又惊又喜，本还不好意思去瞧，但眼角瞟去，却发现这女人竟然就是方才将自己衣服骗走的那个。铁心兰吃惊地瞪大眼睛，说不出话。

铁心兰忽然扑过去抓住她的头发，大喝道："我的衣服呢？还给我。"

只听一人微笑道："这就是你的衣服么？"铁心兰扭转头瞧见了苏樱。

苏樱站在溪水旁，就像是一朵初开放的莲花似的。

铁心兰只觉得自己这一生中，从来没有见过如此美丽的女人，她虽也是女人，竟也瞧痴了。

苏樱笑道："你若不想再洗了，就起来穿上它吧！"

铁心兰虽然还是害羞，但也不能不起来了，飞快地接过衣服，一溜烟似的躲入杂草丛去。

白夫人赔着笑道："我也想起来了。"

苏樱淡淡道："你想起来就起来吧！也没有人拦着你。"

白夫人爬到石头上，谁知她的上半身刚一离开水，被风一吹，就又痒了起来，痒得简直要她的命。

苏樱笑道："只要你觉得不痒的时候，随时都可以起来的。"

白夫人道："那……那要等到什么时候？"

苏樱微笑道：“也许一天半，也许三两天……反正你喜欢洗澡，就索性洗个痛快些吧！”

白夫人怔在水里，几乎晕了过去。

这时铁心兰已穿好衣服走出来，盈盈一礼，道：“多谢姑娘。”

她身上穿的衣服虽然又破又烂，佳人出浴，白足如霜，皓腕胜雪，嫣红的面靥，可爱得如同苹果。

苏樱情不自禁拉起了她的手，娇笑道：“这样美的女孩子，真是我见犹怜，男人本该一排排跪在你面前求你才是，你何苦反而来找他们。”

铁心兰脸又红了，嗫嚅着道：“我……我……”

苏樱笑道：“是什么人有如此好的福气？”

铁心兰道：“他……他……”

苏樱笑道：“你用不着对我说出来，反正我也不会认得他的。”

铁心兰随着她走了半晌，轻轻叹息道：“你也最好还是莫要认得他的好。”

苏樱失笑道：“为什么？难道认得他的人，都要倒霉么？”

铁心兰竟点了点头，道：“嗯！”

苏樱骤然回过头，睁大了眼睛看她道：“他叫什么名字？”

铁心兰也没有留意她神情的变化，轻叹道：“他姓江，别人都叫他小鱼儿。”

“小鱼儿”三个字，使得苏樱的心立刻像打鼓般跳了起来。她发现走在她旁边这少女，竟然就是她的情敌。

望着铁心兰花一般的面靥，她心里只觉酸酸的：“小鱼儿呀，小鱼儿，你的眼光倒真不错。”

只见铁心兰忽然笑了笑，道：“他这人有时可以把你气死。”

苏樱眨了眨眼睛，笑道：“你很恨他？”

铁心兰垂首道：“我有时的确很恨他，但有时……”

苏樱一笑，接着道：“但有时却又喜欢他，喜欢得要命是么？”

铁心兰咬着嘴唇，只是吃吃地笑。

苏樱瞪着眼出了一会儿神，忽然大声道：“但他却未必喜欢你，是

么？”

铁心兰呆呆地出了会儿神，眼波渐渐变得更温柔了，嘴角也露出一丝甜蜜的微笑，垂下头轻轻道：“他有时对我虽然不好，但有时……有时对我也不错的。”

苏樱的心就像是被针在刺着，恨不得把铁心兰的心挖出来，在上面也刺十七八个洞，叫她以后永远再也不敢想小鱼儿。

铁心兰全未瞧见她的表情，目光痴痴地瞧着天边的一朵云，这朵云像是已变成了小鱼儿笑嘻嘻的脸。

苏樱扭转头不去看她，故意大声道：“他就算有时对你很好，但也并不一定就能证明他喜欢你。也许，他对每个女孩子都一样，也许，他对别人比对你更好。”

铁心兰轻轻道：“只要他对我好，他对别人怎样，我都不会在意。”

苏樱道：“你不吃醋么？”

铁心兰笑了笑，道：“有许多男人，天生就不是一个女人所能独占的，小鱼儿就是这样的人，我既然很了解他，就不该吃醋。”

苏樱一心想刺伤铁心兰，谁知铁心兰竟一点儿也不生气，她自己倒反而快被气死了，过了半晌，忍不住又道：“这也许是因为你认得的男人只有他一个，所以才会对他如此死心塌地。你若多认识几个男人，就会发现比他更好的，还多得是。”

铁心兰神色忽然变了，头垂得更低。

苏樱这才发现她神情的变化，眼睛一亮，又道：“除他之外，你心里难道还有一个人么？”

铁心兰红着脸不说话。

苏樱笑了，道：“我猜得一定不错，这就怪不得你不吃他的醋。”铁心兰的脸更红了。

苏樱银铃般笑着，却道：“一个女人，心上若有了两个男人，虽然很伤脑筋，倒也有趣得很……”

铁心兰垂首弄着衣袂，过了半晌，忽然道：“我这一生，本来已决定交给小鱼儿了，无论他对我是好是坏，我都绝不会有所改变，谁知道……”

苏樱眼珠子一转，笑道：“另外一个男人却实在对你太好，让你没法子抗拒是么？”

铁心兰目中流下泪来，颤声道：“但他对我好，并不是为了占有……”

苏樱道：“他愈是这样做，你反而愈是觉得对他歉疚，是么？”

铁心兰道：“嗯！”

苏樱道：“我知道，他也一定和小鱼儿一样，又聪明，又风趣，又可爱，有时却又有点儿讨厌……只有一点点讨厌。”

铁心兰道：“你错了。”

苏樱道：“哦？”

铁心兰道：“他和小鱼儿是极端相反的男人，简直连一点相同的地方都没有。他对女孩子，永远都是彬彬有礼，连一句玩笑都不会开。”

苏樱道：“这种看家狗似的男人，我就一点儿也不喜欢。”

铁心兰道：“但……但……”苏樱笑道：“但有人却很喜欢的，是么？”

铁心兰的脸又红了，道：“我……我并不是喜……喜欢他，只不过他非但救过我的命，而且对我更是……更是……”

她说话的声音简直比蚊子叫还轻，而且吞吞吐吐，断断续续，就像是嘴里含着个鸡蛋似的。苏樱娇笑着替她接了下去，道：“他不但救了你的命，而且对你更是照顾得无微不至，你就算不喜欢他，也不能不感激他，是么？”

铁心兰咬着嘴唇，呆了半晌，忽然道：“就算我喜欢他，他也不会喜欢我。”

苏樱笑道：“他若不喜欢你，为什么要对你这么好？难道他脑袋有毛病么？”

铁心兰垂头道：“他照顾我，也许只是为了小鱼儿。”

苏樱这次才真的像是吃了一惊，失声道：“他为了小鱼儿才对你好，这我倒不懂了。”

铁心兰幽幽道：“他说希望我和小鱼儿能……能在一起。”

苏樱道：“他难道是小鱼儿的朋友？”

铁心兰想了想，道：“有时，他们的确可以算是很好的朋友，若知道对方有了危险，会连自己性命也不要，赶去相救，但有时他们却又要拼得你死我活。”

苏樱忽然明白她说的这人是谁了，怔了半晌，喃喃道：“这件事的确妙得很，简直妙极了。”

苏樱眼波流动，忽又拉起她的手，柔声道：“我一瞧见你，就觉得很投缘，你若也不讨厌我，不知你肯收我这个妹妹么？”

如此温柔的请求，自如此美丽的女孩子嘴里说出来，又有谁能拒绝？

铁心兰就这样做了苏樱的姐姐。

阳光娇艳，山木碧荫浓得化不开，啁啾的鸟语伴着流水，微风中隐约有醉人的花香袭来。

铁心兰从来也想不到自己也会这么开心的，这些日子以来，她几乎已认为自己再也不会有开心的时候。

苏樱拉着她的手，笑道：“现在你既然是我的姐姐，就再也不能让你这样去找小鱼儿了。”

铁心兰道：“为什么？”

苏樱道：“男人都是贱骨头，你愈是急着去找他，他就愈得意，你若不睬他，他反而也许会爬着来找你。”

铁心兰嫣然一笑，道：“那么……你想要我怎样做呢？”

苏樱道：“你什么都不必做，只要静静地等着就好，我自然有法子让他来找你。”

铁心兰垂首道：“但你连认识都不认得他……”

苏樱道：“现在被你一说，我已经想起来了，他是不是一个眼睛很大的小伙子，脸上虽然有很多疤，但看起来却不讨厌，整天嘻皮笑脸的，走起路来洋洋得意，好像总觉得自己很神气，很了不起？”

铁心兰嫣然道：“你哪里知道，他还说自己是天下第一聪明人哩！”

想起小鱼儿，苏樱的心里也觉得甜甜的，娇笑道：“他若说自己是天下第一厚脸皮，那倒是一点也不假。”

铁心兰道：“你什么时候看到他的？”

苏樱道："没多久，才不过一两天。"

铁心兰叹了口气，道："但这人连一时半刻也静不下来，你一两天以前看见他，现在他早已不知到哪里去了。"

苏樱笑道："你放心，只要他在这山里，我就有法子找得到他。"

她不等铁心兰说话，又接着道："为了安全起见，我现在就要带你去个地方。那里的主人可算是我的义父，他的人长得虽然凶恶，但心却是很好的，尤其是对我，更好得不得了。"

铁心兰笑道："连我这做干姐姐的，都恨不得把心掏出来给你才好，何况他做干爹的呢！"

苏樱撇了撇嘴，道："你要把心给我，你的心不是给了小鱼儿么？"

她看见铁心兰红了脸，就又笑了，道："我那干爹姓魏，他若知道你是我的姐姐，一定会好好照顾你，只不过你莫忘记，他模样看来是很怕人的。"

铁心兰道："我若觉得他可怕，少看他两眼也就是了。"

苏樱拍手笑道："不错，这法子的确再好也没有了。"

她拉着铁心兰走出树林，空山寂寂，天地间仿佛充满了一种安宁祥和之意，令人觉得只要能活着，就是件幸福的事。

走了半晌，苏樱忽然停下脚，道："哎呀！我差点儿忘了，我还有个约会哩。"

苏樱眼珠子一转，又道："从这里一直往山上走，用不了多久，你就会瞧见一片槐树林，那里面就是我干爹住的地方了。"

铁心兰道："你……你难道叫我一个人去么？"

苏樱道："一个人去也没关系，你只要走进槐树林，自然就有人出来接待你。"

铁心兰道："但他们又不认识我。"

苏樱想了想，自头上拔下了根珠钗，道："你只要将这珠钗给他们看，说是我叫你去的，他们就一定会对你恭恭敬敬，为你安排好一切。"

铁心兰虽然不愿意，但还是去了。

她现在就像是一片没有根的浮萍，飘到哪里算哪里，她自己也不知道自己该怎么做，自己也拿不定主意。

苏樱瞧着她走远了，刚轻轻吐出口气，突听一人叹道："可怜的傻丫头，自己被人卖了都不知道。"

另一人道："哈哈，这位苏姑娘没有将她卖给你，所以你就来假慈悲了么？"

第三人咯咯笑道："我本来还觉得那姓铁的丫头蛮不错的，但和这位苏姑娘一比，那简直就好像变成个大笨瓜了。"

第四人大笑道："咱们的小鱼儿可不能娶个大笨瓜做老婆。"

笑语声中，山石后木叶间，忽然钻出四个人来。这四人模样，一个比一个奇怪，也不知怎么会凑到一起的。

只见第一人蓬头垢面，穿着身又油又腻、破破烂烂的衣服，就像是个穷要饭的，但手里却偏偏拿个价值不菲的翡翠鼻烟壶。

第二人圆圆的脸，圆圆的肚子，年纪虽然不小，看来却还像个孩子，一直不停地在哈哈大笑，像是个弥勒佛。

第三人满头珠翠，脸上的粉足有半寸厚，像是戴着个假面具似的，叫人根本瞧不出她本来长得是美是丑，是老是少。她打扮得明明是个女的，但身上却穿着件男人的衣服，脚下面偏又套着双红缎珠花的绣花鞋。

第四人却是个身材魁伟的伟丈夫，目光闪动，顾盼自雄，只不过一张嘴大得可怕，看来像是可以塞得进他自己的拳头。